KB151159

Anna Karenina 2

※ 이 책은 《안나 카레니나》(전3권)의 축약본(전2권)입니다.

The Classic Books

안나 카레니나 2

레프 톨스토이

북로드

차례

2권

1권

제5부

1

셰르바츠카야 공작 부인은 사순절이 5주밖에 남지 않았기 때문에 그 전에 결혼식을 치르기는 불가능하다고 생각했다. 그때까지 신부의 혼수를 절반도 준비하지 못할 것 같았기 때문이다. 그러나 사순절 지나면 너무 늦다는 레빈의 의견도 일리는 있었다. 셰르바츠키 공작의 연로한 큰어머니의 병세가 위독했기 때문이다. 돌아가시게 되면 상을 치러야 하니 결혼식이 더 미뤄질 수밖에 없었다. 그래서 공작 부인은 혼수를 큰 것과 작은 것으로 나눠서 준비하기로 하고 어쨌든 사순절까지는 결혼식을 치르기로 했다. 그녀는 작은 혼수는 지금 모두 준비하고, 큰 것들은 나중에 보내기로 했다. 하지만 레빈이 이렇다 저렇다 명확하게 대답하지 않자 그녀는 버럭 화를 냈다. 공작 부인은 두 사람이 결혼식 후에 곧바로 큰 혼수가 필요 없는 시골로 내려갈 예정이어서 그렇게 하는 것이 더 낫다고 생각 했던 것이다.

레빈은 줄곧 무아지경에 빠져 있었다. 그는 자신과 자신의 행복이 이 세상에서 가장 중요하고 유일한 목적인 것 같았다. 지금 자기는 무슨 일이든 생각하거나 걱정할 필요 없고, 남들이 자기를 위해 다 해주고 있고, 또 해줄 것 같았다. 그는 앞으로의 계획이나 목적도 없었다. 그는 다 잘될 거라고 믿고 모든 일들을 남들이 결정하는 데 따랐다.

세르게이 이바노비치 형과 오블론스키와 공작 부인이 그에게 이러이러한 것을 해야 한다고 가르쳐주면 그는 그대로 동의할 뿐이었다. 형은 그를 위해 돈을 마련했고, 공작 부인은 결혼식이 끝나는 대로 모스크바를 떠나라고 권했다. 오블론스키는 외국으로 가라고 권했다. 그는 그 모든 것에 동의했다.

'당신들이 기쁘다면 그렇게 하세요. 어쨌든 나는 행복합니다. 그리고 당신들이 무엇을 하든 내 행복은 늘어나지도 줄어들지도 않으니까요.'

그는 이렇게 생각했다. 그는 오블론스키가 외국으로 갈 것을 권했다고 키티에게 얘기했을 때 그녀가 거기에 찬성하지 않고 앞으로 둘의 삶에 대해 확고한 계획을 가지고 있는 데 적잖이 놀랐다. 그녀는 레빈이 아주 좋아하는 일이 시골에 있다는 것을 알고 있었다. 그러나 그가 보기에 그녀는 그 일을 이해하지도 못할 뿐만 아니라 이해할 생각도 없는 것 같았다. 그렇다고 그녀가 그 일의 중요성을 이해하지 못하는 것은 아니었다. 게다가 그녀는 둘이 살 곳이 시골인데 굳이 살지도 않을 외국으로 가기보다 계속 살 곳으로 가는 것이 낫다고 생각했다. 그녀가 이처럼 명확하게 계획을 밝히자 레빈은 깜짝 놀랐다. 그러나 그는 아무래도 좋았기 때문에 오블론스키에게 마치 그 사람의 의무라도 되는 것처럼 시골에 가서 그의 풍부한 취향에 따라 할 수 있는 한 모든 것들을 잘 준비해달라고 당부했다.

"그런데 말이야, 자네 고해성사 증명서를 가지고 있나?"

오블론스키는 시골에 내려가 신혼부부에게 필요한 모든 준비를 갖춰두고 돌아왔을 때 레빈에게 말했다.

"아니. 그런데 그건 왜?"

"그게 없으면 결혼식을 올릴 수 없네."

"아니, 아니! 나는 한 9년째 성례(聖禮)를 받지 않은 것 같은데. 그 생각은 미처 못 했네."

"어이없군! 나한테 허무주의자니 뭐니 하더니. 아무튼 안 돼. 자네는 꼭 성례를 받아야 하네."

오블론스키가 웃으며 말했다.

"그걸 언제 하나? 나흘밖에 안 남았는데."

오블론스키는 이 문제도 도와주었다. 그래서 레빈은 성례를 받기 시작했다. 다른 사람의 종교를 존중하기는 하지만 자기는 종교를 가지고 있지 않은 레빈으로서는 교회의 각종 의식에 참여하기가 꽤 힘들었다. 마음이 여려지고 모든 일을 민감하게 받아들이는 지금의 정신 상태로는, 스스로를 속이는 일이 고통스러울 뿐만 아니라 도저히 할 수 없는 일이었다. 그는 이 영광스럽고 뿌듯한 시기에 거짓

말을 하거나 신성을 모독할 수밖에 없는 상황에 처한 것이었다. 그는 어느 것도 할 수 없을 것 같았다. 그래서 그는 성례를 받지 않고 증명서를 얻을 수는 없는지 오블론스키에게 몇 번이나 물어보았으나 그는 안 된다고 딱 잘라 말했다.

"왜 그리 심각하게 생각하는지 모르겠군. 기껏해야 이틀인데. 게다가 상대는 아주 선하고 재치 있는 노인이네. 그 사람이면 자네가 느끼지도 못하는 사이 그 이를 뽑아줄 걸세."

레빈은 열예닐곱 살 무렵 첫 영성체 때 처음으로 경험했던 강렬한 종교적 감정을 마음속으로 새롭게 떠올려보고자 노력했다. 그러나 그는 곧 불가능하다는 것을 깨달았다. 그는 그러한 의식들을 사람들을 만났을 때 예의를 갖추듯 크게 의미 없는 관습으로 여겨보려고 애썼다. 그러나 그것마저 도무지 할 수 없을 것 같았다. 레빈은 종교에 관해서는 당시 대부분의 사람들처럼 아주 모호한 입장을 취했다.

그는 믿을 수가 없었다. 하지만 그렇다고 그 모든 것을 불신하는 것도 아니었다. 그래서 그는 자기가 하고 있는 일의 의미도 알 수 없었고, 그것을 허황된 형식이라고 무시할 수도 없어서 성례를 받는 내내 스스로도 이해하지 못하고, 무언가 위선적이고 올바르지 않은 행동을 하는 것처럼 불편하고 부끄러운 기분이었다.

예배를 드리는 동안 그는 자기의 견해와 어긋나지 않은 의미를 담아 기도하려고 애쓰면서 가만히 귀 기울이기도 하고, 혹은 자기는 도무지 이해할 수 없으니 비난하는 게 당연하다고 여기면서 되도록 안 들으려고 애썼다. 또 교회에서 아무것도 하지 않고 멍하니 서 있을 때는 자기의 사상이나 관찰, 또는 머릿속에서 평소와 달리 활발하게 스치는 기억들을 떠올리며 지루함을 달래기도 했다.

그는 영성체와 저녁 기도, 밤 기도를 끝냈다. 그리고 이튿날은 아침 기도와 고해성사를 하기 위해 평소보다 일찍 일어나 차도 마시지 않고 8시에 교회에 나갔다.

교회에는 거지처럼 남루한 병사 하나와 노파 둘, 심부름꾼밖에 없었다.

얇은 사제복 위로 뚜렷이 둘로 갈라진 긴 등이 도드라진 젊은 부사제가 그를 맞이했다. 부사제는 곧바로 벽 쪽에 놓인 작은 탁자로 가서 성경을 읽었다. 부사제가 읽는 동안 "파밀로스, 파밀로스(용서하셨도다)."라고 들리는 "파밀루이(자비를 베푸소서)."라는 말이 유독 자주 반복되는 것을 듣고 있자니, 레빈은 자기의 사상이 완전히 봉인되어 이제는 그것을 만지거나 움직여도 안 되고 잘못하면 엉망이 되어버릴 것 같았다. 그래서 그는 부사제 뒤에 서서 그것을 듣지도, 헤아리려 하지도 않고 자기 생각에만 빠져 있었다.

'그녀의 손은 정말 표정이 풍부해.'

그는 어제 구석에 놓인 탁자 옆에 그녀와 함께 앉아 있을 때를 생각했다. 그럴 때면 늘 두 사람은 굳이 이야기를 하지 않았다. 그녀는 탁자 위에 올린 손을 폈다 오므렸다 하면서 그것을 보며 혼자 웃었다. 그는 그녀의 손에 키스하고, 그다음에 장밋빛 손바닥을 펴서 손금을 봐준 일을 생각했다.

'또 용서받았군.'

그는 성호를 긋고 절을 하면서 역시나 똑같이 절을 하는 부사제의 등이 여리게 움직이는 것을 보며 생각했다.

'그리고 그녀가 또 내 손을 잡고 손금을 봐주었다. 그러고는 정말 훌륭한 손이라고 말했다.'

그는 자기의 손과 부사제의 짧은 손을 번갈아 보았다.

'아, 마침내 끝나나 보군.'

그는 기도 소리에 귀 기울이며 생각했다.

'또 처음부터 하려나? 아니, 마무리로군. 저것 봐, 코가 땅에 닿도록 절을 하는군. 마지막에는 항상 저러지.'

부사제는 모헤어 벨벳 소매로 덮인 손으로 슬며시 3루블짜리 지폐를 받더니 적어두겠다고 말했다. 그리고 새 부츠로 텅 빈 교회의 포석을 기운차게 밟는 소리를 내며 제단으로 갔다. 1, 2분 뒤 그는 얼굴을 내밀고 레빈에게 오라고 손짓했다. 그러자 그때까지 차단되어 있던 생각이 그의 머릿속에서 꿈적거렸다. 하지만 그는 얼른 떨쳐버렸다. 그는 '어떻게 되겠지!'라고 생각하며 설교대 쪽으로 갔다. 계단을 딛고 오른쪽을 바라보니 사제가 보였다. 희끗희끗하고 성긴 턱수염과 피로한 듯하나 선한 눈을 가진 노사제는 성서대 옆에 서서 성례전을 넘기고 있었다. 그는 레빈에게 살짝 고개를 끄덕여 인사하고 곧 격식을 갖춘 목소리로 기도문을 읽기 시작했다. 사제는 다 읽은 다음 머리가 땅에 닿도록 깊숙이 절을 하고 레빈을 보며 말했다.

"그리스도께서는 눈에 보이지 않으나 여기 서서 당신의 고해를 들으십니다."

그는 그리스도 수난상을 가리키며 말했다.

"당신은 우리 성(聖) 사도 교회의 가르침을 모두 믿으십니까?"

사제는 다시 눈을 돌리고 성서대 밑으로 두 손을 마주 잡고 계속했다.

"저는 모든 것을 의심했고, 지금도 의심하고 있습니다."

레빈은 자신의 귀에도 퉁명스럽게 들리는 목소리로 말하고 입을 다물었다.

사제는 잠시 그가 뭔가 더 얘기하기를 기다렸다가 눈을 감고 'O'의 발음이 빠른 블라미디르 지방 사투리로 말했다.

"의심은 인간의 흔한 약점입니다. 하지만 우리는 자비로우신 하느님께서 우리 마음을 굳건히 해주십사 기도드려야 합니다. 당신은 특별히 용서받아야 할 죄를 지으셨습니까?"

그는 조금도 시간을 허비하지 않으려는 듯 잠시도 틈을 두지 않고 말했다.

"저의 가장 큰 죄는 의심입니다. 저는 모든 것을 의심하고 있습니다. 그리고 늘 의심 속에서 살아갑니다."

"의심은 인간에게 흔한 약점입니다. 당신이 주로 의심하는 것이 무엇인지요?"

"저는 모든 것을 의심합니다. 때로는 하느님의 존재마저도 의심하곤 합니다."

레빈은 자기 입에서 너무도 무례하고 불손한 말이 튀어나와 스스로도 깜짝 놀랐다. 그러나 사제는 레빈의 말이 아무렇지 않은 듯했다.

"하느님의 존재에 대해 어떤 의심을 가질 수 있을까요?"

그는 희미한 미소를 띠고 얼른 말했다.

레빈은 아무 대답도 하지 않았다.

"하느님께서 만드신 것을 보면서 창조주에 대해 어떤 의심을 가질 수 있을까요? 그렇다면 하늘의 천장을 온갖 빛나는 물체로 장식하신 분은 누구이십니까? 땅을 아름다운 것들로 뒤덮은 분은 누구이십니까? 창조주 없이 어떻게 할 수 있을까요?"

그는 의아한 표정으로 레빈을 슬쩍 쳐다보며 말했다.

레빈은 사제와 철학적인 논쟁을 하는 것은 무례하다고 생각했다. 그래서 질문에 대해 직접적인 대답만 했다.

"잘 모르겠습니다."

"모르신다고요? 그럼 어째서 하느님께서 만물을 창조하셨다는 것을 의심하시는 것입니까?"

사제가 당황한 기색으로 말했다.

"저는 아무것도 모릅니다."

레빈은 얼굴이 홍당무처럼 빨개졌다. 그는 자기가 어리석은 말을 했지만 그럴 수밖에 없다고 생각했다.

"하느님께 기도하고 의탁하십시오. 덕이 높은 사제들도 의심을 품었고, 신앙을 굳건히 하기 위해 끊임없이 하느님께 의탁했습니다. 사탄은 어마어마한 힘을 가지고 있습니다. 우리는 그것에 굴복해서는 안 됩니다. 하느님께 기도하고 의탁하십시오. 하느님께 기도하십시오."

사제는 다급하게 되풀이했다.

그는 깊은 생각에 잠긴 듯 한동안 말이 없다가 입을 열었다.

"당신은 내 교구민이자 하느님의 아들 셰르바츠키 공작의 따님과 결혼하신다고요?"

그러고는 웃으며 덧붙였다.

"아주 예쁜 처녀죠!"

"네."

레빈은 얼굴을 붉히며 대답하고는 이렇게 생각했다.

'고해성사에서 이런 걸 왜 묻는 거지?'

그러자 사제가 그의 생각에 대답하듯 말했다.

"당신은 결혼을 앞두고 있습니다. 하느님께서는 분명 자손을 상으로 내리실 겁니다. 그렇겠죠? 그런데 당신이 불신으로 유혹하는 악마를 물리치지 못하면 당신의 자녀를 어떻게 가르칠 수 있겠습니까?"

그는 부드럽게 힐난하는 투로 말했다.

"당신이 자녀를 사랑한다면, 당신은 착한 아버지로서, 그 아이를 위해, 부와 명예뿐 아니라, 그 아이의 구원과, 진실의 빛이 그 아이의 영혼을 비추기를 바랄 것입니다. 그렇지 않습니까? 그리고 죄도 없고 세상의 때도 묻지 않은 어린아이가 당신에게 '아버지, 이 세상에서 나를 기쁘게 하는 것들, 그러니까 땅, 물, 해, 꽃, 풀 등은 도대체 누가 만들었나요?'라고 묻는다면 당신은 어떻게 대답하시겠습니까? 아이에게 '나는 모른다.'고 말씀하시겠습니까? 하느님께서는 그 위대하신 자비를 베풀어 당신 앞에 그것을 펼쳐주셨는데도 당신이 그것을 모를 수는 없습니다. 또 당신의 자녀가 '죽은 뒤에는 우리가 어떻게 되나요?'라고 물었을 때 당신은 아무것도 모른다면 뭐라고 대답하시겠습니까? 당신은 그 아이에게 뭐라고 얘기해주실 겁니까? 당신은 자녀를 세상과 악마의 유혹 앞에 그냥 내버려두실 겁니까? 그것은 옳지 않습니다."

그가 말을 끝내더니 머리를 갸울인 채 선하고 부드러운 눈으로 레빈을 쳐다보았다.

레빈은 아무 대답도 하지 않았다. 사제와 논쟁하기 싫은 것이 아니라, 이제껏 자기에게 이런 질문을 한 사람이 없었고, 또 자기의 자녀들이 이런 질문을 하기까지는 아직 멀었다고 생각했기 때문이다.

"당신은 이제 인생의 전성기에 접어들고 있습니다. 당신은 자신의 길을 선택해 굳세게 걸어가야 합니다. 하느님께 기도하십시오. 그 자비와 힘을 빌려주시고, 은총을 내려주십사 하고."

그는 말을 맺고 기도했다.

"우리 주 예수 그리스도께 기도드리옵니다. 넘쳐흐를 만큼 풍부한 사랑과 자비로 이 아들을 용서해주시옵소서!"

사제는 죄를 사하는 기도를 끝내고 그를 축복한 뒤 보내주었다.

그날 호텔로 돌아왔을 때 레빈은 불편한 일이 끝나서, 더구나 거짓말하지 않고 끝나서 매우 기뻤다. 그리고 그 선하고 귀여운 노인이 했던 이야기가 처음에 생각했던 것처럼 무의미한 것이 아니라 뭔가 의무 같은 것이 분명히 있는 듯한 기분이 어렴풋이 들었다.

'물론 지금은 아니야. 하지만 나중에 언젠가는.'

레빈은 생각했다.

이때 그는 자신의 영혼이 뭔가 불순함을 느꼈다.

레빈은 그날 저녁 돌리의 집에서 약혼녀와 함께 즐거운 시간을 보냈다. 그리고 오블론스키에게 자기 마음이 들떠 있다는 것을 말하고, 마치 고리를 통과하는 법을 익혀야 하는 개가 결국 방법을 터득해 멋지게 재주를 부린 다음 기쁨에 겨워 컹컹 짖고 꼬리를 흔들며 탁자와 창턱으로 뛰어오르는 것처럼 기쁘다고 고백했다.

2

결혼식 날 레빈은 관습에 따라(공작 부인과 돌리가 모든 관습을 지켜야 한다고 강력하게 주장했다) 약혼자를 만나지 않았다. 그는 호텔의 자기 방에서 우연히 모이게 된 세 독신자들과 함께 식사했다. 그들은 세르게이 이바노비치, 대학 때 친구로 지금은 자연과학 교수인 카타바소프(레빈은 길에서 그를 만나 데리고 왔다), 그리고 신랑 들러리로 서게 될 모스크바의 치안판사이자 곰 사냥 친구인 치리코프였다. 회식은 아주 즐거웠다. 세르게이 이바노비치는 아주 기분이 좋았고, 특히 카타바소프의 남다른 면모를 좋아했다. 카타바소프는 자기를 높이 평가해주고 이해해주자 아주 의기양양했다. 치리코프는 활기 넘치고 부드럽게 모든 사람들 이야기에 맞장구를 쳤다.

"아시겠습니까? 우리 친구 콘스탄틴 드미트리치는 정말 앞날이 창창한 젊은이였습니다. 그러나 나는 과거를 얘기하는 겁니다. 왜냐하면 지금은 그러한 그가 더 이상 존재하지 않기 때문입니다. 대학을 졸업할 무렵 그는 과학을 좋아했고 사람에 대한 연구에 관심이 많았죠. 그러나 지금은 그 능력의 절반은 자신을 속이는 데, 나머지 반은 자기기만을 변호하는 데 쓰고 있습니다."

카타바소프는 강의할 때의 습관처럼 말끝을 길게 늘어뜨리면서 말했다.

"당신처럼 결혼에 적대적인 사람은 처음 보는군요."

세르게이 이바노비치가 말했다.

"아닙니다. 나는 적대적인 게 아닙니다. 다만 나는 분업을 지지할 뿐입니다. 아무 능력 없는 사람들은 사람이라도 생산해야지요. 그러나 다른 사람들은 계몽과 복지에 온 힘을 다해야 합니다. 내 생각은 이래요. 이 두 가지를 구분하지 못하는 사람들이 수없이 많지만, 나는 그렇지 않습니다."

"그런 자네가 사랑을 한다면 나는 정말 행복할 텐데! 자네 결혼식에 나를 꼭 불러야 하네."

레빈이 말했다.

"나는 이미 사랑하고 있어."

"그래, 오징어하고. 형님도 아시죠? 미하일 세묘니치는 영양(營養)에 관한 책을 쓰고 있어요. 그리고……."

레빈은 형을 돌아보며 말했다.

"그런 쓸데없는 소리는 그만하게! 무슨 연구든 상관없어. 중요한 건 내가 오징어를 사랑하고 있다는 것이니까."

"그러나 오징어는 자네가 아내를 사랑하는 것을 방해하지 않아."

"오징어는 방해하지 않지만 아내가 방해할 거야."

"왜?"

"곧 알게 될 거야. 자네는 농사와 사냥을 사랑하지. 하지만 나중에 보라고!"

"아, 오늘 아르히프가 와서 프루드노예에 사슴이 굉장히 많다던데. 곰도 두 마리나 있고."

치리코프가 말했다.

"그럼, 나 없이 가서 잡아오지그래."

"그럴 거야. 이제부터 너는 곰 사냥을 끊어야겠어. 마누라가 가만있지 않을 테니까."

치리코프가 말했다.

레빈은 빙긋 웃었다. 아내가 자기를 보내주지 않는 상상만으로 너무 기뻐서 곰을 보는 기쁨과는 영영 작별하고 싶은 심정이었다.

"하지만 역시 자네 없이 곰 두 마리를 잡으려니 몹시 섭섭한걸. 지난번 하필로보에서 했던 거 기억해? 정말 근사한 사냥이 될 거야."

치리코프가 말했다.

레빈은 사냥 말고도 재미있는 일이 얼마든지 많다고 말하고 싶었지만 상대의 환상을 깨고 싶지 않아 아무 말도 하지 않았다.

"독신 생활을 청산하는 일은 대가 없이 이루어지는 게 아니야. 아무리 행복에 젖어 있다 해도 자유가 그리울 거야."

세르게이 이바노비치가 말했다.

"고백해봐. 고골의 새 신랑처럼 창문으로 뛰어내리고 싶은 생각도 있다고."(러시아 작가 고골의 희곡《결혼》에 나오는 내용—옮긴이)

"그런 마음도 당연히 있겠지. 하지만 고백하지는 않을걸."

카타바소프가 말하고 껄껄대며 웃었다.

"어때? 창문은 열려 있어. 곧장 트베리로 가지 않겠나! 암곰이 한 마리 있는데. 더구나 굴까지 갈 수도 있고. 농담 아냐. 5시 기차를 탈까! 거기 가면 하고 싶은 대로 마음껏 할 수 있어."

치리코프가 싱글싱글 웃으며 말했다.

"그러나 나는 진심으로 자유가 아쉬운 마음이 조금도 없어."

레빈도 싱글거리면서 말했다.

"아니야. 자네 마음은 아무것도 분별할 수 없는 혼돈의 지옥에 빠진 거야. 조금 더 있어봐. 기분이 가라앉으면 알게 될 테니까."

카타바소프가 말했다.

"아니, 그렇다 해도 나는 내 감정(그는 그 앞에서 사랑이라는 말을 쓰고 싶지 않았다)이나 행복을 위해 자유를 희생한다는 생각이 들 법도 한데…… 오히려 나는 자유를 잃는다는 사실 자체가 너무 기쁘네."

"세상에! 정말 못말리는 친구로군! 그럼 어디, 레빈의 행복을 위해 축배를 들어줍시다. 결혼에 대한 환상의 백 분의 1이라도 실현되도록 말입니다. 그렇게 된다면 지금까지 이 세상에 존재하지 않았던 엄청나게 큰 행복이 실현되는 거니까요."

카타바소프가 말했다.

식사가 끝나고 손님들은 결혼식 준비를 할 시간을 주려고 돌아갔다.

레빈은 혼자 남아 독신자들이 했던 이야기들을 떠올리면서 다시 한번 자신의 감정을 돌아보았다. 과연 그들이 말한 것처럼 자유에 대한 아쉬움이 있는지.

그러고 나서 그는 빙긋 웃었다.

'자유? 무엇을 위한 자유지? 오직 그녀의 희망과 그녀의 사상을 사랑하고 바라며 생각하는 것만이 행복인데. 자유라고는 조금도 없어. 하지만 이것이 행복이다!'

그런데 갑자기 웬 목소리가 속삭였다.

'하지만 나는 그녀의 사상, 그녀의 희망, 그녀의 감정이 무엇인지 알고 있는 것일까?'

그는 웃음을 멈추고 생각에 잠겼다. 그러자 돌연 묘한 기분이 엄습했다. 두려움과 의혹, 모든 것에 대한 의심이 솟구쳤다.

'그녀가 나를 사랑하지 않는다면 어쩌지? 단지 결혼 자체를 위해 나에게 오는 것이라면 어쩌지? 그리고 그녀도 자기가 무슨 짓을 하고 있는지 모른다면 어쩌지?'

그가 자신에게 물어보았다.

'그녀는 정신이 번쩍 들겠지. 이미 결혼하고 난 뒤에야 비로소 자기가 나를 사랑하지 않는다는 것, 나를 사랑할 수 없다는 것을 깨닫겠지.'

그러자 이상하게도 그녀에 대해 온갖 나쁜 생각이 떠올랐다. 그는 1년 전 그날 밤 브론스키와 같이 있는 그녀를 보았던 때가 마치 어제인 것처럼 질투심이 끓어올랐다. 그리고 그녀가 자기에게 했던 이야기가 전부가 아닐지도 모른다는 의심이 들었다.

그는 벌떡 일어서면서 절망스럽게 속으로 외쳤다.

'안 돼! 그냥 넘어갈 수 없어. 마지막으로 그녀에게 물어보고 이야기를 나눠야겠어. 우리는 아직 자유롭습니다. 원치 않으면 지금이라도 결혼을 취소하는 게 낫지 않을까요? 어쨌든 영원한 불행, 모욕, 불신보다는 나을 테니까요!'

그는 절망스러운 기분에 휩싸여 자신과 그녀, 다른 모든 사람들에 대한 증오심을 품고 호텔을 나와 그녀의 집으로 마차를 몰았다.

그를 맞이하는 사람은 아무도 없었다. 그는 그녀가 있는 안쪽 방으로 들어갔다. 그녀는 트렁크 위에 앉아 의자 등받이와 바닥에 널린 각양각색의 옷들을 가리키며 하녀와 함께 정리하고 있었다.

"어머나!"

그를 보자 그녀는 온몸으로 기쁨을 표현하며 소리쳤다.

"아니, 당신(트이)이 어떻게? 당신(브이)이 어쩐 일로?(이때까지도 그녀는 그에게 다정한 '당신(트이)'과 어색한 '당신(브이)'을 번갈아 쓰고 있었다) 지금 처녀 적 입던 옷을 정리하는 중이에요. 누구한테 어떤 옷을 줄까 하고요……."

"아! 그래요. 좋은 생각이에요!"

그는 꺼림칙한 표정으로 하녀를 보면서 말했다.

"나가 있어, 두냐시아. 필요하면 다시 부를게."

키티가 말했다.

"당신 무슨 일 있어요?"

하녀가 나가자마자 그녀가 다정하게 '트이'라고 부르며 말했다. 그녀는 그의 얼굴빛이 이상하게도 잔뜩 긴장하고 우울하다는 것을 알아챘다. 그러자 그녀는 두려웠다.

"키티, 나는 괴로워요. 그리고 혼자 끙끙 앓을 수는 없어요."

그는 그녀 앞에 서서 애원하는 듯한 눈빛으로 그녀를 바라보며 절망적인 목소리로 말했다. 사랑스럽고 진실한 그녀의 표정을 보면서 그는 자기가 말하려고 했던 일들이 전혀 일어나지 않으리라는 것을 깨달았다. 하지만 그는 그녀가 직접 엉킨 매듭을 풀어주어야 한다고 생각했다.

"나는 아직 늦지 않았다고 말하려고 왔습니다. 아직은 이 모든 것을 취소하고 바로잡을 수 있어요."

"네? 무슨 말씀을 하시는 거예요. 당신 무슨 일 있어요?"

"내가 이미 천 번도 더 이야기했고, 아무리 생각해도 지울 수 없는 것……, 나는 당신과 맺어질 자격이 없는 사람입니다. 당신이 나와 결혼할 리 없다는 것입니다. 잘 생각해보세요. 당신이 실수하고 있는 것은 아닌지. 다시 한번 깊이 생각해봐요. 당신이 나 같은 사람을 사랑하다니 말도 안 됩니다…… 만약…… 말해줘요. 나는 불행한 사람이 될 겁니다. 남들이 뭐라고 해도 좋습니다. 무슨 일이든 불행보다는 나으니까요. 아직 시간이 있을 때 지금……."

그는 그녀를 보지도 않고 말했다.

"무슨 말씀을 하시는 건지 도무지 모르겠어요. 파혼하자는 말인가요? 결혼을 취소하자는 거예요?"

그녀는 놀란 목소리로 물었다.

"그래요, 당신이 나를 사랑하지 않는다면."

"당신 머리가 돌았군요!"

그녀는 얼굴이 새빨개질 정도로 화가 나서 소리쳤다. 그러나 그의 얼굴빛 또한 도저히 눈뜨고 볼 수 없을 만큼 비참했기 때문에 그녀는 화를 꾹 참고 안락의자에 있는 옷들을 끌어 내리고 그에게 다가가 앉았다.

"정말 무슨 생각을 하고 계신 거예요? 다 말해보세요."

"나는 당신이 나를 사랑하는 건 있을 수 없는 일이라고 생각해요. 당신이 뭣 때문에 나를 사랑하겠어요?"

"아아, 하느님, 어쩜 좋아요."

그녀는 울음을 터뜨렸다.

"아아, 내가 무슨 짓을 저지른 거지?"

그는 소리치면서 그녀 앞에 무릎 꿇고 그녀의 손에 키스했다.

5분 뒤 공작 부인이 방에 들어왔을 때는 두 사람이 벌써 완전히 화해하고 난 후였다. 키티는 자신이 그를 사랑하고 있음을 확인시켰고, 심지어 그가 물어본 것에 대한 답으로 그를 사랑하는 이유까지 설명해주었다. 그녀는 자신이 그를 사랑하는 이유는 그를 충분히 이해하고 있기 때문이며, 그가 무엇을 사랑해야 하는지 다 알고 있고, 그가 사랑하는 것들이 다 훌륭한 것이기 때문이라고 설명했다. 그는 그 말을 명확하게 충분히 납득했다.

공작 부인은 그가 무슨 일로 왔는지 듣고는 농반진반으로 화를 냈다. 그러고는 곧 샤를이 올 테니 키티가 머리 꾸미는 것을 방해하지 말고 그에게도 어서 가서 옷을 차려입으라며 내보냈다.

"그렇잖아도 요즘 통 못 먹고 핼쑥한 아이를 쓸데없는 소리로 괴롭히다니. 자, 어서 가요. 빨리 돌아가라고요. 무슨 이런 사람이 다 있담?"

공작 부인이 말했다.

레빈은 몹시 무안한 얼굴로, 하지만 차분한 마음으로 호텔로 돌아갔다.

3

많은 사람들, 특히 여인네들이 결혼식을 위해 환하게 불을 밝힌 교회를 에워싸다시피 했다. 들어가지 못한 사람들은 창가에서 안을 들여다보려고 밀치락달치락했다.

사람들은 문 열리는 소리가 날 때마다 얘기를 멈추고 신랑 신부를 보려고 두리번거렸다. 문은 벌써 열 번도 넘게 열렸으나 번번이 늦게 도착한 손님이거나, 오른쪽 초대석으로 가는 손님들 또는 경관을 속이거나 동정심을 자극해서 왼쪽의 하객석에 끼어드는 구경꾼들이었다. 집안사람들이나 구경하는 사람들 모두 더 이상 기다리기 힘들 지경이었다.

사람들도 처음에는 신랑 신부가 곧 오리라 여기고 늦는 것에 별 신경 쓰지 않았으나 차츰 문 쪽을 쳐다보며 무슨 일이 생긴 건 아닌지 쑥덕거렸다. 그러자 점점 결혼식이 늦어지는 것이 못마땅했다. 그래서 집안사람들과 내빈들은 신랑이 아니라 자기들 이야기에 열중하고 있는 것처럼 보이려고 애썼다.

그때 레빈은 조끼와 연미복도 입지 않은 채 바지만 입고 연신 창문으로 목을 빼고 복도를 살펴보면서 방 안을 서성거렸다. 그가 기다리는 사람이 나타나지 않자 그는 낙담한 표정으로 두 손을 휘저으면서 느긋하게 앉아 담배를 피우는 오블론스키에게 말했다.

"아니, 정말 지금까지 이렇게 바보 같은 사람이 있었을까?"

"그래, 바보 같아."

오블론스키는 위로하듯 미소 지으며 맞장구를 쳤다.

"하지만 좀 진정하게. 곧 올 거야."

"그래야지. 멍청하기는! 그리고 가슴이 훤히 드러난 조끼 좀 봐! 참을 수가 없어!"

그는 셔츠의 구겨진 가슴 부위를 쳐다보며 말했다.

"내 짐이 벌써 기차역으로 가버렸으면 어쩌지?"

그는 절망적으로 소리쳤다.

"그럼 내 옷을 입으면 되지."

"진작 그럴 걸 그랬어."

"하지만 우스꽝스러우면 안 되니까…… 좀 기다려보게! 잘될 거야."

일은 이렇게 벌어진 것이었다. 레빈이 옷을 갈아입겠다고 하자 늙은 하인 쿠지마가 연미복과 조끼를 비롯해 필요한 옷가지들을 모두 가져왔다.

"셔츠는 어딨나!"

"셔츠는 입고 계시지 않습니까?"

쿠지마가 태연히 미소 지으며 대답했다.

쿠지마는 새 셔츠를 빼놓을 생각을 미처 못 하고 연미복 한 벌만을 남기고 모든 짐을 꾸려서 지시받은 대로 오늘 밤 신랑 신부가 출발하기로 되어 있는 셰르바츠키 댁으로 갖다 놓은 것이었다. 그러나 레빈이 아침부터 입고 있던 셔츠는 잔뜩 구겨져서 지금 유행하는 가슴이 넓게 트인 조끼를 입을 수가 없었다. 사람을 보내기에는 셰르바츠키 집까지 너무 멀었다. 그래서 새 셔츠를 사러 사람을 보냈다. 그런데 하인은 빈손으로 돌아와 문을 연 상점이 하나도 없다고 말했다. 일요일이라는 것을 미처 생각 못 했던 것이다.

그래서 이번에는 오블론스키의 집으로 사람을 보내 셔츠를 가지고 오라고 했다. 그러나 품이 너무 크고 짧아서 입을 수가 없었다. 결국은 셰르바츠키 집으로 사람을 보내 짐을 풀어서 가져오라고 했다. 교회에서는 사람들이 신랑을 기다리고 있었다. 그러나 그는 우리에 갇힌 짐승처럼 수시로 복도를 내다보면서, 자기가 키티에게 했던 말과 지금 그녀가 어떤 생각을 하고 있을지 생각하며 두려움과 절망에 사로잡혀 방 안을 계속 서성거리고 있었다.

드디어 잘못을 저지른 쿠지마가 숨을 헐떡거리며 셔츠를 가지고 방 안으로 뛰어 들어왔다.

"하마터면 놓칠 뻔했어요. 도착하니 마차에 싣고 있더라고요."

쿠지마가 말했다.

3분 후 레빈은 보면 더 속상할 것 같아 시계도 보지 않고 복도를 뛰어갔다.

"거참, 못 말리겠군. 괜찮아……, 괜찮다니까."

오블론스키는 미소를 지으며 여유롭게 그의 뒤를 따라갔다.

4

"왔어요!"

"저기, 저 사람이에요!"

"누구?"

"더 젊은 쪽이겠죠."

"어머, 신부가 살아 있을지 모르겠네."

레빈이 입구에서 신부를 맞이해 교회 안으로 함께 들어가자 사람들이 이렇게 수군거렸다.

오블론스키는 아내한테 늦은 까닭을 말해주었다. 그러자 손님들은 미소 지으며 서로 속삭였다. 레빈의 눈에는 누가 와 있는지 아무도 보이지 않았다. 그는 신부에게서 잠시도 눈을 떼지 않았다.

"나는 당신이 도망가 버린 줄 알았어요."

키티가 웃으면서 말했다.

"정말 말하기에도 부끄러운 일이 있었어요! 정말 웃지 못할 일이에요."

레빈은 얼굴을 붉히면서 말하고는 마침 옆으로 다가온 세르게이 이바노비치를 돌아보았다.

"네 셔츠 이야기는 정말 대단했어."

세르게이 이바노비치는 고개를 흔들면서 슬며시 웃었다.

"아, 네."

레빈은 그가 무슨 말을 하는지도 모르고 대답했다.

그때 노르드스톤 백작 부인이 옆으로 다가와 말했다.

"키티, 알죠? 당신이 먼저 카펫 위에 서야 해요."(신랑 신부가 작은 카펫 위에 서는 의식으로 먼저 서는 사람이 가정의 실권을 쥔다는 속설이 있다.—옮긴이)

그러고는 그녀는 레빈을 돌아보며 말했다.

"당신도 멋지군요!"

"어때, 떨리지 않아?"

연로한 백모 마리야 드미트리예브나가 말했다.

"춥니? 얼굴빛이 창백해. 잠깐 머리 좀 숙여봐!"

키티의 언니 리보바 부인이 미소를 지으며 통통하고 아름다운 팔을 들어 올려 키티의 머리에 장식된 꽃을 매만져주었다.

사제는 꽃 장식을 한 초 두 자루에 불을 붙이고 촛농이 똑똑 떨어지도록 오른손으로 초를 기울이고 신랑 신부를 돌아보았다. 레빈의 고해성사를 담당했던 그 사제였다. 사제는 피로하고 기운 없는 시선으로 신랑 신부를 바라보며 길게 한숨을 쉬었다. 그러고는 법의 밑에 넣고 있던 오른손을 꺼내 신랑 먼저 축복하고, 마찬가지로 공손하게 깍지 낀 손가락을 고개 숙인 키티의 머리 위에 얹었다. 그런 다음 두 사람에게 초를 건네고 향로를 가지고 천천히 물러났다.

'이게 정말 생시일까?'

레빈은 이런 생각을 하며 신부를 돌아보았다. 그는 그녀의 옆얼굴을 살짝 내려다보았다. 그녀의 입술과 속눈썹이 희미하게 움직이는 것을 보고 그는 그녀가 자기의 시선을 느끼고 있다는 것을 알았다. 그녀는 돌아보지 않았지만 주름 잡힌 높은 깃이 장밋빛 작은 귀 쪽으로 올라가면서 살며시 떨렸다. 그는 한숨이 그녀의 가슴에서 멈추고, 촛불을 들고 있는 장갑 낀 작은 손이 가늘게 떨리는 것을 보았다.

"하느님, 이 두 사람에게 더 나은, 더욱 평화로운 사랑을 내려주시고 이들을 도와주시옵기를 기도하나이다."

교회 전체가 부사제의 목소리에 맞춰 숨 쉬는 것 같았다.

레빈은 그 말을 듣고 깜짝 놀랐다.

'도와주시옵기를, 도와주시옵기를, 도움이 필요하다는 것을 어떻게 알았을까?'

그는 최근 들어 마음속에 생겨난 의혹과 두려움을 떠올리며 생각했다.

'내가 알 수 있는 것이 무엇인가? 이런 두려움 속에서 무엇을 할 수 있을까? 도움이 없다면? 그렇다. 지금 내게 가장 필요한 것은 도움이다.'

부사제가 기도문을 다 읽자 사제는 책을 손에 든 채 신랑 신부를 향해 돌아서서 노래하듯 부드럽게 읽었다.

"떨어져 있는 두 사람을 하나로 묶어주시는 영원하신 하느님! 결코 떨어뜨릴 수 없는 거룩한 사랑의 결합을 그들에게 주시고, 이삭과 리브가에게 자손을 내려주시고 성스러운 약속을 보여주신 하느님, 바라옵건대 당신의 종인 콘스탄틴과 카테리나에게 축복을 내려주시고, 행복의 길로 인도해주시옵소서. 자비로우시고 사람의 아들을 사랑하시는 하느님, 성부와 성자와 성신의 이름으로 영원한 영광이 당신과 함께하시기를 기원하옵나이다. 아멘!"

눈에 보이지 않는 성가대의 합창이 울려 퍼졌다.

'떨어져 있는 두 사람을 하나로 묶어주시고, 사랑의 결합을 주신다. 이 얼마나 뜻 깊은 말인가! 지금 이 순간의 감정과 딱 들어맞는 말이다. 그녀도 나와 같은 생각일까?'

레빈이 이렇게 생각하며 돌아보는 순간 그녀와 눈이 마주쳤다.

그는 그녀의 눈빛을 보고 자기와 같은 생각을 하고 있다고 느꼈다. 그러나 잘못 안 것이었다. 그녀는 기도를 거의 듣지 못했다. 예배를 드릴 때 역시 어떤 말도 그녀의 귀에 들어오지 않았다. 그녀는 귀를 기울일 수도, 들을 수도 없었다. 하나의 감정이 더욱더 커져가면서 그녀의 영혼을 가득 채우고 있었기 때문이다. 그것은 이미 한 달 반 전부터 그녀의 마음속에 간직하고 있던 것, 그 6주 동안 끊임없이 그녀를 기쁘게 하기도 하고 아프게 하기도 했던 것이 이제 비로소 완전히 이루어졌다는 기쁨이었다.

사제는 성서대 쪽으로 돌아와 키티의 작은 반지를 겨우 빼내더니 레빈에게 손을 달라고 해서 그의 약지 첫 마디에 끼워주었다.

"하느님의 종 콘스탄틴과 하느님의 종 카테리나의 혼약이 맺어졌습니다."

그리고 이번에는 커다란 반지를 키티의 몹시 가냘프고 애처로워 보이는 장밋빛 손가락에 끼우고 같은 말을 되풀이했다.

신랑 신부는 어떻게 해야 할지 몰라 몇 번이나 틀렸고, 사제는 그때마다 귓속말로 바로잡아 주었다. 두 사람이 절차를 행하자 사제는 반지로 성호를 긋고 다시 키티에게는 큰 반지를, 레빈에게는 작은 반지를 주었다. 그러자 두 사람은 이번에도 어쩔 줄을 몰랐고, 반지가 두 번이나 두 사람의 손에서 왔다 갔다 했으나 좀처럼 제대로 되지 않았다.

바로잡아 주려고 돌리와 치리코프, 오블론스키가 앞으로 나갔다.

어수선한 분위기에서 사람들이 귓속말을 주고받으며 웃었다. 그러나 하나로 결합된 두 사람의 감동 어린 엄숙한 표정은 조금도 변함이 없었다. 아니, 오히려 손이 엇갈리는 가운데 두 사람은 한층 더 진지하고 한층 더 엄숙한 눈빛을 빛냈다. 그래서 오블론스키가 각자 자기 반지를 끼면 된다고 속삭였을 때 자기도 모르게 그의 입술에 미소가 흘러나오다 그대로 사라져버렸다. 어떤 미소라도 두 사람을 모욕하는 것이라고 느꼈던 것이다.

"하느님, 당신은 태초에 남자와 여자를 창조하셨사옵니다."

사제는 반지를 교환하고 나서 외기 시작했다.

"당신의 손을 통해 아내는 구원되었고, 그 아들을 기르기 위해 남편과 결합하였사옵니다. 우리의 하느님이시여, 당신의 후예와 당신의 성스러운 약속에 진실한 축복을 내려주시옵고, 당신의 종인 콘스탄틴과 카테리나를 보살펴주시옵소서. 그들의 결혼을 신앙 속에서 한마음이 되어 진리와 사랑으로 굳건하게 해주시옵소서……."

레빈은 결혼에 대한 생각들, 삶을 어떻게 이루어갈 것인가에 대한 공상들, 어린아이 장난 같은 이 모든 것이, 지금까지 알지 못했고, 지금 자신에게 일어나고 있는데도 알 수 없는 이것이 무엇인지를 차츰 느끼고 있었다. 그의 가슴이 더욱 강한 전율에 휩싸이고, 참을 수 없는 눈물이 넘쳐흘렀다.

5

모스크바의 일가친척들 모두 교회에 모여 있었다. 그리고 결혼식이 진행되는 동안 불빛으로 반짝이는 예배당에는 성장을 한 부인들, 처녀들, 하얀 넥타이에 연미복과 제복을 입은 신사들이 무리 지어 있었다. 주로 신사들의 말소리가 끊이지 않았고, 부인들은 언제 봐도 감동적인 의식을 하나도 빠짐없이 관찰하느라 여념이 없었다.

신부의 두 언니는 신부 가장 가까이에 앉아 있었다. 큰언니 돌리와 외국에서 온 조용하고 아름다운 리보바 부인이었다.

"마리는 왜 결혼식에 검은빛에 가까운 자주색 옷을 입었을까요?"

코르순스카야 부인이 말했다.

"얼굴색을 봐요. 어울리는 게 저 색밖에 없어요……."

드루베스키 부인이 대답했다.

"그나저나 저녁에 결혼식을 올리다니 깜짝 놀랐지 뭐예요? 정말 장삿속이에요……."

"저녁이 더 아름다워 보여요. 나도 저녁에 했거든요."

코르순스카야 부인이 대답했다. 그녀는 결혼식 때 자기가 얼마나 예뻤으며 남편이 얼마나 바보 같을 만큼 자기에게 푹 빠져 있었는지 떠올리다가, 모든 것이 변해버린 지금 이 순간을 생각하며 길게 한숨을 내쉬었다.

"들러리를 열 번 이상 선 사람은 결혼을 못한다던데요. 그래서 나도 확실히 해두려고 열 번 서보려고 했는데 도무지 기회가 없네요."

시냐빈 백작이 자기한테 관심을 보이는 아름다운 차르스카야 공작 영애에게 말했다.

차르스카야 공작 영애는 미소로 답했다. 그녀는 언젠가 시냐빈 백작과 함께 지금 키티가 서 있는 그 자리에 서게 될 날을 상상하고, 더불어 그때 그에게 지금 했던 농담을 꺼낼 일을 생각하며 키티를 바라보았다.

젊은 셰르바츠키는 늙은 궁녀 니콜라예바에게 키티의 행복을 위해 그녀의 가체에 관을 씌워줄 것이라고 말했다.

"가체는 안 해도 되었을 것을. 나는 요란한 건 싫더라고요."

니콜라예바가 말했다. 그녀는 오래전부터 자기가 봐둔 늙은 홀아비와 결혼하게 되면 식은 간단히 하리라 마음먹고 있었다.

세르게이 이바노비치는 돌리에게 결혼 직후 여행을 떠나는 풍습이 보편화되고 있는데, 이것은 신혼부부들이 조금 수줍어하기 때문일 거라고 농담조로 말했다.

"당신의 동생은 영광스럽게 생각하고 있을 거예요. 신부가 정말 아름답지 않나요? 동생이 부럽지 않아요?"

"나에게 그런 시절은 이미 지나갔습니다."

이렇게 대답하는 그의 얼굴에는 뜻밖에도 우울하고 굳은 표정이 떠올랐다.

오블론스키는 처제에게 이혼 등을 들먹이며 우스갯소리를 하고 있었다.

"화관을 바로 세워줘야겠어요."

리보바 부인은 그의 말을 듣지 않고 대꾸했다.

"정말 안됐네요. 얼굴이 저렇게 비쩍 마르다니. 저 사람이 신부를 따라가려면 아직도 멀지 않았어요? 그렇지 않아요?"

노르드스톤 백작 부인이 리보바 부인에게 말했다.

"천만에요. 나는 저 사람이 마음에 쏙 들어요. 동생 남편이 될 사람이라서 그런 게 아니라 정말이지 아주 훌륭한 태도를 가졌어요. 이런 상황에서 훌륭한 태도를 취하기가 얼마나 어려워요? 우스꽝스러워 보이지도 않고, 그렇다고 딱딱하게 굳어 있지도 않고요. 정말 감동하고 있는 것 같아요."

리보바 부인이 대답했다.

"당신은 이렇게 되기를 바랐나 보네요?"

"그럼요. 저 애는 항상 저 사람을 마음에 두고 있었거든요."

"자, 누가 먼저 카펫 위에 서는지 봅시다. 내가 키티한테 귀띔해주기는 했는데."

"상관없어요. 우리는 다 얌전한 아내거든요. 집안 내력이랍니다."

리보바 부인이 대답했다.

"어머, 나는 일부러 바실리보다 먼저 섰답니다. 돌리, 당신은요?"

그들 옆에 서 있던 돌리는 이야기를 듣기는 했지만 아무 대꾸도 하지 않았다. 그녀는 깊은 감동을 받은 나머지 눈물을 글썽였다. 그녀는 울지 않고는 단 한 마디도 할 수 없었다. 그녀는 키티와 레빈이 결혼하게 되어 무척 기뻤다. 그녀는 자신의 결혼식 때 빛이 났던 오블론스키를 보고 있었다. 그러자 현실을 잊을 만큼 순수했던 첫사랑이 떠올랐다. 그녀는 자기뿐 아니라 여자 친구들과 친한 부인들까지 모두 떠올렸다. 그녀는 그 사람들이 오늘의 키티처럼 화관을 쓰고 사랑과 희망과 두려움을 품고 과거와 인연을 끊고 신비로운 미래에 발을 들여놓을 때의 모습, 인생에서 단 한 번뿐인 엄숙한 순간의 모습을 떠올려보았다. 그러다 요즘 이혼 얘기가 오가고 있다는 소식을 듣게 된 사랑스러운 안나의 모습도 떠올랐다. 그녀도 그때는 지금의 키티처럼 오렌지꽃과 베일에 싸여 순결한 모습으로 서 있었을 것이다. 하지만 지금은 어떤가?

'정말 이해할 수 없어.'

그녀는 속으로 중얼거렸다.

이렇게 예식을 하나부터 열까지 세세하게 관찰하고 있는 것은 신부의 언니들이나 친구들, 친척들만이 아니었다. 아무 상관 없는 여자들, 구경하러 온 부인네들까지 숨 죽이고 설레는 마음으로 신랑 신부의 거동과 표정을 하나도 빠짐없이 살피고 있었다. 농담이나 쓸데없는 말들만 지껄이는 관심 없는 사내들 이야기에는 귀도 기울이지 않았고 성가신 듯 아무 대꾸도 하지 않았다.

"그런데 왜 저렇게 퉁퉁 부었을까요? 결혼이 내키지 않는 건가?"

"저렇게 훌륭한 사람하고 하는데 싫을 리가요. 게다가 공작이라던데. 그렇죠?"

"저 하얀 새틴 드레스를 입은 여자는 언니 맞죠? 자, 들어봐요. 부사제가 굵은 목소리로 '그리고 지아비를 두려워할지어다.'라고 말하고 있어요."

"추도보 수도원 사람들인가요?"

"아니요, 종무원 사람들이에요."

"하인한테 직접 물어봤는데 신부를 데리고 시골의 자기 소유지로 간대요. 어마어마한 부자래요. 그러니까 시집보내는 거죠."

"아무튼 정말 잘 어울리는 한 쌍이에요."

"신부가 어쩜 저렇게 귀엽죠? 마치 꽃으로 장식한 어린 양 같아요! 아무래도 우리는 여자 쪽에 더 마음이 가네요."

교회 문으로 용케 들어와 구경하는 여자들 사이에서 이런 이야기들이 오갔다.

6

결혼식이 끝나자 교회 사무원 하나가 예배당 한가운데 성서대 앞에 장밋빛 카펫을 깔았다. 성가대는 베이스와 테너의 능숙한 합창으로 어려운 성가를 부르기 시작했다. 사제가 신랑 신부에게 장밋빛 카펫을 가리켰다. 이 카펫을 먼저 밟는 사람이 집안의 주도권을 쥐게 된다는 말은 익히 들어 알고 있었지만, 레빈과 키티 둘 다 카펫을 향해 서너 걸음 다가갔을 때는 그런 생각을 할 겨를이 없었다. 한쪽은 신랑이 먼저다, 다른 쪽은 두 사람이 동시에 올라갔다 하고 왁자지껄 떠들어대며 입씨름을 했지만, 두 사람 귀에는 전혀 들리지 않았다.

"잘 씌워주세요!" 사제가 그들에게 관을 씌워주었을 때 이런 소리가 들렸다. 젊은 셰르바츠키는 단추 3개가 달린 장갑을 끼고 손을 부들부들 떨면서 그녀의 머리 위로 관을 높이 들었다.

"씌워주세요!"

그녀가 빙긋 웃으며 속삭였다.

레빈은 그녀를 돌아보았다. 그리고 기쁨으로 빛나는 그녀의 얼굴을 보고 감동했다. 그녀의 감정은 어느새 그에게 옮겨가 그도 그녀처럼 밝고 즐거웠다.

두 사람은 〈사도행전〉을 듣는 것도, 구경꾼들이 못 견뎌하던 마지막 〈시편〉을 부사제의 굵은 목소리로 듣는 것도 즐거웠다. 넓은 잔으로 물 탄 적포도주를 마시는 것도 즐거웠다. 그러나 무엇보다 즐거웠던 것은 사제가 법의 앞자락을 벌리며 둘의 손을 잡고 '하느님께 영광 있으라.'고 노래하는 베이스의 빠른 리듬에 맞춰 성서대 주위를 돌 때였다. 관을 받들고 있던 셰르바츠키와 치리코프도 싱글벙글 웃으며 이따금 신부의 드레스에 걸려 휘청거리기도 하고 사제가 걸음을 멈출 때면 물러서기도 하고 신랑 신부와 부딪히기도 하면서 무척 즐거워했다. 키티의 얼굴에 타오르던 기쁨의 불꽃은 예배당에 있던 모든 사람들에게 옮겨갔다. 레빈이 보기에는 사제와 부사제도 자기처럼 웃고 싶어 하는 것 같았다.

사제는 두 사람 머리에 씌워진 관을 벗기고 마지막 기도를 올린 다음 두 젊은이를 축복했다. 레빈은 키티를 힐끗 보았다. 그는 지금과 같은 그녀의 모습을 이제껏 한 번도 본 적이 없었다. 새로운 행복으로 빛나는 그녀의 얼굴은 더없이 아름다웠다. 그는 그녀에게 무슨 말을 하고 싶었지만 식이 끝난 것인지 알 수가 없었다. 그러자 사제가 어찌할 바를 모르는 그를 구해주었다. 그는 선한 미소를 머금고 나지막이 말했다.

"아내에게 키스하시오, 남편에게 키스하시오."

그리고 두 사람에게서 초를 건네받았다.

레빈은 그녀의 미소 띤 입술에 조심스럽게 입을 맞추고 그녀에게 손을 내밀었다. 그리고 새롭고 묘한 살가움을 느끼며 교회를 나섰다. 그는 현실이라고는 도저히 믿기지 않을 정도였다. 정말이지 믿을 수가 없었다. 두 사람의 놀랍고 수줍은 눈동자가 서로 마주쳤을 때 그는 비로소 현실임을, 자기들이 이제 하나가 되었음을 느꼈다.

그날 밤 만찬이 끝난 뒤 젊은 두 사람은 시골로 떠났다.

7

브론스키와 안나는 석 달째 유럽을 여행하고 있었다. 두 사람은 베네치아, 로마, 나폴리를 돌아보고 나서 잠시 머무를 요량으로 이탈리아의 작은 도시에 막 도착했다.

잘생긴 급사장은 양손을 주머니에 찔러 넣은 채 얕보는 듯한 시선으로 눈을 찌푸리고는 옆에 서 있는 신사에게 꽤 진지하게 뭔가를 대답하다가 현관 층계를 올라오는 발소리를 듣고 흘끔 돌아보았다. 그리고 그들의 호텔에서 가장 좋은 방에 머물고 있는 러시아의 백작을 보고는 주머니에서 두 손을 빼고 허리를 굽혀 공손하게 인사하더니 방금 급사가 돌아왔는데 팔라초(저택—옮긴이)를 빌릴 수 있게 되었다고 보고했다. 지배인은 계약에 서명할 준비를 해두고 있었다.

"그래, 잘됐군. 마님은 계시나?"

브론스키가 말했다.

"산책 나가셨다 방금 돌아오셨습니다."

급사장이 대답했다.

브론스키는 모자를 벗고 땀에 젖은 이마와, 조금 벗어진 머리를 가리려고 귀 중간까지 길러 뒤로 빗어 넘긴 머리칼을 손수건으로 닦았다. 그리고 아직도 서서 자기를 쳐다보는 신사를 무심히 보면서 그냥 지나치려고 했다.

"저분은 러시아 손님이신데, 나리를 뵙고 싶답니다."

급사장이 말했다.

브론스키는 어디를 가나 아는 사람들의 눈을 피할 수 없다 싶은 귀찮은 감정과 단조로운 생활에서 벗어날 수 있겠다는 희망이 뒤섞인 감정으로 발을 멈추고 신사를 돌아보았다. 그때 두 사람의 눈이 밝게 빛났다.

"골레니시체프!"

"브론스키!"

그는 브론스키의 견습사관학교 시절 친구 골레니시체프였다. 골레니시체프는 문관으로 졸업했으나 어디에도 근무하지 않았고, 학교를 졸업한 뒤로 처음 만나는 것이었다.

그때 골레니시체프는 제법 훌륭한 자유주의 사업을 찾아냈던 터라 브론스키의 사업과 지위를 얕잡아 보았다. 그것을 눈치챈 브론스키는 예의 냉정하고 오만한 태도를 취했다. 그러자 골레니시체프도 냉정하게 깔보는 태도를 보였다. 이렇듯 이 만남으로 둘 사이가 훨씬 더 어색해질 수밖에 없었다. 그런데 두 사람은 서로를 보는 순간 기뻐서 소리를 질렀다.

"여기서 자네를 만나다니, 정말 반갑네!"

브론스키는 하얀 건치를 드러내며 정다운 미소를 띠고 말했다.

"브론스키라는 이름을 듣고 자넨지 자네 형님인지 알 수가 없었네. 정말 반가워!"

"들어가세. 자네는 지금 무슨 일을 하고 있나?"

"여기 온 지 2년째 되었는데, 사업을 하고 있네."

러시아 귀족들은 하인들에게 감추고 싶은 얘기를 할 때는 프랑스어로 말했는데, 이들은 지금 프랑스어로 이야기하기 시작했다.

"자네 카레니나 부인을 아는가? 나는 그 사람하고 여행 중이네. 지금 그녀한테 가는 길이야."

그는 골레니시체프의 얼굴을 살피며 조심스럽게 말했다.

"그랬군! 전혀 몰랐네(사실은 알고 있었지만). 여기 온 지 오래 됐나?"

골레니시체프는 천연덕스럽게 대답했다.

"오늘이 나흘째네."

브론스키는 다시 한번 친구의 얼굴을 조심스럽게 살폈다.

'이 친구라면 확실하겠지. 올바른 시각으로 볼 줄 아는 친구니까. 이 친구를 안나한테 소개해도 되겠지. 매사 신중한 친구니까.'

그는 친구의 표정과 말머리를 돌린 의미를 눈치채며 생각했다.

그가 안나에게 데리고 갔을 때 골레니시체프는 그가 바라는 행동을 취해주었다. 그는 분위기가 어색해질 만한 이야기는 어렵지 않게 모두 피해갔다.

그는 안나를 본 적이 없지만 그녀의 아름다운 외모와 그런 처지에서 순수하게 구는 것에 큰 감동을 받았다. 브론스키가 골레니시체프를 데리고 들어오자 그녀의 얼굴은 홍당무처럼 빨개졌다. 그는 천진난만하고 아름다운 얼굴을 온통 물들인, 아이 같은 홍조가 마음에 들었다. 특히 마음에 든 것은 남의 오해를 사지 않으려고 부러 그러는 듯 브론스키를 솔직하게 알렉세이라고 부르며, 자기들은 이제 여기서 팔라초라고 부르는 집을 세 내어 살기로 했다는 얘기를 한 것이었다. 자기의 상황을 솔직하고 단순하게 드러내는 태도가 그의 마음에 들었던 것이다. 생기 있고 선하고 정열적인 안나의 모습을 보고 있으니 카레닌과 브론스키가 그녀에 대해 알고 있는 것을 골레니시체프도 다 알 것 같았다. 그녀 자신도 느끼지 못하는 것, 말하자면 남편을 불행에 빠뜨리고, 남편과 아들을 버리고, 명예까지 잃고서도 이렇게 발랄하고 생기 넘치고 행복할 수 있겠구나 하는 기분이 들었던 것이다.

"안내서에도 그 집이 나오네. 훌륭한 틴토레토(이탈리아의 화가 ―옮긴이)의 작품이 걸려 있거든. 만년의 작품이지."

골레니시체프가 팔라초에 대해 이야기했다.

"어때요? 날씨도 무척 좋은데 가서 볼까요?"

브론스키가 안나를 보며 말했다.

"어머, 좋아요! 금방 가서 모자를 쓰고 올게요. 밖은 덥다면서요?"

그녀는 문 앞에서 걸음을 멈추고 의아한 표정으로 브론스키를 쳐다보며 말했다. 그러자 그 순간 그녀의 얼굴이 또다시 빨갛게 물들었다.

안나는 모자와 반코트를 걸치고 파라솔을 만지작거리며 사뿐히 걸어 나왔다. 그녀는 여러 가지 화제 중 그림 이야기를 계속했다. 골레니시체프가 잘난 척하며 그림 이야기를 하자 그녀는 귀를 기울였다.

그들은 새로 빌린 집까지 걸어가 그곳을 둘러보았다.

돌아오는 길에 안나가 골레니시체프를 보며 말했다.

"좋은 점이 한 가지 있어요. 알렉세이의 화실로 쓰기 좋은 방이 있어요. 당신, 꼭 그 방을 쓰세요."

그녀는 브론스키를 러시아어로 다정하게 '당신'이라고 불렀다. 그녀는 벌써 골레니시체프가 자신들의 은둔 생활에서 가까운 사람이 되리라는 것, 그러니 아무것도 감출 필요 없다는 것을 느끼고 있었다.

"자네, 그림 그리나?"

골레니시체프가 브론스키를 홱 돌아보며 말했다.

"전에는 좀 그렸지. 요즘 조금씩 다시 시작하고 있어."

브론스키가 얼굴을 붉히며 말했다.

"정말 훌륭한 솜씨예요. 나는 비평가가 아니지만 훌륭한 비평가들이 그렇게 말했어요."

안나가 기쁜 듯 미소 지으며 말했다.

8

안나는 자유로운 몸으로 나날이 건강이 좋아지던 처음 시기에는 스스로 미안함을 느낄 정도로 행복한 삶의 기쁨으로 가득 차 있었다. 불행한 남편 생각에 기분을 망치지도 않았다. 한편으로 끔찍한 기억이었고, 또 한편으로는 남편의 불행으로 후회하기에는 너무나 큰 행복을 얻은 것이었다. 브론스키와 함께 외국으로 떠나오자 그녀는 앓고 난 뒤에 일어났던 온갖 사건들, 즉 남편과의 화해, 불화, 브론스키의 부상, 그의 방문, 이혼 준비, 가출, 아들과의 이별 등이 비로소 괴로운 꿈에서 깨어난 것처럼 여겨졌다.

남편을 불운에 빠뜨린 기억은 마치 물에 빠져 자기에게 매달리는 사람을 뿌리쳐버린 것처럼 말로 표현할 수 없을 만큼 몸서리나는 것이었다. 그 사람은 물에 빠져 죽었다. 그것은 나쁜 짓이다. 하지만 그래야만 자기가 살 수 있었다. 그러니 그런 끔찍한 일들은 일일이 생각하지 않는 것이 좋다.

남편과 결별하는 그 첫 순간에 그녀는 자기의 행동을 위로하는 한 가지 생각이 떠올랐다. 그래서 지금 모든 지난 일들이 떠오를 때면 그 생각을 했다.

'나는 다른 방법이 없었어. 그래서 그 사람을 불행하게 만든 거야. 하지만 그 불행을 이용하고 싶지 않아. 나도 괴롭고 앞으로도 괴로울 거야. 나는 무엇보다 귀중한 것을 잃었어. 나는 명예와 아들을 잃어버렸다. 나는 나쁜 짓을 한 만큼 행복도, 이혼도 바라지 않는다. 그리고 수치심을 안고 아들과 헤어진 것을 괴로워하며 살아갈 것이다.'

그러나 그녀는 아무리 괴로워하려야 그럴 수가 없었다. 수치심도 들지 않았다. 그들은 외국에서 둘 다 뛰어난 기지로 러시아 부인들을 피해 다녔으므로 거짓말을 할 일도 없었다. 그리고 두 사람의 상황을 자신들보다 더 잘 이해하는, 적어도 겉으로는 그렇게 꾸미는 사람들을 곳곳에서 만났다. 그녀는 그토록 사랑하는 아들과 헤어지고도 처음에는 고통스럽지 않았다. 브론스키와의 사이에서 낳은 딸이 귀여웠고, 자기에게 남겨진 유일한 이 아이에게 온통 마음을 빼앗겨 아들 생각은 별로 나지 않았다.

건강이 회복되면서 삶에 대한 욕구가 점차 크고 강렬해진 데다 새로운 생활도 즐거웠으므로 안나는 스스로 미안해할 만큼 행복했다. 그녀는 브론스키를 알아갈수록 그를 더욱 사랑했다. 그녀는 자기에 대한 그의 사랑 때문에 그를 사랑했다. 그를 완전히 자기 것으로 만들었다는 사실에 끝없는 기쁨을 느꼈다. 그의 곁에 있으면 늘 즐거웠다. 그의 성격을 하나하나 알아갈수록 말로 표현할 수 없는 사랑을 느꼈다. 이전과 다른 평상복 차림의 그의 모습에 그녀는 사랑에 빠진 처녀처럼 사로잡혔다. 그의 이야기와 생각 하나하나가 특별히 고귀하고 우아하게 느껴졌다.

그녀는 그에게 미칠 듯한 열정을 느끼는 자신에게 깜짝 놀라곤 했다. 그녀는 아무리 해도 그에게서 아름답지 않은 점을 발견할 수 없었던 것이다. 그녀는 그에 대한 열등감을 감히 표현할 수 없었다. 그가 그것을 아는 순간 자기에 대한 사랑이 당장이라도 식어버릴 것 같았던 것이다. 그녀는 지금 딱히 그럴 만한 이유가 없는데도, 그의 사랑을 잃게 될까 봐 무엇보다 두려웠다. 그러나 그녀는 자기를 대하는 그의 태도에 고마워했고, 그 마음을 감출 수가 없었다.

그녀가 생각하기에 그는 국가적인 사명을 위해 자기의 역할을 훌륭히 해내야 할 사람이 자기를 위해 명예를 포기하고도 조금도 후회하는 기색이 없었다. 그는 그녀에게 전보다 더 깊은 애정을 느꼈다. 그리고 지금 상황에서 어떻게 하면 그녀가 불편하지 않을까 하는 생각이 그의 머릿속을 한시도 떠나지 않았다. 그렇게 남자다운 사내가 그녀에게 반하는 일은 절대 하지 않았고, 자신의 의견은 접고 어떻게 해서든 그녀가 원하는 것을 헤아려줄 생각만 하는 것 같았다. 그녀는 자기에게 세심한 주의를 기울이고 자기를 감싸주고 보살펴주는 것에 부담을 느끼면서도 감사하지 않을 수 없었다.

한편 브론스키는 그토록 바라던 일이 완전히 실현됐는데도 만족스러울 만큼 행복하지 않았다. 그는 곧바로 이 욕망이 자기가 기대했던 행복이라는 높은 산에서 한낱 모래 한 알에 지나지 않는다는 것을 느꼈다. 행복이란 곧 욕망의 실현이라고 여기는 사람들이 저지르기 쉬운 오류를 보여주고 있었다.

그녀와 결합하고 평상복으로 갈아입은 순간에는 그때까지 몰랐던 자유, 연애의 자유에서 느낄 수 있는 온갖 매력에 사로잡혀 대체로 만족스러웠지만 그것도 오래가지 못했다. 그는 곧 욕망에 대한 갈구와 번뇌가 솟구치는 것을 느꼈다. 그는 자기 의지와는 반하게 시시때때로 일어나는 변덕을 희망과 목적이라 여기고 그것을 붙잡았다. 하루 중 16시간을 무슨 일이든 소일하며 보내야 했다. 페테르부르크에서 대부분의 시간을 차지했던 사회생활이라는 틀이 사라져 완전히 자유로웠던 것이다. 독신일 때 외국 여행 중에 누렸던 향락은 생각조차 할 수 없었다. 왜냐하면 그런 즐거움에 대해 조금만 언급해도, 밤늦은 만찬만으로도 안나는 갑자기 우울한 기색을 보였기 때문이다. 두 사람의 처지가 확실하지 않기 때문에 이곳의 사교계나 러시아인들과 어울릴 수도 없었다. 이제 명승지도 가보지 않은 곳이 없었다. 총명한 러시아인인 그가 영국인이라면 교묘하게 갖다 붙였을 거창한 의미조차 발견할 수 없었다.

그래서 마치 굶주린 짐승이 먹이를 찾아 닥치는 대로 아무거나 헤집듯 브론스키는 무의식적으로 때론 정치에, 때론 신간 서적에, 때론 그림에 손을 댔다.

그는 어렸을 때부터 그림에 재능을 보였고, 지금은 돈을 어디에 써야 할지 몰라 판화를 수집하기 시작했고, 얼마 지나지 않아 그림을 그리기 시작하면서 주로 그 일에 매달렸다. 마침내 그는 견딜 수 없는 욕망의 힘을 모조리 그림에 쏟아부었다.

그는 그림에 취미도 있었고 볼 줄도 알았으며, 모사하는 재능도 있었으므로 스스로 그림에 소질이 있다고 생각했다. 그래서 그는 종교화, 역사화, 인물화, 사실화 등 어떤 그림을 그릴지 잠시 고민했으나 일단 그려보기로 했다. 그는 어떤 그림이든 다 이해할 줄 알았고, 어떤 그림이든 영감을 받았다. 그러나 자신의 그림이 어떤 유파인지는 전혀 신경 쓰지 않았고, 자기 마음에서 영감을 얻을 생각조차 하지 못했다. 그렇기 때문에 자기 삶에서 직접 영감을 얻는 것이 아니라, 이미 미술 작품으로 구현된 삶에서 간접적으로 영감을 받았으므로, 그 속도도 굉장히 빠르고 쉬웠다. 그리고 그처럼 빠르고 쉽게 그의 그림은 자기가 모방하는 유파의 그림과 유사한 수준에 이르렀다.

그는 어떤 유파보다 우아하고 인상적인 프랑스 미술을 좋아했다. 그래서 그는 이탈리아 의상을 입은 안나의 초상화를 프랑스 화풍으로 그리기 시작했다. 그 초상화는 그는 물론 다른 사람들 눈에도 훌륭해 보였다.

9

낡고 황폐한 팔라초—조각물로 장식된 높고 회칠한 천장과 벽화, 모자이크 마루와 높은 창문에 걸린 묵직하고 노란 브로케이드 커튼이며 경대와 벽난로 위에 놓인 꽃병, 조각이 새겨진 문이며 온갖 그림이 걸린 음산한 홀 등이 있는—의 모습은 두 사람이 여기에 오고 나서 브론스키에게 자신은 러시아의 지주나 퇴직한 장교가 아니라 교양 있는 미술 애호가이자 후원자이며 사랑하는 여인을 위해 사회와 가족과 명예까지 버리고 온 겸허한 미술가라는 유쾌한 환상을 불러일으켰다.

팔라초로 옮겨오면서 브론스키가 선택한 생활은 아주 성공적이었다. 더구나 그는 골레니시체프의 소개로 흥미로운 사람들을 몇 명 만나 친해지면서 처음 한동안은 꽤 안정된 생활을 누렸다. 그는 이탈리아인 회화 교수의 지도를 받으며 자연을 소재로 습작을 그리기도 했고, 중세 이탈리아인의 생활을 연구하기도 했다. 최근 브론스키는 중세 이탈리아인의 생활에 매혹되어 중세풍 모자와 외투를 걸칠 정도였는데, 그에게 꽤 잘 어울렸다.

"우리는 여기 살면서도 전혀 모르고 있었으니……. 자네 미하일로프의 그림을 본 적 있나?"

어느 날 아침 브론스키는 자기 집을 방문한 골레니시체프에게 말했다.

그는 골레니시체프에게 러시아 조간신문을 건네면서 미리 살 사람이 정해진 작품을 완성한, 이 도시에 살고 있는 러시아 화가에 대한 논평 기사를 가리키며 말했다. 그 논평은 이렇게 훌륭한 화가에게 장려금이나 보조금을 전혀 지원하지 않는 정부와 아카데미를 비난하고 있었다.

"봤네. 물론 그에게 재능이 있기는 하지만 완전히 잘못된 방향으로 가고 있네. 그리스도와 종교화 화풍이 이바노프, 슈트라우스, 르낭의 방식이지."(예수를 역사적 인물로 그리는 화풍을 말한다. 톨스토이는 이러한 경향을 부정적으로 보았다.—옮긴이)

골레니시체프가 대답했다.

"어떤 그림이에요?"

"빌라도 앞에 선 그리스도인데 신파의 사실주의에 따라 그리스도를 한낱 유대인으로 표현했죠."

작품에 대한 질문으로 시작해 자기가 굉장히 좋아하는 주제에 이르자 골레니시체프는 신이 나서 장황하게 지껄이기 시작했다.

"그들은 대체 왜 그런 험악한 짓을 저지르는지 알 수가 없어. 위대한 거장들의 예술 작품에서 그리스도는 이미 일정한 모습으로 훌륭하게 표현되어 있어. 신이 아닌 혁명가나 성인을 그리고 싶다면 역사에 나오는 소크라테스, 프랭클린, 샤를로트 코르데, 이런 사람들을 선택하면 되는 거 아닌가. 말하자면 그리스도 말고 말이야. 정말이지 그들은 미술을 위해 선택하지 말아야 할 인물을 선택했어. 그리고……."

"그건 그렇고 미하일로프의 생활이 어렵다는 게 사실인가?"

브론스키는 작품이 좋건 나쁘건 상관없이 러시아의 파트롱(예술의 보호자, 후원자 — 옮긴이)으로 화가를 도와줘야겠다고 생각했다.

"뭐라고 해야 할까, 아무튼 그 친구는 초상화를 주로 그리네. 그가 그린 바실리치코바 부인의 초상화 봤나? 그런데 이제 초상화를 그리기가 싫은 모양이네. 그래서 생활이 어려워졌는지도 모르지. 말하자면……."

"그럼 그에게 안나의 초상화를 그려달라고 하는 건 어때?"

브론스키가 말했다.

"내 초상화는 왜요? 당신이 그려줬잖아요. 다른 초상화는 필요 없어요. 아냐(그녀는 자기 딸을 이렇게 불렀다)를 그려달라고 하는 게 낫겠어요. 저기, 그 애가 나왔어요."

그녀는 창 너머로 아이를 데리고 뜰에 나온 아름다운 이탈리아인 유모를 바라보았다. 그리고 브론스키를 슬며시 보았다. 브론스키가 자기 그림에 머리만 모델로 썼던 아름다운 유모는 안나의 생활에서 유일하게 감춰진 슬픔이었다. 브론스키는 그녀를 모델로 그리고 나서 아름다움과 중세적인 분위기를 칭찬했다. 안나는 자기가 이 유모에게 질투를 느낄 수도 있다는 것을 감히 인정할 용기가 없었다. 그래서 안나는 그녀와 그녀의 아들을 특별히 아끼고 보살펴주었다.

브론스키도 창 쪽을 보고 안나에게 눈길을 돌렸다가 곧 골레니시체프를 보며 말했다.

"자네 미하일로프라는 사람하고 친분이 있나?"

"만난 적은 있지. 하지만 워낙 기인인 데다 교양이라고는 없는 사람이네. 말하자면 요즘에 흔히 볼 수 있는 새로운 야만인 부류지. 무신론과 무정부주의와 유물론 같은 외곬의 사상에 빠져서 교육받은 자유사상가지. 그 전에는……."

"그럼, 그 사람한테 가봐요."

브론스키가 오직 그를 돕기 위해 초상화를 의뢰하는 것임을 알고 있는 안나가 골레니시체프의 말을 가로막았다.

골레니시체프는 분위기를 눈치채고 기꺼이 동의했다. 그러나 그 화가가 사는 곳은 멀어서 마차로 가기로 했다.

한 시간 뒤 안나는 골레니시체프와 나란히 앉고 브론스키는 그

앞에 앉아서 변두리에 있는, 새로 지었지만 썩 좋아 보이지 않는 어떤 집에 도착했다. 수위의 아내가 문을 열고 나오더니 미하일로프는 항상 화실에서 손님을 맞이하는데, 지금은 조금 떨어진 안채에 있다고 했다. 그들은 그녀에게 명함을 주면서 그의 그림을 보고 싶다고 했다.

10

화가 미하일로프는 화실로 들어서면서 방문객들을 힐끗 훑어보았다. 그리고 브론스키의 얼굴 표정, 특히 광대뼈를 상상으로 그려보았다. 화가로서 그는 자신을 위해 끊임없이 소재를 모으고 있으면서도, 또 자기 작품에 대한 비평을 들을 순간이 다가오자 더욱 긴장하면서도, 겉으로 내색하지 않고 세 사람에 대한 견해를 재빨리 세밀하게 조합하고 있었다. '이 남자(골레니시체프)는 이 마을에 사는 러시아 사람이군.' 미하일로프는 그의 이름이나 언제 어디서 만났는지, 어떤 이야기를 나눴는지도 기억하지 못했다. 단지 얼굴만 기억할 뿐이었다. 그는 한 번이라도 본 사람들의 얼굴은 모두 기억하고 있었다. 그는 또 그것이 자기의 머릿속에서 그리 중요하지 않은 얼굴, 즉 표정이 빈약해서 한쪽에 잔뜩 쌓아놓은 얼굴들 중 하나라는 것도 기억했다. 어린애처럼 불안스럽고 빈약한 표정에 좁은 미간 위쪽으로 넓은 이마와 숱 많은 머리가 쏠려 있는 외면적 특징을 가지고 있었다. 브론스키와 안나를 보고는 신분 높은 부유한 러시아 사람으로, 예술을 이해하지도 못하면서 애호가이자 감식가입네 하는 사람들이 틀림없다고 여겼다.

'오래된 것들을 다 돌아보고 나서 이제는 신인들과 독일의 사이비 화가들, 영국 라파엘전파의 멍청한 화가들의 화실을 구경하고 다니겠지. 여기 온 것도 그저 지식이나 채워보고자 하는 것이 틀림없어.'

그는 이렇게 생각했다.

미술은 타락했다, 새로운 작품을 볼수록 위대한 옛 거장들을 감히 쫓아갈 수 없다는 것을 알 수 있다, 단지 이런 말을 하기 위해 현대 미술가의 화실을 구경하러 다니는 애호가(그들이 똑똑할수록 더욱 견딜 수가 없었다)의 태도를 그는 잘 알고 있었다. 그는 그들도 분명 그런 부류라고 생각했다. 그들의 얼굴과 주고받는 이야기, 마네킹과 흉상을 보고, 그가 그림 덮개를 걷어내기를 기다리며 자유롭게 왔다 갔다 하는 무심하고 태연한 태도로 알 수 있었다.

하지만 그들이 자신의 습작을 한 장씩 들추기도 하고 커튼을 들어 올리거나 덮개를 걷기도 하는 것을 보면서 그는 가슴이 세차게 뛰었다. 평소 신분 높고 부유한 러시아인들은 모두 멍청한 야만인일 뿐이라고 생각했으면서도 브론스키, 특히 안나가 마음에 들었던 것이다.

"한 번 뵌 적이 있는 것 같은데요."

그는 골레니시체프에게 말했다. 그러면서도 브론스키와 안나의 얼굴에서 점 하나라도 놓치지 않으려고 긴장된 눈길로 그들을 번갈아 바라보았다.

"물론입니다. 로시 댁에서 뵈었지요. 기억하시죠? 그 이탈리아 아가씨 라셸이 낭독했던 밤 파티 말입니다."

골레니시체프는 아무 미련 없이 그림에서 눈길을 돌리고 화가를 보면서 자유롭게 말했다. 그러나 미하일로프가 그림에 대한 평가를 기다리고 있다는 것을 알고 이렇게 말했다.

"이 그림은 지난번보다 훨씬 좋아졌군요. 그때도 그랬지만 지금도 빌라도의 모습은 정말 감동적이에요. 사람들은 이 인물이 착하고 훌륭하기는 하지만 자기가 무슨 일을 하는지 모르는, 영혼 깊숙이 관료적인 인간이라고 해석합니다. 하지만 나는……."

불안한 표정을 짓고 있던 미하일로프의 얼굴이 갑자기 밝게 빛나더니 두 눈을 반짝였다. 뭔가 하고 싶은 말이 있었으나 너무 흥분한 나머지 말이 나오지 않아 기침을 하는 체했다. 그가 골레니시체프의 미술에 대한 안목을 아무리 낮게 평가했다고 해도, 관리인 빌라도의 표정을 정확하게 지적한 그 올바른 비평이 아무리 하찮은 것이라 해도, 또 정작 중요한 것은 언급하지도 않고 쓸데없는 것부터 비평한 것이 아무리 못마땅해도, 미하일로프는 그의 비평에 완전히 흥분해버렸다. 빌라도의 모습은 그 역시 골레니시체프의 생각과 같았다. 그는 지극히 타당한 무수한 비평 중 하나에 지나지 않는다고 생각하면서도, 골레니시체프의 비평이 꽤 의미 있게 느껴졌다. 그래서 그는 골레니시체프가 마음에 들었다. 그리고 의기소침하던 기분이 갑자기 기쁨으로 넘쳤다. 그러자 그 그림 전체가 온통 생기 있고 활발하게 그의 앞에서 어지럽게 움직였다. 미하일로프는 자기도 빌라도를 그렇게 이해한다고 말하려고 했으나 입술이 떨려서 말이 나오지 않았다. 브론스키와 안나도 나지막이 소곤거리고 있었다. 한편으로는 화가의 감정을 상하지 않게 하려고, 다른 한편으로는 전시회에서 작품을 보며 흔히 그러듯 어리석은 말들을 무심코 큰 소리로 말하지 않기 위해서였다. 미하일로프는 그들도 자기의 그림에서 인상을 받은 것 같았다. 그래서 그들 옆으로 다가갔다.

"그리스도의 표정이 정말 놀라워요!"

안나가 말했다. 그녀는 지금까지 본 그림 중에 이 표정이 가장 마음에 들었던 것이다. 그리고 그녀는 이 그림의 핵심이 그것이니까 화가도 이런 칭찬을 틀림없이 좋아할 거라고 생각했다.

"그리스도가 빌라도를 가엾게 여기는 것을 알 수 있어요."

이것 또한 그가 그린 그리스도에 대한 수많은 비평 중 하나였다. 그녀는 말했다. 그리스도는 빌라도를 가여워한다고. 그리스도의 표정에는 연민이 깃들어 있어야 했다. 그에게는 사랑과, 이 세상의 것이 아닌 고요, 죽음에 대한 각오와 말의 공허함을 깨달은 표정이 있기 때문이다. 물론 한쪽은 관능적 삶의 구현이고, 다른 한쪽은 영적 삶의 구현이므로 빌라도한테는 관료적인 표정이, 그리스도에게는 연민의 표정이 깃들어 있는 것이 당연하다. 이 모든 생각과 그 밖의 여러 가지 상념이 미하일로프의 마음속에 떠올라 그의 얼굴은 또다시 기쁨으로 빛났다.

"그렇습니다. 게다가 이 인물은 또 어떻습니까? 저 공기 좀 보세요. 뒤로 돌아갈 수도 있을 것 같군요."

골레니시체프는 이렇게 말하면서 그 인물의 의미와 사상에는 동의하지 않는다는 뜻을 드러냈다.

"정말 놀라운 솜씨야! 배경에서 인물이 쑥 튀어나와 있잖아. 이게 기교지."

브론스키가 골레니시체프를 향해 돌아서면서 말했다. 그는 둘이 주고받은 대화, 자기는 이런 기교는 포기했다는 이야기를 넌지시 비쳤다.

"그래요, 정말 놀라워요!"

골레니시체프와 안나가 맞장구를 쳤다. 미하일로프는 몹시 흥분하기는 했지만, 기교를 거론하는 비평에는 마음이 아팠다. 그래서 그는 브론스키를 쳐다보며 언짢은 표정을 지었다. 그는 기교라는 말을 자주 들먹였다. 그러나 골레니시체프는 정확히 어떤 의미로 말하는 것인지 알 수 없었다. 그는 사람들이 이 단어를 아무 의미 없이 쓰거나, 기계적인 묘사를 지칭할 때 쓴다는 것을 알고 있었다. 그는 지금의 찬사처럼 사람들은 기교라는 말을 마치 나쁜 것을 좋게 그릴 수 있는 능력이나 내면적인 가치에 반하는 것으로 여긴다는 것을 알고 있었다.

그는 덮개를 벗길 때는 작품을 보호하기 위해, 그리고 덮개를 완전히 벗겨내기 위해 세심하게 주의를 기울이고 조심스럽게 다뤄야 한다는 것을 알고 있었다. 그러나 그리는 기술에는 어떤 기교도 없었다. 어린아이나 자기 집 가정부에게도 그가 본 것과 똑같은 것을 계시하면 그들도 자기들이 본 것의 덮개를 잘 벗길 수 있을 것이다. 그러나 그와 반대로 가장 숙련된 전문 화가라도 그려야 할 내용이 미리 계시되지 않으면 기술적인 능력만 가지고는 아무것도 그릴 수 없다. 기교로 따지면 자기는 도저히 칭찬받을 자격이 없음을 그는 알고 있었다. 그는 자기가 그렸거나 그리고 있는 작품에서 부주의하게 덮개를 벗기다가 생긴 결점, 그리고 작품 전체를 손대지 않고서는 수정할 수 없는 눈에 띄는 결점이 있음을 알고 있었다. 그리고 거의 모든 형상, 모든 얼굴에서 그림을 훼손하는, 완전히 벗겨지지 않은 덮개의 흔적이 있음을 알고 있었다.

"괜찮으시다면 한마디 더 드릴 말씀이 있습니다만……."

골레니시체프가 말했다.

"네, 물론입니다. 말씀해주십시오."

미하일로프가 억지웃음을 지으며 말했다.

"다른 게 아니라 당신의 그리스도는 신인(神人)이 아니라 인신(人神)이라는 점입니다. 물론 당신이 의도적으로 그렇게 했다는 것을 잘 압니다."

"하지만 나 또한 내 영혼이 허락하지 않는 그리스도를 그릴 수는 없죠."

미하일로프가 침울하게 말했다.

"그렇죠. 하지만 허락하신다면 내 의견을 더 말씀드리고 싶군요. 당신 그림은 내 비평 정도로는 가치가 손상되지 않을 만큼 훌륭합니다. 더구나 그건 내 개인적인 의견이고, 당신 의견은 따로 있겠지요. 말하자면 모티프가 다르니까요. 이바노프만 해도 그래요. 그리스도를 역사적인 인물로 끌어내릴 거면 오히려 뭔가 다른, 아무도 사용하지 않은 새로운 역사적 주제로 그리는 것이 낫지 않았을까 생각됩니다."

"하지만 이것이 예술의 가장 큰 주제라면요?"

"찾으려면야 다른 주제를 발견할 수도 있을 겁니다. 그러나 중요한 것은 예술은 논쟁과 비평을 초월하는 것입니다. 그러나 이바노프의 그림을 보고 있으면 신자든 아니든 이것이 신(神)일까, 아닐까 하는 의문이 생긴답니다. 그리하여 통일된 인상이 깨지는 겁니다."

"어떻게 그러죠? 교양 있는 사람들은 그 문제로 논쟁 같은 건 하지 않을 것 같은데요."

미하일로프가 말했다.

골레니시체프는 그렇지 않다고 말했다. 그리고 예술에서 통일된 인상이 꼭 필요하다는 기존의 자기 생각을 고집하면서 미하일로프의 의견을 논리적으로 반박했다.

미하일로프는 흥분했으나 자기의 사상을 옹호하는 말은 한 마디도 하지 못했다.

11

안나와 브론스키는 아까부터 계속 아는 척 떠들어대는 골레니시체프가 못마땅해서 서로 눈짓을 주고받았다. 마침내 브론스키가 주인의 안내를 기다리다 못해 썩 크지 않은 그림 앞으로 갔다.

"정말 아름다워. 정말 놀라워! 이렇게 아름다울 수가!"

두 사람이 한목소리로 외쳤다.

'뭐가 그리 마음에 드는 거지?'

미하일로프는 생각했다. 그는 3년 전에 그린 그 그림에 대해 깡그리 잊고 있었다. 몇 달 동안 밤을 새워가며 그림을 그리면서 느꼈던 온갖 희열과 고통을 완전히 잊고 있었던 것이다. 그림을 다 그리고 나면 늘 그렇듯이 말이다. 그는 그 그림을 쳐다보기도 싫었지만 영국인이 사러 온다고 해서 내놓은 것이었다.

"저건 오래전 습작입니다."

그가 말했다.

"정말 훌륭하군!"

골레니시체프도 진심으로 그림이 마음에 드는 듯 말했다.

버드나무 그늘에서 두 소년이 낚시를 하고 있는 그림이었다. 형은 방금 드리운 낚싯줄에 온 신경을 모으고 덤불 뒤에서 열심히 찌를 당기고 있었다. 동생은 풀밭에 누워 헝클어진 금발을 팔꿈치로 괴고 깊은 생각에 잠긴 듯 하늘색 눈동자로 물 위를 바라보았다. 그 아이는 무슨 생각을 하고 있는 것일까?

이 작품을 보고 감탄하자 미하일로프는 지난날의 흥분이 다시 솟구쳤다. 하지만 그는 지나간 것에 쓸데없이 감정을 낭비하기가 두렵고 마땅찮아서 칭찬이 좋으면서도 손님들을 세 번째 그림으로 안내하려 했다.

그러나 브론스키가 그 그림을 팔지 않겠느냐고 물었다. 방문객들 때문에 흥분해 있던 미하일로프는 돈 얘기에 기분이 몹시 상했다.

"사겠다는 사람이 있어서 내놓은 그림입니다."

그는 우울한 표정으로 인상을 찌푸리며 대답했다.

방문객들이 돌아가고 나서 미하일로프는 빌라도와 그리스도의 그림 앞에 앉아 방문객들과 나눈 이야기와, 말로 하지는 않고 넌지시 내비쳤던 것들을 되새겨보았다. 그러자 묘하게도 그들이 있을 때 그들의 관점으로 그렇게 중요해 보이던 것들이 갑자기 무의미한 것이 되고 말았다. 그는 오롯이 화가의 시각으로 자신의 그림을 보기 시작했다. 그러자 그는 자신의 그림이 완전하고, 훌륭한 의미를 내포하고 있다는 확신이 들었다. 다른 모든 흥미를 배제하고 긴장하기 위해 이런 기분이 필요했고, 그는 그 기분 하나만으로 일할 수 있었다.

그러나 밑에서 올려다보는 시선으로 그린 그리스도의 한쪽 발은 역시나 마음에 들지 않았다. 그는 팔레트를 들고 작업을 시작했다. 그는 발을 수정하면서 계속 배경의 요한을 주시했다. 방문객들은 주의 깊게 보지 않았지만 그는 그것이 완전한 것 이상임을 알았다. 그는 발을 수정하고 나서 그곳에 매달리려고 했으나 작업을 하기에는 자기가 너무 흥분해 있음을 느꼈다. 그는 마음이 너무 가라앉았을 때도, 또 너무 유연해서 모든 것이 지나치게 또렷이 보일 때도 일을 할 수 없었다. 그래서 그는 그림에 덮개를 씌우려고 했다. 그러다 한 손에 덮개를 든 채로 흐뭇한 미소를 지으며 한참이나 요한을 쳐다보았다. 마침내 떨어지기 섭섭한 듯 덮개를 씌우고, 노곤하지만 기분 좋게 안채로 돌아갔다.

브론스키와 안나, 골레니시체프는 집으로 돌아오는 길에 보통 때와 달리 활기차고 유쾌하게 미하일로프와 그의 그림에 대해 이야기를 나누었다. 그들은 이성이나 감정과는 별개로 육체적으로 타고난 능력이자 화가가 경험한 모든 것을 나타내는 것이라는 의미에서 재능이라는 단어를 자주 썼다. 왜냐하면 그들은 이해하지 못하는 어떤 것을 표현하는 데 이 말이 꼭 필요했던 것이다. 그들은 그의 재능을 부정할 수는 없지만, 불행하게도 러시아 미술가들이 공통적으로 그렇듯 교양이 부족해서 충분히 발전할 수 없다고 말했다. 그러나 그들은 소년들 그림에 깊은 감동을 받았다. 이따금씩 그들은 이야기를 그쪽으로 돌리곤 했다.

"정말 아름다운 그림이야. 정말 훌륭해. 그 단순함이라니! 그 사람은 그게 얼마나 훌륭한 그림인지 몰라. 그래, 남의 손에 들어가게 할 수는 없어. 반드시 사들여야지."

브론스키가 말했다.

12

브론스키는 미하일로프에게 그 그림을 샀고 안나의 초상화를 의뢰했다. 미하일로프는 정해진 날 방문해서 작업을 했다.

다섯 번째 방문했을 때 사람들, 특히 브론스키는 안나의 초상화를 보고 깜짝 놀랐다. 그녀의 모습을 똑같이 그렸을 뿐 아니라 독특한 아름다움을 덧입혔던 것이다. 그녀가 가진 특유의 아름다움을 미하일로프가 찾아냈다는 것이 참으로 신기했다.

'더할 나위 없이 사랑스러운 내면의 표정을 발견하려면 나만큼 그녀를 알고 사랑하지 않으면 안 될 텐데.'

브론스키는 자신도 이 초상화를 보고서야 비로소 그녀의 더할 나위 없이 사랑스러운 내면의 표정을 발견했으면서도 이런 생각을 했다. 그러나 이 표정은 그와 다른 사람들도 익히 알고 있었던 것처럼 실물과 꼭 닮았다.

"나는 그렇게 오래 고심하고도 아무것도 못했어. 그러나 그 사람은 안나를 보는 순간 바로 그렸어. 이런 게 기교라는 거지."

브론스키는 자기가 그린 안나의 초상화를 두고 이렇게 말했다.

"점차 그렇게 되겠지."

골레니시체프는 브론스키를 위로했다. 그가 생각하기에 브론스키도 재능이 있고, 특히 예술에 대한 안목을 뒷받침하는 교양도 충분히 갖추고 있었다. 그러나 골레니시체프는 자기의 논문과 사상에 대한 브론스키의 지지와 칭찬이 필요했기 때문에 브론스키의 재능에 대한 이러한 증언을 더욱 지지했다. 그는 칭찬과 지지는 상호적이어야 한다고 생각했던 것이다.

남의 집, 특히 브론스키가 사는 팔라초에서 미하일로프는 자기 화실에 있을 때와는 완전히 딴사람이었다. 그는 자기가 존경하지도 않는 사람들과 친해지는 것이 두려운 듯 거리를 두고 공손한 태도를 취했다. 그는 브론스키를 '각하'라고 불렀고, 안나와 브론스키가 아무리 청해도 절대 함께 저녁 식사를 하지 않았으며, 그림을 그릴 때 말고는 방문하지 않았다. 안나는 누구보다도 그에게 상냥했으며, 자기의 초상화를 그려주는 것에 대해 고마워하고 브론스키도 차츰 그에게 예의를 갖췄다. 그리고 자기의 그림에 대한 이 미술가의 비평에 관심이 많았다. 골레니시체프는 예술에 대한 참된 이해를 미하일로프에게 심어줄 기회를 놓치지 않았다. 그러나 미하일로프는 모두에게 한결같이 냉담한 태도를 취했다. 안나는 그의 눈빛을 보고는 그가 자기를 바라보는 것을 좋아한다는 것을 느꼈다. 그러나 그는 그녀와 이야기를 나누지 않았다. 브론스키가 그의 그림에 대해 이야기할 때도 그는 아무런 대꾸도 하지 않았다. 브론스키의 그림에 대해서도 아무 말 하지 않았다. 그는 골레니시체프의 이야기에 압박을 받기는 했지만 반박하지 않았다.

미하일로프의 억눌린 듯하고 불쾌해하는, 마치 적의를 품은 것 같은 태도 때문에 그들은 점점 더 그를 싫어했다. 그래서 훌륭한 초상화가 완성되고 나서 더 이상 그가 오지 않게 되어 몹시 기뻤다.

골레니시체프는 모두가 생각했던 것, 말하자면 미하일로프가 브론스키를 부러워해서 그랬다는 얘기를 먼저 털어놓았다.

"그 사람은 재능을 부러워하는 게 아니더라도 말이야, 그러니까 고관이자 부자에 백작(그들은 이런 것들을 다 싫어하지)이 별로 힘들이지 않고, 한평생을 그 일에 매달리고 있는 자기보다 뛰어나지는 않더라도 같은 일을 하고 있는 것이 아니꼬웠던 거야. 그리고 무엇보다 교양이 중요한데, 그 사람한테는 교양이 없어."

브론스키는 미하일로프를 옹호했다. 그러나 속으로는 자기도 같은 생각이었다. 낮은 계급의 사람들은 남을 부러워하게 마련이라고 생각하기 때문이었다.

브론스키는 미하일로프가 그린 안나의 초상화가 자기가 그린 것과 별 차이 없다고 느꼈다. 하지만 그는 미하일로프의 작품이 완성되자 단지 쓸데없는 짓이라는 생각에 안나의 초상화 작업을 중단하고, 중세의 풍속화만 그렸다. 자신과 골레니시체프는 물론, 특히 안나는 아주 훌륭한 그림이라고 생각했다. 미하일로프의 그림보다도 훨씬 옛 명화 같았기 때문이다.

미하일로프 역시 안나의 초상화 그리는 일이 몹시 마음에 들었는데도, 작업이 끝나 골레니시체프의 예술론을 듣지 않아도 되고, 브론스키의 그림을 보지 않아도 되어서 그들보다 더 기뻤다. 그는 브론스키가 놀이처럼 그림 그리는 것을 말릴 수는 없었다. 그리고 어떤 애호가든 자기들이 좋아하는 것을 그릴 권리가 있다는 것을 알고 있었다. 하지만 그는 못마땅했다. 커다란 밀랍 인형을 만들어 거기에 키스하는 것을 말릴 수는 없었다. 그러나 사랑하는 사람 앞에 그 인형을 가지고 와서 사랑하는 사람을 애무하듯 그 인형을 애무한다면 상대방은 분명 기분 나쁠 것이다. 미하일로프는 브론스키의 그림을 볼 때마다 이와 같은 불쾌감을 느꼈다. 같잖기도 하고 얄밉기도 하고 안타깝기도 하고 불쾌하기도 했던 것이다.

그림과 중세 시대에 도취되었던 브론스키의 감정은 오래가지 않았다. 그는 그림에 취미가 있었기 때문에 되레 자기 그림을 완성할 수 없었다. 그렇게 해서 그림 그리는 일을 그만두었다. 처음에는 보이지 않았던 결점이 계속 그리다 보면 결국 심각한 결과를 초래하리라는 막연한 생각이 들었던 것이다. 자기는 아직 사상이 정립되지 않아서 그것을 위해 자료를 모으고 있는 중에는 아직 할 말이 없다고 끊임없이 자기를 속이고 있는 골레니시체프와 같은 감정이 들었던 것이다. 이 감정으로 인해 골레니시체프는 통분하기도 하고 괴로워하기도 했다. 그러나 브론스키는 자기를 속일 수도, 괴로워할 수도 없었고, 격분하는 일은 더더욱 없었다. 그래서 그는 특유의 결단력을 발휘해 설명이나 변명 한 마디 없이 그림을 그만두었다.

이런 일거리가 없어지자 브론스키와 안나는 이탈리아 시골에서 몹시 지루한 나날을 보냈다. 브론스키는 안나마저 싫증이 날 정도였다. 돌연 팔라초가 유난히 낡고 지저분해 보였고, 얼룩진 커튼, 벌어진 마룻바닥, 처마에서 떨어진 벽토가 몹시 거슬렸다. 항상 똑같은 골레니시체프와 이탈리아인 교수며 독일인 여행가도 따분하기 그지없었으므로 결국 환경을 바꾸지 않고는 못 견딜 지경이 되었다. 그래서 그들은 러시아의 시골로 돌아가기로 결심했다. 브론스키는 페테르부르크에 가서 형과 재산을 분배하기로 마음먹었고, 안나는 아들을 만날 생각을 했다. 그리고 브론스키 집안의 드넓은 영지에서 여름을 보내기로 했다.

13

레빈은 결혼하고 석 달째 접어들었다. 그는 행복했다. 그러나 기대했던 것과는 전혀 달랐다. 그는 한 걸음 디딜 때마다 예전 공상에 대한 환멸과 예상치 못한 새로운 매혹을 발견했다. 그는 행복했다. 그러나 가정생활에 발을 디디고 한 걸음 뗄 때마다 자기의 상상과는 전혀 다르다는 것을 알았다. 호수 위를 미끄러져 가는 나룻배를 넋을 놓고 바라보던 사람이 정작 나룻배를 탔을 때 느끼는 기분과 같은 것이었다. 몸이 흔들리지 않게 가만히 타고 가기만 하면 되는 게 아니었다. 어느 쪽으로 갈지 잠시도 잊지 않아야 하고, 발밑에는 물이 있고 그 위를 노를 저어 가야 한다는 것, 능숙하지 않으면 손이 아프다는 것, 보기에는 쉬워 보이지만, 막상 해보면 재미있으면서도 굉장히 어렵다는 것을 알게 된 것이다.

결혼하기 전에 그는 결혼한 사람들의 자질구레한 걱정과 말다툼, 질투 등을 보면서 하찮게 비웃었다. 그는 자신이 결혼하면 결코 그러지 않을 뿐 아니라 모든 점에서 다른 사람들과 다르리라고 확신했다. 그러나 놀랍게도 자기와 아내의 생활이 남다르기는커녕 모든 면에서 그토록 멸시했던 지극히 사소한 일들로 이루어졌던 것이다.

레빈은 가정생활에 대해 굉장히 명확한 견해를 가지고 있었지만 그도 다른 남자들처럼 은연중에 가정생활에는 아무 장애도 없고 자질구레한 일에 신경 쓸 일도 없이 사랑의 쾌락만 있을 거라고 상상했다. 그가 생각하기에 자기는 일에 전념하다가 사랑의 행복 속에서 휴식을 취해야 했다. 그녀는 사랑받는 것, 오직 그것만 하면 되었다. 다른 모든 남자들처럼 그는 그녀도 일을 해야 한다는 것을 생각지 못했다. 그래서 그는 그녀가, 시처럼 아름다운 그녀가 첫날부터 식탁보와 가구, 손님방 침구, 식기, 요리사, 식사 등과 그 밖의 것들에 대해 생각하고 기억해두고 돌보는 것을 보고 적잖이 놀랐다.

신혼 때 두 사람은 몸에 묶인 쇠사슬을 양쪽에서 서로 잡아당기는 듯한 긴장 속에서 살았다. 세상에 전해오는 이야기들처럼 레빈은 아주 많은 것을 기대했으나 그 밀월, 즉 결혼하고 한 달은 꿀맛 같지도 않았을 뿐 아니라 평생 가장 괴롭고 치욕스러운 시기로 기억될 것 같았다. 그 뒤 두 사람은 비정상적인 기분일 때가 더 많았던, 자기의 본래 정신일 때가 적었던 그 불건전한 시기에 있었던 볼썽사납고 창피한 일들을 잊으려고 무던히 애썼다.

결혼하고 석 달째 되었을 때 두 사람은 모스크바에 가서 한 달쯤 머물렀는데, 그 후로 두 사람의 생활은 조금 더 순탄했다.

14

모스크바에서 막 돌아와 자기들만 있게 되었을 때 두 사람은 기뻤다. 그는 서재 책상 앞에서 글을 쓰고 있었다. 그녀는 갓 결혼하고 자주 입었던 자줏빛 드레스, 레빈이 특히 좋아하는 그 옷을 오늘도 입었고, 레빈의 아버지와 할아버지 때부터 서재에 놓여 있던 고풍스러운 가죽 소파에 앉아서 영국 자수바늘을 움직이고 있었다. 그는 그녀가 옆에 있어서 기쁜 마음으로 글을 쓰기도 하고 생각에 잠기기도 했다.

그는 농사일이나 새로운 농사의 기초를 제안하는 책을 쓰는 일도 계속했다. 그러나 이전에는 이런 일들이 생활 전체를 뒤덮고 있던 암흑 속에서 사소하고 보잘것없는 것처럼 여겨졌듯이, 지금은 그런 일들이 눈부신 행복의 빛으로 가득한 앞으로의 생활 속에서 참으로 사소하고 하찮게 여겨졌다. 그는 자기 일을 계속했다. 그러나 이제 그의 관심의 초점이 다른 것으로 옮겨가면서 전과 전혀 다른, 확실한 시각으로 자기의 일을 바라보게 되었다. 예전에는 이 일이 삶의 도피처였다. 이 일이 없었다면, 자기의 삶은 너무나 침울할 것 같았다. 하지만 이제는 생활이 너무 단조롭거나 지나치게 들뜨지 않기 위해 필요한 것이었다.

그는 원고에 적은 내용을 읽으면서 만족했고, 그 일을 할 만한 충분한 가치가 있다는 것을 새삼 느꼈다. 이전에 품었던 사상에는 불필요하고 극단적인 부분이 많았다는 생각이 들었다. 그가 머릿속으로 새롭게 바라보자, 수많은 허점들이 또렷이 나타났다. 지금 그는 러시아의 농업이 발전하지 못하는 이유에 대해 새로운 장(章)을 쓰고 있었다. 그는 러시아의 빈곤은 토지 소유의 불평등한 분배와 잘못된 개혁 때문이 아니라, 최근 무분별하게 유입되고 있는 외국 문물, 특히 도시 집중화에 따른 사치 풍조와 농촌을 황폐하게 만드는 교통기관인 철도의 보급, 제조 공업, 신용 대출, 그에 따른 투기의 발달도 원인으로 작용하고 있음을 입증했다.

그가 이런 것들을 생각하며 글을 쓰는 동안, 그녀는 모스크바를 떠나기 전날 밤 그녀에게 다정하게 대한 젊은 차르스키 공작을 남편이 얼마나 눈에 띄게 신경 썼는지 생각했다.

'이이는 정말 말도 안 되는 질투를 하고 있었어. 아아! 정말 귀여운 바보야. 나를 두고 질투하다니! 나에게 그런 사람들은 하나같이

요리사 표트르와 다름없다는 것을 안다면.'

그녀는 묘한 소유욕을 느끼며 그의 뒤통수와 붉은 목덜미를 바라보았다.

'이이를 방해하는 것은 좀 유감이지만, 급한 일은 아니니 괜찮겠지. 이이의 얼굴을 보고 싶어. 이이는 내가 보고 있다는 것을 느낄까? 이쪽을 봐주면 좋으련만……. 아, 정말…….'

그녀는 최대한 눈을 부릅뜨고 강한 시선이 전달되기를 바라면서 그를 보았다.

"그렇다. 그들 모두 나라의 단물을 뽑아 먹고, 허위의 빛을 내뿜고 있다."

그는 글을 멈추고 중얼거렸다. 그리고 아내가 미소 지으며 자기를 보고 있음을 느끼고 돌아보았다.

"무슨 일이오?"

그도 미소 지으며 일어나 물었다.

"아니에요, 아무것도. 그냥 당신이 돌아봤으면 싶어서요."

그녀는 자기 일을 방해했다고 화난 것은 아닌지 그의 얼굴을 찬찬히 살피면서 말했다.

"아, 우리 둘만 있으니 너무 좋소! 적어도 나는 그래."

그는 그녀에게 다가가 행복한 미소를 지으며 말했다.

"나도 좋아요! 이제 다른 데는 절대 가지 않을래요. 특히 모스크바는."

"그래, 당신은 무슨 생각을 하고 있었소?"

"나요? 난……, 아녜요. 그보다 어서 가서 쓰던 것 마저 쓰세요. 한눈팔지 말고요. 나도 이제 구멍을 오려내야 해요. 자, 보세요."

그녀가 입술을 오므리고 가위로 자르기 시작했다.

"그러지 말고 얘기해봐요. 무슨 생각을 했소?"

그는 그녀에게 바짝 붙어앉아 작은 가위가 둥그렇게 움직이는 것을 보며 말했다.

"아, 내가 무슨 생각을 하고 있었지? 그래, 모스크바 생각을 했어요. 그리고 당신 목덜미도."

"나한테 이런 행복이 오다니. 너무 익숙하지 않아. 정말 좋아."

그는 그녀의 손에 키스했다.

"어머나, 나는 그 반대예요. 좋을수록 익숙해지는걸요."

"당신 머리가……."

그녀의 머리를 유심히 살피면서 그가 말했다.

"땋은 머리가 이렇게 되었네. 아니, 아냐, 우리 일이나 해요."

그러나 더 이상 일을 계속할 수 없었다. 그리고 차가 준비되었다고 쿠지마가 알리러 들어왔을 때 그들은 무슨 나쁜 짓을 하고 있었던 것처럼 화들짝 놀라며 다급히 서로에게서 떨어졌다.

"읍에서 다 돌아왔나?"

레빈이 쿠지마에게 물었다.

"방금 도착해서 짐을 풀고 있습니다."

"빨리 오세요, 네? 안 그럼 나 혼자 편지를 다 읽어버릴 거예요. 그러고 나서 같이 피아노 쳐요."

그녀가 서재를 나가며 말했다.

15

레빈이 2층으로 올라갔을 때 아내는 새 찻잔 한 벌을 앞에 놓고 새 은제 사모바르(물을 끓이는 주전자—옮긴이)를 옆에 두고 앉아 수시로 편지를 주고받고 있는 돌리의 편지를 읽고 있었다. 몸종 아가피야는 차를 가득 따른 찻잔을 들고 작은 탁자 옆에 앉아 있었다.

"마님께서 저를 여기 앉히셨어요. 같이 앉으라고 하셔서요."

아가피야는 다정한 미소를 지으며 말했다.

"이것 봐요. 당신에게 온 편지까지 뜯었어요. 그 여자한테 온 것 같아요. 당신 형님의 그……."

키티는 배우지 못한 듯한 글씨의 편지를 남편에게 건네면서 말했다.

"읽지는 않았어요. 그리고 이건 친정에서, 그리고 이건 돌리 언니한테 온 거예요. 그런데 여보, 언니가 사르마츠키 댁의 어린이 무도회에 그리샤하고 타냐를 데리고 갔었대요. 타냐가 후작 부인으로 분장했고요."

그러나 레빈은 그녀의 이야기를 듣고 있지 않았다. 그는 얼굴을 붉히며 니콜라이 형의 정부였던 마리야 니콜라예브나로부터 온 편지를 읽고 있었다. 이번이 두 번째 편지였다. 첫 번째 편지에서 그녀는 형이 아무 잘못도 하지 않았는데 자기를 내쫓았다고 써서 보냈다. 그리고 가슴을 울리는 꾸밈없는 투로 자기는 거지와 다름없는 처지로 돌아갔지만, 뭔가를 구걸하거나 바라는 게 아니다, 다만 자기가 곁에 없으면 니콜라이 드미트리예비치는 곧 쓰러질 거라고 생각하니 마음이 아파 견딜 수가 없다, 이렇게 적고는 형한테 신경 써달라고 부탁했다.

하지만 이번에는 다른 내용이었다. 그녀는 모스크바에서 니콜라이를 우연히 만나 함께 살게 되었고, 그가 어느 현청 소재지에 일자리가 생겨 같이 그곳으로 갔다, 그러나 상관이랑 싸우고 다시 모스크바로 돌아오는 길에 병이 악화되었고, 이제는 회복될 수 있을지 모르겠다고 했다. 그리고 "계속 당신 이야기만 합니다. 게다가 이제 돈도 한 푼 없습니다."라고 썼다.

"보세요. 돌리가 당신 얘기를 썼어요."

키티는 생글거리면서 말했으나 남편의 표정이 달라진 것을 보고 정색하며 물었다.

"왜요? 무슨 일이에요?"

"니콜라이 형이 위독하대. 갔다 와야겠어."

키티의 낯빛도 변했다. 후작 부인으로 분장한 타냐와 돌리는 일시에 머릿속에서 사라졌다.

"언제요?"

"내일."

"그럼 나도 같이 가요. 괜찮죠?"

"그게 무슨 소리요?"

그가 꾸짖듯 말했다.

"무슨 소리라뇨?"

그녀는 자기의 제안을 못마땅해하는 그의 태도에 모욕감을 느끼며 말했다.

"내가 가면 안 되는 이유가 있나요? 당신을 방해할 일은 없을 거예요. 나는……."

"나는 죽어가는 형을 보러 가는 거요. 그런데 당신은 왜……."

"왜라니요? 당신하고 같은 이유죠."

'나한테는 심각한 일인데, 이 사람은 그저 혼자 남으면 따분할까 하는 걱정뿐이군.'

레빈은 이런 생각이 들면서 심각한 상황에서 그런 핑계를 대는 것이 더 화가 났다.

"안 돼요."

그가 단호하게 말했다.

아가피야는 분위기가 심각해질 것 같자 가만히 찻잔을 내려놓고 나갔다. 키티는 그것도 몰랐다. 남편의 마지막 말투가, 특히 자기 말을 믿지 않는 것처럼 들려서 더욱 화가 났다.

"당신하고 같이 가겠어요. 꼭 같이 갈 거예요. 왜 안 된다는 거죠? 이유가 뭐예요?"

"왜냐하면 어떤 곳인지, 어떤 길로 가는지, 어떤 곳에서 묵을지도 모르니까. 당신이랑 같이 가면 더 번거롭거든."

레빈은 침착하려고 애쓰며 말했다.

"걱정 말아요. 나는 아무것도 필요 없어요. 당신이 갈 수 있는 곳이면 나한테도 전혀……."

"키티! 화내지 말아요. 생각해봐요. 이건 굉장히 중요한 일이오. 나는 당신 혼자 집에 있기 싫은 약한 마음이 뒤섞였다고 생각하니 가슴이 아프지만, 아무래도 혼자 쓸쓸할 것 같으면 모스크바라도 가 있어요."

"어머, 당신은 내 말을 고약하고 천한 의미로 받아들이시는군요. 그런 건 문제없어요. 마음이 약해지거나 하는 일은 절대 없어요. 단지 슬픔을 겪고 있는 남편 곁에 있는 게 의무라고 생각해요. 그런데 당신은 일부러 나를 괴롭히는군요. 일부러 모른 체하려는 거예요……."

그녀는 굴욕과 분노로 눈물을 글썽거리며 말했다.

"아, 정말 끔찍해. 이렇게 노예처럼 구속되다니!"

레빈은 화를 참지 못하고 벌떡 일어나며 소리쳤다. 그러나 곧 자기가 자신을 때리는 것 같은 기분이 들었다.

"그럼 결혼은 뭐하러 했어요? 자유롭게 사시지, 왜 하신 거예요?

이렇게 후회스러우면……."

그녀는 벌떡 일어나 응접실로 뛰어갔다.

그는 그녀를 뒤쫓아갔다. 그녀는 흐느껴 울고 있었다.

그는 그녀를 이해시키기보다 마음을 가라앉히려고 애썼다. 그러나 그녀는 무슨 말을 해도 들으려고 하지 않았다. 그는 몸을 숙이고 뿌리치려는 손을 잡았다. 그는 그녀의 손에, 머리에, 또 손에 연이어 키스했다. 그녀는 계속 가만히 있었다. 그러나 그가 두 손으로 그녀의 얼굴을 감싸고 "키티!"라고 부르자 갑자기 그녀가 정신을 차리고 조금 울더니 마음이 누그러졌다.

두 사람은 내일 함께 떠나기로 했다. 레빈은 키티가 도움이 되고 싶어 같이 가려 한다는 것을 믿는다고 말했다.

16

니콜라이 레빈이 누워 있는 현청 소재지의 호텔은 원래 깔끔하고 안락하며 화려한 양식의 최상의 설계에 따라 완전히 새로운 형식으로 지어진 호텔이었다. 그러나 이런 호텔들은 현대적인 건축물이라 자부하지만 그 때문에 찾아오는 손님들로 인해 지저분한 싸구려 주점으로 변해버렸다. 그러다 보니 불결한 옛날 여인숙보다 더 형편없었다. 이 호텔도 그랬다. 낡은 군복 차림으로 경비를 선답시고 입구에서 담배를 피우는 군인, 주물 모서리가 닳아 음침하고 불결한 계단, 꾀죄죄한 연미복을 입은 몰상식한 급사, 탁자 위에 먼지 투성이 밀랍 꽃다발이 놓인 넓은 홀, 곳곳에 널브러진 쓰레기, 먼지, 얼룩, 게다가 이 여관이 현대적인 철도식이라고 자부하는 온갖 것들이 레빈 부부의 눈에는 결혼한 이후로 가장 불쾌한 것이었다. 여관의 허식적인 분위기와 그들이 맞이하게 될 일이 도무지 어울리지 않아 이런 느낌은 더욱 강했다.

으레 그러듯 어느 방이 좋은지 물어보았지만, 좋은 방은 남은 게 하나도 없었다. 좋은 방 중 하나는 철도 감독관이, 또 하나는 모스크바에서 온 변호사가, 세 번째 방은 시골에서 온 아스타피예브나 공작 부인이 투숙하고 있었다. 지저분한 방 하나만 남아 있었다. 그리고 그 옆방은 저녁에 빈다는 것이었다. 레빈은 익히 짐작했던 일, 그러니까 형이 어떤지 조마조마한 상황에서 곧바로 형한테 달려가는 것이 아니라 그 전에 아내부터 챙겨야 한다는 생각에 짜증스러운 기분으로 아내를 데리고 투숙할 방으로 갔다.

"나는 괜찮으니, 가보세요!"

그녀는 슬프고 미안한 눈길로 그를 바라보며 말했다.

그는 아무 말 없이 방을 나왔다. 그가 도착했다는 말을 듣고 왔으나 안으로 들어오지 못하고 있던 마리야 니콜라예브나와 마주쳤다. 그녀는 모스크바에서 만났을 때와 같은 모습이었다. 같은 모직 옷과 드러난 팔과 목, 착하지만 둔해 보이는 조금 살지고 우묵우묵한 얼굴.

"어떤가요? 형은 좀 어때요? 어떻습니까?"

"아주 안 좋아요. 다시 일어나기 힘들 것 같아요. 당신만 기다리고 있어요. 그분은…… 당신이…… 마님과 함께."

레빈은 처음에 그녀가 왜 당황해하는지 몰랐다. 그러나 곧 그녀가 분명하게 표현했다.

"나는 나가 있을게요. 부엌에요. 그분은 틀림없이 기뻐하실 거예요. 벌써 다 들어 알고 계시거든요."

레빈은 아내 이야기라는 것을 알았으나 무슨 말을 해야 할지 몰랐다.

"자, 갑시다. 가보죠."

그가 말했다.

그러나 그가 막 걸음을 뗐을 때 방문이 열리더니 키티가 얼굴을 내밀고 물었다.

"어때요? 아주버님은 좀 어떠세요?"

키티는 남편과 마리야 니콜라예브나를 번갈아 보면서 물었다.

"복도에서 할 얘기는 아니지 않소."

"그러네요. 그럼 들어오세요."

키티는 마리야를 보며 말했으나 깜짝 놀란 남편의 얼굴을 보고는 다시 말했다.

"아뇨, 다녀오세요. 나중에 불러주세요."

그녀는 방으로 들어갔고, 레빈은 형의 방으로 갔다.

작고 지저분한 방 벽은 페인트칠이 벗겨지고 여기저기 얼룩이 있었으며, 얇은 칸막이 너머로 옆방의 말소리가 들렸다. 숨 막힐 듯 악취가 나는 가운데 벽에서 약간 떨어진 침대 위에 담요에 덮인 몸뚱이가 누워 있었다. 담요 위로 나와 있는 갈퀴 같은 커다란 손은 아래부터 가운데까지 굵기가 똑같은 가늘고 긴 팔뼈에 기이하게 붙어 있었다. 머리는 베개 위에 옆으로 뉘어 있었다. 관자놀이에는 땀에 젖은 머리칼이 듬성듬성 붙어 있었고, 이마는 살갗이 팽팽해서 마치 투명하게 보였다.

'이 끔찍한 몸뚱이가 니콜라이 형이라니, 믿을 수가 없어.'

레빈은 생각했다.

그러나 가까이 다가가 얼굴을 보니 의심할 수가 없었다. 끔찍하게 변한 얼굴에도, 시체 같은 몸뚱이가 살아 있는 형이라는 끔찍한 사실을 믿는 데는, 방에 들어서는 자기를 보고 부릅뜬 살아 있는 눈만으로도, 들러붙은 콧수염 아래로 살짝 실룩거리는 입술만으로도 충분했다.

반짝이는 그 눈은 책망하듯 동생을 가만히 바라보았다. 그러자 곧 이 시선으로 살아 있는 사람 간에 살아 있는 관계가 맺어졌다. 레빈은 자기에게 못 박힌 눈동자에서 질책의 빛을 느끼고 자기의 행복을 뉘우쳤다.

레빈이 다가가 손을 잡자 니콜라이가 미소 지었다. 겨우 알아볼 정도로 희미한 미소였다. 그러나 그 미소 속에도 엄중한 빛은 여전했다.

“너도 내가 이렇게 될 줄은 몰랐겠지.”

니콜라이가 겨우 말했다.

“네……, 아니에요.”

레빈이 더듬거리며 말했다.

“그런데 왜 좀더 일찍 알리지 않으셨어요? 내가 결혼할 무렵에 말이에요. 여기저기 수소문했거든요.”

그는 아내와 같이 왔다고 알렸다. 니콜라이는 좋아하는 기색이었으나 이런 꼴을 보고 그녀가 놀랄까 걱정이라고 말했다.

레빈은 아내를 데려오겠다며 일어났다.

“그래, 그렇게 하렴. 여기를 좀 치우라고 해야겠다. 너무 더럽고 악취가 날 거야. 마샤, 청소 좀 해줘.”

병자는 가까스로 말했다.

“다 치우고 나면 좀 나가 있어.”

그는 동생의 눈치를 살피면서 덧붙였다.

레빈은 아무 말도 하지 않고 방을 나갔다. 복도에서 그는 걸음을 멈추고 생각했다. 그는 아내를 데려오겠다고 했지만, 지금 자기가 느낀 것을 생각해보니, 되레 그녀가 환자를 만나러 가지 않도록 설득해야겠다고 마음먹었다.

‘그녀까지 나와 같은 괴로움을 겪을 필요 있을까?’

그는 생각했다.

"좀 어떠세요?"

키티가 걱정스러운 표정으로 물었다.

"아, 끔찍해. 무서운 일이야! 당신은 왜 따라왔소?"

키티는 잠시 두렵고 슬픈 표정으로 말없이 그를 바라보았다. 그러고는 다가가 두 손으로 그의 팔을 잡았다.

"코스탸, 제발 그분을 뵙게 해줘요. 우리 둘이 같이 있으면 조금 나을 거예요. 제발 나를 데리고 가줘요. 정말이에요. 그리고 당신은 밖에 있어요. 당신을 보면서 그분을 만나지 않는다는 게 얼마나 괴로운 일인지 알아주세요. 내가 당신에게 도움이 될 수 있을 거예요. 제발 나를 데려가 주세요!"

그녀는 마치 평생의 행복이 이 일에 달려 있는 듯 애원했다.

레빈은 마음을 바꿔 승낙했다. 그는 마리야 니콜라예브나는 까맣게 잊고 키티와 함께 형의 방으로 갔다.

그녀는 가볍게 걸으면서 계속 용기 있고 연민 가득한 얼굴로 남편을 바라보며 환자의 방으로 들어갔다. 그리고 천천히 돌아서서 조용히 문을 닫았다. 그녀는 발소리를 죽이며 침대로 다가가 환자가 힘들게 고개를 돌리지 않도록 돌아갔다. 그리고 곧바로 젊고 싱싱한 손으로 뼈만 앙상한 커다란 손을 꼭 쥐고 여성다운, 상대의 마음을 어루만지는 연민 어린 말투로 조용하면서도 생기 있게 이야기했다.

"저희에게 알리시길 잘하셨어요. 코스탸는 당신 걱정으로 하루

하루를 보낸답니다."

환자는 기쁜 미소를 띠었지만 그리 오래 기운 내지 못했다.

그녀가 이야기를 미처 다 하기도 전에 그는 다시 죽어가는 사람이 살아 있는 사람을 부러워하며 책망하는 듯한 엄중한 표정을 지었다.

그녀는 그에게서 눈을 돌리고 방 안을 둘러보며 말했다.

"아무래도 이 방은 좋지 않은 것 같아요. 주인한테 얘기해서 다른 방으로 옮겨야겠어요."

그리고 남편한테 말했다.

"가능한 우리하고 가까운 방으로요."

17

레빈은 침착하게 형을 바라볼 수도, 형 앞에서 아무렇지 않게 차분히 있을 수도 없었다. 환자의 방으로 들어가면 눈과 집중력이 흐려져 환자의 상태를 자세히 살필 수도 판단할 수도 없었다. 그는 지독한 악취에 시달리며 불결하고 지저분한 곳에서 괴로워하는 형의 모습을 보고 신음 소리를 들으면서 도저히 형을 구하기 힘들겠다는 생각이 들었다.

그러나 키티는 전혀 다르게 생각하고 행동했다. 그녀는 환자를 가엾게 여겼다. 연민의 정을 느낀 그녀는 남편이 느끼는 공포와 혐오와는 달리 환자의 상태를 자세히 살펴보고 도울 수 있는 일을 해야겠다고 생각했다. 그녀는 그를 도와야 한다는 사실에 의심의 여지가 없었으므로 그럴 수 있다는 것 또한 의심하지 않았다.

그녀는 곧바로 행동했다. 그녀는 남편이 생각만으로도 진저리를 쳤던 구질구질한 것들에 주의를 돌렸다. 그녀는 의사를 불러오라고 하고, 약을 사러 사람을 보냈으며, 데리고 온 하녀와 마리야 니콜라예브나에게 방을 쓸고 닦으라고 하고, 자기도 직접 씻고 빨래하며 담요 밑에 뭔가를 넣기도 했다. 그녀의 지시에 따라 환자의 방에 뭔가가 들어오기도 하고 나가기도 했다. 그녀는 복도에서 사람들과 부딪히건 말건 아랑곳하지 않고 몇 번이나 자기 방에 가서 시트와 베갯잇과 수건과 셔츠 등을 가지고 왔다.

레빈이 클럽에서 데려온 의사는, 지금까지 니콜라이 레빈을 치료하던, 불만 가득한 그 의사가 아니었다. 새로 온 의사는 청진기로 환자를 진찰하더니 고개를 갸웃거리고는 처방전을 쓰고, 약 복용법부터 식이요법까지 자세히 설명해주었다. 그는 날달걀이나 반숙을 먹이고, 미지근한 우유와 셀처 탄산수를 먹이라고 권했다. 의사가 돌아간 뒤 환자가 동생에게 뭐라고 말했지만 레빈은 "너의 카탸."(카테리나의 애칭—옮긴이)라는 마지막 말만 겨우 알아들었다. 그러나 그녀를 바라보는 그의 눈빛을 보고 그녀를 칭찬한 말임을 알았다. 그는 카탸를 옆으로 불렀다.

"나는 많이 좋아졌어요. 진작에 당신이 나를 간호해주었더라면 벌써 나왔을 거예요. 기분이 너무 좋군요!"

그는 그녀의 손을 잡고 자기 입술로 가지고 갔다. 그러나 그녀가 불쾌해할까 봐 두려운 듯 손을 놓고 어루만지기만 했다. 그러자 키티는 두 손으로 환자의 손을 꼭 쥐었다.

"나를 왼쪽으로 돌려 눕혀줘요. 그리고 이제 가서 자요."

아무도 그의 말을 알아듣지 못했다. 오직 키티만이 그 말을 알아들었다. 마음속으로 끊임없이 그에게 무엇이 필요한지 생각하고 있었기 때문이다.

"반대편으로 눕혀줘요. 항상 저쪽을 보고 주무신대요. 돌려 눕혀주세요. 급사를 부르지는 말아요."

그녀가 남편을 보며 말했다. 그리고 마리야 니콜라예브나를 돌아보며 말했다.

"나는 못하는데, 당신은 어때요?"

"나도요."

마리야 니콜라예브나가 대답했다.

레빈은 이 끔찍한 몸뚱이를 두 손으로 안고, 생각만으로도 찜찜한 담요 밑에 손을 집어넣기가 아무래도 싫었지만, 아내의 기세에 눌려 그녀가 익히 아는 결연한 표정으로 두 손을 넣어 형을 안아 올렸다. 그러나 꽤 힘을 쓰는데도 수척한 사지의 무거움에 놀랐다. 그가 앙상하고 커다란 손이 자기 목을 감싸는 것을 느끼면서 환자를 돌려 눕히는 사이, 키티는 소리나지 않게 얼른 베개를 뒤집고 두드려 머리 밑에 받쳐주고, 환자의 관자놀이에 듬성듬성 들러붙은 머리카락을 쓸어주었다.

환자는 동생의 손을 꽉 쥐고 있었다. 레빈은 형이 그 손을 어떻게 하려고 하는 것을, 어디론가 끌어당기는 것을 느꼈다. 레빈은 얼어붙은 듯 가만히 내버려두었다. 형은 그 손을 자기 입으로 가져가 입맞춤했다. 레빈은 감정이 복받쳐 몸을 떨면서 흐느꼈다. 그리고 아무 말도 하지 못하고 방을 나왔다.

18

이튿날 환자는 성체성사와 병자성사(죽음에 임박한 신자가 받는 성사—옮긴이)를 받았다. 식이 진행되는 동안 니콜라이 레빈은 열심히 기도했다. 레빈이 보기에 그는 무서우리만큼 강렬한 기도와 희망의 빛이 가득한 커다란 눈으로 꽃무늬 냅킨으로 덮인 카드놀이용 탁자에 놓인 성상을 응시했다. 레빈은 이 강렬한 기도와 희망이 오히려 자기가 사랑하는 생명과의 이별을 더욱 고통스럽게 한다는 것을 알고 있었다.

병자성사가 끝난 뒤 환자는 갑자기 상태가 좋아졌다. 그는 한 시간 동안 기침 한 번 하지 않았고, 눈물을 글썽거리며 싱글거리는가 하면 고맙다고 키티의 손에 입맞춤했다. 그리고 자기는 아주 좋아졌다, 아픈 데가 없다, 식욕도 생기고 기운도 나는 것 같다고 말했다. 수프를 들여왔을 때는 혼자 일어나는가 하면 커틀릿을 먹고 싶다고 말하기도 했다. 그의 상태가 아무리 절망적이었다 해도, 딱 보기에도 도저히 살아날 희망이 없다는 것이 확실하다 해도, 레빈과 키티는 이 한 시간 동안 행복했고, 잘못 생각하는 것이 아니었으면 하는 마음으로 들떠 있었다. "좋아진 건가?" "네, 아주 좋아졌어요." "정말 놀라워." "전혀 놀랄 일이 아니에요." "아무튼 좋아졌군." 그들은 미소 지으며 속삭였다.

그러나 오래가지 않아 눈속임도 사라졌다. 환자는 깊이 잠들었다 싶었는데 30분쯤 지나자 기침을 하며 깨어났다. 그 순간 자신과 다른 사람들의 가슴에서 모든 희망이 일시에 사라졌다. 의심할 여지 없는, 방금 전까지 품었던 희망의 그림자마저 사라질 정도로 고통스러운 현실 앞에서 레빈과 키티와 환자의 희망이 산산조각 나버렸다.

저녁 7시 넘어서 레빈이 아내와 함께 차를 마시고 있을 때 마리야 니콜라예브나가 숨을 헐떡이며 그들의 방으로 뛰어들었다. 얼굴이 하얗게 질린 그녀는 입술을 떨며 속삭이듯 말했다.

"큰일 났어요. 곧 돌아가실 것 같아요."

두 사람은 얼른 뛰어갔다. 니콜라이는 몸을 일으켜 한쪽 팔꿈치를 짚고 앉아 긴 등을 구부린 채 머리를 숙이고 있었다.

"기분이 어때요?"

말이 없던 레빈이 나지막이 물었다.

"영원히 떠날 것 같은 기분이구나."

니콜라이는 힘겹게, 그러나 아주 또렷하게, 그리고 속에서 쥐어짜내듯 천천히 말했다. 그는 고개 숙인 채 눈을 치떴으나 동생의 얼굴을 쳐다보지는 못했다.

"카탸, 좀 나가 있어줘요."

그가 다시 말했다.

레빈은 얼른 일어나 단호한 투로 나지막이 그녀에게 나가 있으라고 말했다.

"갈 시간이 된 것 같아."

"왜 그런 생각을 하세요?"

레빈은 아무 말이라도 해야 할 것 같아서 그렇게 말했다.

"왜냐하면 이제 마지막이야."

그는 이 말이 마음에 드는 듯 되풀이했다.

"이제 마지막이구나."

마리야 니콜라예브나가 그의 옆으로 다가갔다.

"좀 눕는 게 좋겠어요. 그게 더 편할 거예요."

그녀가 말했다.

"곧 조용히 눕게 되겠지. 송장으로 말이야."

그가 자조적으로 화난 듯 말했다.

"그러고 싶으면 눕혀줘."

레빈은 형을 똑바로 눕히고 옆에 앉아 숨을 죽인 채 가만히 그 얼굴을 바라보았다. 죽어가는 사람은 조용히 눈을 감고 누워 있었다.

하지만 깊은 생각에 잠긴 듯 이따금 그의 이마가 씰룩거렸다. 레빈은 어느새 형의 생각을 좇으며 모든 주의를 기울였으나 조용하고 준엄한 표정과 눈썹 위의 근육이 씰룩거리는 것을 보면서, 자신에게는 까마득한 것이 죽어가는 사람에게는 더욱 뚜렷해지고 있음을 알았다.

"그래, 그래, 그렇지."

죽어가는 사람은 뜨문뜨문 느릿느릿 말했다.

"잠깐!"

그가 다시 입을 다물었다.

"그렇지."

그는 돌연 마음이 편한 듯한 목소리로 길게 끌며 말했다. 그 말로 모든 것이 해결되기라도 한 것처럼. 그러더니 "오, 하느님!"이라며 무거운 한숨을 내쉬었다.

마리야 니콜라예브나가 그의 발을 만져보더니 속삭였다.

"차가워요."

오래, 아주 오래(레빈은 그렇게 느꼈다) 환자는 꼼짝도 하지 않고 똑바로 누워 있었다. 그러나 그는 아직 살아 있어 가끔 한숨을 쉬었다. 레빈은 극심한 긴장으로 몹시 지쳐 있었다. 그는 아무리 생각해봐도 '그렇지'의 의미를 알 수 없었다. 그는 죽어가는 사람에게서 오래전에 이미 멀어진 것 같았다. 그는 더 이상 죽음에 대해 생각할 수 없었다. 그러나 어느새 곧 자기가 해야 할 일, 죽은 사람의 눈을 감겨주고 옷을 갈아입혀 주고, 관을 맞추는 일들이 떠올랐다. 그리고 기묘하게도 냉정해진 자신을 느꼈다. 그러자 슬픔도 상실감도 사라졌다. 더구나 형에 대한 연민조차 느껴지지 않았다. 지금 그의 마음에 남아 있는 형에 대한 감정이라는 것은, 죽어가는 형이 자기는 가지지 못한 지식을 가졌다는 데 대한 선망이라고 할 수 있었다.

그는 형의 임종을 기다리며 오래 거기 앉아 있었다. 그러나 임종은 좀처럼 찾아오지 않았다. 문이 열리고 키티가 들어왔다. 레빈은 그녀가 들어오지 못하게 하려고 일어났다. 그러나 그가 일어서자 죽어가던 사람이 꿈틀했다.

"가지 마."

니콜라이는 이렇게 말하며 손을 뻗었다. 레빈은 그에게 한 손을 잡혀주고, 아내에게는 화난 듯한 손짓으로 나가라고 손을 저었다.

그는 죽어가는 사람의 손을 쥐고 30분, 한 시간, 또 한 시간을 계속 앉아 있었다. 그는 더 이상 죽음을 생각하지 않았다. 그는 키티는 뭘 하고 있을까, 옆방에는 누가 있을까, 의사는 자기 집에 사는 것일까, 이런 생각을 했다. 그는 식사를 하고 잠도 자고 싶었다. 그는 살며시 손을 놓고 형의 다리를 만져보았다. 다리는 차가웠으나 환자는 여전히 숨 쉬고 있었다. 레빈은 까치발로 나가려고 했다. 그러자 환자는 다시 몸을 꿈틀하더니 말했다.

"가지 마."

동이 텄으나 환자의 상태는 변함없었다. 레빈은 조심스럽게 손을 놓고 죽어가는 사람에게서 벗어나 자기 방으로 돌아가 잠자리에 들었다. 그리고 잠에서 깼을 때 그는 기다리던 형의 죽음 대신 환자의 상태가 회복되었다는 소식을 들었다. 환자는 다시 앉기도 하고, 기침도 하고, 다시 먹고 이야기했다. 죽음에 대해서는 한 마디도 하지 않았고, 병이 나을지도 모른다는 희망을 보이는가 하면, 전보다 더 과격하게 굴고 우울해하기도 했다. 동생도 키티도, 누구도 그를 타이르지 못했다. 그는 아무에게나 화내고, 기분 나쁜 얘기를 하고, 자기의 고통을 비난했다. 그리고 모스크바에서 가장 유명한 의사를 불러달라고 했다. 또한 그는 기분이 어떠냐고 물으면 증오와 비난의 표정으로 대답했다.

"엄청 괴로워. 도저히 견딜 수가 없다고!"

고통스러운 사흘이 또다시 흘렀다. 환자의 상태는 여전했다. 이제는 모든 사람들, 호텔 주인과 급사, 투숙객들, 의사, 마리야 니콜라예브나, 레빈, 키티까지 그의 죽음을 바랄 뿐이었다. 오직 한 사람, 환자만이 이러한 감정을 드러내지 않고 되레 의사를 부르지 않는다고 화내고, 계속 약을 복용하면서 삶을 이야기했다. 그리고 아편 주사를 맞고 극심한 고통을 잊는 그 한순간만 누구의 마음보다 강하게 그의 마음에 자리 잡은 소리를 꿈꾸듯 중얼거렸다.

"아, 빨리 끝났으면!"

"언제 끝나려나!"

이 도시로 온 지 열흘째 되는 날 키티는 병이 났다. 그녀는 두통과 구토로 아침 내내 일어날 수가 없었다. 의사는 피로와 긴장 탓이라고 하며 안정을 취해야 한다고 했다.

그러나 키티는 점심을 먹고 나서 평소처럼 일거리를 가지고 환자의 방으로 갔다. 그녀가 들어가자 그는 냉정하고 엄숙한 표정으로 그녀를 바라보았다. 그녀가 아팠다고 하자 그는 희미하게 조소를 띠었다. 이날 그는 계속 코를 풀었고 애처롭게 끙끙 앓는 소리를 냈다.

"기분이 좀 어떠세요?"

그녀가 물었다.

"더 나빠졌어요. 아파요!"

그는 겨우 입을 떼며 말했다.

"어디가 아프세요?"

"여기저기."

"오늘은 돌아가시려나 봐요. 보세요."

마리야 니콜라예브나가 말했다.

나지막이 속삭였으나 환자의 신경이 예민해서 레빈은 분명히 들었을 것만 같았다. 레빈이 쉿 하고는 환자를 돌아보았다. 니콜라이는 알아들었지만 아무 감정도 표현하지 않았다. 그의 눈동자는 여전히 사람들을 꾸짖는 듯 경직되어 있었다.

"왜 그렇게 생각하셨어요?"

레빈은 자기를 따라 복도로 나온 그녀에게 물었다.

"자기 몸을 움켜쥐길래요."

마리야 니콜라예브나가 말했다.

"어떻게요?"

"이렇게요."

그녀는 자신의 모직 옷 주름을 잡아당기면서 말했다. 레빈도 환자가 그날 하루 종일 자기 몸을 움켜잡고 뭔가를 벗겨내려는 듯 움직이는 것을 알고 있었다.

마리야 니콜라예브나의 예감은 들어맞았다. 저녁 무렵 환자는 손을 들어 올리지도 못했고, 눈길은 멍하니 앞만 응시하고 있었다. 그가 볼 수 있도록 동생과 키티가 그의 위로 몸을 숙여도 그는 계속 같은 곳만 보았다. 키티는 사람을 보내 임종 기도를 할 사제를 불러오라고 했다.

사제가 임종 기도를 하는 동안 죽어가는 사람은 전혀 살아 있는 사람 같지 않았다. 눈은 가만히 감겨 있었다. 레빈과 키티와 마리야 니콜라예브나는 침대 곁에 서 있었다. 사제가 기도를 마치기 전에 죽어가는 사람은 몸을 쭉 펴더니 한숨을 몰아쉬고 눈을 떴다. 사제가 기도를 끝내고 차가운 그의 이마에 십자가를 얹었다. 그리고 천천히 그것을 성대 속에 넣고, 2분쯤 가만히 있다가 마침내 핏기 없는 차갑고 커다란 손을 만져보더니 말했다.

"임종하셨습니다."

사제가 이렇게 말하고 나가려는데, 갑자기 달라붙어 있던 죽은 사람의 콧수염이 움직거리더니 정적을 뚫고 가슴속에서 쥐어짜낸 듯 날카로운 목소리가 또렷이 울렸다.

"아직……, 이제 곧."

그러더니 1분 뒤 그 얼굴이 밝아지고 콧수염 아래로 미소가 떠올랐다. 거기 있던 여자들은 소란스럽게 장례 준비를 시작했다.

형의 모습과 다가온 죽음 앞에서 레빈은 그 가을밤, 형이 자기를 찾아왔을 때 그의 마음을 사로잡았던 불가해한 어떤 것, 다가온 죽음과 그것을 피할 수 없다는 것에 대한 공포를 느꼈다. 이러한 감정은 한층 더 강렬했다. 그는 그때보다 더 죽음의 의미를 이해할 수 없음을 절감했다. 그리고 이 불가피한 죽음이 한층 더 두렵게 느껴졌다. 그러나 아내가 옆에 있는 지금 그는 절망에 빠지지 않았다. 그는 죽음이 있지만, 그래도 살고 사랑해야 한다는 것을 절실히 깨달았다. 그는 자신을 절망에서 구해준 것은 사랑이라는 것, 그리고 절망의 위협 아래서 그 사랑이 더욱 강하고 순수하다는 것을 느꼈다.

죽음이라는 불가해한 신비가 그의 앞에서 사라지기 전에 사랑과 삶이 전해준 또 하나의 불가해한 신비가 나타났다.

의사는 키티의 증세에 대한 자신의 추측을 확인했다. 그것은 임신 증세였던 것이다.

19

카레닌은 벳시와 오블론스키가 했던 말에서 자기가 해야 할 것은, 그저 자기가 아내를 놓아주고 자기 때문에 그녀가 괴로워하지 않도록 하는 것, 그리고 그녀도 그것을 바라고 있다는 것을 깨달은 순간부터 정신이 나간 듯 자신은 무엇 하나 스스로 결정할 수도 없고, 자기가 바라는 것이 뭔지도 몰랐다.

그래서 그는 굉장한 쾌감을 갖고 이 사건에 관여하는 사람들에게 모든 것을 맡겨버리고 모든 것에 동의해버렸다. 안나가 집을 나간 뒤 영국인 가정교사와 같이 식사를 해야 하는지 아니면 혼자 따로 해야 하는지 물어보러 사람을 보냈을 때 비로소 그는 자신의 상태를 깨닫고 경악했다.

이런 경우 그에게 가장 힘든 것은 자기의 과거와 현재를 결합하고 타협할 수 없다는 것이었다. 그의 마음을 들쑤셔놓은 것은 아내와 함께했던 행복한 과거가 아니었다. 그 과거에서부터 아내의 부정을 알기까지 급격했던 시기는 이미 고통스럽게 지나왔다. 괴롭기는 했지만 이해할 수는 있었다. 그때 아내가 자신의 부정을 고백하고 떠났더라면 그는 비탄에 잠겨 불행에 빠졌겠지만, 지금 그가 처한, 스스로도 막막하고 이해할 수 없는 지경에 이르지 않았을 것이다.

지금 그는, 지난날 자신의 용서, 자신의 감동, 병든 아내와 그 불의의 자식에 대한 애정을 현재의 상황, 즉 이 모든 것들에 대한 업

보라는 듯 주위에 아무도 없고, 불명예스럽게도 세상의 웃음거리가 되었으며, 누구에게도 필요 없고, 모든 사람들에게 경멸받는 사람이 됐다는 사실과 결부할 수 없었다.

그가 한층 더 절망스럽게 느꼈던 것은 슬픔에 빠진 자신이 완전히 혼자라는 생각 때문이었다. 그의 감정과 괴로움을 다 털어놓을 수 있는 사람, 고관이나 사회의 일원으로서가 아니라, 그저 괴로움에 빠진 한 인간으로 자신을 가엾게 여겨줄 사람, 그런 사람이 페테르부르크뿐만 아니라 그 어디에도 없었던 것이다.

고아로 자란 카레닌은 혈육이라고는 형제 하나뿐이었다. 그들은 아버지를 기억하지 못했다. 어머니는 카레닌이 열 살 때 유산도 거의 남기지 않고 돌아가셨다. 정부의 고관이며 선황제의 총신이었던 숙부가 그들을 키웠다.

뛰어난 성적으로 고등학교와 대학을 졸업한 카레닌은 숙부의 지원으로 곧 훌륭한 관리가 되었다. 그리고 그때부터 그는 오로지 정치적인 야심에 온 힘을 쏟았다. 카레닌은 학창 시절이나, 관리를 지낼 때나 그 누구와도 친하게 지내지 않았다. 가장 가까운 사람은 하나밖에 없는 형이었으나 외무부에 근무했기 때문에 늘 외국에 나가 있었던 데다 카레닌이 결혼하고 얼마 되지 않아 외국에서 사망했다.

그가 현(縣)지사로 재직할 때 안나의 고모뻘 되는 부유한 귀부인이 당시 지사로서는 젊었던 그에게 자기의 조카딸을 소개해주고는, 그가 결혼을 하든가 아니면 그 도시를 떠나든가 해야 하는 막다른 지경으로 몰아버렸다.

카레닌은 한참을 망설였다. 그때는 이 한 걸음을 내딛는 것을 받아들일 이유와 거부할 이유가 똑같았고, 게다가 또 의심스러우면 삼간다는 그의 좌우명을 바꿀 만한 결정적인 이유도 없었다. 그러나 안나의 고모는 친지들을 통해 그가 처녀를 더럽힌 것이나 다름없다, 그러니 명예를 지키려면 당연히 청혼해야 한다고 넌지시 그를 압박했다. 그는 청혼을 했고, 그 약혼녀이자 아내가 될 사람에게 할 수 있는 모든 애정을 다 쏟았다.

안나에 대한 애착은 그의 마음속에서 사람들과의 진솔한 관계를 맺으려는 마지막 요구를 앗아갔다. 그래서 지금은 친지들이 많아도 가까이 지내는 사람이 없었다. 인맥은 많으나, 친구는 없었던 것이다. 카레닌은 식사에 초대할 사람, 다른 사람의 일과 정부의 사업에 대해 허심탄회하게 논의할 사람은 많았으나, 이러한 관계는 관례와 예의로 범위가 한정되어 있어 그 경계를 넘어설 수 없었다. 대학 시절 친구로 졸업하고 나서 가깝게 지내며 개인적인 슬픔까지 터놓을 수 있는 사람이 하나 있었으나, 그 친구는 먼 지방에서 장학관을 지내고 있었다. 이렇게 해서 페테르부르크에서 그와 가장 가깝고 의지할 만한 사람은 사무장과 의사뿐이었다.

사무장 미하일 바실리예비치 슬류딘은 똑똑하고 선하며 명쾌하고 도덕적인 사람이었다. 그리고 카레닌은 그가 자기에게 호의를 갖고 있음을 알고 있었다. 그러나 5년간 함께 근무하면서 그들 사이에는 마음을 터놓는 것을 가로막는 장벽이 쌓였다.

카레닌은 서류에 서명하고 나서 한동안 말없이 미하일 바실리예비치의 얼굴을 바라보았다. 그는 몇 번이나 말하려 했으나 입이 떨어지지 않았다. '자네는 내 불행을 이미 들어 알고 있지?'라는 말을 그는 마음속으로 준비하고 있었다. 그러나 결국 평소처럼 "그래, 이것 좀 해주게."라고 말하고는 그를 내보냈다.

또 한 사람은 의사였다. 그 남자도 그에게 호감을 가지고 있었다. 그러나 그들 사이에는 오래전부터 둘 다 바쁜 사람이니 꾸물거려서는 안 된다는 암묵적인 동의가 있었다.

여자들 중에는 리디야 이바노브나 백작 부인이 가장 친했지만 카레닌은 그녀에 대해 생각조차 하지 않았다. 모든 여자들은 단지 여자라는 이유만으로 그에게는 무섭고 꺼림칙한 존재였기 때문이다.

20

카레닌은 리디야 이바노브나 백작 부인을 잊고 있었지만 그녀는 그를 잊지 않고 있었다. 그가 고독한 절망 속에서 고통이 극에 달했을 때 그녀가 연락도 없이 그의 서재로 들어왔다. 그녀가 들어갔을 때 그는 양손으로 머리를 감싸고 앉아 있었다.

"내가 우겨서 들어왔어요."

그녀는 빠른 걸음으로 들어와 흥분한 데다 과격하게 움직이느라 숨을 가쁘게 몰아쉬며 말했다.

"다 들었어요! 카레닌! 이봐요!"

그녀는 두 손으로 그의 손을 꼭 잡고 생각이 깊은 듯한 아름다운 눈으로 그의 눈을 가만히 들여다보며 말했다.

카레닌은 얼굴을 찌푸리면서 일어나 손을 빼내고 그녀에게 의자를 권했다.

"앉으세요, 부인. 아무도 만나지 않으려고 했습니다. 몸이 좀 불편해서요."

그의 입술이 가늘게 떨렸다.

"이봐요!"

리디야 이바노브나 백작 부인은 그를 계속 보면서 되풀이했다. 그녀가 안쪽 눈썹을 추켜올리자 이마가 세모꼴이 되어 예쁘지 않은 누런 얼굴이 더욱 밉게 보였다. 그러나 카레닌은 자기가 가엾어 금방이라도 울음을 터뜨릴 것 같은 그녀를 보자 마음이 움직이는 듯했다. 그는 그녀의 통통한 손을 움켜잡고 키스했다.

"아아, 이봐요! 슬픔에 굴복하면 안 돼요. 물론 큰 슬픔이기는 하지만 위안을 찾아야 해요."

그녀는 흥분으로 목이 메어 말했다.

"나는 죽고 말았습니다. 살해되었어요! 이제 사람이 아니에요."

카레닌은 그녀의 손을 놓고 눈물을 글썽이는 그녀의 눈을 바라보며 말했다.

"나는 어디에서도, 내 마음에서조차 버팀목을 찾을 수 없습니다. 그래서 내 상황이 정말 두렵습니다."

"버팀목을 찾을 거예요. 자신 말고 다른 것에서 찾아보세요. 그리고 내 우정을 믿어주시기를 바라요."

그녀는 한숨을 내쉬며 말했다.

"우리의 버팀목은 사랑이에요. 하느님께서 우리에게 약속하신 사랑요. 하느님께서는 무거운 짐을 지우지 않아요. 하느님께서는 틀림없이 당신을 지켜주시고 도와주실 거예요."

그녀는 카레닌이 익히 아는 환한 눈빛으로 말했다.

이 말 속에서 숭고한 자기감정에 취하고, 요즈음 페테르부르크에 유행하는, 카레닌이 보기에는 과하다고 여겨지는, 열광적이며 신비로운 새로운 경향이 엿보이기는 했지만, 지금 카레닌으로서는 그런 말이 위안이 되었다.

리디야 이바노브나 백작 부인은 이미 오래전 남편에 대한 애정이 식었다. 그 뒤부터는 늘 누군가를 사랑했다. 그녀는 동시에 여러 사람을 사랑했고, 남녀 가리지 않고 반하곤 했다. 특별히 멋진 면모를 발견하면 곧바로 반하는 것이었다.

이 모든 사랑은 약해지기도 하고 강해지기도 하면서 그녀는 궁정과 사교계에서 아주 폭넓고 복잡한 관계를 유지해나갈 수 있었다. 그러나 불행에 빠진 카레닌을 보살펴주고, 그의 행복을 걱정하고, 그의 집안일을 봐주면서 오직 카레닌에게만 진실한 사랑을 쏟고 있었다. 그녀가 반한 것은 카레닌의 인품, 고매하고 불가해한 정신이었다. 길게 끄는 듯한 가느다란 그의 목소리, 지친 듯한 그의 눈매, 그의 성격과 핏줄이 드러난 하얗고 부드러운 손이었다. 그녀는 자기가 딴 남자의 아내가 아니고, 그가 자유의 몸이면 어떨까 하는 공상을 종종 하곤 했다. 그녀는 그가 방으로 들어오면 얼굴이 빨개졌고, 그가 즐겁게 말하면 기쁨의 미소를 감출 수 없었다.

벌써 며칠째 리디야 이바노브나 백작 부인은 극도로 흥분 상태였다. 안나와 브론스키가 페테르부르크에 머물고 있다는 것을 알았기 때문이다. 그래서 그녀는 무슨 수를 써서라도 카레닌과 그녀가 마주치지 않도록 해야 했다. 더구나 그 소름 끼치는 여자와 그가 한 도시에 있다는 것, 언제 어느 때 그녀와 마주칠지 모른다는 괴로움에 빠지지 않도록 해야 했다.

리디야는 몇몇 친지를 동원해 이 '혐오스러운 인간들'(그녀는 안나와 브론스키를 이렇게 불렀다)이 뭘 하는지 알아보고, 지난 며칠 동안 자기 친구가 두 사람을 마주치지 않도록 하나에서 열까지 그의 행동을 조정하느라 애썼다. 그녀는 브론스키의 친구인 젊은 부관을 통해 보고받았는데 이 사내는 리디야를 통해 이권을 얻으려고 했다. 그는 그녀에게 그들이 이제 볼일을 끝내고 내일 떠나기로 했다는 소식을 전했다. 리디야는 그제야 마음이 놓였다.

그런데 이튿날 아침 그녀에게 편지 한 통이 왔다. 그녀는 필체를 보고 깜짝 놀랐다. 안나가 보낸 편지였던 것이다.

"누가 가져왔지?"

"호텔 심부름꾼입니다."

리디야는 편지를 곧바로 읽을 수가 없었다. 그녀는 흥분해서 지병인 천식이 발작해 한참이나 앉아 있을 수가 없었던 것이다. 마침내 겨우 가라앉자 그녀는 프랑스어로 쓴 편지를 읽었다.

백작 부인

기독교도의 인정으로 가득한 당신의 마음으로, 대담하게도 이런 편지를 올리는 것을 용서해주시기 바랍니다. 나는 아들과 헤어져 몹시 괴롭습니다. 간절히 바라건대 여기를 떠나기 전 딱 한 번 아이를 만나게 해주십시오. 당신에게 이런 부탁을 드리는 것을 부디 용서해주세요. 너그러우신 그분을, 나 같은 것 때문에 더 이상 괴롭히고 싶지 않아서, 오직 그 이유로 알렉세이 알렉산드로비치 말고 당신에게 간청하는 것입니다. 그분과의 우정으로 내 마음도 헤아려주시리라 믿습니다. 세료자를 나에게 보내주실 건지, 아니면 정해진 시간에 내가 가야 하는지요? 집이 아닌 다른 곳이라도 좋으니 시간과 장소를 알려주세요. 관대하신 부인께서 이 부탁을 들어주시리라 믿습니다. 당신은 내가 지금 겪고 있는, 아들에 대한 그리움이 얼마나 간절한지 아시리라 생각합니다. 따라서 당신의 도움으로 내가 얼마나 깊이 감명받을지 짐작하시리라 생각합니다.

안나

리디야는 편지 내용 하나하나가 불쾌했다. 내용도, 관대함에 대한 암시도, 특히 거리낌 없는(그녀는 그렇게 생각했다) 말투까지.

"답장이 없다고 전하게."

리디야가 말했다. 그녀는 곧 종이를 꺼내 카레닌에게 편지를 써서 보냈다.

중요하고 슬픈 일에 대해 당신과 의논할 것이 있습니다. 저의 집에서 당신과 차를 마시면서 얘기하는 것이 가장 좋을 것 같군요. 꼭 부탁드립니다. 하느님께서는 십자가를 지우시지만, 힘도 같이 주신답니다.

그녀는 조금이라도 마음의 준비를 할 수 있게 마지막 말을 덧붙였다.

리디야는 매일 두세 통씩 카레닌에게 편지를 썼다. 그녀는 이렇게 그와 연락하는 것을 좋아했다. 직접 만나 이야기하는 것과 달리 우아하고 신비로운 분위기를 풍길 수 있기 때문이었다.

21

카레닌이 골동품 도자기들과 초상화 몇 점이 걸려 있는 리디야 이바노브나 백작 부인의 아담한 서재로 들어갔을 때 주인은 거기 없었다. 그녀는 옷을 갈아입고 있었다.

보가 덮인 둥근 탁자에는 중국 도자기 찻잔 한 벌과 알코올램프가 달린 은제 찻주전자가 놓여 있었다. 카레닌은 서재를 장식하고 있는 수많은 낯익은 초상화를 무심코 둘러보았다. 그리고 탁자 옆에 앉아 그 위에 놓인 복음서를 펼쳤다. 그때 백작 부인의 비단 옷자락 스치는 소리가 났다.

리디야는 달뜬 미소를 지으며 빠른 걸음으로 탁자와 소파 사이를 빠져나왔다.

"차를 드시면서 천천히 이야기해요."

미리 준비한 말을 몇 마디 하고 나서 그녀는 무겁게 한숨을 쉬고 얼굴을 붉히며 카레닌에게 편지를 건넸다.

그는 한동안 편지만 읽었다.

"거절할 권리가 나에게는 없다고 생각합니다."

그는 눈을 치뜨며 차분히 말했다.

"이봐요, 당신은 누구에게도 사악하게 굴지 못하는군요!"

"무슨 말씀을요? 나는 이 세상에 사악하지 않은 건 없다고 생각합니다. 그런데⋯⋯ 그것이 부당한 건 아닌지⋯⋯."

그는 머뭇거리는 표정과 함께 자기로서는 이해할 수 없는 이 문제에 대해 충고와 조력과 지침을 구하고자 하는 기색을 내비쳤다.

"아니에요. 모든 일에는 한계가 있는 법이죠. 부정이야 나도 이해해요."

무엇이 여자를 부정으로 이끄는지 모르는 그녀는 약간 모호한 투로 말했다.

"그렇지만 이처럼 잔인하게 구는 건 이해할 수 없네요. 그것도 누구에게요? 바로 당신에게요! 어떻게 그녀는 당신이 있는 이 도시에 머물 수 있죠? 아니에요, 사람은 오래 살수록 많은 것을 배우죠. 나는 이 일로 당신의 고결한 마음과 그녀의 천박한 마음을 알았어요."

"하지만 누가 돌을 던질 수 있겠어요?"

카레닌은 자기 역할에 만족한 듯 말했다.

"난 모든 것을 용서했어요. 따라서 그녀가 아들을 사랑하는 마음으로 요구하는 것을 뺏을 수는 없습니다."

"하지만 이게 어떻게 사랑이죠? 진심일까요? 당신이 과거에도 용서했고, 지금도 용서하고 있다 해도 말이에요. 그 천사의 마음을 뒤흔들 권리가 우리에게 있나요? 그 애는 이미 그녀가 죽었다고 생각하고 있어요. 그 애는 그녀를 위해, 그녀의 죄를 사해달라고 하느님께 기도를 올리고 있어요. 그리고…… 그러는 편이 더 좋아요. 이제 와서 어설프게 그런다면 그 애가 어떻게 생각하겠어요?"

"그것까지는 생각 못 했네요."

카레닌은 맞는 말이라는 듯 말했다.

리디야는 한동안 말없이 두 손으로 얼굴을 가리고 있었다. 기도하고 있는 것이었다.

"내 생각에는……."

그녀는 기도를 마치고 얼굴에서 손을 떼더니 말했다.

"나는 그러지 말았으면 해요. 이 일로 또다시 상처가 파헤쳐져 고통스러울 게 뻔해요. 당신이 평소처럼 자기 자신은 생각하지 않는다고 해요. 하지만 그런들 무슨 도움이 되겠어요? 당신은 또다시 괴로움에 빠지고 아드님에게도 고통을 줄 뿐이에요. 그분에게 일말의 인간적인 정이 남아 있다면 이런 것을 바랄 수는 없는 겁니다. 그래서 나는 조금도 망설임 없이 그러지 말라고 권하는 거예요. 당신이 허락하면 그분에게 편지를 쓰겠어요."

카레닌의 동의를 얻어서 리디야는 프랑스어로 다음과 같은 편지를 썼다.

친애하는 부인

어린아이의 마음속에 성스러운 기억으로 남아야 할 당신에 대해 비난하는 마음을 심어주고 대답할 수 없는 여러 가지 질문을 끌어내게 될지도 모릅니다. 따라서 당신 남편의 거절을 기독교적 사랑에서 비롯된 것이라고 이해해주시기 바랍니다. 전능하신 하느님의 자비가 당신에게 내리시기를 기원하며.

리디야 이바노브나

이 편지는 리디야가 자신도 모르는 은밀한 목적을 이루는 것이었다. 즉 마음 깊이 안나를 모욕하는 내용이었던 것이다.

이날 리디야의 집에서 돌아온 카레닌은 일을 할 수도 없었고, 구원과 신앙을 얻었던 마음이 지금은 안정되지 않았다.

그토록 죄 많은 아내였고, 리디야가 올바르게 평했듯이 자기의 행동은 신성한 것이었으니 아내를 생각하며 마음이 산란해서는 안 될 일이었다. 그러나 그는 마음을 가라앉힐 수 없었다. 책을 읽어도 내용이 머릿속에 들어오지 않았고, 자기가 그녀에게 보여준 행동, 자기가 그녀에게 저지른 잘못(지금에 와서야 그렇게 느끼는) 등 괴로운 기억이 떠오르는 것을 어찌할 수 없었다. 경마에서 돌아오는 길에 그녀가 자신의 부정을 털어놨을 때 자기가 어떤 반응을 보였는지에 대한 기억(특히 그녀에게 체면을 지키라고 요구하고 상대에게 결투를 청하지 않은 것)이 후회로 그를 짓눌렀다. 또한 그녀에게 썼던 편지도 괴로웠다. 특히 누구도 원하지 않았던 자기의 용서와 남의 자식을 보살핀 사실이 부끄러움과 가책으로 심장을 불태웠다.

그리고 지금 그녀와 함께 보낸 지난날을 모두 끄집어내면서, 또 오랜 망설임 끝에 그녀에게 청혼했을 때의 어설픈 말들을 떠올리면서도 역시나 부끄러움과 가책을 느꼈다.

'도대체 나는 무슨 잘못을 저질렀단 말인가?'

그는 스스로에게 물어보았다. 그리고 이 질문은 늘 그렇듯 다른 질문을 불러일으켰다. 도대체 브론스키나 오블론스키, 뚱뚱한 종아리를 가진 하인 등 세상 사람들이 느끼는 것과 자신이 느끼는 것은 왜 다른 걸까? 사랑하는 법이 다른 걸까, 결혼 생활의 방법이 다른 걸까? 그러자 은연중에 그의 주의를 끌었던 혈기 왕성하고 확고하며 스스로를 의심하지 않는 사람들이 연달아 떠올랐다. 그는 이런 생각을 떨쳐내려고 애썼다. 그는 이 세상에서 일시적인 삶이 아니라 영원한 삶을 위해 살고 있다는 것, 자기 마음속에 평화와 사랑이 있다고 믿었다. 그러나 자신이 일시적이고 보잘것없는 삶에서 저지른 두서너 가지 작은 잘못으로 인해 그가 믿었던 영원한 구원이 실제로는 없는 것처럼 느껴져 괴로웠다. 그러나 이러한 번민은 오래 가지 않았다. 곧 카레닌은 다시 평온하고 숭고한 마음을 되찾았으며, 기억하고 싶지 않은 것들을 잊을 수 있었다.

22

"카피토니치, 어떻게 됐어?"

생일 전날 유쾌하게 산책을 하고 볼이 빨갛게 되어 돌아온 세료자가 자기를 내려다보며 싱글벙글 웃고 있는 키 크고 나이 든 수위에게 소매 없는 외투를 건네면서 물었다.

"오늘 붕대 감은 관리가 또 왔어? 아버지를 만났어?"

"네, 만났어요. 사무장님이 돌아가시자마자 말씀드렸어요."

수위가 유쾌하게 눈짓하며 말했다.

"자, 제가 벗겨드릴게요."

"세료자! 혼자 벗으세요."

가정교사가 안쪽 방문 앞에 서서 말했다.

세료자는 가정교사의 가느다란 목소리를 들었으면서도 그쪽을 돌아보지도 않았다. 그는 한 손으로 수위의 허리띠를 잡고 서서 가만히 그의 얼굴을 바라보았다.

"그럼 뭐야, 아버지는 그 사람 말을 들어주신 거야?"

수위가 고개를 끄덕였다.

세료자와 수위는 지금까지 일곱 번이나 카레닌에게 부탁을 하러 온 붕대 감은 관리에게 관심이 많았다. 한번은 현관에서 그를 봤는데 가련한 목소리로 자신과 아이들이 죽게 되었다며 수위에게 아버지를 만나게 해달라고 간청했다. 그 뒤에 현관에서 두 번째 그를 만났을 때부터 관심을 가지기 시작했다.

"그래서 그 사람이 굉장히 기뻐했어?"

그가 물었다.

"그럼요. 왜 안 기쁘겠어요! 펄쩍펄쩍 뛸 것처럼 좋아하면서 돌아갔죠."

"그리고, 뭐 왔어?"

잠시 뒤 세료자가 물었다.

"네, 도련님. 백작 부인께서 뭔가 보내셨습니다."

수위가 고개를 끄덕이면서 나지막이 말했다.

세료자는 리디야 이바노브나 백작 부인이 생일 선물을 보냈을 거라고 짐작했다.

"그래? 어디 있어?"

"코르네이가 아버님께 가지고 갔습니다. 분명히 좋은 선물일 거예요."

"얼마나 커? 이만해?"

"그보다 작긴 하지만 좋은 것이었어요."

"책인가?"

"아니요, 작은 덩이였어요. 가보세요. 마침 바실리 루키티가 부르고 계시네요."

수위는 다가오는 가정교사의 발소리를 듣고 자신의 허리띠를 잡고 있는, 장갑이 살짝 벗겨진 작은 손을 살며시 떼면서 고갯짓으로 바실리 쪽을 가리키며 말했다.

"바실리 루키티, 지금 곧 갈게요!"

세료자는 행동가인 바실리 루키티마저 꼼짝 못하게 하는 쾌활하고 사랑스러운 미소를 띠고 말했다.

세료자는 너무나 좋았다. 그는 모든 것이 행복했다. 레트니 사트('여름 동산'이라는 의미를 가진 공원 이름—옮긴이)를 산책하면서 리디야 이바노브나 백작 부인의 조카딸에게 들은 기쁜 소식을 친구인 수위에게 말하지 않을 수 없었다. 이 기쁨은 그 관리의 기쁨과 생일 선물을 받은 기쁨과 합쳐져 특히 중요하게 생각되었다. 그래서 세료자는 오늘은 누구든 모두 유쾌하고 즐거워야 할 것 같았다.

"들었어? 아버지가 알렉산드르 네프스키 훈장을 받으셨어."

"왜 모르겠어요? 벌써 많은 분들이 축하하러 오셨는걸요."

"그래? 아버지께서도 기뻐하셔?"

"폐하의 하해와 같은 은총을 받고 어찌 기뻐하지 않으시겠어요! 당신께서 공적을 많이 쌓으셨다는 증거인데요."

수위가 정색하며 엄하게 말했다.

세료자는 아주 세세한 것까지 꿰뚫고 있는 수위의 얼굴을, 특히 구레나룻 아래로 처진, 항상 아래에서 올려다보는 세료자 외에는 아무도 본 사람이 없는 아래턱을 가만히 보면서 생각했다.

"참, 할아범 딸은 왔어?"

수위의 딸은 발레리나였다.

"평일에는 올 수가 없지요. 그 애도 레슨을 받아야 하니까요. 자, 도련님도 빨리 가서 공부하셔야지요."

세료자는 방에 들어가서 공부를 하기 전에 자기한테 온 선물은 분명 움직이는 장난감일 거라고 가정교사에게 말했다.

"선생님 생각은 어때요?"

세료자가 물었다.

그러나 바실리 루키티는 2시에 오는 교사에 맞춰 문법을 예습해 두어야 한다는 생각만 했다.

"아니, 그건 됐어요. 대신 이것만 이야기해주세요."

세료자는 공부하는 책상 앞에 앉아 두 손으로 책을 들면서 갑자기 이렇게 물었다.

"알렉산드르 네프스키 훈장보다 더 높은 훈장이 뭐예요? 선생님은 아버지가 알렉산드르 네프스키 훈장을 타신 거 아시죠?"

바실리 루키티는 알렉산드르 네프스키보다 더 높은 것은 블라디미르라고 대답했다.

"그럼 더 높은 것은요?"

"가장 높은 것은 안드레이 페르보즈반니 훈장이에요."

"그럼 안드레이보다 높은 것은요?"

"그건 모르겠네요."

"선생님이 모르는 게 있어요?"

세료자는 두 손으로 턱을 괴고 공상에 잠겼다.

그는 복잡 다양한 공상에 빠졌다. 그는 아버지가 머잖아 블라디미르 훈장과 안드레이 훈장을 받을 거고, 그러면 오늘 아버지와 공부하는 시간에는 훨씬 부드러울 것이며, 자신도 크면 모든 훈장을 탈 것이고, 안드레이보다 높은 훈장이 만들어지면 그것까지 받을 거라고 생각했다. 그런 훈장이 만들어지기만 하면 자기는 그만큼 더 일을 할 것이고, 그보다 더 높은 것이 만들어지면 또 그만큼 더 일할 것이었다.

이런 공상을 하느라 교사가 오기 전까지 때와 장소와 동작을 가리키는 부사(副詞)에 대한 예습을 하지 못했다. 그래서 교사는 못마땅해하며 적잖이 화를 냈다. 교사의 탄식에 세료자의 마음도 움직였다. 그는 부사를 외우지 않은 것은 자기 잘못이라고 생각하지 않았다. 아무리 해도 외울 수가 없었던 것이다. 교사가 설명할 때는

다 이해했다고 생각했지만, 혼자 있게 되자마자 '갑자기'라는 아주 간단하고 쉬운 말이 '동작의 상황 부사'라는 것이 기억나지도, 이해되지도 않았다. 하지만 그는 교사가 자기 때문에 슬퍼하자 마음이 안 좋았다. 그래서 그는 교사가 조용히 책을 보고 있을 때를 놓치지 않고 불쑥 이렇게 물었다.

"미하일 이바니치 선생님의 명명일(Imieniny, 가톨릭에서 성인의 이름을 따서 자기 이름을 짓는데 자기 이름과 같은 성인의 날을 생일처럼 축하한다.— 옮긴이)은 언제예요?"

"자기 일이나 신경 쓰면 좋겠네요. 명명일 같은 것은 이성적인 사람에게는 아무 의미도 없는 거예요. 다른 날처럼 그날도 일해야 하는 건 마찬가지니까요."

세료자는 교사의 성긴 수염과 콧대에 내려온 안경 등 교사의 얼굴을 유심히 보았다. 그러다 어느새 교사의 설명이 전혀 귀에 들어오지 않을 정도로 깊은 생각에 빠지고 말았다. 그는 교사가 마음에도 없는 말을 하고 있다는 것을 알고 있었다. 그는 교사의 말투에서 그것을 느꼈던 것이다.

'그런데 왜 이런 사람들은 모두 약속이라도 한 것처럼 똑같은 방법으로 똑같이 지루하고 쓸모없는 이야기만 하는 것일까? 무엇 때문에 이 사람은 나하고 가까워지지 않으려고 하는 것일까?'

그는 서글픈 마음으로 자신에게 물었다. 그러나 답을 알 수 없었다.

23

교사와 공부하고 나면 아버지와 공부할 시간이었다. 아버지를 기다리는 동안 세료자는 탁자 앞에 앉아 주머니칼을 만지면서 생각에 잠겼다. 세료자가 좋아하는 일 중 하나는 산책할 때 엄마를 찾는 일이었다. 그는 죽음이란 것을 믿지 않았는데, 특히 엄마의 죽음은 리디야 이바노브나 백작 부인이 이야기해주었고, 아버지가 그것을 확인해주었는데도 믿을 수가 없었다. 그래서 엄마가 죽었다는 말을 듣고 나서도 산책을 나가면 늘 엄마를 찾았다. 통통하고 우아한, 머리색이 검은 부인은 모두 엄마 같았다. 그런 모습의 부인만 보면 이루 표현할 수 없을 만큼 다정한 감정이 솟구쳐 목이 메이고 두 눈에 눈물이 가득 고였다. 그리고 당장이라도 엄마가 다가와 얼굴에 쓴 베일을 들어 올리기를 기다렸다. 그러면 그 얼굴을 똑똑히 볼 수 있겠지, 엄마가 빙그레 웃으며 나를 안아주겠지, 그 냄새를 맡고, 부드러운 손길을 느끼고, 너무 행복해서 훌쩍훌쩍 울고 말 것이다. 마치 예전 어느 저녁 엄마의 발밑에 누웠을 때 엄마가 간지럼을 태워 웃다가 반지를 여러 개 낀 하얀 손을 물어버렸을 때처럼.

그 뒤 유모에게 얼핏 엄마가 죽은 게 아니라는 말을 들었고, 또 아버지와 리디야 이바노브나 백작 부인이 엄마는 나쁜 사람이니까 (엄마를 사랑하는 그로서는 도저히 믿을 수 없었다) 이미 죽은 것이나 마찬가지라는 말을 듣고 나서도, 그는 계속 엄마를 찾았고, 엄마를 만나기를 고대했다.

오늘도 세료자는 공원에서 연한 보랏빛 베일을 드리운 부인을 보고 엄마라는 생각에 가슴을 졸이며 그 부인이 홀로 오솔길을 걸어 자기 쪽으로 오고 있는 것을 지켜보았다. 그러나 그 부인은 가까이 오지 않고 모습을 감춰버렸다. 그래서 오늘 세료자는 그 어느 때보다 엄마가 그리웠고, 지금도 아버지를 기다리면서 모든 것을 다 잊은 채 반짝이는 눈으로 앞을 바라보면서 엄마를 생각하며 주머니칼로 탁자 모서리를 쪼고 있었다.

"아버님께서 오고 계세요."

바실리 루키티의 말에 세료자는 공상에서 깨어났다.

세료자는 벌떡 일어나서 아버지에게 다가갔다. 그리고 아버지의 손에 입을 맞추고 알렉산드르 네프스키 훈장을 탄 기쁨이 남아 있는지 살피면서 주의 깊게 아버지의 얼굴을 바라보았다.

"산책은 재미있었니?"

카레닌은 안락의자에 앉아 구약성서를 끌어당겨 펼치면서 물었다. 그는 세료자에게 기독교인은 모두 성서의 이야기를 잘 알고 있어야 한다고 주지시켰지만 자신 또한 아직도 구약성서를 가르치기 위해서는 그 책을 자주 들여다봐야 했다. 세료자도 그것을 알고 있었다.

"네, 정말 재미있었어요."

세료자는 돌아앉아 하지 말아야 할 행동인데도 의자를 덜거덕거리며 말했다.

“거기서 나데니카를 만났어요(나데니카는 리디야 이바노브나 백작 부인이 키우는 조카딸이었다). 그녀가 아버지께서 훈장을 타셨다고 전해주었어요. 기쁘시죠, 아버지?”

“첫째, 의자를 흔들지 말거라. 둘째, 중요한 것은 상이 아니라 일을 하는 거란다. 그것을 염두에 두어야 해. 너도 상을 타려고 공부하고 일한다면 몹시 괴로울 거야. 하지만 무슨 일이든(이렇게 말하기는 했지만 카레닌은 오늘 아침 180건의 서류에 서명하면서 너무 지루했고 의무적으로 겨우 했던 것을 생각했다) 즐겁게 하면 포상도 자연히 따른단다.”

카레닌이 말했다.

기쁨으로 부드럽게 반짝이던 세료자의 눈빛이 흐려지더니 아버지를 피해 시선을 아래로 떨궜다. 이것은 아버지가 아주 오래전부터 늘 보여주던 태도였다. 세료자도 그럴 때는 어떻게 기분을 맞춰야 하는지 잘 알고 있었다. 아버지는 이야기할 때 항상 실제 세료자와 전혀 다른, 마치 책에 나오는 사람 같은, 자기 마음대로 상상한 아이를 대하듯 했다. 세료자는 그렇게 느꼈다. 그래서 세료자도 아버지에게 항상 책에 나오는 아이처럼 보이려고 노력했다.

“너도 이 정도는 알겠지?”

아버지가 말했다.

“네, 아버지.”

세료자는 가상의 어린아이로 꾸미며 말했다.

이날 공부는 복음서 중 시 두서너 편을 외우고 구약성서의 첫 부분을 복습하는 것이었다. 세료자도 아주 잘 아는 시였다. 그런데 열심히 외우던 중 아버지의 관자놀이 부분에서 굴곡진 이마를 보다가 시의 끝 구절을 다른 시의 첫 구절과 헷갈리고 말았다. 카레닌은 아들이 자신이 하는 말을 이해하지 못하는 것 같아 몹시 속상했다.

그는 눈살을 찌푸리더니 세료자가 귀에 못이 박일 정도로 들었던, '갑자기'라는 말이 동작의 상황 부사라는 사실처럼 너무 당연해서 되레 외우기 힘들었던 것들을 하나하나 설명해주었다. 세료자는 놀란 눈으로 아버지를 바라보면서 오직 한 가지, 지금까지 간혹 그랬던 것처럼 아버지가 지금 이야기하는 것을 다시 말해보라고 하지 않을까 하는 생각만 했다. 그러자 세료자는 마음이 조마조마해서 이제 아무것도 이해할 수 없었다. 그러나 다행히 아버지는 그것을 다시 말해보라고 하지 않고 구약성서로 넘어갔다. 세료자는 이야기 자체는 잘 외웠다. 그러나 그 이야기가 무엇을 의미하는지 대답할 때는 이 문제로 벌써 몇 번이나 벌을 받았는데도 아무것도 몰랐다. 그가 아무 말도 못하고 우물쭈물하며 탁자를 쪼고 의자에 앉은 채로 몸을 꼼질거린 것은 바로 노아의 홍수 이전의 족장 이야기를 할 때였다. 그는 살아서 승천했다는 에녹 말고는 아무도 몰랐다. 전에는 이름들을 외웠지만 지금은 깡그리 잊어버렸다. 그는 구약성서에 나오는 인물 중 에녹을 가장 좋아했다. 그 에녹이 살아서 승천했다는 사실이 긴 사색, 아버지의 시곗줄과 절반만 잠근 조끼 단추를 보며 빠져든 사색의 실마리와 관련되어 있기 때문이었다.

사람들에게 종종 듣는 죽음을 세료자는 전혀 믿지 않았다. 그는 자신이 사랑하는 사람이 죽는다는 사실, 특히 자신이 언젠가는 죽는다는 사실을 믿지 않았다. 그는 있을 수도 없고 이해할 수도 없는 일이라고 생각했다. 그러나 그는 모든 사람은 죽는다는 말을 들었다. 그는 자기가 믿는 사람들에게 물어보았는데, 그들도 그렇다고 했다. 유모도 머뭇거리기는 했지만 같은 말을 했다. 그러나 에녹은 죽지 않았다. 그러고 보면 누구나 다 죽는 것은 아닐 것이다.

'그렇다면 왜 모든 인간이 똑같이 하느님에게 인정받고 살아서 승천할 수 없는 것일까?'

세료자는 생각했다. 나쁜 인간, 즉 세료자가 사랑하지 않는 사람들은 죽어도 상관없지만 좋아하는 사람들은 모두 에녹처럼 되어야 할 것이다.

"자, 어떤 족장들이 있었지?"

"에녹, 에노스."

"아니, 그건 아까 말했어. 세료자, 그건 아주 좋지 않은 태도야. 신자가 꼭 알아야 할 것들을 외우지 않는다면……."

아버지는 일어나서 말했다.

"너는 도대체 할 수 있는 게 뭐냐? 난 만족스럽지 않다. 표도르 이그나티치(주임 교사를 말한다)도 네가 만족스럽지 않다더구나……. 벌을 좀 받아야겠다."

아버지와 교사 둘 다 세료자를 못마땅하게 여겼다. 사실 세료자는 암기를 잘 못했다. 그렇다고 저능아는 아니었다. 오히려 교사가 모범적이라고 말했던 아이들보다 훨씬 많은 재능을 가지고 있었다. 아버지가 보기에 그는 배우려는 의지가 없는 것 같았다. 실제로 그는 배울 의지가 없었다. 그는 아버지와 교사가 가르치는 것보다 훨씬 중요한 것을 생각하느라 그럴 수가 없었다. 그런 것들은 서로 상반된 것이어서 그는 자신을 가르치는 교육자들과 정면으로 부딪힐 수밖에 없었다.

세료자는 이제 겨우 아홉 살 어린아이였다. 그러나 그는 자기의 영혼을 의식하고 소중히 여기고 있었다. 마치 눈꺼풀이 눈을 보호하듯 그는 그것을 지키고 있었다. 그리고 사랑이라는 열쇠 없이는 아무도 자신의 영혼 속에 들이지 않았다. 그를 가르치는 교사들은 그가 배우려 들지 않는다고 불만을 토로했다. 그러나 그의 영혼에는 지식욕이 가득했다. 그래서 그는 카피토니치며 유모, 나데니카, 바실리 루키티에게 배웠다. 그러나 교사한테는 배우지 않았다. 아버지와 교사가 자신들의 물레방아를 돌리기 위해 기다리던 물은 벌써 오래전에 말라버렸고, 다른 곳으로 흘러가 버린 것이었다.

아버지는 세료자에게 리디야의 조카딸 나데니카를 만나지 말라는 벌을 내렸다. 그러나 이 벌은 오히려 세료자에게 잘된 일이었다. 바실리 루키티가 재미있게 풍차 만드는 법을 가르쳐주었던 것이다.

그날 저녁 내내 그는 어떻게 하면 올라타고 뱅뱅 돌 수 있는 풍차를 만들 수 있을지, 두 손으로 날개를 붙들어야 하는지, 자신의 몸을 꽁꽁 싸매고 돌아야 할지 등을 상상하며 보냈다. 그날 저녁은 엄마 생각을 하지 않았다. 그러나 잠자리에 들자마자 갑자기 엄마 생각이 났다. 그래서 내일 자기 생일에는 숨어 있지 말고 자기에게 와 달라고 빌었다.

"바실리 루키티, 오늘 밤 평소와 다른 걸 빌었는데 그게 뭔지 알아요?"

"공부 잘하게 해달라고 빌었겠죠?"

"아니에요."

"그럼 장난감?"

"아니요, 선생님은 못 알아맞힐 거예요. 굉장히 좋은 일이거든요. 하지만 비밀이에요! 진짜 이루어지면 그때 이야기해줄게요. 그런데 아직도 모르겠어요?"

"네, 모르겠네요. 나중에 말해주세요. 이제 잘 시간이에요. 촛불을 끌게요."

바실리 루키티는 좀처럼 보이지 않던 미소를 지으며 말했다.

"촛불 없이도 내가 보고 싶은 것과 기도하는 것이 잘 보여요. 아, 하마터면 비밀을 이야기할 뻔했네!"

세료자가 쾌활하게 웃으면서 말했다.

바실리 루키티가 촛불을 들고 나간 뒤 세료자는 엄마의 목소리를 듣고 엄마의 모습을 느꼈다. 머리맡에서 그녀가 그에게 몸을 굽히고 사랑이 가득한 눈길로 그를 쓰다듬었다. 그런데 풍차와 주머니칼이 나타나자 모든 것이 뒤죽박죽되더니 어느새 잠이 들었다.

24

브론스키와 안나는 페테르부르크에 도착해 고급 호텔에 머물렀다. 브론스키는 아래층을 혼자 쓰고, 안나는 아이와 유모, 하녀와 함께 위층의 방 4개짜리 객실을 썼다.

브론스키는 도착한 그날 바로 형을 찾아갔다. 거기서 그는 모스크바에서 온 어머니를 만났다. 어머니와 형수는 평소처럼 그를 맞이했다. 그녀들은 브론스키에게 외국 여행에 대해 묻기도 하고 친척들 안부도 전했다. 그러나 그와 안나에 대해서는 한 마디도 묻지 않았다. 그러나 이튿날 아침 형은 브론스키를 찾아와 먼저 안나의 안부를 물었다. 브론스키는 자기는 카레니나 부인과 지금 결혼한 것이나 마찬가지다, 그녀가 이혼하기를 바란다, 그렇게 되면 그녀와 결혼할 것이다, 그러나 지금도 다른 모든 아내와 동등하게 내 아내라고 생각하니 어머니와 형수에게도 그렇게 전해달라고 말했다.

"세상 사람들이 뭐라고 하든 상관없습니다. 그러나 집안사람들이 나와 친척 관계를 유지하고 싶다면 내 아내를 인정해야 할 것입니다."

브론스키가 말했다.

늘 동생의 판단을 존중하던 형도 세상이 이 문제를 해결하기 전에는 그의 판단이 옳은지 알 수가 없었다. 그러나 자신은 반대할 아무런 이유가 없었으므로 그는 동생과 함께 안나를 만났다.

브론스키는 다른 사람들한테도 그렇듯이 형한테도 안나를 '당신'이라고 지칭하며 아내를 대하듯 했다. 그리고 형이 두 사람의 관계를 알고 있다고 벌써 넌지시 귀띔했고, 안나가 브론스키 집안의 영지로 갈 거라는 얘기도 했다.

브론스키는 사교 경험이 충분한데도 자기가 처한 새로운 상황에 대해 묘한 착각을 하고 있었다. 그는 자신과 안나에게는 사교계의 문이 닫혀 있다는 것을 깨달았어야 했다. 그러나 그는 그런 것은 다 옛날 얘기고, 급격한 진보가 이루어지는 오늘날(그는 자신을 위해 은연중 진보의 편에 섰다) 사회의 시각도 변하고 있으며, 사교계가 자기들을 받아들일지는 아직 결정되지 않았다는 모호한 생각을 하고 있었다. 그는 생각했다.

'물론 궁정 사회는 받아들이지 않겠지. 그러나 가까운 사람들은 이해해주고, 또 이해하지 않으면 안 될 거야.'

사람은 마음만 먹으면 언제든 자세를 바꿀 수 있다는 것을 안다면 다리를 꼰 채로 몇 시간이든 앉아 있을 수 있다. 그러나 다리를 꼰 채로 계속 앉아 있어야 한다면, 발에 쥐가 나고 다리를 뻗고 싶은 생각밖에 없을 것이다. 사회에 대한 브론스키의 생각은 이와 같은 것이었다. 그는 자기들에게 사회의 문이 닫혀 있다는 것을 알면서도, 사회는 정말 변하지 않았는지, 자기들을 받아들일지를 확인해보려고 했다. 그러나 그는 곧 사회의 문이 자기에게는 열려 있으나 안나에게는 닫혀 있다는 것을 깨달았다. 마치 쥐와 고양이의 놀이처럼 그에게는 올려졌던 손이 안나 앞에서는 곧바로 내려진 것이었다.

브론스키가 맨 먼저 만난 페테르부르크 사교계 부인은 사촌 누이 벳시였다.

"마침내 돌아왔구나! 안나는? 정말 반갑다! 어디에 묵고 있어? 재미있는 여행을 하고 돌아오면 페테르부르크가 끔찍할걸. 로마에서 보낸 신혼여행이 어땠을지 그림이 그려지네. 이혼은 어떻게 됐어? 다 정리된 거야?"

그녀는 반갑게 그를 맞이했다.

브론스키에게 아직 이혼하지 않았다는 말을 듣자마자, 그녀의 얼굴에서 기쁜 표정이 사그라들었다.

"세상이 나한테 돌을 던지겠군. 하지만 난 안나를 만나러 갈 거야. 꼭 가겠어. 여기 오래 머물지는 않을 거지?"

그날 그녀는 정말 안나를 찾아갔다. 그러나 그녀의 태도는 예전과 같지 않았다. 그녀는 자기의 대담함을 과시하면서 안나가 자기의 두터운 우정을 알아주기를 바랐다. 그녀는 사교계의 새로운 소식들을 이야기해주고 단 10분밖에 머물지 않았다. 그리고 돌아가면서 말했다.

"당신은 나한테 언제 이혼할지 말하지 않는군요. 나 같은 사람은 아무렇지도 않지만 고루한 세상 사람들은 당신들이 결혼하기 전까지는 당신들을 냉대할 거예요. 게다가 지금은 그런 일을 간단하게 처리할 수 있잖아요. 흔한 일이니까요. 그럼 금요일에 떠나나요? 또 만나기는 힘들겠네요. 섭섭하네요."

벳시의 말투에서 브론스키는 사교계에 기대할 수 있는 것이 뭔지 알았을 것이다. 하지만 그는 자기 가족을 시험해보았다. 어머니는 기대하지 않았다. 처음 안나를 만났을 때는 그렇게 좋아하던 어머니가 지금은 아들의 출세에 방해가 된다며 가차 없이 외면했던 것이다. 하지만 바랴 형수에게는 큰 기대를 걸고 있었다. 그녀는 그에게 돌을 던지지 않고 꾸밈없고 과감하게 안나를 찾아와 그녀를 받아주리라 여겼다.

페테르부르크에 도착한 이튿날 브론스키는 바랴를 찾아갔다. 그녀가 마침 혼자 있기에 그는 솔직히 자기의 바람을 말했다.

"알렉세이, 내가 당신을 얼마나 사랑하는지, 그리고 당신을 위해 무엇이든 할 수 있다는 걸 알고 있겠죠. 하지만 나는 당신과 안나 아르카디예브나에게 아무런 도움도 못 되기 때문에 지금까지 가만히 있었던 거예요."

그녀는 특히 '안나 아르카디예브나'라는 이름을 힘주어 말했다.

"당신들을 비난하는 건 절대 아니에요. 결코 아니에요. 그분과 같은 상황이라면 나도 그렇게 했을 테니까요. 난 아무것도 관여하지 않을 거예요. 그럴 수도 없고요."

그녀는 그의 어두운 얼굴을 찬찬히 살피며 말했다.

"모든 일에는 그에 맞는 태도가 있어요. 당신은 내가 그분을 찾아가고, 집으로 초대하고, 사교계에서 다시 활동할 수 있도록 도와주기를 바라지만 나는 '할 수 없다'는 것을 이해해주세요. 딸들도 차츰 커가고 있어요. 게다가 또 남편을 위해 사교계 활동을 해야 하고요. 아무튼 안나 아르카디예브나를 찾아가 볼게요. 그분도 내가 집으로 초대할 수 없다는 것을 이해해주실 거예요. 우리 집에서 그분을 이상한 시선으로 보는 사람들과 마주치면 안 되잖아요. 오히려 그게 더 그분을 모욕하는 것이지요. 그래서 나는 도저히 그분을 맞이할 수 없어요."

"네, 하지만 나는 당신이 맞이하는 수백 명의 부인들보다 그녀가 더 타락했다고 생각하지 않아요."

브론스키는 얼굴이 더욱 어두워져서 그녀의 말을 가로막았다. 그리고 형수의 마음이 바뀌지 않으리라는 것을 알아채고 말없이 일어났다.

"알렉세이! 나한테 화내지는 말아요. 그리고 내가 잘못하는 건 아니라는 걸 알아줘요."

바랴는 신중하게 미소 지으며 그를 바라보았다.

"당신에게 화내는 게 아니에요. 하지만 이중의 고통을 주는군요.

우리의 우정이 깨질 거라는 사실이 또 하나의 고통입니다. 깨지지는 않더라도 적어도 바래는 건 틀림없으니까요. 나도 어쩔 수 없다는 것을 당신도 이해하시겠죠."

그는 여전히 침울한 투였다.

그리고 그는 떠났다.

브론스키는 더 이상 노력해봐야 소용없고, 견딜 수 없는 불쾌감과 굴욕을 느끼지 않으려면 이전의 사교계에서 맺었던 모든 관계들을 피하면서 낯선 도시에 있는 것처럼 지내야 한다는 것을 깨달았다. 그가 페테르부르크에서 가장 불쾌했던 것 중 하나는, 카레닌이라는 이름이 곳곳에 있는 듯했던 것이었다. 결국 카레닌을 언급하지 않고는 어떤 이야기도 시작할 수 없었고, 어디를 가든 그를 만나지 않을 수 없었다. 적어도 브론스키는 그렇게 느꼈다. 손가락이 아픈 사람은, 일부러 그러는 듯 아픈 손가락만 계속 부딪치는 것 같은 기분이 들었다.

페테르부르크에 머무는 동안 브론스키는 안나가 자기가 모르는 새로운 기분에 빠져 있다는 생각이 들어 한층 더 괴로웠다. 어떤 때 그녀는 마치 그에게 완전히 빠져 있는 것처럼 굴다가도, 또 어떤 때는 갑자기 냉정하고 예민하게 굴어서 어떻게 해야 할지 몰랐다. 그녀는 괴로워하는 이유를 숨기고 있었다. 그의 생활에 조금씩 해를 입히고, 세심한 이해력을 가진 그녀로서는 더욱 모욕적이고 괴로웠을 일에도 신경 쓰지 않는 것 같았다.

25

안나가 러시아에 돌아온 목적 가운데 하나는 아들을 만나기 위해서였다. 그녀는 이탈리아를 떠나던 날부터 한순간도 아들을 만날 생각을 하지 않은 때가 없었다. 그리고 페테르부르크가 가까워질수록 아들을 만난다는 기쁨이 더 커졌고, 그 일이 더 중요하게 느껴졌다. 그녀는 아들을 어떻게 만날지는 신경 쓰지 않았다. 아들이 있는 도시에서 아들을 만나는 것은 당연하고도 자연스러운 일이라고 여겼다. 그러나 페테르부르크에 도착하고 자신이 처한 상황을 뚜렷이 깨닫자 아들을 만나기가 쉽지 않음을 알았다.

그녀는 페테르부르크에 온 지 이틀째였다. 아들 생각은 한순간도 그녀의 머리에서 떠나지 않았다. 그러나 그녀는 아직 아들을 만나지 못했다. 카레닌과 만날지도 모르는 집으로 찾아갈 권리가 자기에게는 없는 것 같았다. 집 안으로 들어가지도 못하고 모욕을 당할지도 몰랐다. 남편에게 편지를 써서 만나게 해달라고 하는 건 생각만으로 괴로운 일이었다. 그녀는 남편을 생각하지 않을 때 비로소 평정을 유지할 수 있었다. 아들이 산책하러 나오는 시간과 장소를 알아두었다가 몰래 보기는 너무 아쉬웠다. 그녀는 너무너무 만나고 싶었고, 할 이야기가 많았으며, 아들을 힘껏 끌어안고 입맞추고 싶은 마음이 간절했다. 나이 많은 유모가 있으면 어떻게든 도와주었을 것이다. 그러나 그 유모는 이제 카레닌의 집에 없었다. 이처럼 주저하면서 유모를 찾아다니다 이틀이 지나가 버렸다.

카레닌과 리디야 이바노브나 백작 부인이 가까이 지낸다는 것을 알게 된 안나는 사흘째 되던 날 무척 고통스러운 편지를 백작 부인에게 쓰기로 결심했다. 그녀는 일부러 아들을 만나는 것은 오직 남편의 관대함에 달려 있다고 썼다. 남편이 그 편지를 본다면 관대한 사람의 역할을 계속하기 위해 그녀의 요구를 거절하지 않으리라는 것을 알고 있었기 때문이다.

편지를 전달했던 호텔 심부름꾼이 답장이 없다는 참으로 가혹하고 전혀 예상치 못한 답을 그녀에게 전해주었다. 그녀는 그 심부름꾼을 방으로 불러, 오래 기다렸다가 '답장이 없다'는 말을 듣기까지의 상황을 상세하게 들은 순간처럼 심한 굴욕감을 느낀 적이 한 번도 없었다. 그녀는 자존심이 상하고 수치심을 느꼈다. 그러나 그녀는 리디야로서는 그럴 수 있음을 알고 있었다. 그녀는 자기 혼자 견딜 수밖에 없어서 더욱 슬펐다. 그녀는 브론스키와 슬픔을 나눌 수 없었다. 그러고 싶지도 않았다. 그녀는 브론스키가 자기 불행의 원인인데도 자기가 아들을 만나는 일 같은 건 중요하게 여기지 않으리라는 것을 알고 있었다. 그는 그녀가 얼마나 고통스러운지 결코 이해할 수 없다는 것을 알고 있었다. 게다가 그것을 문제 삼으며 냉담하게 구는 그를 미워하게 되리라는 것을 알았다. 그녀는 그것이 가장 두려웠다. 그래서 그녀는 아들 일을 완전히 숨기고 있었다.

하루 종일 방에서 나오지 않고 아들을 만날 방법을 궁리하다가 마침내 그녀는 남편에게 편지를 쓰기로 결심했다. 그리고 편지를 다 썼을 때 리디야로부터 편지가 왔다. 리디야가 아무 말도 없을 때는 그녀의 마음이 차분하고 부드러웠다. 그러나 편지의 행간을 읽는 순간 문장 하나하나에 분노가 치밀었고, 거기에 내포된 나쁜 의도가 아들에 대한 당연하고도 뜨거우며 부드러운 애정에 비해 너무도 잔혹하게 느껴져서 그녀는 자연히 스스로에 대한 질책을 멈추고 타인에게 대들며 비난했다.

'이런 냉정함은 감정을 숨기기 위한 것이다.'

그녀는 스스로에게 말했다.

'그들은 그저 나를 모욕하고 아이를 괴롭히면 그만이다! 그런데도 나는 그들에게 굴복해야 한다! 천만의 말씀! 그녀는 나보다 더 나쁜 사람이다. 난 적어도 거짓말은 하지 않는다.'

그녀는 내일 세료자의 생일에 남편의 집으로 찾아가, 하인들을 매수하든 속이든 무슨 수를 써서라도 아들을 만나고, 이 불쌍한 아이를 에워싸고 있는 추악한 가식을 벗겨내리라 결심했다.

그녀는 마차를 타고 장난감 가게로 가서 장난감을 사고, 어떻게 할지 생각했다. 아침 일찍, 카레닌이 아직 일어나기 전인 8시에 거기 갈 것이다. 그리고 준비한 돈을 수위와 하인들에게 쥐어주고 안으로 들여보내 달라고 할 것이다. 베일은 벗지 않고 세료자의 대부(代父)가 세료자의 생일을 축하하기 위해 그 아이의 침대 곁에 장난감을 놓고 오라고 부탁해서 왔다고 말할 것이다. 그러나 그녀는 아들에게 할 이야기는 준비하지 못했다. 아무리 생각해봐도 무슨 말을 해야 할지 떠오르지 않았던 것이다.

이튿날 아침 8시, 안나는 혼자 삯마차를 타고 한때 자신의 집이었던 저택에 내려 현관 벨을 울렸다.

"얼른 가서 무슨 일로 오셨는지 알아봐. 어느 댁 마님이 오셨나 봐."

카피토니치가 옷도 갈아입지 않고 외투에 슬리퍼 차림으로 창문을 내다보며 말했다. 문 옆에 베일을 쓴 귀부인이 있었던 것이다.

안나는 처음 보는 젊고 귀여운 수위의 조수가 문을 열어주자마자 안으로 들어가 머프 속에서 3루블짜리 지폐를 얼른 꺼내 그의 손에 슬며시 쥐어주었다.

"세료자…… 세르게이 알렉세이치."(일부러 점잖게 본명을 부른 것이었다.)

그녀는 이렇게 말하고 들어가려 했다. 지폐를 살펴보던 수위의 조수는 두 번째 유리문에서 그녀를 멈춰 세우고 물었다.

"어느 분을 찾아오셨습니까?"

그녀는 그의 말을 듣지 못한 듯 아무 대꾸도 하지 않았다.

처음 보는 부인이 당황해하자 카피토니치가 직접 그녀에게 다가왔다. 그리고 그녀를 유리문 안으로 들이고 용건을 물었다.

"스코로두모프 공작의 부탁을 받고 세르게이 알렉세이치를 만나러 가는 겁니다."

그녀가 말했다.

"도련님은 아직 주무시고 계십니다."

수위가 그녀를 유심히 살피면서 말했다.

안나는 9년이나 살았던 집 현관이 하나도 변하지 않았고, 이처럼 강하게 자기 마음을 흔들 줄은 몰랐다. 기쁘고 괴로웠던 추억이 연달아 그녀의 뇌리에 떠올랐다. 그래서 그 순간 자기가 여기에 온 이유조차 잊어버렸다.

"잠깐 기다려주십시오."

카피토니치가 그녀의 털외투를 받으면서 말했다.

카피토니치는 외투를 받고 그녀의 얼굴을 흘깃 보더니 안나라는 것을 알아보았다. 그러자 정중하게 허리 숙여 인사했다.

"어서 오세요, 마님."

그녀는 무슨 말을 하고 싶었지만 목구멍으로 어떤 소리도 낼 수 없었다. 그녀는 무안하고 애원하는 듯한 눈빛으로 노인을 힐끗 보고는 가벼운 걸음으로 얼른 계단을 올라갔다. 카피토니치는 몸을 구부리고 슬리퍼를 계단에 걸려가면서 그녀를 앞지르려고 쫓아갔다.

"그 방에는 선생님이 계십니다. 아직 옷을 갈아입지 않으셨을 겁니다. 제가 먼저 알리겠습니다."

안나는 노인의 말을 듣는 둥 마는 둥 익숙한 계단을 계속 올라갔다.

"이쪽입니다. 왼편요. 지저분해서 송구스럽네요. 도련님은 예전 소파가 있던 방에 계십니다."

수위가 숨을 헐떡이며 말했다.

"죄송합니다만 마님, 잠시 기다려주십시오. 제가 먼저 들어가 보고 오겠습니다."

그는 그녀를 앞질러 가서 높은 문을 살짝 열고 안으로 쏙 들어갔다. 그녀는 걸음을 멈추고 기다렸다.

"방금 일어나셨습니다."

수위가 다시 나오더니 말했다.

수위가 이 말을 하는 순간 안나는 아이의 하품 소리를 들었다. 하품 소리만으로도 그녀는 아들이라는 것을 알 수 있었다. 그리고 그 모습이 눈에 선했다.

"들어가게 해줘. 들여보내 달라고. 저리 가!"

그녀는 소리치더니 높은 문 안으로 들어갔다. 문 오른쪽 침대 위에 셔츠를 입은 아이가 단추를 풀어헤치고 앉아 있었다. 아이는 작은 몸을 앞으로 숙여 기지개를 켜면서 하품을 했다. 입술을 다물자마자 뿌듯하고 졸린 미소를 지으며 흐뭇한 표정으로 천천히 다시 드러누웠다.

"세료자!"

그녀는 살그머니 다가가 속삭였다.

아들과 헤어지고 나서, 특히 요즘 더욱 강한 사랑이 차오르는 것을 느끼면서, 그녀는 자기가 가장 좋아했던 네 살짜리 어린아이를 상상했다. 그러나 지금 아이는 그녀가 두고 갈 때와는 완전히 다른 모습이었다. 그때보다 키가 크고 조금 더 홀쭉했다.

'아니, 이럴 수가! 어쩌다 이렇게 얼굴이 핼쑥해졌지! 정말, 머리도 짧아지고! 손은 또 왜 이렇게 길지? 내가 두고 간 뒤로 이렇게 달라지다니!'

그러나 세료자가 분명했다. 독특한 머리 모양, 입술, 부드러운 목과 넓은 어깨.

"세료자!"

그녀는 아들의 귀에 대고 속삭였다.

세료자는 팔꿈치를 짚고 다시 일어나 뭔가를 찾는 듯 헝클어진 머리를 휘두르더니 겨우 눈을 떴다. 아이는 자기 앞에 꼼짝도 하지 않고 서 있는 어머니를 몇 초 동안 멀뚱멀뚱 쳐다보더니, 갑자기 행복한 미소를 지으며 다시 졸린 듯 눈을 감은 채 이번에는 반듯이 눕지 않고 안나 쪽으로, 그녀의 팔에 쓰러졌다.

"세료자, 내 귀여운 아가야!"

안나는 숨을 가쁘게 몰아쉬면서 두 손으로 통통한 몸을 껴안았다.

"엄마!"

아이는 자기 온몸을 엄마의 손에 닿게 하려는 듯 엄마의 품에서 움직거렸다.

아이는 여전히 졸린 듯 눈을 감고 미소 지으면서 침대 등받이를 잡고 있던 포동포동하고 귀여운 손으로 그녀의 어깨를 감싸고, 어린아이들 특유의 편안하고 포근한 냄새와 따스함을 풍기며 엄마의 목과 어깨에 얼굴을 비벼대기 시작했다.

"난 알고 있었어요. 오늘 내 생일이잖아요. 그래서 난 엄마가 오실 줄 알았어요. 나 지금 일어날래요."

그러더니 또 잠들었다.

안나는 정신없이 아들을 바라보았다. 그녀는 자기가 없는 동안 얼마나 컸는지, 얼마나 변했는지 살펴보았다. 그녀는 담요 밖으로 나온 맨다리를 알아볼 수도, 못 알아볼 수도 있을 것 같았다. 그러나 조금 마른 볼과 그렇게 자주 입맞추던 목덜미께의 짧은 곱슬머리는 분명 아들이었다. 그녀는 이 모든 것을 어루만졌다. 그녀는 눈물이 흐르고 목이 메어 아무 말도 할 수 없었다.

"왜 울어요, 엄마? 왜 우는 거예요, 엄마?"

완전히 잠이 깨자 아이는 울먹이는 소리로 외쳤다.

"내가? 이젠 안 울 거야……. 엄마는 너무 기뻐서 우는 거란다. 정말 오랜만에 만나서. 이젠 울지 않을 거야."

그녀는 눈물을 삼키고 고개를 돌리면서 말했다.

"자, 이제 옷 갈아입어야지."

그녀는 말없이 정신을 추스르고 나서 말했다. 그러고는 아이의 손을 잡은 채로 옷이 놓여 있는 침대 옆 의자에 앉았다.

"엄마가 없을 때는 옷을 어떻게 입었지? 어떻게……."

그녀는 홀가분한 마음으로 밝게 말하려고 했으나 다시 고개를 돌리고 말았다.

"난 찬물로 씻지 않아요. 아버지가 그러지 말라고 하셨거든요. 엄마는 바실리 루키티 모르죠? 좀 있으면 올 거예요. 아, 엄마가 내 옷 위에 앉았다!"

세료자는 이렇게 말하고 크게 웃었다.

안나는 아이의 얼굴을 바라보며 어느새 미소 지었다.

"엄마, 사랑하는 우리 엄마!"

세료자는 또다시 엄마 품에 안기며 소리쳤다. 그는 엄마의 미소를 보는 순간 비로소 무슨 일이 일어났는지 분명히 깨달은 것 같았다.

"이건 벗어버려요."

세료자는 안나가 쓰고 있던 모자를 벗기면서 말했다. 그러고는 처음 본 것처럼 다시 엄마에게 달려들어 입맞추려고 했다.

"그런데 세료자, 넌 엄마를 어떻게 생각했어? 엄마가 죽었다고 생각했니?"

"난 그런 거 안 믿어요."

"안 믿는다고, 우리 아가?"

"난 알아요. 난 안다고요!"

세료자는 그 말이 좋은 듯 되풀이했다. 그리고 자기의 머리를 쓰다듬던 엄마의 손을 잡더니 입으로 가져가 손바닥에 입맞췄다.

26

처음에 바실리 루키티는 이 귀부인이 누구인지 몰랐다. 안나가 집을 나간 뒤에 들어왔기 때문이다. 하지만 세료자와 얘기하는 것을 들어보니 이 부인이 남편을 버리고 나간 아이의 어머니가 틀림없다는 생각이 들었다. 그래서 그는 안으로 들어가야 할지 말아야 할지, 아니면 카레닌에게 알려야 할지 판단이 서지 않았다. 그러다 마침내 자신의 의무는 정해진 시간에 세료자를 깨우는 것이므로 거기에 누가 있건, 어머니건 남이건 자기가 상관할 바 아니며 그저 자신의 의무를 다하면 그만이라고 생각하고 옷을 갈아입고 문을 열었다.

그러나 어머니와 아들이 서로 쓰다듬는 모습, 그들의 목소리, 나누는 얘기를 듣고 마음을 돌릴 수밖에 없었다. 그는 고개를 저으며 한숨 짓고 문을 닫았다.

'10분만 더 기다리자.'

그는 기침을 하고 눈물을 닦으며 속으로 말했다.

그사이 하인들도 잔뜩 흥분해서 술렁거렸다. 모두 부인이 왔다는 것, 카피토니치가 그녀를 들여보냈다는 것, 그리고 그녀가 지금 아이의 방에 있다는 것을 알고 있었다. 그리고 주인은 항상 9시에 일어나 아이 방에 들르기 때문에 이 부부가 마주치게 해서는 안 된다는 것, 무슨 수를 써서든 막아야 한다는 것을 알고 있었다. 코르네이는 수위 방으로 내려가서 누가 어떻게 그녀를 들여보냈는지 물었다. 카피토니치가 그녀를 맞아들여 안내했다고 하자 코르네이가 그를 나무랐다. 수위는 줄곧 침묵만 지키고 있었다. 그러나 코르네이가 그를 내쫓아버리겠다고 하자 그는 코르네이 얼굴 앞에서 두 손을 내두르면서 소리쳤다.

"흥, 그러겠지. 너 같으면 안 들여보냈겠지. 하지만 나는 10년 동안 섬기면서 온정을 받았다고. 너 같으면 지금 당장이라도 굳이 올라가서 나가달라고 말하겠지. 처세에 밝으니 말이야. 그러고도 남을 거야. 너도 가끔은 네 자신을 돌아보라고. 주인을 속여 곰털 외투나 훔쳐내는 주제에!"

"야, 이 병졸 같은 놈아!"

코르네이는 업신여기는 투로 말하고는 마침 들어온 유모를 돌아보며 말했다.

"마리야 예피모브나, 마침 잘 왔어. 한번 생각해봐. 이자가 글쎄, 몰래 마님을 들여보내고는 입을 꾹 다물고 있었지, 뭐야. 그런데 나리께서는 이제 곧 도련님 방으로 가실 거 아니냐고!"

"아유, 큰일 났네요, 큰일이에요! 코르네이 바실리예비치, 당신은 어떻게 해서든 나리를 붙잡아두세요. 내가 가서 얼른 마님을 돌려보낼 테니까. 정말 야단났네."

유모가 말했다.

유모가 아이 방으로 들어갔을 때 세료자는 어머니에게 나데니카와 함께 썰매를 타고 산을 내려오다가 세 번이나 고꾸라졌던 얘기를 하고 있었다. 그녀는 아들의 목소리를 듣고 표정 변화를 살피고 손을 어루만졌다. 그녀의 귀에는 아이의 얘기가 전혀 들어오지 않았다. 그녀는 이제 나가야 한다, 이 아이를 두고 떠나야 한다는 생각밖에 하지 않았던 것이다. 그녀는 문 앞에서 바실리 루키티가 기침하는 소리와 유모의 발소리도 들었다. 그러나 그녀는 말할 기력도, 일어설 기운도 없어서 화석처럼 가만히 앉아 있었다.

"마님, 오랜만에 뵙습니다!"

유모는 안나에게 다가가 손과 어깨에 입을 맞추고 말했다.

"하느님께서 도련님의 생일에 정말 기쁜 선물을 주셨네요. 마님께서는 하나도 안 변하셨어요."

"아, 유모였군. 나는 유모가 아직 이 집에 있는 줄 몰랐어."

안나는 정신을 차리며 말했다.

"저는 여기 살지 않고, 딸과 함께 살고 있어요. 오늘은 축하하러 온 거예요. 마님, 정말 반가워요!"

유모는 갑자기 울음을 터뜨리더니 다시 한번 그녀의 손에 입을 맞추었다.

세료자는 반짝이는 눈으로 미소를 띠고 한 손은 어머니를, 다른 손은 유모를 잡은 채 통통한 맨발로 카펫 위를 쿵쿵 굴렀다. 자기가 좋아하는 유모가 엄마를 다정하게 대하는 것을 보고 기뻐 어쩔 줄을 몰랐던 것이다.

"엄마! 유모는 나한테 자주 와요. 그리고 오면……."

그가 말하려는데 유모가 엄마에게 귓속말을 했다. 그러자 엄마답지 않게 놀라며 부끄러운 표정을 짓는 것을 보고 입을 다물었다.

안나는 아이에게 다가가 말했다.

"아가!"

안나는 '안녕'이라고 말할 수 없었다. 그러나 그녀의 얼굴은 그렇게 말하고 있었다. 아이도 그것을 깨달았다.

"귀여운, 우리 쿠티크!"

그녀는 아기 때 이름을 불렀다.

"넌 날 잊지 않겠지? 넌……."

그녀는 더 이상 말을 잇지 못했다.

훗날 그녀는 그때 아들에게 했어야 할 말들을 얼마나 많이 생각했는지 모른다. 그러나 그때는 무슨 말을 해야 할지 몰랐고 또 아무 말도 할 수 없었다. 그러나 세료자는 그녀가 그에게 하고 싶었던 말을 모두 알아차렸다. 그는 그녀가 불행하고, 자기를 사랑한다는 것을 알았다. 그는 유모가 귀엣말로 무슨 말을 했는지도 알았다. 그는 '항상 9시에'라는 말을 들었던 것이다. 그는 그것이 아버지 얘기였고, 엄마는 아버지와 만날 수 없다는 것을 알았다. 그런 건 다 알 수 있었다. 그러나 한 가지 알 수 없는 것이 있었다. 엄마는 왜 그리 놀라고 부끄러운 표정을 지었던 것일까? 엄마는 아무 잘못이 없다. 그런데도 엄마는 아버지를 두려워하고 뭔가 부끄러워했다. 그는 궁금해서 물어보고 싶었지만 그럴 수 없었다. 엄마가 괴로워하는 것을 보았고, 엄마가 가여웠기 때문이다. 그는 조용히 엄마 품에 안겨 귓속말을 했다.

"아직 가지 마세요. 금방 오시지는 않아요."

그녀는 아들이 무슨 뜻으로 그렇게 말한 것인지 알아보려고 자신의 품에서 떼어냈다. 깜짝 놀란 아들의 표정을 보고 그녀는 아들이 아버지 이야기를 하고 있으며 아버지를 어떻게 생각해야 할지 자신에게 묻고 있음을 알아챘다.

"세료자, 내 아가. 너는 아버지를 사랑해야 한단다. 아버지는 나보다 더 훌륭한 분이거든. 엄마는 아버지에게 잘못을 했어. 좀더 크면 너도 알게 될 거야."

"엄마보다 더 좋은 사람이 어딨어요……!"

아들은 눈물을 글썽이며 애절하게 소리쳤다. 그리고 흥분해서 떨리는 두 손으로 엄마의 어깨를 잡고 힘껏 끌어안았다.

"아아, 귀여운, 내 귀여운 아가!"

안나도 아들과 똑같이 어린애처럼 숨죽여 울었다.

그때 문이 열리고 바실리 루키티가 들어왔다. 다른 문 쪽에서도 발소리가 들렸다. 그러자 유모가 깜짝 놀라 귀엣말을 했다.

"오셨어요."

유모가 안나에게 모자를 건넸다.

세료자는 침대에 엎드려 두 손으로 얼굴을 감싸고 흐느껴 울었다. 안나는 아이의 손을 풀고 젖은 얼굴에 다시 한번 키스하고 급히 문 쪽으로 걸어갔다. 그녀는 문을 나가다 카레닌과 마주쳤다.

그녀를 보는 순간 그는 걸음을 멈추고 고개를 숙였다.

그녀는 방금 그를 자기보다 더 훌륭한 사람이라고 말했으면서도 곁눈으로 흘깃 그의 모습을 하나하나 훑어보고는 증오심과 혐오감, 아들에 대한 질투심이 솟구쳤다. 그녀는 얼른 베일을 내리고 뛰다시피 방을 나갔다.

그녀는 어제 벅찬 사랑과 슬픔으로 가게에서 고른 장난감을 꺼낼 새도 없이 그대로 가지고 돌아가야 했다.

27

안나는 아들을 만나고 싶은 마음이 아무리 절실했다 해도, 그리고 그토록 오래 그 생각을 하며 마음의 준비를 했다 해도, 이 만남으로 이렇게 마음이 강하게 흔들릴 줄은 미처 몰랐다. 그녀는 호텔에 돌아와 한동안 혼자 쓸쓸히 있으니 자기가 왜 이런 곳에 있는지 알 수 없었다.

'그래, 다 끝났어. 그리고 나는 또다시 혼자다.'

그녀는 이렇게 중얼거렸다. 그리고 모자도 벗지 않고 벽난로 옆 안락의자에 앉아 2개의 창 사이에 놓인 탁자 위의 청동 시계만 멍하니 바라보았다.

외국에서 데려온 프랑스인 하녀가 옷 갈아입는 것을 도와주러 들어왔다. 그녀는 하녀를 보고 흠칫 놀라며 말했다.

"나중에."

급사가 와서 커피를 내올까 하고 물었다.

"나중에."

그녀가 말했다.

이탈리아인 유모가 딸아이를 예쁘게 입혀서 안고 왔다. 포동포동한 아이는 늘 그렇듯 엄마를 보자 실로 질끈 동여맨 듯 볼록하고 귀여운 작은 손을 손등이 위로 가게 내밀고, 이 없는 입으로 웃으면서 물고기가 찌를 잡아당기듯 그 작은 손으로 엄마의 수놓인 빳빳한 치마 주름을 움켜쥐며 와삭와삭 소리를 냈다. 그 모습을 보면 누구도 웃지 않을 수도, 입을 맞추지 않을 수도 없었다. 아이 앞으로 손가락을 내밀면 아이는 까르르 소리를 지르며 온몸으로 뛰어올라 그 손가락에 매달리는 것이었다. 또 아이가 자기 입으로 가져가도록 입맞추는 시늉을 하며 입술을 내밀지 않을 수가 없었다. 그래서 안나도 그것들을 다 해주었다. 아이를 안아 올리고, 뛰어오르게 해주고, 싱그러운 볼과 맨살이 드러난 팔꿈치에 입을 맞췄다. 그러나 그녀는 이 아이를 보고 있으니 세료자에게 느끼는 것에 비하면 도저히 사랑이라고 할 수 없다는 것을 더욱 뚜렷이 느꼈다. 이 아이는 하나부터 열까지 다 귀여웠다. 그러나 왠지 그녀의 마음이 움직이지는 않았다. 첫아이는 사랑하지 않는 남자와의 사이에서 낳은 자식이었지만, 채울 수 없는 사랑을 모두 그 아이에게 쏟아부었다. 반면 더없이 슬픈 상황에서 낳은 이 아이에게는 첫아이에게 쏟은 애정의 백분의 1도 쏟지 않았다. 게다가 이 아이의 모든 것은 아직도 기대에 머물러 있지만, 세료자는 벌써 어엿한 사람, 사랑스럽고 번듯한 사람이 되어 있었다. 그의 가슴에는 벌써 사고와 감정이 움터 있었다. 그는 이해하고 사랑하며, 엄마에 대해 판단하기도 했다. 안나는 세료자가 했던 말과 눈빛을 떠올리며 생각에 잠겼다. 그리고 이제 육체적으로나 정신적으로도 영원히 아들과 떨어져버렸다는 생각이 들었다. 더 이상 돌이킬 수 없는 일이라고.

안나는 젖먹이를 유모와 함께 내보내고 세료자의 사진이 든 목걸이를 열었다. 세료자가 딸아이만 할 때 찍은 것이었다. 그녀는 일어나 모자를 벗고 작은 탁자에 놓인 사진첩을 집었다. 거기에는 나이대마다 찍은 아들 사진이 여러 장 있었다. 그녀는 사진을 한 장씩 떼내며 그것들을 비교해보았다. 그녀는 가장 최근에 찍은 가장 좋은 사진 하나만 남기고 모두 떼냈다. 하얀 셔츠 차림으로 의자에 앉아 눈을 찌푸리며 웃는 사진이었다. 그것은 가장 독특한 매력을 풍기는 표정이었다. 그녀는 작고 매끈한 손으로, 오늘은 유난히 격하게 움직였던 하얗고 가느다란 손가락으로 사진 한 귀퉁이를 잡고 빼냈다. 그러나 사진은 어디에 걸린 듯 아무리 힘을 줘도 빠지지 않았다. 그날따라 탁자 위에 종이칼이 없었다. 그래서 그녀는 그 사진과 나란히 있던 다른 사진을 빼내(로마에서 찍은, 긴 머리에 둥근 모자를 쓴 브론스키의 사진이었다) 그것으로 아들의 사진을 빼냈다.

'아, 그이 사진이네!'

그녀는 브론스키의 사진을 슬쩍 보며 중얼거렸다. 그러자 문득 그녀는 자기가 지금 누구 때문에 슬픔에 빠진 것인지 생각했다. 이날 아침부터 지금까지 그녀는 한 번도 그를 생각하지 않았다. 그런데 이 사내답고 세련된, 그녀에게는 더없이 다정하고 보고 싶은 얼굴을 보는 순간 그에 대한 사랑이 밀물처럼 밀어닥쳤다.

'그런데 그이는 어디 있지? 그이는 이렇게 괴로운 나를 혼자 남겨두고 어디 있는 거지?'

그녀는 자기가 아들 일을 숨겼던 사실은 깡그리 잊고, 그에 대한 원망이 솟구쳤다. 그녀는 그에게 사람을 보내 빨리 와달라고 전했다. 그리고 심장이 얼어붙는 심정으로 그에게 할 말과 그가 자기를 달래줄 때의 사랑이 가득한 표정을 떠올리며 그를 기다렸다. 심부름꾼은 돌아와서 지금 손님과 함께 있고 곧 갈 텐데 페테르부르크에 온 야시빈 공작하고 같이 가도 괜찮은지 묻는 답장을 가지고 돌아왔다.

'혼자서는 안 오겠다? 어제 낮부터 한 번도 못 봤는데. 혼자 와야 내가 무슨 말이든 편하게 할 텐데, 야시빈 공작과 함께 온다니.'

그러자 문득 그녀는 이상한 생각이 떠올랐다.

'그가 더 이상 나를 사랑하지 않는 건가?'

그리고 그녀는 요즘 있었던 일들을 하나하나 떠올려보았다. 그러자 그 모든 두려운 생각의 증거가 눈에 드러나는 것처럼 느껴졌다.

어제 그가 집에서 식사를 하지 않았던 것도, 페테르부르크에 머무는 동안 각방을 쓰자고 고집한 것도, 지금은 그녀와 단둘이 있는 것을 피하려는 듯 혼자 오지 않는 것까지.

'그렇다면 그가 나에게 얘기해야 해. 나는 그것을 알아야 한다. 그것을 아는 순간 내가 어떻게 해야 할지 분명히 알고 있다.'

그녀는 속으로 중얼거렸다. 그러나 그녀는 그가 더 이상 자기를 사랑하지 않는 것을 확인하는 순간 자기가 어떻게 될지 상상할 기운조차 없었다. 그녀는 이미 그가 자기를 사랑하지 않는다고 생각하고 있었다. 그녀는 절망스러운 기분에 빠졌다. 그러자 그녀는 몹시 흥분했다. 그녀는 벨을 울리고 하녀를 불러 옷방으로 갔다. 옷을 갈아입으면서 그녀는 여느 때보다 더 신경 써서 몸단장을 했다. 더 잘 어울리는 옷을 입고 머리 모양을 하면 식었던 그의 사랑이 다시 불타오르리라 믿는 듯.

그녀가 치장을 끝내기도 전에 벨이 울렸다.

그녀가 응접실로 들어서자 그가 아닌 야시빈이 먼저 그녀에게 눈인사를 했다. 브론스키는 그녀가 깜빡 잊고 탁자 위에 놓아둔 아들 사진을 보느라 그녀를 보지 않았다.

"우리 구면이죠?"

그녀는 숫기 없이 어리둥절해하는(그의 커다란 키와 우락부락한 얼굴과는 대조적이었다) 야시빈의 커다란 손에 자기의 작은 손을 놓으며 말했다.

"작년에 경마에서 뵈었어요. 그것 이리 줘요."

그녀는 브론스키가 들고 있던 아들의 사진을 얼른 잡아채고 의미심장한 눈길로 그의 얼굴을 바라보았다.

"올해는 경마가 어땠나요? 나는 로마에서 코르소 경마를 보고 왔어요. 당신은 외국 생활을 별로 안 좋아하시죠? 몇 번 안 만났지만 당신의 취향을 잘 안답니다."

그녀가 생긋 웃으며 말했다.

"참으로 송구스럽군요. 취미라고 해봐야 잡기에 지나지 않아서요."

야시빈은 왼쪽 콧수염을 씹으면서 말했다.

한참 이야기하는 동안 브론스키가 시계를 곁눈질하는 것을 보고 야시빈이 안나에게 페테르부르크에 얼마나 더 머물 거냐고 묻고는 거대한 몸을 펴더니 모자를 집어 들었다.

"글쎄요, 그리 오래 머물지는 않을 것 같네요."

그녀는 브론스키의 얼굴을 슬쩍 보더니 주저하는 기색으로 말했다.

"그럼 이제 못 뵙겠군요?"

그러고는 야시빈은 브론스키를 돌아보며 일어섰다.

"자네 식사는 어디서 할 건가?"

"여기서 함께 하세요."

안나는 당황하는 자신에게 화가 나는 듯 결연하게 말했다. 그러나 처음 보는 사람 앞에서 자기의 처지를 생각할 때면 으레 그렇듯 얼굴을 붉히며 덧붙였다.

"식사는 변변치 않지만 이이하고 함께 있을 수 있잖아요. 알렉세이는 연대의 옛 친구들 중에 당신을 가장 좋아한답니다."

"고맙습니다."

야시빈은 미소를 띠며 말했다. 그 미소를 보고 브론스키는 그가 안나를 마음에 들어 한다는 것을 깨달았다.

야시빈은 인사를 하고 나갔고, 브론스키는 남았다.

"당신도 가는 거예요?"

그녀가 물었다.

"벌써 늦었어."

그가 안나에게 말하고 야시빈에게 소리쳤다.

"먼저 가게! 나는 금방 뒤따라가겠네."

그녀는 그의 손을 잡고 그의 눈을 가만히 들여다보았다. 무슨 말을 해야 그가 가지 않을지 생각하면서.

"잠시만요, 당신한테 할 말이 있어요."

그녀는 그의 넓적한 손을 가져다 자기 목에 댔다.

"참, 저분을 식사에 부른 거 괜찮죠?"

"정말 잘했소."

그는 가지런한 이를 드러내며 부드럽게 미소 짓고 그녀의 손에 키스했다.

"알렉세이, 나에 대한 당신 마음 변함없죠?"

그녀는 두 손으로 그의 손을 감싸 쥐면서 말했다.

"알렉세이, 나는 여기 있기가 너무 괴로워요. 우리 언제 떠나요?"

"곧, 곧 떠날 거요. 나도 여기서 지내기가 얼마나 괴로운지 당신은 모를 거요."

그는 이렇게 말하고 손을 뺐다.

"그럼 갔다 오세요! 다녀와요!"

그녀는 못마땅한 듯 툭 쏘고는 얼른 그의 곁을 떠났다.

28

브론스키가 호텔로 돌아왔을 때 안나는 거기 없었다. 듣기로는 그가 나가자마자 어떤 부인이 찾아와 함께 나갔다는 것이었다. 그녀가 어디 간다는 말도 없이 나갔다는 것, 지금까지 돌아오지 않은 것, 아침에도 말 한 마디 없이 어딘가로 갔다 온 것 등, 이 모든 것들이 오늘 아침 이상할 정도로 상기되었던 그녀의 낯빛이며, 야시빈이 보는 앞에서 자기가 들고 있던 아들 사진을 뺏듯이 잡아챘을 때의 적대적인 태도와 함께 떠올라 그는 깊은 생각에 잠겼다. 그는 무슨 일인지 이야기를 해봐야겠다고 생각해 응접실에서 그녀를 기다렸다. 그러나 안나는 혼자가 아니라 고모뻘 되는 노처녀 오블론스카야 공작 영애와 함께 왔다. 오늘 아침에 안나를 찾아와 함께 물건을 사러 나갔다고 했던 부인이 바로 그녀였다.

안나는 브론스키가 걱정스럽고 매우 의아한 표정을 짓는 것을 보고도 모른 척하며 오늘 아침에 장 보러 나갔던 이야기를 짐짓 신나게 하나하나 늘어놓았다. 그는 그녀의 기분이 보통 때와 다르다는 것을 눈치챘다. 반짝이는 눈동자로 그를 볼 때는 팽팽한 긴장감이 서려 있었고, 우아하기는 하지만 신경질적으로 재빠른 말투와 동작을 보였다. 두 사람이 가까워지기 시작할 무렵에 그는 그녀의 이러한 점에 굉장히 끌렸지만, 지금은 마음이 어수선하고 놀랄 뿐이었다.

4인분의 식사가 준비되었다. 모두 모여서 함께 식당으로 가려는데 마침 투시케비치가 벳시 트베르스카야 공작 부인의 편지를 안나에게 가지고 왔다. 벳시는 작별 인사를 하러 오지 못해 미안하고 자기는 몸이 좀 안 좋으니 6시 30분부터 9시 사이에 자기한테 와달라고 부탁하는 내용이었다. 브론스키는 이렇게 시간을 명확하게 지정한 것은 안나가 다른 사람을 못 만나게 하려는 것임을 알아채고 그녀의 낯빛을 슬쩍 훔쳐보았다. 그러나 그녀는 전혀 눈치채지 못한 듯 말했다.

"어쩌죠? 아쉽네요. 6시 30분에서 9시 사이에는 갈 수 없는데요."

그녀는 희미하게 미소 지으며 말했다.

"공작 부인께서 굉장히 서운하시겠네요."

"나도 그래요."

"파티(이탈리아 오페라 가수 ―옮긴이)를 들으러 가시는 거죠?"

투시케비치가 말했다.

"파티? 아, 정말 말씀 잘하셨어요. 칸막이 좌석을 얻을 수만 있다면 가야죠."

"내가 구해드릴게요."

투시케비치가 말했다.

"정말 고마워요. 그건 그렇고 같이 식사나 하러 가요."

안나가 말했다.

브론스키는 보일 듯 말 듯 어깨를 으쓱했다. 그는 안나의 행동을 도무지 이해할 수 없었다. 나이 많은 공작 영애를 뭐하러 데려왔으며, 그녀를 왜 만찬에 초대했는지, 가장 놀라운 건 무슨 생각으로 투시케비치에게 좌석을 얻어달라고 했는가 하는 것이었다. 지금과 같은 상황에서 사교계의 알 만한 사람들은 모두 모이는 파티의 자선 공연에 갈 생각을 할 수 있단 말인가? 그는 진지하게 그녀를 보았다.

그러나 그녀는 늘 그렇듯 도전적이며 즐거운 것도, 슬픈 것도 아닌, 도무지 알 수 없는 눈빛으로 그를 마주 보았다. 식사를 하는 내내 안나는 지나칠 정도로 쾌활하게 굴었다. 그녀는 투시케비치나 야시빈에게 일부러 너스레를 떠는 것 같았다. 식사를 마치고 투시케비치는 좌석을 얻으러 나갔고 야시빈은 담배를 피우러 방을 나갔다. 브론스키는 야시빈과 함께 자기 방으로 내려가 앉아 있다가 조금 뒤 2층으로 뛰어 올라갔다. 안나는 이미 치장을 하고 있었다. 파리에서 맞춘 가슴이 넓게 파이고 가장자리는 벨벳으로 장식한 연한 빛깔의 비단옷을 입고 하얀 고급 레이스 장식을 머리에 달고 있었다. 레이스 덕분에 얼굴 윤곽이 더욱 살아나 시원스러운 아름다움이 한층 돋보였다.

"정말 극장에 갈 생각이오?"

그는 그녀를 쳐다보지 않으려고 애쓰면서 말했다.

"왜 그렇게 놀라서 묻는 거예요?"

그녀는 그가 자기 얼굴을 외면하자 화가 치밀었다.

"그래요, 나는 왜 거기 가면 안 되요?"

그녀는 이해할 수 없다는 투였다.

"물론 특별한 이유는 없지만."

그는 눈을 찡그리며 말했다.

"그렇죠? 그래서 나도 그러는 거예요."

그녀는 그의 반어적인 말투를 못 알아들은 척 좋은 향내가 나는 기다란 장갑을 살며시 팔에 끼면서 말했다.

"안나! 정말 왜 이러는 거요?"

그는 한때 그녀의 남편이 그랬던 것처럼 그녀를 일깨우려는 투로 말했다.

"당신이 묻고 싶은 게 도대체 뭐예요?"

"그런 곳에 가면 안 된다는 건 당신도 알고 있잖소."

"왜죠? 나 혼자 가는 것도 아닌데. 바르바라 고모님이랑 함께 갈 거예요. 그분은 지금 옷을 갈아입으러 가셨어요."

그는 절망적인 심정으로 어깨를 으쓱하며 주저하듯 말했다.

"당신은 정말 모른다는 거요……?"

그가 말을 꺼내자 그녀가 갑자기 소리쳤다.

"네, 난 몰라요! 알고 싶지도 않고요. 그렇다고 내가 한 짓을 후회하냐고요? 천만에요. 처음으로 돌아간다 해도 똑같이 했을 거예요. 우리에게는, 나와 당신한테 중요한 것은 오직 하나, 서로 사랑하는 것뿐이잖아요. 그것 말고 다른 생각은 전혀 하지 않아요. 도대체 왜 우리는 여기서 따로 지내면서 만나지 않는 거죠? 난 왜 나갈 수 없다는 거죠? 난 당신을 사랑하고 있어요. 다른 건 아무래도 상관없어요."

그녀는 평소와 달리 알 수 없는 눈빛으로 그의 얼굴을 쳐다보면서 러시아어로 말했다.

"당신 마음이 변한 게 아니라면 당신은 왜 나를 외면하는 거죠?"

그는 그녀를 바라보았다. 여전히 그녀는 아름다움을 한껏 풍기며 가장 잘 어울리는 옷차림을 하고 있었다. 그러나 지금은 그 아름다움과 우아함이 불쾌했다.

"내 마음이 변하다니, 당치도 않아요. 그것은 당신도 잘 알고 있잖소. 그러나 난 당신이 가지 않았으면 해요. 내 말 들어요. 제발!"

그는 프랑스어로 애원하듯 부드럽게, 그러나 싸늘한 시선으로 말했다.

그러나 그녀는 그의 싸늘한 시선을 눈치채고 흥분해서 말했다.

"그럼 내가 왜 가면 안 되는지 이유를 말해보세요."

"그것은 말이오, 자칫 당신에게……."

그는 말끝을 흐렸다.

"무슨 말인지 모르겠네요. 야시빈이 어울리지 않는 상대도 아니고 바르바라 고모님도 다른 사람들보다 나쁘지 않은데……. 저기 고모님이 오시네요."

29

브론스키는 안나가 일부러 이해 못하는 척하자 처음으로 그녀에게 괘씸하고 미운 감정이 들었다. 그녀가 못마땅한 이유를 말할 수 없자 이러한 감정이 더욱 커졌다. 그가 자기의 생각을 솔직히 말했다면 이랬을 것이다.

'그렇게 눈에 띄는 차림으로 누구나 다 아는 공작 영애와 함께 극장에 간다는 것은 곧 타락한 여자라는 것을 인정하는 것일 뿐 아니라 사교계를 향해 도전장을 던지는 것, 즉 영원히 사교계와 연을 끊는다는 의미다.'

하지만 그는 이렇게 말할 수 없었다.

'그런데 그녀는 왜 이것을 알지 못하는 걸까? 도대체 그녀는 어떤 마음을 품고 있는 것일까?'

그는 스스로에게 물었다. 그러자 그녀에 대한 존경심은 약해지고, 그녀가 아름답다는 생각은 더욱 강해지는 기분을 느꼈다.

그는 낙담한 표정으로 자기 방으로 내려왔다. 그리고 의자 위에 긴 다리를 쭉 뻗고 앉아 코냑에 셀처 탄산수를 섞어 마시던 야시빈 옆에 앉아 자기에게도 그것을 가져오라고 일렀다.

야시빈은 우울한 표정을 짓고 있는 친구에게 말했다.

"자네 란코프스키의 말에 대해 얘기했지? 참 훌륭한 말이야. 자네는 살 만할 거야. 엉덩이는 좀 처졌지만 다리와 머리는 더할 나위 없거든."

"나도 사려고 생각하고 있었네."

브론스키가 대꾸했다.

그는 말 이야기에 관심이 있었지만 한순간도 머릿속에서 안나를 떨쳐낼 수 없었다. 어느새 그는 복도에서 나는 발소리에 귀 기울이고 난로 위에 놓인 시계를 쳐다보았다.

"안나 아르카디예브나께서 극장에 간다고 전하랍니다."

급사가 들어와 전해주었다.

야시빈은 거품이 이는 셀처 탄산수에 코냑 한 잔을 더 부어 죽 들이켜더니 외투 단추를 잠그면서 일어섰다.

"우리도 가지."

그는 브론스키가 우울한 이유는 알지만 신경 쓰지 않는다는 뜻으로 콧수염 밑으로 살짝 미소를 지어 보이며 말했다.

"난 가지 않겠네."

브론스키가 우울하게 대꾸했다.

"난 가야 해. 약속했거든. 그럼 이만. 생각 있으면 아래층 크라신스키 자리로 오게."

"아냐, 난 일이 있어서 말이야."

'아내 걱정이군. 정당하게 맞이한 아내가 아니니 더 곤란하겠지.'

야시빈은 호텔을 나가면서 생각했다.

혼자 남게 되자 브론스키는 의자에서 일어나 방 안을 왔다 갔다 했다.

'그러고 보니 오늘은…… 네 번째 자선 공연이다……. 예고르 형도 형수와 함께 갔겠지. 어머니도 분명 가셨을 거고. 말하자면 페테르부르크 전체가 거기에 있는 셈이다. 지금쯤 그녀는 털외투를 벗고 완전히 모습을 드러냈겠지. 투시케비치, 야시빈, 바르바라 공작 영애…….'

그는 머릿속으로 그 광경을 그려보았다.

'그게 뭐 어때? 난 뭐가 두려운 거지? 투시케비치한테 그녀를 맡겨버린 것? 어리석은 짓이야, 아무래도 어리석어. 그녀는 왜 나를 이런 궁지에 몰아넣는 걸까?'

그는 속으로 중얼거리며 손을 젓다가 탁자에 부딪치고 말았다. 그러다 탁자가 흔들리면서 셀처 탄산수며 코냑 병이 쓰러져 병을 잡으려고 했으나 그만 떨어뜨리고 말았다. 부아가 치민 그는 탁자를 걷어차고 벨을 울렸다.

"내 밑에서 계속 일하고 싶다면……, 자기 할 일을 똑똑히 알아두라고. 바로 치웠으면 이런 일이 없었을 거 아냐."

그는 하인에게 소리쳤다.

하인은 자기 잘못이 아니지 않냐고 말할까 하다가 주인의 표정을 보고는 아무 말 하지 않는 것이 낫겠다고 판단하고, 얼른 잘못했다고 하면서 무릎을 꿇고 카펫 위에 떨어진 잔이며 깨진 병 조각을 치웠다.

"자네가 할 일은 그게 아냐. 그건 급사한테 치우라고 하고 자네는 빨리 내 연미복이나 준비해."

브론스키는 8시 30분에 극장으로 들어섰다. 마침 막 하나가 끝났을 때였다. 그는 형의 칸막이 지정석으로 가지 않고, 곧바로 맨 앞줄에 가서 세르푸호프스코이와 함께 푸트라이트 옆에 섰다. 세르푸호프스코이가 뒤축으로 푸트라이트를 툭툭 치다가 멀리서 그를 발견하고는 웃으면서 불렀던 것이다.

브론스키는 아직 안나를 찾지 못했다. 그는 일부러 그녀 쪽을 보지 않았다. 그러나 그는 사람들의 시선을 통해 그녀가 어디 있는지 알아챘다. 그는 남몰래 주위를 둘러보았으나 그녀를 찾는 것은 아니었다. 그는 혹시나 하는 마음에 카레닌을 찾아보았으나 다행히 카레닌은 보이지 않았다.

"군인다운 모습은 거의 사라졌군. 외교관 아니면 미술가 같은데."

세르푸호프스코이가 그에게 말했다.

"그렇지. 제대하고 바로 연미복을 입었으니까."

브론스키가 웃으면서 오페라글래스를 꺼냈다.

"사실 그 점이 부러워. 나도 외국에서 돌아와 이것을 달았을 때 정말 자유가 그리웠거든."

그가 견장에 손을 갖다 대며 말했다.

이미 오래전부터 세르푸호프스코이는 브론스키가 일로 성공하리라는 생각은 완전히 접었다. 그러나 여전히 그를 좋아했고 지금도 유난히 정겹게 대했다.

"자네가 서막에 늦어서 안됐군."

브론스키는 그의 말을 흘려들으면서 오페라글래스를 움직여가며 아래층 좌석부터 정면의 2층 칸막이석까지 하나하나 살펴보았다. 그는 움직이는 오페라글래스의 렌즈 너머로, 머리에 장식을 단 부인과 화가 난 듯 눈을 깜박거리는 대머리 노인 옆에서, 레이스 장식을 단, 눈부실 정도로 아름답고 도도하게 미소 짓고 있는 안나의 머리를 발견했다. 그녀는 그에게서 스무 걸음쯤 떨어진 아래층 좌석 다섯 번째 줄에 앉아 있었다. 그녀는 살짝 몸을 돌리고 야시빈에게 무슨 말을 하고 있었다. 아름답고 넓은 어깨 위에 얹힌 머리 모양이며 눈빛과 감정을 억누르고 있는 듯 얼굴 전체가 상기된 모습을 보는 순간 그는 지난날 모스크바의 무도회에서 보았던 그녀를 떠올렸다. 아름다운 모습은 같았으나 전혀 다르게 느껴졌다. 이제 신비로운 느낌은 조금도 들지 않았다. 그래서 그녀의 아름다움은 전보다 더 강렬하면서도 그를 화나게 했다. 그녀는 그가 있는 곳을 보지 않았다. 그러나 브론스키는 그녀가 이미 자기를 보았다고 느꼈다.

브론스키가 다시 오페라글래스로 그쪽을 바라보았다. 바르바라 공작 영애가 얼굴이 새빨개져서는 어색하게 웃으며 연신 옆 칸막이 좌석을 보고 있었다. 그러나 안나는 접은 부채로 칸막이 위의 붉은 벨벳을 두드리면서 옆 칸막이 좌석에 무슨 일이 일어나는지는 신경 쓰지 않고 계속 딴 곳을 보고 있었다. 분명 보고 싶지 않은 것이었다. 야시빈은 카드에 졌을 때와 같은 표정을 짓고 있었다. 그는 잔뜩 인상을 쓰고 왼쪽 콧수염을 입속으로 더욱 밀어넣고 옆 좌석을 곁눈질했다.

왼쪽 옆 칸막이 좌석에는 카르타소프 부부가 앉아 있었다. 브론스키가 아는 사람들이었고, 안나 또한 그들과 아는 사이였다. 몸집이 작고 야윈 카르타소프 부인은 좌석 가운데 서서 안나에게 등을 돌리고 남편이 입혀주는 외투를 걸치고 있었다. 그녀는 잔뜩 화가 나서 하얗게 질린 얼굴로 무슨 말을 열띠게 지껄이고 있었다. 커다란 몸집에 머리가 벗어진 카르타소프는 줄곧 안나를 보며 아내를 달래느라 애먹고 있었다. 아내가 밖으로 나간 뒤에도 남편은 안나에게 인사를 하고 싶은 듯이 그녀와 시선을 마주치려고 한동안 꾸물거렸다. 그러나 안나는 일부러 그에게서 등을 돌린 채 짧게 깎은 머리를 자기 쪽으로 기울이고 있는 야시빈에게 뭔가 이야기하고 있었다. 카르타소프는 인사하지 않고 그냥 나갔고 칸막이 좌석은 텅 비었다.

브론스키는 카르타소프 부부와 안나 사이에 무슨 일이 일어났는지는 알 수 없었다. 그러나 그는 자기가 본 광경과 안나의 표정을 보고 그녀가 모욕을 당했다는 것을 알 수 있었다. 그는 그녀가 자신의 역할을 참고 버티고자 안간힘을 쓰고 있다는 것을 알았다. 그녀는 겉으로 침착함을 유지해야 하는 그 역할을 성공적으로 해냈다. 그러나 그녀의 주변 사람들과 친분이 없는 사람들은 그녀가 뻔뻔스럽게 사교계에, 더구나 남의 이목을 끌기 쉬운 레이스 장식으로 한껏 아름답게 치장하고 나타난 것을 보고 부인들이 동정과 분노와 경악으로 쑥덕거리는 소리를 듣지 못하고 그녀의 아름답고 차분한 모습에 넋을 잃었고, 그녀가 큰칼이 씌워진 사람의 심정에 빠져 있으리라고는 생각지 못했다.

무슨 일이 일어나기는 했지만 그게 뭔지를 알 수 없었던 브론스키는 불안해서 견딜 수가 없어서 무슨 일인지 알아보려고 칸막이 좌석 쪽으로 갔다. 그는 일부러 안나의 자리 반대편 아래층 정면 통로 쪽으로 나갔다. 그런데 거기서 친지 둘과 이야기를 나누고 있던 예전 연대장을 만났다. 브론스키는 카레니나라는 이름을 들었다. 그때 연대장이 의미심장하게 상대를 곁눈질하더니 황급히 브론스키를 큰 소리로 불렀다.

"어이, 브론스키, 부대에 한번 안 올 텐가? 환송 파티도 없이 자네를 보낼 수는 없어. 자네는 우리 연대의 최고참 아닌가."

연대장이 말했다.

"시간이 잘 나지 않네요. 정말 죄송합니다만, 다음에."

브론스키가 말하고는 형이 있는 칸막이 좌석으로 뛰어 올라갔다.

브론스키의 어머니, 강철빛 곱슬머리의 백작 부인도 형과 같이 있었다. 그는 2층 복도에서 소로키나 공작 영애와 함께 있는 바랴 형수와 마주쳤다.

바랴는 소로키나 공작 영애를 어머니에게 데려다 주고 와서 시동생에게 손을 내밀고 곧 그가 궁금해하는 이야기를 들려주었다. 그녀는 전에 없이 흥분해서 말했다.

"그렇게 비열하고 못된 짓을 하다니. 카르타소프 부인에게 그럴 권리가 어디 있어요. 카레니나 부인은……."

"도대체 무슨 일입니까?"

"아직 못 들었어요?"

"원래 그런 얘기는 맨 마지막에 당사자 귀에 들어오니까요."

"카르타소프 부인처럼 심술궂은 분은 없을 거예요."

"도대체 그분이 무슨 짓을 했죠?"

"남편한테 들었는데…… 그분이 카레니나 부인을 모욕했다네요. 그분 남편이 그녀와 이야기를 나누자 곧바로 남편한테 악다구니를 썼다나 봐요. 아무튼 큰 소리로 몰상식한 말을 내뱉고는 홱 나가버렸다는 거예요."

"백작, 어머니께서 찾으십니다."

소로키나 공작 영애가 칸막이 좌석 밖으로 얼굴을 내밀고 말했다.

"난 계속 너를 기다렸단다. 너를 볼 수가 없어서 말이야."

어머니가 조소를 띠며 그에게 말했다.

아들은 어머니가 기쁨의 미소를 참지 못하고 있음을 알아챘다.

"안녕하세요, 어머니. 이렇게 뵈러 왔습니다."

브론스키가 냉정하게 말했다.

"카레니나 부인을 달래주러 안 갔니?"

그녀는 소로키나 공작 영애가 조금 떨어져 물러나자 기다렸다는 듯이 프랑스어로 덧붙였다.

"그녀에 대해 얼마나 말들이 많은지. 그녀 때문에 모두 파티를 잊고 있지 뭐냐."

"어머니, 그 얘기는 그만하세요."

브론스키가 인상을 쓰면서 말했다.

"난 다만 사람들 얘기를 하는 것뿐이야."

브론스키는 아무 대꾸도 하지 않고 소로키나 공작 영애와 몇 마디 나누고 나갔다. 그는 문 앞에서 형을 만났다.

"아, 알렉세이! 정말 추악한 일이야! 정말 어리석은 여자 아니냐. 그 이상도 아니야……. 나는 지금 그녀에게 가려고 하는데 같이 가자꾸나."

그러나 브론스키는 그의 말을 듣지 않았다. 그는 뛰다시피 아래로 내려갔다. 그는 자기가 뭔가 해야 할 것 같았다. 그러나 뭘 해야 할지 몰랐다. 그와 그녀, 두 사람을 비참한 상황에 빠뜨린 그녀에게 몹시 화가 나고, 괴로움에 빠져 있을 그녀가 가엾은 마음과 뒤엉켜 그의 마음을 후벼파는 것 같았다. 그는 아래층 정면 좌석으로 내려가 곧바로 안나에게 갔다. 스트레모프가 서서 그녀와 이야기를 나누고 있었다.

"더 이상의 테너는 없어요. 최고예요."

브론스키는 그녀를 보며 고개를 끄떡하고 스트레모프와 인사를 나누었다.

"늦게 오시는 바람에 가장 근사한 아리아를 못 들으셨네요."

안나는 비웃는 표정으로(그에게는 그렇게 보였다) 브론스키를 바라보며 말했다.

"난 음악에 문외한이오."

그는 험악하게 그녀를 쏘아보며 말했다.

"야시빈 공작처럼 말이죠. 저분은 글쎄, 파티의 톤이 너무 높다지 뭐예요."

그녀는 소리 없이 웃으며 말했다.

"고마워요."

그녀는 브론스키가 주워준 프로그램을 긴 장갑을 낀 작은 손으로 받아 들고 말했다. 그 순간 그녀의 아름다운 얼굴에 경련이 일어났다. 그녀는 일어나 칸막이 좌석 안쪽으로 갔다.

브론스키는 다음 막이 시작될 때 그녀의 자리가 비어 있는 것을 확인하고 쥐 죽은 듯 조용한 가운데 카바티나가 울려 퍼지는 극장 내에서 "쉬!" 하는 비난을 들어가며 아래층 정면 좌석으로 나와 호텔로 돌아갔다.

안나는 벌써 와 있었다. 브론스키가 그녀의 방으로 들어가 보니 그녀는 극장에 갔던 옷차림 그대로 혼자 앉아 있었다. 그녀는 벽 쪽으로 바싹 붙여놓은 안락의자에 앉아 가만히 앞만 바라보았다. 그녀는 그를 흘끗 보더니 곧 다시 고개를 돌렸다.

"안나."

"당신, 당신 때문이에요!"

그녀는 절망스럽고 분노에 차서 울음 섞인 목소리로 외쳤다.

"그래서 내가 그리 부탁한 거 아니오. 가지 말라고. 그렇게 비참한 꼴을 당할 줄 알고……."

"기분 나빠요! 비참해요! 살아 있는 동안은 오늘 일을 절대 못 잊을 거예요. 그 여자는 나하고 나란히 앉아 있는 것 자체가 수치스럽다고 했어요."

"어리석은 여자의 말 따위 신경 쓰지 말아요. 하지만 뭐하러 그런 무모한 짓을……."

"난 당신이 차갑게 구는 게 미웠어요. 당신은 내가 이런 망신을 당하지 않도록 했어야죠. 당신이 나를 사랑한다면……."

"안나! 왜 이런 일을 사랑과 결부하는……."

"그래요, 내가 당신을 사랑하는 만큼 당신도 나를 사랑한다면, 내가 괴로운 만큼 당신도 괴롭다면…….”

그녀는 괴로운 표정으로 그를 쳐다보며 말했다.

그는 그녀가 가여운 한편 얄밉기도 했다. 그는 그녀에게 사랑한다고 맹세했다. 그녀를 진정시키려면 그것밖에 없었기 때문이다. 그리고 말로는 나무라지 않았지만 마음속으로 그녀를 질책했다. 말로 하기 창피할 정도로 지극히 속된 그의 사랑의 맹세를 그녀는 갈증에 시달린 듯 들이켜고는 조금씩 마음을 가라앉혔다. 다음 날 그들은 말끔히 화해하고 함께 시골로 떠났다.

제6부

1

다리야 알렉산드로브나는 아이들을 데리고 포크로프스코예에 있는 동생 키티 레비나의 집에서 여름을 보냈다. 그녀의 영지에 있는 집은 너무 헐어서 레빈 부부가 자기들 집에서 함께 여름을 보내자고 설득했던 것이다. 오블론스키는 적극 찬성하며 자기도 가족과 함께 시골에서 여름을 보낸다면 너무너무 행복하겠지만, 일 때문에 그럴 수 없어서 너무 아쉽다고 했다. 그러면서 그는 모스크바에 있으면서 가끔 하루이틀 시골에 내려와 머물다 가곤 했다. 올여름 레빈 부부의 집에는 아이들과 가정교사까지 데리고 온 오블론스키 가족 말고도, 첫 임신인 딸을 뒷바라지하려고 공작 부인까지 와 있었다.

그 밖에 키티가 외국에서 사귄 친구인 바레니카도 키티가 결혼하면 찾아오겠다는 약속을 지키기 위해 역시 손님으로 와 있었다. 이들 모두 레빈 아내의 친척이자 친구였다. 레빈은 이들 모두를 좋아했지만, 이른바 '셰르바츠키 성분'이 흘러들어 레빈 세계와 질서가 사라지는 것이 조금 아쉬웠다. 그의 친척으로 딱 한 명 세르게이 이바노비치가 오기는 했으나 그도 코즈니셰프 가의 기질이었으므로 레빈 정신은 전혀 없는 셈이었다.

이전에는 텅 비어 있던 레빈의 집 모든 방이 지금은 완전히 찰 정도로 사람들이 많이 모였다. 노공작 부인은 식탁에 앉을 때마다 사람 수를 세어보고, 열세 번째 손자나 손녀를 다른 작은 식탁에 따로 앉혀야 했다(13명이 한 식탁에 앉으면 그중 하나가 다음 해에 죽는다는 미신이 있다.—옮긴이). 그래서 열심히 가사에 힘쓰던 키티에게도 손님과 아이들의 여름철 식욕을 채우기 위해 엄청나게 많은 닭과 칠면조와 오리를 구하는 것은 보통 어려운 일이 아니었다.

온 가족이 점심 식탁에 둘러앉았다. 돌리의 아이들은 가정교사와 바레니카와 함께 버섯을 따러 가는 일에 대해 상의하고 있었다. 지식과 학문으로 모든 손님들에게 거의 숭배에 가까운 존경을 받던 세르게이 이바노비치가 버섯 따는 이야기에 끼어들자 모두 깜짝 놀랐다.

"나도 같이 가고 싶습니다. 버섯 따기를 아주 좋아하거든요. 아무튼 무척 신나는 일이니까요."

그는 바레니카를 쳐다보면서 말했다.

"네, 그럼요. 저희도 너무 좋아요."

바레니카가 얼굴을 붉히며 대답했다. 키티와 돌리는 의미심장한 눈짓을 주고받았다. 학식 높고 총명한 세르게이 이바노비치가 바레니카에게 함께 버섯을 따러 가자고 제의한 것은 최근 키티가 온통 마음을 쓰고 있던 추측을 확인해주는 것이었다. 그녀는 자기 눈빛을 보고 다른 사람들이 이상하게 생각할까 봐 황급히 고개를 돌려 어머니와 이야기했다. 세르게이 이바노비치는 식사가 끝나자 동생에게 하던 이야기를 계속하면서 한편으로는 아이들이 버섯을 따러 갈 채비를 갖추고 나올 문 쪽을 계속 쳐다보면서 커피 잔을 들고 응접실 창가에 앉았다. 레빈은 형 옆의 창턱에 걸터앉았다.

할 얘기가 있었던 키티는 남편 옆에 서서 아무 재미없는 이야기가 어서 끝나기만을 기다렸다.

"너는 결혼하고 많이 변했구나. 좋은 쪽으로 말이야. 하지만 역설적인 주제를 옹호하고자 하는 열정은 여전하구나."

세르게이 이바노비치는 키티에게 웃어 보였으나, 스스로도 자기 얘기에 별 흥미가 없었다.

"카탸, 서 있는 건 안 좋아요."

남편은 그녀에게 의자를 끌어다 주고 의미 있는 눈빛으로 그녀를 쳐다보며 말했다.

"그래. 그런데 이러고 있을 때가 아니야."

아이들이 뛰어나오자 세르게이가 말했다.

꽉 끼는 양말을 신은 타냐가 맨 앞에서 바구니와 세르게이 이바노비치의 모자를 흔들고 깡충깡충 옆으로 뛰면서 곧장 그에게 달려왔다.

소녀는 씩씩하게 세르게이 이바노비치 옆까지 뛰어와서는 아버지를 쏙 빼닮은 아름다운 눈동자를 반짝이면서 모자를 내밀었다. 그리고 부드럽고 쑥스러운 미소를 지으며 그의 머리에 모자를 씌워 주려고 했다.

세르게이 이바노비치가 미소 짓자 소녀는 그렇게 해도 좋다는 뜻으로 알고 그의 머리에 모자를 살짝 씌워주면서 말했다.

"바레니카가 기다려요."

바레니카는 노란색 면 드레스에 하얀 숄을 머리에 쓰고 문 앞에서 있었다.

"지금 갑니다. 지금 가요, 바르바라 안드레예브나!"

세르게이 이바노비치는 커피를 마저 마시고 여러 개 달린 호주머니에 손수건과 담뱃갑을 챙겨 넣으며 말했다.

"바레니카는 정말 좋은 사람 같죠? 그렇죠? 게다가 또 얼마나 아름다운지. 아주 품위 있는 아름다움을 지녔어요!"

키티는 세르게이가 일어나자 남편에게 말했다. 그녀는 세르게이 귀에 들릴 만큼 크게 말했다. 그러기를 바라면서 말이다.

"바레니카! 물방앗간이 있는 숲에 가는 거죠? 우리도 곧 그리로 갈게요."

키티가 소리쳤다.

"너 몸 무거운 거 까맣게 잊었니, 키티! 이제 그렇게 큰 소리 지르면 안 돼!"

노공작 부인이 서둘러 문을 나오면서 큰 소리로 말했다.

바레니카는 키티의 목소리와 그녀 어머니의 꾸짖는 소리를 듣고 경쾌한 걸음으로 재빨리 키티에게 다가갔다. 날랜 몸짓과 생기 가득한 얼굴에 가득 퍼진 홍조, 이 모든 것들이 그녀 마음속에 심상치 않은 일이 일어나고 있음을 보여주는 증거였다. 그래서 키티는 그녀를 유심히 관찰했다. 지금 키티가 바레니카를 부른 것은 자기 생각에 오늘 점심 식사 후 숲 속에서 중요한 일이 일어날 것 같아 마음으로 미리 축하하기 위해서일 뿐이었다.

"바레니카, 무슨 일이 생기면 난 너무너무 기쁠 거예요."

그녀는 바레니카에게 키스하면서 속삭였다.

"당신도 같이 가시는 거죠?"

바레니카는 당황하며 방금 키티가 한 말을 못 들은 척 레빈에게 말했다.

"네, 나도 갈 겁니다. 하지만 곳간까지만 가서 거기에 계속 있을 겁니다."

"어머나, 거기서 무슨 볼일이 있어요?"

키티가 말했다.

"새 짐수레도 좀 살펴봐야 하고, 숫자를 맞춰봐야 할 것도 있소. 당신은 어디 있을 거요?"

"난 테라스에 있을래요."

2

여자들 모두 테라스에 모여 있었다. 점심 식사를 하고 나면 늘 거기 앉아 시간을 보내곤 했다. 더구나 그날은 거기서 할 일도 있었다. 모두 아이들 셔츠 단추를 꿰매기도 하고, 기저귀 끈을 바느질하느라 여념이 없었다. 또한 아가피야 미하일로브나는 처음 해보는 새로운 방법으로 물을 타지 않고 잼을 만들었다. 키티가 친정에서 하던 방법을 가르쳐준 것이다. 그런데 지금까지 이 일을 해온 아가피야 미하일로브나는 레빈 가문에서 하던 방식이 나쁠 것도 없고, 또 그렇게 안 하면 잼을 만들 수도 없다고 우겨서 결국 딸기와 산딸기가 끓고 있는 솥에 물을 부었다가 그만 들키고 말았다. 그래서 지금 사람들 앞에서 딸기가 끓어 엉기는 것을 보고 아가피야 미하일로브나는 물을 넣지 않고도 잼이 잘 만들어진다는 것을 믿을 수밖에 없었다.

아가피야 미하일로브나는 헝클어진 머리에 뾰로통하고 못마땅한 표정으로 팔꿈치까지 소매를 걷어붙이고, 앙상한 두 팔로 화로 위에 놓인 냄비 속을 휘휘 젓고 있었다. 그리고 마음속으로는 딸기가 끓지 않고 굳어버리기를 간절히 바라며 언짢은 기색으로 그것을 지켜보았다. 공작 부인은 아가피야 미하일로브나가 딸기 잼을 만드는 데 첫 번째 조언자인 자기에게 불만을 품고 있으리라고 느끼면서, 자기는 잼에 전혀 관심이 없고 다른 데 신경 쓰고 있는 척하며 가끔

화로 쪽을 곁눈질했다.

"집안 하녀들 옷은 항상 내가 염가매장에 가서 직접 사 오지."

공작 부인은 하던 얘기를 계속하면서도 아가피야 미하일로브나를 돌아보며 말했다.

"이제 거품을 걷어내야지, 할멈?"

그러고는 키티를 말리면서 말했다.

"너까지 손댈 건 없다. 뜨거워."

"내가 할게요."

돌리가 말했다. 그녀는 일어나 부글부글 끓어오르는 설탕 거품을 숟가락으로 조심스럽게 걷어냈다. 이따금 숟가락에 엉겨붙은 것을 떼내려고, 피 같은 시럽 위로 벌써 노릇한 장밋빛으로 변한 거품이 덮인 접시에 대고 숟가락을 탁탁 두드렸다.

'아이들이 차와 함께 이것을 핥아먹으면 얼마나 좋아할까?'

돌리는 어렸을 때 어른들이 가장 맛있는 이 거품을 먹지 않는 것을 이상하게 여기던 일을 떠올리며 아이들을 생각했다.

"스티바는 차라리 돈을 주는 게 훨씬 낫대요!"

돌리는 거품을 뜨면서도 하인들에게는 무엇을 주는 것이 가장 좋을지 계속 이야기했다.

"하지만 ……."

"돈으로 뭘 사겠어! 그들은 어차피 물건을 좋아하게 마련이야."

공작 부인과 키티가 한목소리로 외쳤다.

"작년에 나는 우리 집 마트료나 세묘노브나에게 포플린 비슷한 것을 사 줬단다."

공작 부인이 말했다.

"저도 기억나요. 그 사람이 어머니 명명일에 그것을 입었잖아요."

"무늬가 정말 아름다웠지. 산뜻하고 고상한 것이. 그 사람 줄 게 아니었다면 내가 옷을 해 입고 싶을 정도였어. 저기 바레니카가 입은 거랑 비슷한 무늬였어. 아주 예쁘고, 값도 싸고."

"자! 이제 다 된 것 같아요."

돌리는 숟가락으로 시럽을 따라보면서 말했다.

"끈적끈적해지면 된 거야. 좀더 끓여봐. 아가피야 미하일로브나."

"이놈의 파리들이! 계속 끓여도 마찬가지일 거예요."

아가피야 미하일로브나가 불퉁스러운 투로 말했다.

"아, 정말 예뻐! 놀라게 하지 말아요!"

키티는 참새 한 마리가 난간에 앉아 딸기 속을 뒤집어 쪼아 먹는 것을 보며 말했다.

"알았다. 그런데 넌 불에서 멀리 떨어지렴."

어머니가 말했다.

"그건 그렇고 바레니카 말이에요, 어머니. 난 어쩐지 오늘은 어떻게 될 것 같은 느낌이에요. 무슨 일인 줄 아시죠? 그렇게 되면 얼마나 좋을까요!"

키티는 아가피야 미하일로브나가 알아듣지 못하도록 프랑스어로 말했다.

"그런데 이 중매쟁이도 정말 대단하던데요! 얼마나 세심하고 능숙하게 두 사람을 붙여놓는지……."

돌리가 말했다.

"아니에요. 말씀해보세요, 어머니. 어떻게 생각하세요?"

"어떻게 생각하긴? 그(세르게이 이바노비치를 가리키는 것이었다)라면 언제든 러시아에서 가장 좋은 배필을 만날 수 있지. 그렇게 젊은 건 아니지만 그래도 많은 처녀들이 기꺼이 시집을 올 거라고 생각한단다……. 물론 그 아가씨도 아주 참하기는 하지만, 그 사람이라면 좀더……."

"아니에요, 어머니. 어머니도 아시잖아요? 그분이나 그녀에게 더할 나위 없는 연분인걸요. 우선 그녀는 예쁘잖아요!"

키티는 손가락을 하나 꼽으면서 말했다.

"그는 그녀를 아주 마음에 들어 해요. 그건 분명해요."

돌리가 맞장구를 쳤다.

"둘째, 그분은 아내의 재산이나 지위 같은 건 전혀 필요 없어요. 그분에게는 오직 착하고, 귀엽고, 조신한 아내면 돼요."

"그래, 그녀와 함께 틀림없이 잘살 수 있을 거야."

돌리도 그 말에 동의했다.

"그리고 셋째로는 그녀가 그분을 사랑해야 하는데, 이 조건도 이미……, 말하자면 다 준비되었다는 거예요. 그래서 난 그 두 사람이 숲에서 돌아왔을 때는 모든 것이 결정 나 있기를 진심으로 바라요. 그렇게 되면 얼마나 기쁠까! 언니도 그렇게 생각하지?"

"하지만 너무 흥분하지 말렴. 네가 흥분할 이유가 전혀 없잖니."

어머니가 말했다.

"흥분하긴요, 어머니. 그저 오늘은 어쩐지 그분이 청혼할 것 같아서 말이에요."

"아, 정말 묘한 기분이 들지. 언제 어떻게 남자들이 청혼하는가 하는 것은…… 어떤 장애물 하나가 있다 갑자기 사라지는 거니까."

돌리는 오블론스키와의 지난 일을 떠올리고 감격에 겨운 듯 미소 지으며 말했다.

"어머니, 아버지는 어머니한테 어떻게 청혼하셨어요?"

키티가 불쑥 물었다.

"뭐, 특별한 건 없었어. 아주 솔직했지."

이렇게 대답하는 공작 부인의 얼굴이 그때의 추억으로 밝게 빛났다.

"어떻게 하셨는데요? 어머니도 그랬어요? 결정되기 전부터 아버지를 사랑하셨던 거예요?"

키티는 지금 여자의 일생에서 가장 중요한 문제를 가지고 어머니와 대등하게 이야기할 수 있어서 특히 기뻤다.

"물론 사랑했지. 시골에 있는 우리 집에 자주 놀러 오셨지."

"그럼 어떻게 결정된 거예요, 어머니?"

"너희는 무슨 새로운 거라도 있는 것처럼 생각하는구나? 다 똑같아. 눈빛과 미소로 결정되는 거지……."

"너무 멋진 말이에요. 그래요, 눈빛과 미소예요."

돌리는 그 말에 감탄했다.

"그렇지만 아버지는 뭐라고 말씀하셨어요?"

"코스탸는 뭐라고 하던?"

"그이는 분필로 썼어요. 정말 새롭고 놀라웠어요. 그러나 이제는 오래전 일 같아요!"

세 여자는 같은 생각을 했다. 키티가 먼저 입을 열었다. 그녀는 결혼 전 마지막 겨울에 있었던 일과 브론스키에게 마음이 끌렸던 일들이 떠올랐다.

"다만 한 가지……, 바레니카의 옛 사랑이 걸리네요. 나는 마음의 준비를 할 수 있도록 세르게이 이바노비치에게 이야기하는 게 좋다고 생각해요. 남자들이란 누구나 여자들 과거에 무서울 정도로 질투심이 강하거든요."

그녀는 이런저런 생각에 잠겼다가 자연스럽게 이것이 떠올랐다.

"그러나 다 그렇지는 않아. 너는 네 남편을 기준으로 그렇게 생각하는 거야. 매제는 지금도 브론스키 생각만 하면 괴로워하니? 그런 거야?"

돌리가 말했다.

"그래, 맞아."

키티는 생각에 잠긴 듯 눈웃음을 지으며 대답했다.

"하지만 난 모르겠구나. 네 과거의 어떤 점 때문에 그 사람이 괴로운 건지? 브론스키가 너에게 구애한 것? 그런 경험이 없는 아가씨도 있니?"

공작 부인은 어머니로서 딸을 걱정하며 한마디 거들었다.

"네, 하지만 지금 그 얘기를 하는 게 아니잖아요."

키티가 얼굴을 붉히며 말했다.

"아니, 좀 들어보렴. 넌 그 후로 나한테 브론스키와 이야기하지 말라고 했잖니? 기억하지?"

"아아, 어머니!"

키티는 괴로운 표정을 지으며 말했다.

"요즘 젊은이들을 어떻게 막을 수 있니……. 더구나 너희가 특별히 깊은 사이도 아니었고. 그랬다면 그에게 무슨 말이라도 해줬을 거야. 그건 그렇고, 넌 제발 흥분하지 말거라. 제발, 그렇게 알고 진정해."

"저는 전혀 흥분하지 않았어요, 어머니."

"정말 그때 안나가 있어서 키티에게는 다행인 셈이었죠. 지금 그녀는 얼마나 불행해요? 정말 입장이 완전히 바뀌어버렸어요."

돌리는 자기 생각에 감격해서 덧붙였다.

"그때 안나는 너무너무 행복했고 키티는 스스로 불행하다고 생각했지. 이제는 반대가 되었고! 난 종종 안나 생각을 해요."

"아니, 어디 생각할 사람이 없어서 그런 여자를 다 생각하니? 그처럼 추하고 모진 여자를."

키티가 브론스키가 아닌 레빈과 결혼한 것을 아직도 아쉬워하는 어머니가 말했다.

"어머니는 왜 그렇게 말씀하세요?"

키티가 섭섭한 듯이 말했다.

"저는 그런 생각 같은 건 하지도 않고, 하고 싶지도 않아요."

그녀는 테라스 계단을 올라오는 귀에 익은 남편의 발소리에 귀 기울이면서 말했다.

"무슨 이야기야? 생각하고 싶지도 않다니?"

레빈은 테라스에 들어서면서 물었다.

그러나 아무도 대답하지 않았다. 그도 더 이상 묻지 않았다.

"아, 정말 미안하게 됐군요. 여자들끼리 얘기하는데 분위기를 깨뜨려서."

그는 당황한 듯이 주위를 둘러보고, 자기 앞에서 하기에는 껄끄러운 얘기를 하고 있었다는 것을 느꼈다.

잠시 그는 아가피야 미하일로브나와 같은 기분이었다. 물을 넣지 않고 잼을 만드는 것뿐 아니라 낯선 셰르바츠키 가문의 영향에 불만을 품고 있는. 그러나 그는 싱긋 웃으며 키티에게 다가갔다.

"좀 어떻소?"

그는 요즘 모두가 그녀를 대하는 것과 같은 표정으로 그녀를 보며 물었다.

"괜찮아요. 그런데 당신 일은 어떻게 됐어요?"

키티가 활짝 웃으며 말했다.

"음, 그건 달구지보다 3배 더 나를 수 있겠소. 그럼 아이들을 데리러 가볼까? 마차를 준비하라고 일러뒀소."

"아니, 뭐라고? 자네 키티를 리네이카(대형 사륜마차 —옮긴이)에 태울 셈인가?"

어머니가 나무라듯 말했다.

"괜찮아요. 천천히 가면 돼요, 공작 부인."

레빈은 다른 사위들처럼 공작 부인을 어머니라고 부르지 않았다. 공작 부인은 이것도 불쾌했다. 레빈은 공작 부인을 진심으로 사랑하고 존경했지만, 친어머니에 대한 감정을 손상하지 않고서는 그녀를 어머니라고 부를 수 없었다.

"우리랑 같이 가세요, 어머니!"

키티가 말했다.

"난 그런 생각 없는 짓은 쳐다볼 수도 없다."

"그럼, 저는 걸어갈게요. 몸 상태가 아주 좋아서 괜찮을 거예요."

키티는 일어나 남편에게 다가가 그의 손을 잡았다.

"아무리 몸 상태가 좋아도 무슨 일이든 정도껏 해야지."

공작 부인이 말했다.

"아가피야 미하일로브나, 잼은 다 됐나?"

레빈은 아가피야 미하일로브나의 기분을 북돋워주고 싶어 웃으면서 말했다.

"뭐, 잘됐겠죠. 우리 방식보다는 너무 고은 것 같지만."

"그게 나아, 아가피야 미하일로브나. 상하지도 않거든. 집에 있는 얼음도 이제 다 녹아서 보관할 수도 없는데."

키티는 곧 남편의 의도를 알아채고 할멈에게 말했다.

"할멈이 만든 소금 절임은 어머니도 그렇게 맛있는 건 처음 먹어본다고 말씀하셨다니까요."

그녀는 활짝 웃으면서 할멈의 치마를 바로잡아 주며 말했다.

아가피야 미하일로브나는 여전히 뾰로통하게 키티를 보았다.

"그런 말로 위로하지 않아도 돼요, 마님. 저는 마님이 이 사람과 함께 있는 모습을 보는 것만으로도 기쁘니까요."

그녀가 말했다. '이분'이 아닌 '이 사람'이라는 투박한 표현이 키티는 더 감동적이었다.

"우리 같이 버섯 따러 가요. 좋은 장소 좀 알려줘요."

아가피야 미하일로브나는 피식 웃으며, '당신에게는 아무리 화를 내고 싶어도 도무지 화를 낼 수가 없어요.'라고 말하는 듯 고개를 저었다.

"자, 내가 시키는 대로 하게. 잼 위에 종이를 씌우고 럼주로 적셔. 그러면 차가운 데 두지 않아도 절대 곰팡이가 피지 않으니까."

노공작 부인이 말했다.

3

키티는 조금이라도 남편과 단둘이 있게 되어 무척 좋았다. 왜냐하면 조금 전 그가 테라스로 들어오면서 무슨 이야기냐고 물었을 때 아무도 대답을 하지 않자, 어떤 감정이든 금방 생생하게 드러나는 그의 얼굴에 슬픈 빛이 어리는 것을 보았기 때문이다.

두 사람은 다른 사람들보다 먼저 수레바퀴 자국이 나고 먼지가 자욱한, 호밀 이삭과 낟알이 흩어진 한길로 나왔다. 집 안에서 보이지 않는 곳에 이르자, 그녀는 남편의 팔에 더 세게 매달려 그의 손을 자기의 몸에 빠짝 붙였다. 그는 아까의 불쾌한 기분은 어느새 싹 잊었다. 그는 그녀와 단둘이 있으면서 그녀가 임신했다는 사실을 잠시도 잊을 수 없는 지금, 사랑하는 여자를 곁에 두고서 정욕을 넘어서는 새롭고 순수한 기쁨을 맛보고 있었다. 딱히 할 말은 없었다. 그는 지금 그녀의 눈동자처럼 임신과 더불어 변해버린 그녀의 목소리를 듣고 싶었다. 그 목소리에는 그 눈동자처럼 어떤 한 가지 일에 몰두하는 사람에게 흔히 볼 수 있는 유연함과 진지함이 있었다.

"당신 피곤하지 않소? 더 바싹 기대요."

그가 말했다.

"아뇨, 당신과 단둘이 있어서 정말 좋아요. 솔직히 여럿이 같이 있는 것도 재미있지만, 이렇게 단둘이 보냈던 겨울밤이 그리워 죽겠어요."

"그때도 좋고, 지금도 좋아. 어느 때든 다 좋아."

그가 그녀의 손을 꼭 쥐면서 말했다.

"아까 당신이 들어왔을 때 무슨 이야기를 하고 있었는지 알아요?"

"잼?"

"잼 이야기도 했고, 남자의 청혼 이야기를 하고 있었어요."

"그래."

레빈은 이야기 내용보다 그녀의 목소리에 귀 기울이며 말했다. 이윽고 숲길로 접어들자 그녀를 신경 쓰면서 넘어지지 않도록 발을 딛기 불편한 곳을 피해 걸었다.

"그리고 세르게이 이바노비치와 바레니카 이야기도 했어요. 당신 눈치챘죠? 나는 두 사람이 꼭 그렇게 되기를 진심으로 바라요. 당신 생각은 어때요?"

그녀는 그의 얼굴을 가만히 들여다보았다.

"글쎄, 잘 모르겠소. 이런 점에서 세르게이 형은 정말 수수께끼거든. 늘 당신한테 말한 그대로야……."

레빈이 웃으며 대답했다.

"사랑했던 아가씨가 세상을 떠났다는 말이죠……."

"나도 어렸을 때 일이어서 다른 사람들한테 들은 거요. 그때의 형 모습을 기억해. 여자들에게 굉장히 살가웠지. 그때부터 형이 여자들을 어떻게 대하는지 유심히 살펴봤는데, 여자들에게 친절하게 굴었고, 두세 명을 한꺼번에 좋아한 적도 있었던 것 같은데, 형님은 그런 여자들을 여자라기보다 단지 한 인간으로서 좋아했던 것 같아."

"그래요, 하지만 지금 바레니카하고는……, 둘 사이에 뭔가 있는 것 같아요."

"그야, 그럴지도……. 하지만 형이라는 사람을 잘 알아야 해. 형은 좀 남다르고 기이한 사람이거든. 정신적인 삶만 추구하고, 마음이 너무 순결하고 고상하지."

"그게 어때서요? 이게 수준 낮은 일이라는 거예요?"

"아니, 그런 뜻이 아니오. 다만 형은 정신적인 생활에 너무 익숙해서 실제 생활에는 어울릴 수 없다는 거요. 바레니카 역시 하나의 실재니까."

레빈은 이제 머뭇거리지 않고 과감히 자신의 생각을 명확하게 표현하는 데 익숙했다. 그는 지금처럼 사랑이 충만한 순간에는, 아내가 작은 암시만으로도 그가 말하려는 것이 무엇인지 알아챈다는 것을 알았다. 그리고 이번에도 그녀는 그가 무슨 말을 하려는지 깨달았다.

"네. 하지만 그녀는 나만큼 현실적이지 않아요. 물론 그분이 나 같은 여자를 사랑하지는 않겠죠. 그러고 보면 그녀는 정말 정신적인……."

"아, 형님은 당신을 굉장히 좋아해. 그래서 나는 기뻐. 내 친척들이 당신을 좋아하는 것이 ……."

"네, 그분은 나한테 정말 잘해주세요. 하지만……."

그러자 레빈이 그녀의 말을 가로챘다.

"하지만 돌아가신 니콜라이 형님 같지는 않다는 말이지……. 당신과 니콜라이 형님은 정말 서로를 좋아했으니까. 이런 말을 왜 하면 안 되는 건지? 난 가끔 나 자신을 자책해. 결국은 잊혀질 테니까. 아, 무섭지만 얼마나 매력적인 사람이었는지……."

레빈은 잠시 침묵하다 말했다.

"그런데 우리가 무슨 이야기를 하고 있었지?"

"당신은 형님이 사랑할 수 없다고 생각하는군요."

이번에는 키티가 자기 나름대로 해석해서 표현했다.

"절대 사랑할 수 없다는 건 아니오. 그러나 형님은 사랑을 하는데 필요한 약점이 없어……. 난 늘 형님의 그 점을 부러워했지. 이렇게 행복한 지금도 형님이 부러워."

레빈은 웃으면서 말했다.

"당신은 그분이 사랑할 수 없다는 점을 부러워한다는 거예요?"

"형님이 나보다 뛰어난 것이 부러워. 형님은 단 한순간도 자신을 위해 살지 않으니까. 형님은 의무에 일생을 바쳤소. 그러니 형님은 그처럼 차분히 만족하며 살 수 있는 거지."

"그럼 당신은요?"

키티는 사랑이 가득한 표정으로 웃으며 놀리듯 말했다.

그녀는 어떤 생각을 하다가 자신이 미소 짓게 되었는지 도저히 말로 표현할 수 없었다. 그러나 그녀가 최종적으로 내린 결론은 형보다 자신이 못하다는 남편의 태도가 결코 진심이 아니라는 것이었다. 그의 겸손한 태도는 형을 사랑하기 때문에, 자기가 너무 행복한 것이 송구스러운 마음에, 특히 늘 끊임없이 좀더 나아지고자 하는 욕구에서 비롯된 것임을 알고 있었다. 그녀는 그런 점이 마음에 들었고, 그래서 미소 지은 것이다.

"그럼 당신은? 뭐가 불만이에요?"

그녀는 여전히 미소 지으며 물었다.

그는 아내가 자기의 불만을 믿지 않는 것이 기뻤다. 그래서 그는 그녀가 무의식중에 그 이유를 말하도록 유도했다.

"난 행복해. 그러나 나 자신에게는 늘 불만이오."

"행복하다고 말씀하시면서 어떻게 불만이라고 할 수 있어요?"

"어떻게 설명할까……? 나는 당신이 넘어지지 않는 것 말고는 바라는 게 아무것도 없소. 아, 그렇게 뛰면 안 돼."

그는 말을 하다가 그녀가 오솔길을 가로지른 나뭇가지를 뛰어넘으려고 세게 뛴 것을 꾸짖었다.

"나 자신에 대해 이것저것 생각해보고, 다른 사람, 특히 형님하고 비교해보면 참으로 하잘것없는 인간이라는 생각이 든단 말이오."

"왜 그럴까요? 당신도 남을 위해 많은 일을 하고 있잖아요? 농사도 짓고, 책도 쓰고……."

키티는 여전히 미소를 띤 채 물었다.

"아니, 나는 특히 지금 그렇지 않다는 걸 느끼고 있소. 그게 다 당신 탓이오. 모든 일을 대충 하고 있거든. 그래서 당신을 사랑하듯이 이 모든 일들을 사랑했으면 하는 것이오. 나는 요즘 마치 숙제하듯이 마지못해 하고 있소."

그는 그녀의 손을 지그시 잡으면서 말했다.

"그럼 당신은 우리 아버지를 어떻게 생각하세요? 아버지도 하찮은 인간인가요? 사회를 위해 하는 일이 아무것도 없으니까요."

"아버님? 아니, 그건 다르지! 모든 사람들이 아버님처럼 솔직 담백하고 선량해야 해. 그런데 내게 그런 것이 있을까? 난 해야 할 일을 하지 않고 괴로워하고 있소. 이게 다 당신 탓이오. 당신과 아직 '이것이' 없었을 때는……."

그는 그녀의 배를 힐끗 내려다보며 말했다. 그녀는 그 의미를 금방 알아챘다.

"난 전력을 다해 일했소. 그러나 지금은 그렇지 못해. 그리고 그것이 부끄러워. 나는 숙제하는 것처럼 마지못해 하고 있는 거야. 말하자면 자기를 속이는 거지……."

"그럼 당신은 지금이라도 당장 형님처럼 되고 싶다는 거예요? 그리고 형님처럼 사회적인 일을 하고 맡은 소임을 사랑하면 그만이라는 거예요?"

키티가 말했다.

"물론 그렇지는 않소. 어쨌든 난 너무 행복해서 아무것도 모르지. 그런데 당신은 형님이 오늘 청혼할 거라고 생각하는 거요?"

그가 잠시 침묵하더니 말했다.

"그럴 것 같기도 하고, 또 아닐 것 같기도 하고 그래요. 다만 나는 그러기를 무척 바라요. 잠깐만요."

그녀는 허리를 굽혀 길가에 핀 야생화를 꺾었다.

"자, 한번 세어보세요. 청혼을 할지 안 할지."

그녀는 그에게 꽃을 건네면서 말했다.

"한다, 안 한다."

레빈은 안으로 우묵하게 오므린 하얗고 가느다란 꽃잎을 하나씩 뜯으면서 말했다.

"안 돼요. 그러는 게 아니에요."

키티는 가슴을 졸이면서 남편의 손끝만 쳐다보다가 갑자기 그의 손을 잡고 세는 것을 말렸다.

"잎을 한꺼번에 2개나 뗐잖아요."

"그 대신 작은 꽃잎은 안 세면 되지 않겠소."

레빈은 아직 자라지 않은 작은 꽃잎을 뜯으면서 말했다.

"오, 벌써 마차가 우리를 따라잡았군."

"힘들지 않니, 키티?"

공작 부인이 큰 소리로 외쳤다.

"전혀요. 조금도 힘들지 않아요."

"힘들면 여기 올라타렴. 말이 순해서 천천히 걷게 하면 돼."

그러나 마차를 탈 필요도 없었다. 숲까지 거의 다 왔기 때문에 모두 마차에서 내려 걸어갔다.

4

까만 머리의 바레니카는 하얀 머릿수건을 쓰고 아이들에게 둘러싸여 상냥하고 명랑하게 그들을 돌보았다. 그러나 좋아하는 남자와 마음을 서로 확인할 상황이 다가오자 얼굴이 상기되어 평소보다 더 매력적으로 보였다. 세르게이 이바노비치는 그녀와 나란히 걸으면서 넋을 잃고 그녀만 계속 바라보았다. 그는 그녀를 바라보면서 그녀가 얘기한 사랑스러운 말들과 그녀의 좋은 점을 되새겼다. 그리고 자기가 지금 그녀에 대해 느끼는 감정은, 먼 옛날 청년 시절에 단 한 번 경험했던 특별한 감정과 똑같다는 것이 더욱 뚜렷해졌다. 그녀 곁에 있다는 기쁨이 점점 더 강해져서 마침내 자기가 발견한, 가느다란 기둥에 가장자리가 오므라든 큼직한 갓이 달린 자작나무 버섯을 그녀의 바구니에 넣으면서 그녀의 눈을 슬쩍 엿보았다. 그 순간 그녀의 얼굴이 기쁨과 동시에 놀라움으로 붉게 물드는 것을 보고 그도 당황해 말없이 너무 많은 것을 나타내는 듯한 미소를 그녀에게 지어 보였다.

'그게 맞다면 신중히 생각하고 행동해야 한다. 아이들처럼 잠깐의 유혹에 빠져서는 안 된다.'

그는 마음속으로 중얼거렸다.

"자, 이번에는 나 혼자 다른 곳으로 가보겠습니다. 이러다가는 내가 딴 것은 표시도 나지 않을 것 같으니."

그는 이렇게 말하고, 그때까지 다 같이 걸었던, 비단실처럼 부드럽고 짧은 풀밭 위로 자작나무 노목이 드문드문 서 있는 숲 가장자리에서 벗어나, 희끗희끗한 자작나무 줄기 사이로 버드나무 회색 줄기가 아른거리고, 거무스름한 개암나무 덤불이 있는 숲 안으로 들어갔다. 한 마흔 걸음 정도 걸어가서 붉은 장밋빛 이삭꽃이 만발한 자작나무 숲으로 들어가자, 세르게이 이바노비치는 사람들 눈에 보이지 않는다는 것을 알고 걸음을 멈췄다.

사방이 고요한 가운데 머리 위의 자작나무 우듬지에서 파리가 꿀벌 떼처럼 윙윙거리는 소리와 간간이 아이들 목소리가 들려올 뿐이었다. 그때 문득 멀지 않은 곳에서 그리샤를 부르는 바레니카의 낮은 목소리가 들렸다. 그러자 세르게이 이바노비치의 얼굴에 기쁨의 미소가 떠올랐다. 자기가 미소 짓고 있다는 것을 깨달은 그는 자기의 기분을 이해할 수 없다는 듯 고개를 저었다. 그러고는 시가를 꺼내 불을 붙이려고 했다. 그는 자작나무에 성냥을 그었으나 불이 쉽게 붙지 않았다. 하얀 껍질의 부드럽고 얇은 막(膜)이 성냥의 인(燐)에 달라붙어 불이 꺼져버렸다. 마침내 한 개비 불을 붙였다. 그러자 향기로운 시가의 연기가 폭 넓은 테이블보가 펄럭거리듯이 관목 숲과 자작나무 가지 사이로 앞으로, 위로 쭉 펴져 나갔다. 그는 연기의 띠를 눈으로 좇으면서, 그리고 자신의 감정을 곰곰이 생각하면서 조용히 걸어갔다.

'어째서 안 된단 말인가? 이것이 일시적인 충동이나 단순한 정욕이라면, 이것이 갈망, 상호 간의 갈망(나는 '상호 간'이라고 할 수 있다)에 지나지 않는다면, 그것이 내 모든 삶의 방식과 어긋난다면, 그리고 이 갈망에 몸을 맡기는 것이 나의 사명과 의무와 상반되는 것이라면……. 그러나 그럴 일은 없다. 내가 이것을 거부하는 단 한 가지는, 내가 마리를 잃었을 때 영원히 그녀를 기억하겠다고 맹세했던 것뿐이다. 이것은 내 감정을 거부할 단 하나의 이유이자 중요한 이유이다.'

그는 이런 생각이 자신에게 중요하지도 않고, 다른 사람이 보더라도 자기의 시적(詩的)인 역할을 망치는 것에 불과하다는 것을 느끼면서 혼자 중얼거렸다.

'그러나 이것 말고는 내 감정에 반대할 구실을 도무지 찾을 수 없다. 오직 이성만으로 선택한다면 더 나은 여자를 결코 찾지 못할 테니까!'

그는 자기가 아는 부인들과 처녀들을 생각해봐도, 냉정하게 말해서 아내로 맞아들일 만한 자질을 이렇게 고루 갖추고 있는 처녀를 본 적이 없었다. 그녀는 젊고 아름답고 생기발랄하면서도 어리지 않았다. 그러므로 그녀는 뚜렷한 의식을 가지고 그를 사랑하는 것이었다. 그가 생각하기에 여자들의 사랑은 그래야 했다. 이것이 첫 번째 미덕이었다. 두 번째, 그녀는 사교적인 성격이 아닐뿐더러 사교계를 혐오하고 있으면서도 사교계를 잘 알고 있었다. 그래서 상류사회 부인으로서 갖춰야 할 모든 예의범절이 몸에 배어 있었다. 세 번째, 그녀는 종교적이었다. 그러나 키티가 어린애처럼 무의식적으로 종교적이고 선한 것과는 달리, 그녀는 생활 자체가 종교적인 신념을 토대로 하고 있었다. 세르게이 이바노비치는 아내에게 바라는 모든 것, 아주 사소한 것까지 그녀에게서 발견했다.

그녀는 가난하고 외로운 여자였다. 따라서 그녀는 키티처럼 일가친척을 떼로 데려와 남편의 가풍을 흔드는 일도 없을 것이고, 남편에게 모든 것을 고마워할 것이다. 그가 늘 훗날 가정생활에서 바라던 것, 그 모든 조건을 완벽하게 갖춘 처녀가 지금 그를 사랑하는 것이다. 겸손한 그였지만 그 점을 인정하지 않을 수 없었다. 그 역시 그녀를 사랑했다. 그러나 한 가지 걸리는 것은 그의 나이였다. 그러나 그의 혈족들 대부분이 장수했고 그는 흰 머리카락 하나 없었으며, 그를 마흔으로 보는 사람은 아무도 없었다. 게다가 바레니카가 50대를 노인이라고 생각하는 나라는 러시아뿐이고, 프랑스에서 50대는 '장년'이며 40대는 아직 스스로를 '청년'으로 여긴다고 말했다. 마음만은 20대와 다름없는 청년으로 생각하는 그에게 나이가 무슨 상관인가?

그는 다시 숲 가장자리로 나갔다. 그리고 나무 사이로 비쳐 드는 햇빛 속에 노란 옷차림으로 바구니를 들고, 자작나무 노목 옆을 가벼운 걸음으로 거니는 우아한 바레니카를 발견했을 때, 그리고 그녀의 모습이, 그가 깜짝 놀랄 만큼 아름답고 눈부신 햇빛이 비스듬히 내리쬐는 노란 귀리밭의 정경과, 저 멀리 파릇한 들판에 얼룩얼룩한 노란빛으로 녹아드는 듯한 오랜 숲의 광경과 하나로 어우러질 때, 그의 가슴에 스며드는 것이야말로 젊음이 아닐까? 그는 기쁨으로 심장이 죄어드는 것 같았다. 그는 감격에 겨웠다. 그는 마음이 정해졌음을 느꼈다. 바레니카는 버섯을 따려고 앉았다가 연약한 몸짓으로 일어나 뒤돌아보았다. 세르게이 이바노비치는 시가를 내던지고 단호한 걸음으로 그녀에게 걸어갔다.

5

'바르바라 안드레예브나, 아주 젊었을 때 나는 사랑하는 이상형의 여인을 마음에 품고 아내라고 부르게 된다면 얼마나 행복할까 생각했습니다. 나는 오랜 세월이 지나고 나서야 비로소 당신에게서 내가 찾던 것을 발견했습니다. 당신을 사랑합니다. 당신에게 이렇게 손을 내밉니다.'

그는 바레니카 앞으로 열 걸음밖에 떨어지지 않은 곳에 이르자 마음속으로 이렇게 중얼거렸다. 그녀는 무릎을 꿇고 그리샤에게 빼앗기지 않으려고 두 손으로 버섯을 가리면서 어린 마샤를 불렀다.

"이리로 와요, 아가씨! 여기 많아요!"

그녀는 가슴에서 울리는 귀여운 목소리로 말했다.

그가 가까이 다가오는 것을 보고도, 그녀는 일어나려고 하지 않고 자세를 바꾸지도 않았다. 그러나 주위의 모든 것이 그녀가 그가 다가오는 것을 느끼고 있음을 그에게 알려주었다.

"어때요, 뭘 좀 찾았어요?"

그녀는 새하얀 머릿수건 밑으로 아름답고 조용한 미소를 짓고 그를 돌아보며 물었다.

"아무것도. 당신은?"

그가 말했다.

그녀는 자신을 둘러싸고 있는 아이들에게 신경 쓰느라 대답하지 못했다.

"자, 여기도 있어요. 가지 옆에 봐요!"

그녀는 어린 마샤에게 가리키며 말했다. 탱탱한 장밋빛 갓이 마른 풀에 가로로 찢긴 채 머리를 내밀고 있는 작은 버섯이었다. 마샤가 하얀 줄기를 쪼개서 버섯을 따자 그녀는 일어났다.

"이런 걸 보면 어릴 때 생각이 나요."

그녀는 아이들 옆을 떠나 그와 어깨를 나란히 하고 서서 말했다.

두 사람은 말없이 대여섯 걸음쯤 걸어갔다. 바레니카는 그가 할 말이 있는 것을 눈치챘다. 그녀는 무슨 말인지 짐작하고 있었다. 그러자 기쁨과 두려움으로 심장이 얼어붙는 것 같았다. 그들은 마침내 아무에게도 목소리가 들리지 않는 곳에 이르렀다. 그러나 그는 아직 말을 꺼내지 않았다. 바레니카도 말없이 가만히 있었다. 버섯

이야기를 하고 났을 때보다는 침묵이 흐른 뒤에 한결 홀가분한 마음으로 서로에게 하고 싶은 말을 할 수 있을 것 같았던 것이다. 그러나 바레니카는 마음과 달리 이런 말을 불쑥 내뱉었다.

"당신은 아무것도 못 찾으셨어요? 하긴 숲 속으로 들어갈수록 버섯이 더 드물죠."

세르게이 이바노비치는 한숨만 내쉴 뿐 아무 대꾸도 하지 않았다. 그녀가 고작 버섯 이야기를 꺼낸 것이 섭섭했던 것이다. 그는 앞서 꺼냈던 그녀의 어린 시절 얘기를 끄집어내고 싶었다. 그러나 그도 마음과 달리 가만히 있다가 그녀의 마지막 말에 맞장구를 쳐 버렸다.

"흰 버섯은 주로 숲 가장자리에 있다고 알고 있습니다. 하지만 나는 흰 버섯을 잘 구별할 줄 몰라요."

그리고 또 몇 분이 흘렀다. 두 사람은 이제 아이들과 더욱 떨어져 완전히 둘만 남았다. 바레니카의 심장은 자신에게도 들릴 만큼 심하게 뛰었다. 그리고 자신의 얼굴이 홍당무처럼 붉어졌다가 하얗게 질렸다가 다시 붉어지는 것을 느꼈다.

그녀는 코즈니셰프와 같은 사람의 아내가 된다는 것이 삶에서 가장 행복한 일이라고 생각했다. 더구나 그녀는 자신이 그에게 영혼을 빼앗겼다는 것을 확신했다. 그리고 지금 곧 결정되어야만 했다. 그녀는 그가 그것을 말하는 것도, 말하지 않는 것도 두려웠다.

지금 얘기하지 않으면 영원히 서로의 속마음을 털어놓을 수 없을지도 모른다. 세르게이 이바노비치의 마음도 그녀와 같았다. 그녀의 눈과 빨개진 볼, 내리깔고 있는 눈동자가 온통 병적인 기대의 빛을 내뿜고 있었다. 그는 그 모습이 몹시 애처로워 보였다. 자기가 지금 아무 말도 하지 않는다면, 그녀를 모욕하는 것이라고 생각했다. 그는 마음속으로 자기의 결심을 뒷받침할 모든 근거들을 재빨리 되새겨보았다. 또한 청혼하려고 마음먹었던 말도 되뇌어보았다. 그러나 그 말 대신 머릿속에 갑자기 떠오른 생각에 이끌려 이런 말을 내뱉고 말았다.

"흰 버섯과 자작나무 버섯은 어떻게 구별하죠?"

잔뜩 긴장하고 있던 바레니카는 입술을 바르르 떨면서 대답했다.

"갓은 거의 비슷해요. 다만 뿌리 쪽이 조금……."

이런 말들이 튀어나오자 그도 그녀도 모든 것이 끝났고, 지금 아니면 할 수 없는 말들을 이제 영원히 못 하게 되었다는 것을 깨달았다. 그러자 극도의 흥분은 누그러졌다.

"자작나무 버섯은 뿌리가 마치 이틀쯤 면도하지 않은 남자의 텁수룩한 턱수염을 닮았어요."

그가 차분하게 말했다.

"네, 맞아요."

그녀가 웃으며 대답했다. 이제 두 사람은 무심코 발길을 돌려 아이들에게 갔다. 그녀는 마음이 아프고 부끄러웠으나 동시에 마음이 가벼워지는 것을 느꼈다.

세르게이 이바노비치는 집으로 돌아와 온갖 이유를 다 따져보고는 자신의 생각이 틀렸음을 깨달았다. 그는 마리에 대한 추억을 지울 수가 없었던 것이다.

"조용히, 얘들아, 모두 조용히!"

레빈은 아이들이 환호성을 지르며 몰려오자 아내의 몸을 보호하기 위해 그녀 앞에 서서 일부러 성난 목소리로 외쳤다.

아이들 뒤로 세르게이 이바노비치와 바레니카가 숲에서 나오는 것이 보였다. 키티는 바레니카에게 물어볼 필요도 없었다. 그녀는 두 사람의 얼굴이 차분한 데다 조금은 어색한 표정을 짓고 있는 것으로 미루어 보아 자기의 바람이 이루어지지 않았다는 것을 알았다.

"어떻게 됐소?"

돌아오는 길에 남편이 키티에게 물었다.

"잘 안 되었어요."

키티는 아버지를 닮은 미소와 말투로 말했다. 레빈은 그녀의 그런 모습이 좋았다.

"왜?"

"그건 말이에요. 신부님 손에 입맞춤하는 것과 같아요."

그녀는 남편의 손을 잡아 자기 입으로 가지고 가서 꼭 다문 입술에 누르면서 말했다.

"어느 쪽이 문제일까?"

그가 웃으면서 말했다.

"둘 다죠. 이렇게 되었어야 했는데……."

"농부들이 오잖아……."

"아니에요, 못 봤어요."

6

아이들이 차를 마시는 동안 어른들은 테라스에 모여 마치 아무 일도 없었던 것처럼 이야기를 나누었다. 그러나 그들은 세르게이 이바노비치와 바레니카에게 매우 중요한 일이 있었음을 알고 있었다. 둘 다 시험에 떨어져 유급됐거나, 학교에서 제명당한 학생과 비슷한 기분이었다. 그 자리에 있었던 사람들도 무슨 일이 있었음을 느끼면서도 전혀 다른 문제에 대해 열심히 이야기했다. 그날 저녁 레빈과 키티는 자기들이 특히 사랑받고, 특히 행복한 사람이라는 것을 느꼈다. 그러나 자신들이 서로를 사랑함으로써 행복해하는 것은, 그와 같은 것을 바라지만 이룰 수 없었던 사람들에게는 불쾌감을 줄 수 있으므로 두 사람은 왠지 송구스러운 기분이었다.

"두고 봐. 아버지는 안 오실 거야."

노공작 부인이 말했다.

오늘 밤 그들은 오블론스키를 기다리고 있었다. 그리고 노공작도 어쩌면 함께 올지 모른다고 편지에 써 보냈던 것이다.

"나는 그 이유를 알지."

공작 부인이 계속 말했다.

"너희 아버지는 신혼부부 사이에 끼이는 게 아니라고 늘 말씀하셨거든."

"아버지께서는 그래서 우리를 방치하셨군요. 요즘 통 아버지를 못 뵈었어요. 그런데 우리가 왜 신혼이죠? 우리도 한참 되었는데."

키티가 말했다.

"어쨌든 아버지가 오시지 않으면 나도 돌아가야 해."

공작 부인은 서글픈 듯 한숨을 쉬고 말했다.

"아니, 무슨 말씀이세요, 어머니!"

두 딸은 나무라는 투로 말했다.

"너희도 생각해보렴. 아버지의 마음을 말이야! 지금……."

갑자기 노공작 부인의 목소리가 떨렸다. 딸들은 말없이 서로의 얼굴만 쳐다보았다.

'어머니는 항상 혼자 뭔지 모를 슬픈 일을 떠올린다니까.'

두 딸은 눈짓으로 그런 말들을 주고받았다. 그러나 두 딸은 공작 부인이 딸네 집에서 아무리 편하더라도, 그리고 여기에서 필요한 존재라 하더라도 가장 사랑하는 막내딸을 시집보낸 후 텅 빈 집에서 어머니와 아버지가 못 견디게 슬플 때가 많다는 것을 몰랐다.

"무슨 일이야, 아가피야 미하일로브나?"

키티는 이상한 자세로 의미심장한 표정을 지으며 다가온 아가피야 미하일로브나에게 물었다.

"저녁 때문에요."

"마침 그렇군요. 넌 가서 저녁을 지시하렴. 난 그리샤와 저쪽에서 복습을 시킬 테니까. 안 그러면 그 애는 오늘 아무것도 안 하게 되거든."

돌리가 말했다.

"그건 내 일이에요. 내가 하겠어요."

레빈이 자리에서 일어서며 말했다.

김나지움(중등교육기관—옮긴이)에 다니는 그리샤는 여름 동안 학과 복습을 해야 했다. 모스크바에서부터 아들과 같이 라틴어를 배우고 있는 돌리는 레빈의 집에 오고 나서도 하루에 한 번은 수학과 라틴어에서 가장 어려운 부분을 같이 복습하기로 스스로 규칙을 정했다. 레빈은 그녀 대신 하겠다고 제안했으나, 돌리는 레빈이 가르치는 방법이 모스크바 교사들과 전혀 달라 몹시 곤란했다. 그래서 레빈이 기분 상하지 않게 신경 쓰면서, 학과는 역시 교사들처럼 교과서대로 해야 한다, 그러니까 역시 자기가 하는 것이 좋겠다고 단호하게 말했다. 레빈은 방만한 성격의 오블론스키가 교육에 대해서는 전혀 모르는 어머니에게 공부를 맡겨놓고 본인은 전혀 신경 쓰지 않는 것이 못마땅한 데다 교사들이 가르치는 방식이 너무 형편없는 것도 불만이었다. 그러나 그는 처형에게 원하는 대로 가르치겠다고 약속했다. 그리고 그리샤를 계속 가르치고 싶었으나, 자신의 방식이 아니라 교과서대로 했더니 하고 싶은 마음이 자연히 없어져서 수업 시간을 어기기 일쑤였다. 오늘도 그랬다.

"아니, 내가 갈게요. 앉아 계세요. 걱정 마세요, 꼭 교과서대로 할 테니까. 스티바가 도착해 같이 사냥하러 갈 때만 쉴 겁니다."

그는 이렇게 말하고 그리샤에게 갔다. 이와 똑같은 말을 바레니카도 키티에게 했다. 바레니카는 행복하고 뭐든 척척 돌아가는 레빈의 집에 와서도 이것저것 일을 찾아 도왔다.

"저녁 준비는 내가 시킬게요. 당신은 가만 계세요."

바레니카가 이렇게 말하고 일어나 아가피야 미하일로브나에게 갔다.

"그래요. 오늘은 닭이 들어오지 않았을 거예요. 그러면 우리 집 닭이라도……."

키티가 말했다.

"네, 아가피야 미하일로브나와 의논해볼게요."

바레니카가 그녀와 함께 나갔다.

"정말 착한 아가씨야."

공작 부인이 말했다.

"착한 정도가 아니에요. 저렇게 훌륭한 사람도 흔치 않아요."

"그럼 여러분은 지금 스테판 아르카디치를 기다리고 있군요?"

세르게이 이바노비치는 바레니카 이야기를 계속하는 것이 불편한 듯 말했다.

"댁의 두 사위들만큼 성향이 다른 사람들도 없을 겁니다. 한쪽은 외향적으로 물속의 물고기처럼 사회적인 생활을 하는데, 다른 한 사람, 즉 내 동생 코스탸는 생기 있고 민첩하고 매사에 민감하면서도 사회에 나오기만 하면 뭍에 오른 물고기처럼 정신을 못 차리거나 아니면 무작정 펄떡거리기만 하니까요."

그가 미소를 지으며 말했다.

"그래요. 저 사람은 정말 신중하지 못해요. 그래서 사실 당신이 저 사람한테 말씀해주셨으면 해요. 키티는 여기 있으면 안 돼요. 모스크바로 가야 해요. 저 사람은 의사를 불러오겠다고 하지만……."

공작 부인은 세르게이 이바노비치를 돌아보며 말했다.

"어머니, 저이는 무슨 일이든 할 거예요. 뭐든 다 들어준다고요."

키티는 어머니가 이 문제에 세르게이 이바노비치를 끌어들이는 것이 못마땅했다.

그들이 한창 이야기하고 있는데, 가로수 길 저쪽에서 말의 콧김 소리와 자갈 위를 달리는 수레바퀴 소리가 들려왔다.

돌리가 남편을 맞이하러 나가려고 미처 일어서기도 전에 그리샤가 공부하던 아래층 방 창문에서 레빈이 뛰어나와 그리샤를 안아 내려주었다.

"스티바예요! 우리는 막 복습을 끝냈어요. 돌리, 걱정 말아요!"

레빈은 밑에서 소리치더니 어린아이처럼 마차 쪽으로 뛰어갔다.

"이즈, 에아, 이드, 에쥐스, 에쥐스, 에쥐스(is, ea, id, ejus, ejus, ejus, 라틴

어로 '그, 그녀, 그것, 그의, 그녀의, 그것의'를 뜻한다.—옮긴이)."

그리샤는 이렇게 소리치며 가로수 길을 달려갔다.

"한 사람 더 있어요. 분명 아버님일 거예요!"

레빈은 가로수 길 입구에서 걸음을 멈추고 소리쳤다.

"키티, 가파른 층계로 내려오면 안 돼. 돌아서 와야 해!"

그러나 마차 안에 있는 사람은 노공작이 아니었다. 마차 안에 오블론스키와 나란히 앉아 있는 사람은 긴 리본을 뒤로 늘어뜨린 스코틀랜드풍의 모자를 쓴 훤칠하고 잘생긴 청년이었다. 그는 셰르바츠키 집안의 육촌뻘인 바세니카 베슬로프스키였다. 페테르부르크와 모스크바의 사교계에서 촉망받는 청년으로 오블론스키가 소개하기로 '가장 훌륭한 사람이자 열혈 사냥꾼'이었다.

베슬로프스키는 노공작 대신 자기가 온 것 때문에 실망한 분위기 같은 것은 조금도 아랑곳하지 않고, 마치 이전부터 알고 지낸 사이처럼 쾌활하게 레빈과 인사를 나눴다. 그리고 그리샤를 마차 안으로 끌어 올려 오블론스키가 데리고 온 포인터 사냥개 위에 앉혔다.

레빈은 마차에 타지 않고 마차를 따라 걸었다. 알면 알수록 더욱 좋아지는 노공작 대신 낯선 불청객 베슬로프스키가 와서 서운했다. 레빈은 어른과 아이들이 모여 떠들썩한 입구의 층계에 이르렀을 때, 베슬로프스키가 유난히 부드럽고 친절하게 키티의 손에 키스하는 것을 보고 이 청년이 더욱더 낯선 불청객으로 여겨졌다.

"당신 부인과 나는 사촌 남매이고 예전부터 친하게 지냈습니다."

베슬로프스키가 또다시 레빈의 손을 잡으면서 말했다.

"어때, 새는 좀 있나?"

오블론스키는 사람들에게 인사하는 둥 마는 둥 하고 레빈을 돌아보며 말했다.

"우리는 아주 야만적인 사냥 계획을 세웠지. 아, 어머님, 그 이후로는 모두 모스크바에 있지 않았습니다. 타냐, 너에게 줄 좋은 것이 있단다! 마차 뒤에 있는 것을 가져오렴."

그는 이 사람 저 사람에게 한꺼번에 말했다.

"당신, 정말 예뻐졌는데, 돌레니카."

그는 다시 한번 아내의 손에 키스하고 그 손을 잡은 채 다른 손으로 토닥이며 말했다.

레빈은 1분 전까지만 해도 기분이 굉장히 좋았지만 지금은 우울한 얼굴로 사람들을 대했다. 그는 모두 다 못마땅했던 것이다.

'그는 그 입술로 어제 누구와 키스했을까?'

그는 오블론스키가 상냥하게 아내를 대하는 것을 보고 생각했다. 그는 돌리의 얼굴을 보았다. 그녀조차 마음에 들지 않았다.

'그녀는 남편의 사랑을 믿지도 않으면서 뭐가 저리도 반가운 거지? 역겨워!'

그는 조금 전까지도 자기에게 그토록 상냥했던 공작 부인을 보았다. 그러자 마치 자기 집인 양 리본을 나풀거리는 베슬로프스키를 반기는 그녀도 역시 마음에 들지 않았다. 심지어 그는 사람들과 함께 입구로 나온 세르게이 이바노비치까지도 친절한 척 오블론스키를 대하는 것이 불쾌했다. 레빈은 형이 오블론스키를 좋아하지도 존경하지도 않는다는 것을 알고 있었기 때문이다.

바레니카조차 늘 그렇듯 새침한 '위선자'의 태도로 이 신사와 인사를 나누는 모습이 보기 싫었다. 속으로는 무슨 수를 써서라도 결혼할 궁리만 하는 주제에.

그러나 누구보다도 가장 못마땅한 사람은 키티였다. 시골에서는 자기의 방문이 마치 모든 사람들에게 축제라도 되는 양 우쭐하는 이 신사의 태도에 그녀가 말려들었기 때문이다. 그리고 특히 불쾌했던 것은 그녀가 그의 미소에 남다른 미소를 보낸 것이었다.

사람들은 왁자지껄하게 떠들며 집 안으로 들어갔다. 그러나 레빈은 사람들이 자리에 앉자마자 밖으로 나가버렸다.

키티는 남편에게 무슨 일이 생겼음을 눈치챘다. 그녀는 남편과 단둘이 이야기할 기회를 엿보았지만 그는 사무실에 볼일이 있다며 황급히 나가버렸다. 오늘만큼 그가 농사를 이토록 중요하게 여겼던 적도 실로 오랜만이었다.

'저치들은 늘 축제 같은 기분에 젖어 살지만 여기 일은 축제 같은 기분으로 할 수 있는 일이 아니야. 이 일은 사람을 기다려주지 않아. 그것 없이는 살아갈 수도 없으니까.'

그는 생각했다.

7

레빈은 저녁 만찬이 준비되었다는 연락을 받고서야 집으로 돌아왔다. 키티와 아가피야 미하일로브나가 현관 계단 위에 서서 저녁 식사에 내놓을 포도주에 대해 의논하고 있었다.

"도대체 왜 그렇게 호들갑이오? 평소처럼 하면 되지 않소."

"아니에요, 오빠는 그거 안 마셔요. 코스탸, 무슨 일 있어요?"

키티는 남편을 뒤따라가면서 말했으나, 그는 매정하게 성큼성큼 식당으로 얼른 들어가서 곧바로 베슬로프스키와 오블론스키가 주고받던 활기찬 잡담에 끼어들었다.

"그래, 내일 사냥이나 하러 갈까?"

오블론스키가 말했다.

"네, 함께 가주셨으면 합니다."

베슬로프스키는 다른 의자에 옮겨 앉아 뚱뚱한 다리를 다른 쪽 허벅지에 걸치면서 말했다.

"좋습니다. 가시죠. 올해 사냥을 다녀오셨나요? 멧도요새는 몰라도 도요새는 많이 있어요. 다만 아침 일찍 나가야 하는데 피곤하지 않겠습니까? 스티바, 자네는 안 피곤하나?"

레빈은 베슬로프스키의 다리를 주의 깊게 쳐다보면서, 키티가 익히 아는, 너무나 어색하게 유쾌한 척 말했다.

"피곤하기는. 미안하지만 나는 여태까지 피로라는 걸 모르고 살았네! 이대로 밤을 새워도 끄떡없어! 어때, 산책이나 나갈까?"

"정말 밤을 한번 새워볼까! 정말 좋은 생각인데!"

베슬로프스키가 맞장구를 쳤다.

"그래요. 당신이 뜬눈으로 밤을 새우고, 또 다른 사람들을 못 자게 붙들고 있을 수도 있다는 걸 우리 모두 잘 알아요. 하지만 이제 잘 시간이라서…… 실례하겠어요. 저녁 식사도 생략할래요."

돌리는 슬쩍 우습다는 투로 남편에게 말했다. 요즘 그녀는 계속 이런 태도로 남편을 대하고 있었다.

"아니, 안 돼. 잠깐 기다려, 돌레니카."

오블론스키는 모두 식사하는 큰 식탁을 돌아 그녀 옆에 앉으면서 말했다.

"당신한테 할 이야기가 있다니까."

"나한테 무슨 할 얘기가 있겠어요."

"그럼 당신 알고 있소? 베슬로프스키가 안나한테 다녀왔다는 거? 게다가 그리로 다시 갈 거야. 그 두 사람은 여기에서 70베르스타(약 75킬로미터—옮긴이)도 안 되는 곳에 있다는군. 그래서 나도 꼭 가볼 생각이야. 베슬로프스키, 이리 좀 오게."

베슬로프스키는 부인들 곁으로 가서 키티와 나란히 앉았다.

"말씀 좀 해보세요. 그녀에게 갔었다고요? 그녀는 어떻게 지내던가요?"

돌리가 그를 돌아보며 말했다.

레빈은 식탁 끝에서 공작 부인과 바레니카와 이야기를 계속 나누면서, 오블론스키와 돌리와 키티와 베슬로프스키가 한창 이야기를 나누고 있는 것을 보았다. 비밀스러운 이야기뿐 아니라 뭔가 열띠게 이야기하고 있는 베슬로프스키의 아름다운 얼굴에서 눈을 떼지 않는 아내의 진지한 표정을 그는 보았다.

베슬로프스키는 브론스키와 안나에 대해 말했다.

"그들은 잘 지내고 있어요. 난 그들에 대해 이러니저러니 할 생각 없습니다만, 그 사람들하고 있으면 마치 집에 있는 것 같아요."

"그 사람들은 이제 어떻게 하려는 거죠?"

"겨울에 모스크바로 갈 계획인 것 같습니다."

"우리 다 찾아가면 정말 재미있을 텐데. 자네는 언제 갈 건가?"

오블론스키가 베슬로프스키에게 물었다.

"난 7월 한 달을 거기서 보낼 생각입니다."

"당신도 가겠소?"

오블론스키가 아내를 돌아보며 물었다.

"나는 예전부터 가고 싶었어요. 꼭 가볼래요. 나는 그녀가 가엾어 죽겠어요. 난 그녀를 잘 아니까요. 그녀는 훌륭한 여자예요. 나는 당신이 갔다 오고 난 다음에 혼자 갈래요. 누구든 불편을 끼치고 싶지 않아요. 그러니 당신이 없는 편이 더 나아요."

돌리가 말했다.

8

돌리는 마음먹은 대로 마차를 타고 안나에게 갔다. 돌리는 동생의 마음을 상하게 하고 제부를 불쾌하게 만들게 되어 무척 괴로웠다. 그녀는 레빈 부부가 브론스키를 만나고 싶어 하지 않는 것은 지극히 당연하다고 생각했다. 그러나 그녀는 안나를 만나서 그녀의 상황이 어떻게 바뀌었든 간에 자기 마음은 변함없다는 것을 전하는 것이 자기의 도리라고 생각했다.

돌리는 이 여행에는 레빈의 신세를 지지 않는 것이 좋겠다는 생각에 삯마차를 부르러 마을로 사람을 보냈다. 그러나 레빈이 그 사실을 알고 그녀를 나무랐다.

"당신이 거기 가는 것을 내가 기분 나빠하리라고 생각하셨습니까? 설령 그렇더라도 당신이 내 마차를 쓰지 않는다면 내가 얼마나 더 불쾌하겠습니까? 당신은 나한테 거기 가겠다고 말하지 않았어요. 그런데 마을에서 마차를 빌리면 내 기분이 좋지 않고 무엇보다 마을 사람들이 빌려주는 말은 목적지 바로 앞까지 태워주지 않을 겁니다. 말은 우리 집에 얼마든지 있습니다. 나를 불편하게 만들고 싶지 않거든 우리 집 말을 쓰세요."

돌리는 그의 말대로 하지 않을 수 없었다. 떠나는 날 레빈은 그녀를 위해 짐말과 타는 말 중에서 가장 좋은 놈을 고르고 사륜마차와 여벌의 말을 준비했다. 겉보기에는 썩 좋아 보이지 않았지만, 돌리를 그날 내로 목적지까지 태워줄 수 있었다. 마침 그때는 곧 돌아갈 공작 부인과 산파를 위해서도 말이 필요했기 때문에 이 정도나마 준비하는 것도 레빈으로서는 만만한 일이 아니었다. 그러나 그는 자기 집에 온 손님을 접대하는 입장에서 돌리가 다른 곳에서 마차를 빌리게 할 수는 없었다. 그뿐만 아니라 말을 빌리는 값 20루블이 돌리에게는 결코 적지 않은 돈이라는 것도 그는 잘 알고 있었다. 그는 돌리의 어려운 처지를 남의 일로 치부할 수 없었다.

돌리는 레빈의 말대로 동이 트기 전에 출발했다. 길이 좋아서 마차도 편하고 말도 잘 달렸다. 마부석에는 마부 말고도 레빈이 혹시 모를 사태에 대비해 하인 대신 딸려 보낸 사무원이 앉아 있었다. 돌리는 잠시 꾸벅꾸벅 졸았는데 눈을 떠 보니 마차가 벌써 말을 교체하러 여인숙으로 들어가고 있었다.

돌리는 일찍이 레빈이 스비야지스키의 집으로 갈 때 들렀던 그 부유한 농부의 집에서 차를 마시고, 그 집안 부인들과 아이들 얘기를 하기도 하고, 노인이 칭찬하는 브론스키 백작에 대한 얘기를 한 다음 10시에 다시 출발했다. 돌리는 집에서는 아이들을 돌보느라 생각할 틈이 없었다. 그런데 지금 4시간 동안의 여정에서 이제까지 억눌러왔던 온갖 생각들이 갑자기 머릿속에 떠올라 난생처음 자신의 모든 생활을 여러 방면에서 곰곰이 생각해보았다. 이런 생각들을 하니 그녀 자신도 묘한 기분이 들었다. 돌리는 처음에는 아이들을 생각했다. 공작 부인과 믿음직한 키티(그녀는 키티에게 더 기대했다)가 아이들을 보살펴주겠다고 했지만 걱정이 되었다.

'마샤가 장난을 치지 않아야 할 텐데. 그리샤가 말에 채이면 어쩌지. 릴리가 또 배탈이 나면 안 되는데.'

그러나 잠시 후에 지금의 문제가 가까운 장래의 문제로 바뀌었다. 그녀는 올겨울 모스크바에 새집을 얻어야 하는 것, 응접실 가구를 새로 바꾸는 것, 큰딸에게 털가죽 외투를 만들어주어야 한다는 것 등 여러 가지를 생각했다. 그러다 그녀는 좀더 먼 장래의 문제를 떠올렸다. 아이들을 어떻게 사회로 내보내나 하는 것이었다.

'딸은 지금처럼 하면 괜찮지만 아들은 어떡한담? 지금은 내가 그리샤의 공부를 도와주니까 괜찮지만, 이것은 내가 임신을 하지 않은 여유로운 몸이니까 가능해. 스티바는 물론 전혀 도움이 안 돼. 그러니까 내가 친절한 주변 사람들의 도움으로 저 아이들을 사회로 내보내야 해. 그런데 또 임신하면…….'

그러자 사람들은 흔히 여자들이 출산의 고통이라는 저주를 갖고 태어났다고 하지만 사실은 그렇지 않다는 생각이 들었다.

'낳는 건 대단한 게 아니야. 배 속에 아이가 들어 있을 때가 힘들고 괴롭지.'

그녀는 마지막으로 임신했을 때와 그때 태어난 아이의 죽음을 떠올렸다. 그러자 아까 여인숙에서 젊은 아가씨와 주고받은 얘기가 생각났다. 아이가 있느냐고 물으니 그 아름답고 젊은 여자는 별일 아니라는 듯 밝게 대답했다.

"딸이 하나 있었는데 하느님께서 데려가셨어요. 지난 사순절 기간에 장례를 치렀지요."

"세상에! 정말 슬펐겠네요."

돌리가 말했다.

"슬프긴요. 할아버지에게는 다른 손자들이 많은걸요. 아이가 늘어날수록 걱정거리만 더 늘어날 뿐이지요. 일도 그렇고 아무것도 할 수 없어요. 방해만 될 뿐이에요."

젊은 여자는 착하고 귀엽게 생겼는데, 그 대답을 듣고 돌리는 몹시 역겨운 인상을 받았다. 그런데 지금 무심중에 그 말이 떠오른 것을 보면 이 몰상식한 말속에도 일말의 진실이 들어 있는 것이었다.

돌리는 15년간의 결혼 생활을 떠올려보았다.

'정말 그래. 임신, 입덧, 기억력 감퇴, 주위의 모든 것에 대한 무관심, 더구나 무엇보다 추레한 모습. 키티도, 저 젊고 아름다운 키티도 얼굴이 망가졌어. 하물며 내가 임신하면 얼마나 더 추해 보이겠는가. 해산, 산고, 끔찍한 통증, 마지막 순간……, 그리고 수유, 잠 못 드는 밤, 그 무시무시한 아픔…….'

돌리는 아이를 낳아 젖을 먹일 때마다 경험한, 젖꼭지가 갈라지는 것 같은 고통을 생각만 해도 몸서리가 났다.

'그리고 아기들의 병치레, 끊임없는 근심과 걱정, 이어지는 교육, 못된 짓(그녀는 딸기밭에서 어린 마샤가 저지른 장난을 떠올렸다), 라틴어……, 무엇이나 다 잘 모르고 힘든 일이다. 게다가 가장 무서

운 것은 아이들의 죽음이다.'

또다시 그녀의 머릿속에는 어머니의 정으로 죽을 때까지 괴로워할 끔찍한 기억, 갓난아이 때 크루프(급성 후두염—옮긴이)에 걸려 죽은 막내아들이 떠올랐다. 장례식, 장밋빛 작은 관을 앞에 놓고 서 있는 사람들의 무덤덤한 태도, 금몰 십자가가 달린 장밋빛 뚜껑을 닫을 때, 곱슬곱슬한 머리칼로 덮인 야위고 조그만 이마와 깜짝 놀란 듯이 벌어진 작은 입을 보는 순간 가슴이 찢어지는 것 같았던, 자기만이 느꼈던 고통 등이 떠올랐다.

'하지만 이러한 일들은 도대체 무엇 때문에 일어난 것일까? 이러한 일들은 어떤 결과를 위한 것인가? 나는 잠시도 편할 날 없이 임신하고 아이를 키우고, 성을 내며 잔소리를 늘어놓고, 나 자신뿐 아니라 남도 괴롭히고 남편과 각을 세우면서 평생을 살고, 아이들도 제대로 교육받지 못하고 가난하고 불행하게 커간다. 지금도 레빈의 집에서 여름을 나지 않았더라면 우리는 어떻게 되었을지 모른다. 물론 코스탸와 키티가 불편하지 않게 배려해주고 있지만, 언제까지 이렇게 살 수 없다. 저 부부에게도 아이가 생기면 우리를 도와줄 수 없다. 지금도 저 두 사람에게 우리는 부담을 주고 있다. 그렇다고 자기 앞으로 된 것이 아무것도 없는 아버지의 도움을 받을 수도 없다. 그러나 나는 나 혼자 힘으로 아이들을 키울 수 없다. 그렇다고 다른 사람의 도움을 받으려고 비위를 맞추자니 그것도 괴로운 일이다. 그런 것을 생각해보면 앞으로 아이들을 하나도 잃지 않고 키우는 것이 가장 행복한 일이다. 아이들이 나쁜 길로 빠지지 않는 것이 가장 잘되는 것이다. 내가 바라는 것은 오직 그것뿐이다. 단지 그것을 위해 얼마나 괴롭고 힘들게 살아가야 하는 것인가……. 그리고 내 일생은 파멸되고 마는 것이다.'

그녀는 또다시 젊은 여자의 말이 떠올라 역겨운 기분이 들었다. 하지만 말속에 일말의 잔인한 진실이 담겨 있다는 것을 인정할 수밖에 없었다.

"아직 멀었어요, 미하일?"

돌리는 무서운 생각들을 떨쳐버리고 사무원에게 소리쳤다.

"여기서 7베르스타 남았습니다."

마차는 마을 큰길을 지나 작은 다리를 향해 달렸다. 다리 위에는 보릿단을 어깨에 짊어진 아낙네들이 왁자지껄 즐겁게 떠들며 걸어가고 있었다. 아낙네들은 호기심에 찬 눈으로 마차를 돌아보면서 다리 위에서 잠깐 걸음을 멈췄다. 돌리는 자기를 향한 얼굴들이 모두 다 건강하고 즐겁게 보이며, 삶의 기쁨과 생기가 넘치는 것처럼 느껴졌다.

'모두 생명이 넘치는구나. 모두 다 삶을 즐기는구나. 그런데 나는 마치 출옥한 사람처럼 온갖 근심 걱정으로 나 자신을 죽일 것 같은 세계에서 벗어나 이제야 겨우 정신을 차렸을 뿐이다. 모두 생명이 넘친다. 저 아낙네들이나 나탈리도, 바레니카와 지금 찾아가는 안나도. 나 혼자만 그렇지 않다. 세상 사람들은 안나를 비난한다. 왜일까? 그렇다면 내가 더 나은 걸까? 물론 나는 적어도 사랑하는 남편이 있다. 내가 바라는 사랑은 아니지만, 어쨌든 사랑하고 있다. 그러나 안나는 남편을 사랑하지 않는다. 대체 그게 뭐가 잘못이라는 걸까? 그녀도 살고 싶은 것이다. 그것은 하느님이 우리의 영혼 속에 깊이 심어준 것이다. 나도 어쩌면 그녀처럼 행동했을지도 모른다. 그러나 나는 지금도 알 수 없다. 한바탕 난리가 벌어져 그녀가 모스크바의 우리 집에 방문했을 때, 그녀의 충고를 따른 것은 과연 잘한 일이었을까? 그때 나는 남편을 버리고 새 삶을 시작해야 했다. 그랬다면 진정으로 사랑하고 사랑받을 수 있었을 텐데. 지금 과연 내가 그녀보다 나은 것이 무엇인가? 나는 남편을 존경하지 않는다. 다만 필요한 사람이기 때문에 참고 있는 것이다. 어째서 그게 더 낫다는 말인가? 그때라면 다른 남자가 나를 마음에 품을 수 있었을 것이다. 그나마 아름다운 구석이 있었으니까.'

돌리는 아낙네들 옆을 지나 산길에 이르러 말의 속도가 점점 빨라지자 낡은 사륜마차의 부드러운 용수철에 맞춰 기분 좋게 몸을 흔들며 그렇게 생각했다.

돌리는 계속 생각에 잠겨 있다가 문득 거울을 보고 싶었다. 그녀는 가방에서 여행용 손거울을 꺼내려고 했다. 그러나 마부와 함께 흔들리는 사무원의 뒷모습을 보자, 혹시 그들 중 누가 돌아본다면 쑥스러울 것 같아 그만두었다.

그러나 거울에 비춰 보지 않아도 아직 늦지 않다고 그녀는 생각했다. 그녀는 자신에게 특히 친절한 세르게이 이바노비치나 스티바의 친구이자 아이가 성홍열에 걸렸을 때 옆에서 같이 간호해주었고, 자기를 좋아하는 투로프친을 떠올렸다. 그리고 또 한 사람이 있었다. 남편이 농담조로 자기 자매들 중 자기를 가장 아름답다고 했다는 젊은이였다. 그러다 그녀는 실제로는 있을 수도 없는 굉장히 열정적인 로맨스를 상상했다.

'안나는 잘한 거야. 그녀는 자기뿐 아니라 상대까지 행복하게 해주잖아. 나는 절대 그녀를 비난하지 않아. 나처럼 굴복하지도 않고, 분명 평소처럼 생기 있고 똑똑하며 무엇이든 마음을 숨김없이 드러내고 있을 거야.'

돌리는 계속 생각에 잠겼다. 그러자 입가에 주름이 생기면서 능글맞은 미소를 지었다. 그녀는 안나의 사랑을 생각하면서 상상 속의 멋진 남자와 사랑을 나누는 자신을 그려보았다. '나도 안나처럼 다 털어놓을 것이다.' 그러자 자기의 고백을 들었을 때 오블론스키가 깜짝 놀라며 당황할 모습을 생각하니 그만 웃음이 나오고 말았다.

공상에 빠져 있는 사이 돌리는 보즈드비젠스코예로 이어진 길모퉁이를 돌아갔다.

9

마부는 사륜마차를 세우고 오른쪽 호밀밭을 살펴보았다. 거기에는 농부들이 달구지 옆에 앉아 있었다. 사무원은 내리려고 하다가 생각을 바꿔 한 농부에게 오라고 손짓하며 명령조로 소리쳐 불렀다. 그러자 농부 하나가 일어나 마차 있는 곳으로 다가왔다.

"정말 굼벵이가 따로 없군! 빨리 오지 못하겠소!"

사무원은 푸석하게 마르고 울퉁불퉁한 길을 맨발로 천천히 걸어오는 농부에게 꾸짖듯 소리쳤다.

피나무 껍질로 곱슬머리를 바싹 묶은 노인은 굽은 등을 땀으로 까맣게 적시면서 재빨리 걸어오더니 햇볕에 그을린 손으로 마차의 흙받이를 잡았다.

"보즈드비젠스코예에 사시는 백작 나리 댁 말씀이죠? 저 언덕 넘자마자 왼쪽으로 돌아가면 넓은 길이 나오는데 그 길로 쭉 가시면 됩니다. 그런데 누굴 찾아오셨나요? 백작 나리를 찾아오셨나요?"

노인이 말했다.

"그 댁 분들 모두 집에 계실까요, 할아범?"

돌리가 그 농부에게 안나를 어떻게 지칭할지 몰라서 애매하게 물었다.

"아마 계실 겁니다. 분명 계실 거예요. 어제도 손님이 오셨거든요. 항상 손님들이 모여든답니다."

농부는 5개의 발가락이 뚜렷한 발자국을 남기며 맨발을 옮기고 대답했다. 농부는 무슨 말을 하고 싶은 듯한 표정이었다.

"방금 전에 모두 말을 타고 풀 베는 기계를 보고 지나가셨어요.

지금쯤 댁에 계실 겁니다. 그런데 누구신지요?"

"우리는 멀리서 왔소. 그럼 얼마 안 남았군요?"

마부가 마부석으로 오르면서 말했다.

"바로 저기라고 했잖소. 조금만 가면……."

농부는 마차의 흙받이를 만지면서 말했다.

마부가 마차를 몰았다. 그러나 마차가 길모퉁이를 돌아가는 순간 농부가 소리쳤다.

"기다려요! 이보시오! 기다리라니까."

이번에는 두 사람이 소리쳤다.

마부가 마차를 세웠다.

"이리 오고 있어요! 봐요. 저기 그분들이 오고 계십니다."

농부는 길을 따라 말을 타고 달려오는 네 사람과 말 한 필이 끄는 이륜마차에 탄 두 사람을 가리키며 소리쳤다.

낡아 빠진 사륜마차 한쪽 구석에 바싹 붙어 앉은 몸집이 작은 부인이 돌리라는 것을 확인하는 순간 안나는 기쁨의 미소를 환하게 지었다. 안나는 기뻐서 소리 지르며 안장 위에서 몸을 부르르 떨더니 말을 달렸다. 마차에 다다른 그녀는 다른 사람의 도움 없이 말에서 뛰어내려 승마복 자락을 치켜들고 돌리한테 달려왔다.

"혹시나 하는 마음이 있었지만 설마 했어요. 정말 반가워요! 내가 얼마나 반가운지 당신은 상상조차 할 수 없을 거예요!"

안나는 돌리의 얼굴에 키스하고, 몸을 떼어 웃는 얼굴로 돌리를 아래위로 살펴보면서 말했다.

"정말 반가워요. 너무 기뻐요. 알렉세이!"

안나는 말에서 내려 다가오는 브론스키를 돌아보며 외쳤다.

브론스키는 잿빛 중산모를 벗고 돌리에게 다가왔다.

"당신이 오셔서 얼마나 기쁜지 모르실 겁니다."

그는 특별한 의미를 담은 한 마디 한 마디를 할 때마다 이를 드러내며 미소 지었다.

10

안나는 야위고 주름 사이에 먼지가 낀 돌리의 얼굴을 보면서 마음에 떠오른 생각, 즉 왜 그렇게 말랐냐고 말하려고 했다. 그러나 자기는 이전보다 더 아름다워졌다는 생각이 들고 돌리의 시선에서도 그녀가 그렇게 생각하고 있다는 것을 느끼는 순간 한숨을 내쉬고는 자기 얘기를 했다.

"새언니는 이런 상황에서도 행복할 수 있을까 의아한 생각이 들겠죠? 이런 말 하기 몹시 부끄럽지만 나는 더없이 행복해요. 마치 꿈처럼, 혹은 마법에라도 걸린 것 같아요. 숨이 막힐 정도로 무서워서 번쩍 눈을 떴는데 알고 보니 전혀 무섭지 않다는 것을 느낄 때처럼요. 꿈에서 깨어난 듯한 기분이에요. 정말 괴롭고 견디기 힘든 나날을 겪었지만, 오래전부터, 특히 여기 오고 나서 정말 행복해요."

안나는 궁금하고 부끄러운 듯한 미소를 지으며 돌리를 보았다.

"나도 정말 기뻐요! 아가씨에게는 정말 잘됐다고 생각하니 정말 기뻐요. 그런데 왜 편지 안 했어요?"

돌리는 웃으며 말했으나 자기도 모르게 생각했던 것보다 쌀쌀맞은 투로 말했다.

"왜냐니요? 그것까지 할 용기가 없었죠. 내 처지를 잊은 거예요?"

"다른 사람도 아니고 나한테 용기가 나지 않다니요? 내 생각 좀 해주면 좋겠어요. 나는…… 내 생각은……."

돌리는 오늘 아침에 생각한 것을 말하려고 했으나 지금은 그런 말을 하기에 적합한 장소가 아닌 것 같아 접었다.

"아니, 이 얘기는 나중에 할게요. 주변의 건물들은 다 뭐죠? 꼭 작은 도시 같군요."

그녀는 말머리를 돌리려고 아카시아와 라일락의 초록빛 울타리 너머로 보이는 빨간색과 초록색 지붕을 가리키면서 물었다.

그러나 안나는 그 말에 대꾸하지 않았다.

"아니, 잠깐만요! 말 돌리지 말아요. 새언니는 내 상황을 어떻게 생각해요?"

안나가 물었다.

"내 생각에는……."

돌리는 말을 꺼냈으나 마침 그때 베슬로프스키가 암말을 타고 오른발부터 도약하는 법을 가르치느라 짧은 재킷을 입고 여성용 부드러운 가죽 안장에 앉아 둔탁한 소리를 내면서 두 사람 곁을 지나가며 소리쳤다.

"이봐요, 잘됐어요. 안나 아르카디예브나!"

그러나 안나는 그를 쳐다보지도 않았다. 하지만 돌리는 마차에서 이렇게 오래 이야기하는 것은 아니라는 생각에 간단히 말했다.

"나는 아무 생각 없어요. 그저 언제나 변함없이 아가씨를 좋아해요. 사람을 사랑하는 건 있는 그대로의 모습을 사랑하는 것이지, 그 사람에게 이것저것 요구하는 건 아니라고 생각해요."

안나는 돌리의 얼굴에서 눈을 떼더니 눈을 가늘게 뜬 채(이것은 돌리도 여태까지 몰랐던 버릇이었다) 이 말의 의미를 이해하려고 골똘히 생각에 잠겼다. 마침내 안나는 그 말의 의미를 돌리가 의도한 대로 이해하고 나서 그녀의 얼굴을 돌아보았다.

"설령 새언니가 나한테 죄를 지었다고 해도 이렇게 와주고 방금 그런 말을 해준 것만으로 죄 같은 건 완전히 지워버렸을 거예요."

안나가 말했다. 그리고 그녀의 눈에 눈물이 그렁그렁한 것을 보고 돌리는 그녀의 손을 꼭 잡았다.

"그건 그렇고 저 건물들은 뭐죠? 무척 많은데!"

잠시 침묵하던 돌리가 조금 전의 질문을 다시 했다.

"저건 집에서 일하는 사람들의 집이자 공장이며 마구간들이에요. 그리고 여기는 공원이에요. 완전히 폐허가 된 곳을 알렉세이가 새롭게 정비했어요. 저이는 이 영지를 무척 좋아해요. 나도 의외였지만 저이는 영지를 관리하는 일에 푹 빠져 있어요. 여러모로 재능이 많은 사람이니까요. 저이는 무슨 일이든 훌륭하게 해내죠. 게으름 같은 건 모르고 정말 열심히 일해요. 내가 아는 한 아주 빈틈없고 훌륭한 농장주예요. 글쎄, 얼마나 깐깐한지 몰라요. 하지만 농사일만 그래요. 액수가 만 단위 넘어가면 더 이상 계산 같은 건 안 한다니까요."

안나는 여자들이 자기만 아는 애인의 숨겨진 성격을 털어놓을 때 흔히 보이는 기쁘면서도 능청맞은 미소를 지으며 말했다.

"어머, 너무 멋져요!"

돌리는 정원의 초록빛 노목 사이로 보이는, 둥근 기둥이 늘어선 근사한 저택을 보고 자기도 모르게 눈을 크게 뜨면서 소리쳤다.

"멋지죠? 2층 전망은 훨씬 더 멋있어요."

두 사람을 태운 마차는 자갈이 가득 깔리고 화단이 있는 정원으로 들어갔다. 거기서 일꾼 둘이 무너지려는 화단을 구멍이 숭숭 난 자연석으로 에워싸고 있었다. 마차가 차양을 드리운 현관 앞에 섰다.

"어머, 벌써 다 와 있었네요."

안나는 입구 층계 옆에서 끌고 가는 승마용 말을 보며 말했다.

"이 말 근사하지요? 저게 카브(다리가 짧고 튼튼한 승마용 말—옮긴이)예요. 내 애마죠. 이리 끌고 와서 설탕을 줘. 백작은 어디 계시지?"

두 하인이 제복 차림으로 뛰어나오자 안나가 그들에게 물었다.

"아, 저기 계시네!"

안나는 베슬로프스키와 함께 오고 있는 브론스키를 보며 말했다.

"공작 부인은 어디로 모시겠소?"

브론스키는 프랑스어로 안나에게 말했다. 그러나 그 대답을 기다리지 않고 다시 한번 돌리에게 인사한 다음 손에 키스하고 말했다.

"발코니가 있는 큰 방 어떻소?"

"안 돼요. 거긴 너무 떨어져 있어요. 그보다는 저 모퉁이 방이 좋겠어요. 그래야 수시로 얼굴을 보죠. 자, 어서 가요."

안나는 하인이 가져온 설탕을 애마에게 주면서 말했다.

그 방은 브론스키가 권한 객실이 아니라, 안나의 말에 따르면 돌리에게 용서를 구해야 하는 그런 방이었다. 하지만 용서를 구하지 않으면 안 되는 방도 돌리가 지금까지 한 번도 본 적 없는, 외국의 일류 호텔을 방불케 하는 화려한 방이었다.

"새언니, 난 정말 행복해요! 아이들 얘기 좀 해줘요. 오빠도 잠깐 만났는데, 아이들 얘기는 오빠가 할 게 없잖아요. 내가 너무너무 사랑하는 타냐는 어때요? 이젠 제법 컸겠네요?"

안나는 승마복을 입은 채 돌리 옆에 잠깐 앉으면서 말했다.

"그럼요, 많이 컸죠."

돌리가 간단히 대답했다. 그녀는 아이들 얘기를 이렇게 쌀쌀맞은 투로 말하는 자신에게 스스로도 놀랐다.

"우리는 지금 레빈의 집에서 잘 지내고 있어요."

그녀가 덧붙였다.

"어머, 내가 그것을 알았다면, 그러니까 새언니가 나를 경멸하지 않는다는 걸 알았더라면 아이들도 모두 데리고 왔으면 좋았을 텐데. 스티바 오빠는 예전부터 알렉세이와 친했잖아요."

안나는 이렇게 말하더니 갑자기 얼굴을 붉혔다.

"네, 하지만 우리는 아주 잘 지내요."

돌리가 당황하며 대답했다.

"어머, 내 정신 좀 봐. 너무 기뻐서 쓸데없는 말만 늘어놨네. 새언니, 만나서 정말 기뻐요."

안나는 또다시 돌리에게 키스하더니 말했다.

"하지만 새언니는 나를 어떻게 생각하는지 아직 얘기해주지 않았어요. 나는 꼭 듣고 싶어요. 하지만 나는 새언니가 지금 이대로의 내 모습을 봐주는 것이 기뻐요. 나는 사람들이 내가 무슨 변명을 하고 싶어 한다고 생각하지 말았으면 좋겠어요. 나는 변명 같은 건 조금도 하고 싶지 않아요. 나는 그저 살아가고 싶을 뿐이에요. 나한테도 그 정도 권리는 있잖아요. 안 그래요? 하지만 이건 몇 마디로 끝낼 얘기가 아니에요. 그러니 나중에 천천히 다 얘기해요. 잠깐 옷 좀 갈아입고 올게요. 새언니한테도 금방 하녀를 보낼게요."

11

돌리는 혼자 남게 되자 주부의 시선으로 방을 둘러보았다. 그녀가 저택으로 오는 동안 보았고, 집 안에 들어와서 보았으며, 또 자기가 묵을 방에서 보고 있는 모든 것이 지금까지 영국 소설에서 읽은 것 이외에는 일찍이 러시아에서는, 더구나 이런 시골에서는 한 번도 본 적 없는 새로운 유럽풍의 호화로운 아름다움과 풍요로운 인상을 주는 것들이었다. 최신 프랑스 벽지를 비롯해 방 전체에 깔린 카펫에 이르기까지 모두 새로운 것들뿐이었다. 침대에는 용수철 장치가 되어 있는 매트리스가 놓여 있었고, 베개에는 화려한 장식이 달려 있었으며, 몇 개를 포개놓은 쿠션에는 고급 비단 커버가 씌워져 있었다. 대리석 세면대와 화장대, 작은 소파와 탁자, 벽난로 위의 청동 시계, 창문 커튼, 문장 등 모든 것들이 값비싼 새 제품이었다.

시중을 들라는 지시를 받고 온 멋쟁이 하녀는 옷에서부터 머리 모양에 이르기까지 돌리보다 더 최신 유행을 따랐고, 방 전체 분위기처럼 값비싸고 새 것으로 보였다. 돌리는 이 하녀가 공손하고 친절하며 깔끔한 것이 마음에 들었지만 함께 있으려니 조금 불편했다. 더구나 그녀는 공교롭게도 잘못 가져온, 기운 블라우스를 하녀가 볼까 싶어 전전긍긍했다. 자기 집에서는 그토록 자랑스럽던, 헝겊을 덧대 기운 것이 여기서는 창피했던 것이다. 집에서는 블라우스 여섯 장을 만들 때 1아르신(약 71센티미터—옮긴이)에 65코페이카 하는 천이 24아르신 필요하다. 따라서 장식이나 바느질삯을 제외하더라도 15루블 이상 드는데, 그 15루블을 절약했던 것이다. 그런데 이 하녀 앞에서는 그 사실이 창피한 것까지는 아니어도 체면이 서지 않았다.

돌리는 오래전부터 알고 지낸 안누시카가 방에 들어오자 안도감을 느꼈다. 멋쟁이 하녀는 안나에게 불려가고 단둘이 있게 되었다.

안누시카는 돌리가 방문한 것이 무척 반가운 듯 계속 수다를 떨었다. 돌리는 그녀가 자기 마님의 상황에 대해, 특히 마님에 대한 백작의 사랑과 헌신에 대해 말하고 싶어 한다는 것을 알았다. 그러나 돌리는 그녀가 그 얘기를 꺼낼 때마다 다른 쪽으로 말을 돌렸다.

"저는 마님과 같이 자랐기 때문에 저에게는 누구보다 소중한 분이랍니다. 물론 우리가 이러쿵저러쿵할 건 아니지만, 어쨌든 저렇게 사랑받고 있으시니……."

"미안하지만 이걸 좀 세탁해줄래요?"

돌리는 그녀의 말을 가로막았다.

"네, 알겠어요. 여기는 빨래만 하는 여자를 따로 둘이나 두고 있어요. 게다가 흰 빨래는 모두 기계로 하고요. 백작님이 모든 일을 직접 지시하세요. 저런 분도 없을 거예요……."

돌리는 안나가 들어와 안누시카의 수다가 그쳐서 기뻤다.

안나는 아주 산뜻한 새 모시 드레스로 갈아입고 나타났다. 돌리는 그 산뜻한 옷을 유심히 살펴보았다. 돌리는 그처럼 산뜻한 것이 어떤 의미인지, 또 그러려면 얼마나 많은 돈이 드는지 잘 알고 있었다.

"예전부터 아는 사이죠?"

안나는 안누시카 얘기를 했다.

안나도 이제 마음의 동요 없이 차분하고 여유로워 보였다. 돌리는 그녀가 이미 자신이 방문한 것에 대해 감격스러운 기분을 벗어던지고 피상적이고 차가운 태도를 보이고 있음을 알아챘다. 안나는 자기의 감정이나 생각을 감추고 마음의 문을 굳게 닫은 것 같았다.

"그나저나 딸은 어때요, 아가씨?"

돌리가 안나에게 물었다.

"아니(그녀는 자기의 딸 안나를 그렇게 불렀다)요? 건강해요. 아주 좋아졌어요. 보고 싶죠? 일어나요. 가서 보여드릴게요. 유모 때문에 걱정이 많았어요. 이탈리아인 유모를 두었는데 착하기는 한데 말을 잘 못 알아들어서 말이에요. 집으로 돌려보내려고 했는데 아니가 정이 드는 바람에 그냥 두고 있어요."

"그런데 그쪽은 어떻게……?"

돌리는 딸이 어느 성을 따르는지 물어보려고 했으나 갑자기 안나의 낯빛이 어두워지는 것을 느끼고 질문을 바꾸었다.

"어떻게, 젖은 어떻게 뗐어요?"

그러나 안나가 눈치채고 말했다.

"그걸 물어보려고 했던 게 아니죠? 그 애 성이 궁금했던 거죠? 그렇죠? 그 때문에 알렉세이도 괴로워하고 있어요. 지금은 그 애 성이 없어요. 사실 아직 그 애는 카레닌 가의 딸이에요."

안나는 속눈썹만 보일 만큼 눈을 가늘게 뜨고 말했다.

"하지만 이 얘기는 나중에 천천히 해요. 자, 이제 그 애를 보러 가요. 얼마나 예쁜지 몰라요. 벌써 엉금엉금 기어 다닌다니까요."

그녀는 갑자기 밝은 표정을 지으며 말했다.

집 안 곳곳에서 돌리를 놀라게 한 화려함은 아이 방에서 한층 더 두드러졌다. 거기에는 영국에서 직접 들여온 장난감 수레와 보행기, 기어 다니기 편하도록 만든 당구대 같은 소파와 요람, 그네, 그리고 욕조도 있었다. 모두 영국산으로 튼튼하고 좋은, 누가 봐도 굉장히 비싼 것들이었다. 방도 크고 천장 또한 매우 높고 밝았다.

안나의 목소리가 들리자, 키가 크고 무뚝뚝하고 볼멘 표정인 영국인 여자가 금발의 곱슬머리를 흔들면서 급히 오더니, 안나가 잔소리를 한 것도 아닌데 곧 변명을 늘어놓기 시작했다. 안나가 한마디 할 때마다 영국인 여자는 다급하게, "네, 마님."이라고 몇 번을 되풀이하는 것이었다.

눈썹과 머리털이 검고 살결이 부드럽고 튼실하며 붉은 몸뚱이에 볼이 발그레한 계집아이는 낯가림을 하느라 인상을 쓰고 있었는데도 돌리는 그 아이를 보자마자 마음에 들었다. 그녀는 아이의 건강한 모습이 부러웠고, 엉금엉금 기어 다니는 모습도 너무 예뻤다. 자기 아이들은 이렇게 기어 다닌 적이 없었던 것이다. 옷 뒷자락이 접혀 들어간 채 카펫 위에 앉아 있는 모습은 참으로 앙증맞고 귀여웠다.

“가끔 나는 내 자신이 가엾어요. 여기서는 내가 필요 없는 것 같거든요. 첫아이 때는 그러지 않았는데.”

안나는 아이 방을 나오면서 문간에 놓인 장난감에 닿지 않으려고 치맛자락을 들며 말했다.

“오히려 나는 그 반대라고 생각했어요.”

돌리가 조심스럽게 말했다.

“오, 천만에요! 새언니는 아시죠? 내가 세료자를 만난 거.”

안나는 멀리 있는 무언가를 보듯 눈을 가늘게 뜨고 말했다.

“하지만 그 얘기는 나중에 천천히 해요. 믿지 않을지도 모르지만, 나는 갑자기 진수성찬을 받게 된 굶주린 거지처럼 무엇부터 집어먹어야 할지 모르는 기분이에요. 그 산더미 같은 진수성찬은 이제부터 새언니와 이야기하려는 것이고요. 이런 얘기를 할 수 있는 사람은 새언니밖에 없어요. 정말 뭐부터 얘기해야 좋을지 모르겠네요. 하지만 난 두렵지 않아요. 나는 무엇이든 다 털어놓지 않고는 견딜 수 없어요. 우선 여기서 새언니가 만나게 될 사람들에 대해 간단히 말해줄게요.”

안나가 얘기하기 시작했다.

“부인들부터 할게요. 우선 바르바라 공작 영애는 알고 계시죠. 새언니와 오빠가 그녀를 어떻게 생각하는지 잘 알아요. 오빠 말로는, 그분의 인생 목적은 카테리나 파블로브나 고모님보다 자기가 더 훌륭하다는 것을 증명하는 일이라네요. 그건 맞아요. 하지만 좋은 분이고, 나는 그분에게 감사하고 있어요. 페테르부르크에 있을 때 샤프롱(젊은 부인이 공식적인 자리에 나갈 때 함께하는 사람—옮긴이)이 필요했는데 마침 그분이 와준 거예요. 정말 좋은 분이에요. 그분 덕분에 난처한 상황을 많이 덜 수 있었어요. 새언니는 내가 얼마나 난처하고 괴로웠는지 모르실 거예요. 그러니까 페테르부르크에 있었을 때 말이에요."

안나가 계속 말했다.

"하지만 여기서는 너무 편안하고 행복해요. 하지만 이 이야기도 나중에 해요. 다른 분들부터 얘기해야 하니까요. 다음에는 스비야지스키예요. 그분은 귀족 단장으로 아주 훌륭한 분인데 지금은 알렉세이에게 부탁할 일이 있는 것 같아요. 우리가 이 시골에 머물게 된 후로, 알렉세이는 재산 덕분에 상당히 유력 인사가 되었어요. 그리고 투시케비치인데, 새언니도 아실 거예요. 전에는 벳시를 따라다녔지만 지금은 버림받고 우리한테 와 있어요. 알렉세이 말로는, 그가 보여주는 그대로 받아들여 주면 굉장히 유쾌한 사람인데, 바르바라 공작 영애와 같은 사람들은 매우 의젓한 분이라고 하죠. 그리고 베슬로프스키, 이분도 아시죠. 참 귀여운 소년 같아요. 남자들에게도 시간을 때우며 즐길 거리가 있어야 해요. 그런 점에서 알렉세이에게도 다양한 친구들이 필요하죠. 나도 저 사람들 모두를 소중하게 생각하고 있어요. 집 안을 항상 활기차게 만들어야 알렉세이가 새로운 것을 찾지 않을 테니까요. 그리고 또 집사가 있어요. 독일인인데 굉장히 성실하고 자기가 해야 할 일을 잘 알고 있는 사람이에요. 알렉세이는 이 사람을 굉장히 아껴요. 그리고 젊은 의사도 있는데, 천성이 허무주의자는 아닌데, 나이프로 음식을 먹곤 해요. 하지만 아주 성실한 의사예요……. 그리고 건축 기사가 있어요……. 그러고 보니 하나의 작은 왕궁 같네요."

12

"고모님, 돌리가 왔어요. 만나고 싶어 하셨지요."

안나는 돌리와 함께 커다란 돌이 깔린 테라스로 나오면서 말했다. 그곳 응달에는 바르바라 공작 영애가 자수대 앞에 앉아 브론스키 백작이 쓸 안락의자 덮개를 수놓고 있었다.

"새언니는 저녁 만찬 전까지 아무것도 안 먹겠다고 했지만 뭐라도 좀 갖다 드리라고 해주세요. 나는 알렉세이와 사람들을 데리고 올게요."

바르바라 공작 영애는 친절하면서도 뭔가 보호자인 척하는 태도로 돌리를 맞이하더니 자기의 입장을 설명했다. 자기가 여기 오게 된 것은, 옛날에 안나를 길러준 친언니 카테리나 파블로브나보다 더 안나를 사랑하기 때문이며, 모두가 안나를 외면한 가장 힘든 시기에 그녀 곁에 있는 것이 자기의 의무라고 생각한다고 말했다.

"언젠가 저 사람의 남편이 이혼해주면 그때는 나도 다시 원래대로 돌아가 혼자 살 거예요. 하지만 지금은 그녀에게 도움이 되니까 아무리 괴로운 일이 있어도 내 의무를 다할 겁니다. 어쨌든 남과는 다르니까요. 그건 그렇고 이렇게 와주다니 정말 자상하군요. 잘 왔어요. 두 사람은 금실 좋게 살고 있어요. 두 사람을 심판하는 것은 하느님이지 우리가 아니에요. 비류조프스키, 아베니예바, 니칸드로프, 바실리예프와 마모노바도 그렇고, 리자 네프투노바도……. 하지만 어느 누구도 저들에 대해 이렇다 저렇다 하지는 않았잖아요? 그리고 결국 모두 다 저들과 어울리게 되었죠. 게다가 여기는 대단히 즐겁고 어디 내놔도 손색없는 저택이죠. 모든 게 다 영국식이어서 얼굴을 마주 보고 아침 식사를 하고 난 뒤에는 각자 흩어져요. 저녁 만찬 때까지 자기 하고 싶은 대로 해요. 저녁 만찬은 7시예요. 스티바가 당신을 여기 보낸 건 참 잘한 일이에요. 여기 있는 사람들과 어울리면 그분에게도 도움이 될 테니까요. 브론스키는 어머니와 형을 통해 무슨 일이든 할 수 있어요. 그래서 저들은 정말 좋은 일들을 많이 하고 있죠. 자기들 병원 얘기 안 하던가요? 틀림없이 훌륭한 병원이 될 거예요. 전부 파리에서 들여오거든요."

안나가 오자 두 사람의 대화가 중단되었다. 안나는 당구장에서 남자들을 찾아내 함께 테라스로 돌아왔다. 저녁 만찬 때까지는 아직도 시간이 많이 남았고, 날씨도 좋아서 2시간 정도를 어떻게 보낼지 몇 가지 제안이 나왔다. 보즈드비젠스코예에서 시간을 보낼 방법은 포크로프스코예와 전혀 다른 것이었다.

"테니스를 합시다. 안나 아르카디예브나, 이번에도 한 조가 됩시다."

베슬로프스키가 근사한 미소를 지으며 제안했다.

"아냐. 더우니까 그냥 정원을 산책하다가 보트를 타는 게 좋겠어. 다리야 알렉산드로브나에게 강 구경을 시켜드리는 게 더 좋을 것 같은데."

브론스키가 말했다.

"나는 아무거나 다 좋아요."

스비야지스키가 말했다.

"돌리에게는 산책이 가장 낫지 않을까요? 그렇지 않나요? 그러고 나서 보트를 타기로 해요."

안나가 말했다.

모두 그렇게 하기로 했다. 베슬로프스키와 투시케비치는 강가 욕장으로 가서 보트를 준비하고 기다리겠다고 했다.

모두 둘로 나뉘어 오솔길을 걸어갔다. 안나와 스비야지스키, 돌리와 브론스키가 짝을 지어 갔다. 돌리는 낯선 환경에 들어와 조금 어리둥절하면서도 마음이 들떠 있었다. 돌리는 관념적이고 논리적으로는 안나의 행위를 타당하게 여겼을 뿐만 아니라, 오히려 용기를 북돋워주고 싶은 기분이었다. 보통 지극히 도덕적인 여자들이 그렇듯 도덕적인 생활이 갑갑하고 지긋지긋할 때면, 그녀는 멀리

서 이 죄 많은 사랑을 용인할 뿐만 아니라 동경하기까지 하는 것이다. 더구나 돌리는 진심으로 안나를 사랑했다. 그런데 지금 돌리는 자기에게는 낯설고 세련된, 그리고 안나에게는 아무런 연고도 없는 사람들에게 에워싸인 그녀를 보면서 왠지 불편하고 어색한 기분을 떨쳐버릴 수 없었다. 특히 불쾌한 것은 자신이 누리는 생활의 편의 때문에 모든 것을 용서하는 듯한 바르바라 공작 영애를 마주하는 것이었다.

말하자면 관념적으로는 돌리도 안나의 행위를 인정했지만, 원인을 제공한 상대 남자를 보는 것은 불쾌했다. 더구나 예전부터 돌리는 브론스키가 마음에 들지 않았다. 돌리는 브론스키를 매우 거만하다고 생각했는데, 자기가 보기에 재산 말고는 자랑할 것이 아무것도 없는 사내였기 때문이다. 더구나 브론스키도 자기 집이었으므로 의도하지 않게 전보다 더 돌리에게 위압감을 주었고, 그래서 그녀는 그와 함께 있는 것이 편치 않았다. 그를 대하면서 그녀가 느낀 감정은 하녀 앞에서 블라우스 때문에 느낀 것과 같은 것이었다. 그녀는 헝겊으로 기운 블라우스를 내보이기가 하녀에게 부끄러운 것은 아니었지만 겸연쩍었다. 마찬가지로 브론스키와 함께 있으면서 자신이 부끄러운 것은 아니었지만 어색해서 견딜 수가 없었다.

돌리는 당황스러운 기분을 해소해보려고 화젯거리를 찾았다. 그녀는 저택이나 정원을 칭찬하는 것은 브론스키의 오만한 성격으로 미뤄 싫어하리라 생각했지만, 달리 떠오르는 말이 없어서 할 수 없이 "저택이 참 멋지네요."라고 말했다.

"네, 정말 아름다운 건물이에요. 특히 잔잔하고 고풍스러운 양식이 그래요."

그가 말했다.

"현관 계단 앞 정원이 너무 마음에 들어요. 처음부터 저랬나요?"

"오, 아니에요. 올봄에 보셨으면 좋았을 텐데요."

흡족한 듯 그의 얼굴이 밝아졌다.

그는 처음에는 자제하는 듯하더니 점점 열띠게 저택과 정원의 세세한 장식까지 돌리가 관심을 가지도록 설명하기 시작했다. 브론스키는 저택을 개량하고 장식하는 데 많은 노력을 기울인 만큼 손님 앞에서 그것을 자랑하고 싶었던지, 돌리의 찬사를 진심으로 기뻐했다.

돌리는 모든 것에 관심을 기울였고, 모두 다 마음에 들었다. 그중 가장 마음에 든 것은 꾸밈없는 열정을 보여주는 브론스키였다.

'그래, 정말 매력적이고 선한 사람이야.'

돌리는 이따금 그의 말은 건성으로 들으면서도 그의 표정을 유심히 바라보았다. 그리고 마음속으로 자신과 안나의 처지를 바꿔보기도 했다. 그의 활기찬 태도가 너무나 마음에 들었던 그녀는, 안나가 그에게 매혹된 이유를 알 것 같았다.

13

"아니, 공작 부인은 피곤해서 말에는 흥미가 없을 거예요."

브론스키는 말 사육장에 가자고 한 안나에게 말했다. 스비야지스키가 새로 산 수말을 보고 싶다고 했던 것이다.

"그럼 두 사람만 가서 보고 와요. 나는 공작 부인을 집으로 모시고 가서 얘기나 나눌 테니. 부인께서 괜찮다고 하시면 말이야……."

그러면서 그는 돌리를 돌아보았다.

"네, 말에는 문외한이니 그러는 게 더 좋겠어요."

돌리는 조금 놀란 표정으로 대답했다.

그녀는 브론스키의 표정으로 보아, 자기에게 할 말이 있다는 것을 눈치챘다. 그녀의 생각은 틀리지 않았다. 두 사람이 쪽문을 통해 다시 정원으로 들어서자, 그는 안나가 간 방향을 돌아보며, 그들한테 보이지도 들리지도 않는다는 것을 확인하고 말을 꺼냈다.

"내가 드릴 말씀이 있다는 것을 짐작하셨을 겁니다."

그가 눈웃음을 지어 보이며 말했다.

"당신을 안나의 친구라고 생각해도 되겠지요."

그는 모자를 벗고 손수건을 꺼내 조금 벗어진 머리를 닦았다.

돌리는 한 마디도 하지 않고 다만 놀란 표정으로 그를 쳐다보았다. 그와 단둘이 남자 그녀는 갑자기 두려웠다. 눈웃음 짓고 있는 그의 시선과 굳은 표정이 무섭게 느껴졌던 것이다. 게다가 그가 무슨 말을 하려는 건지 짐작할 수 없었다.

"사실 당신은 안나에게 아주 영향력 있는 사람이고, 그녀도 당신을 매우 사랑하고 있어요. 그래서 도움을 청하려는 겁니다."

돌리는 두렵고 의아한 눈빛으로 힘이 넘치는 그의 얼굴을 쳐다보았다.

"안나의 예전 친구 중에 여기를 찾아온 사람은 부인뿐입니다. 바르바라 공작 영애는 예외입니다. 당신이 여기 찾아오신 건 우리의 상황이 정당하다고 인정하는 것이 아니라 우리의 고통스러운 상황을 십분 이해하고 여전히 그녀를 사랑하고 힘이 되어주려는 것이라고 생각합니다. 어떤가요? 나는 그렇게 생각하고 있습니다. 내 생각이 맞습니까?"

그가 돌리를 돌아보면서 물었다.

"네, 그래요. 하지만……."

돌리는 파라솔을 접으면서 대답했다.

"아닙니다."

그는 그녀의 말을 가로막았다. 그러면 상대가 불쾌해한다는 생각을 미처 하지 못하고 그는 자기도 모르게 걸음을 멈췄다. 그래서 그녀도 서지 않을 수 없었다.

"안나의 고통을 나보다 더 깊이 이해하는 사람은 없을 겁니다. 내가 진실한 사람이라고 생각하신다면 당연히 그렇다는 것을 아시겠지요. 이렇게 된 건 다 내 탓이니 그럴 수밖에 없죠."

"네, 알고 있어요. 하지만 당신 탓이라고 생각하다 보니 지나치게 느끼는 건 아닐까요? 물론 사회적으로 그녀가 아주 괴로운 처지에 놓여 있는 건 분명해요. 그건 나도 알아요."

돌리는 그의 진실하고 당찬 말투에 빠져든 듯이 그를 바라보면서 대답했다.

"사회적으로는 지옥이 따로 없죠. 페테르부르크에서 2주간 머무는 동안 그녀가 정신적으로 얼마나 고통스러워했는지 상상도 못 할 겁니다."

그는 우울한 표정으로 이마를 찌푸리면서 재빨리 말했다.

"네, 하지만 여기서는 안나도…… 당신도 사교계의 필요성을 느끼지 않잖아요. 그러니……."

"사교계요? 나한테 사교계가 무슨 필요 있겠습니까?"

그가 경멸스러운 표정으로 말했다.

"그러니까 그동안은……, 아니 영원히 그러리라 생각하지만, 어쨌든 그동안 행복하고 평온하게 살 수 있어요. 나는 안나를 보고 그녀가 정말 행복하다는 것을 알았어요. 그녀도 나한테 직접 그렇게 말했고요."

돌리가 웃으며 말했다. 그러나 그녀는 그렇게 말하면서도 은연중에 안나가 정말 행복할까 하는 의구심이 들었다.

하지만 브론스키는 그것을 의심하지 않았다.

"그렇습니다. 그녀는 끔찍한 고통을 겪고 난 뒤에 다시 태어났다는 것을 나도 압니다. 그녀는 행복합니다. 지금 행복해하고 있어요. 그러나 나는 앞으로의 일이 두렵습니다……. 아, 미안합니다. 좀더 걸을까요?"

그가 말했다.

"아뇨, 괜찮아요."

"그럼, 여기 앉으시겠어요."

돌리는 가로수 길 모퉁이에 있는 벤치에 앉았다. 그는 그녀 앞에 섰다.

"그녀가 행복하다는 것은 나도 알고 있습니다."

그는 다시 한번 이 말을 되풀이했다.

그러나 돌리는 안나가 정말 행복할까 하는 의문이 더욱 강하게 가슴을 파고들었다.

"하지만 언제까지 지속될 수 있을까요? 우리가 저지른 짓이 옳으냐 그르냐는 별개 문제입니다. 어쨌든 운명의 주사위는 던져졌으니까요."

러시아어로 말하던 그는 프랑스어로 말을 이었다.

"그리고 우리 두 사람의 삶은 결합되었어요. 우리는 가장 신성한 사랑의 끈으로 묶여버렸으니까요. 우리 사이에 아이도 있고 앞으로 더 낳을지도 모릅니다. 그러나 법적 문제를 비롯해 우리의 상황으로 인해 여러 가지 복잡한 일들이 나타나고 있습니다. 지금은 온갖 괴로움과 시련을 겪고 난 뒤에 마음의 휴식을 취하고 있는 중이어서 그녀의 눈에는 이런 문제들이 보이지도 않고 보고 싶지도 않을 것입니다. 그럴 만하죠. 하지만 나는 외면할 수가 없습니다. 내 딸이 법적으로는 카레닌의 딸이니까요. 나는 그런 엉터리 같은 일을 참을 수 없습니다!"

그는 거세게 거부하는 몸짓으로 말하고는, 침울하고 의아한 눈빛으로 돌리를 바라보았다.

그녀는 한 마디도 하지 않고 브론스키의 얼굴만 물끄러미 바라보았다. 그가 말을 이었다.

"내일이라도 사내아이가 태어난다면, 내 아들 말이에요, 그 아이도 법적으로는 카레닌의 자식입니다. 내 성을 따를 수도 없고 내 재산을 상속받을 수도 없습니다. 그러니 우리가 아무리 행복해도, 아무리 자식이 많이 태어나도, 나와 아이들은 어떤 관계도 아닌 것입니다. 아이들은 모두 카레닌 가문의 자식이니까요. 이런 것이 얼마나 괴롭고 두려운지 이해하실 겁니다. 어쨌든 지금 하고 있는 사업이 내가 죽으면 끝나는 것이 아니라 물려줄 사람이 있다는 신념을 가지는 것이 중요한데 나에게는 그런 것이 없습니다. 내가 사랑하는 여자와의 사이에서 낳은 아이가 내 아이가 아니라 우리를 증오하고 마주하고 싶어 하지도 않는 다른 사람의 자식이 될 수밖에 없다는 것을 뻔히 알고 있는 사내의 심정이 어떨지 상상해보십시오. 너무 괴로운 일 아닙니까?"

브론스키는 격한 감정에 사로잡혀 입을 다물었다.

"물론 당신 마음은 충분히 이해해요. 하지만 안나가 어떻게 할 수 있는 일이 아니잖아요?"

돌리가 말했다.

"내가 말씀드리려는 게 그겁니다. 안나는 할 수 있습니다. 그녀의 결심에 달려 있으니까요. 양자로 들이는 것을 황제에게 청원한다고 하더라도 이혼을 해야 합니다. 그러나 그것은 안나의 결심에 달려 있습니다. 그녀의 남편은 이혼을 받아들였습니다. 그때 당신 남편께서 모든 일을 잘 수습해주었습니다. 지금도 틀림없이 거절하지는 않을 겁니다. 그녀가 남편에게 편지 한 통만 보내면 되는 일입니다. 실제로 그때도 남편은 그녀가 원한다면 자기는 거절하지 않겠다고 명확하게 의사를 밝혔으니까요."

그는 침울한 표정으로 계속 말했다.

"그야 물론 그런 마음이 조금도 없는 사람들이나 하는 위선적이고 잔혹한 태도이긴 하죠. 그 남자는 자기를 떠올리면서 그녀가 얼마나 고통스러워할지 뻔히 알면서도 편지를 써 보내라고 하는 겁니다. 그녀에게 고통스러운 일이라는 것을 나도 잘 압니다. 그러나 중요한 일인 만큼 사소한 감정은 극복해야 합니다. 그녀 자신과 아이들의 행복과 평생이 걸린 문제이니까요. 내 얘기는 하지 않겠습니다. 나도 물론 괴롭습니다. 너무도 괴로워요."

그는 괴롭다는 말을 마치 상대를 위협하는 듯한 표정으로 말했다.

"그래서 부끄럽고 염치없지만 당신을 구원의 닻으로 여기고 부탁드리는 겁니다. 나를 좀 도와주십시오. 제발 그녀를 설득해서 이혼을 요구하는 편지를 써 보내게 해주십시오."

"좋아요."

돌리는 마지막으로 카레닌을 만났을 때를 생생하게 떠올리며 생각에 잠긴 투로 말했다.

"그럴게요."

그녀는 안나를 생각하며 결연하게 다시 한번 말했다.

"당신은 그녀의 마음을 움직일 수 있으니 그녀가 꼭 편지를 쓰도록 해주십시오. 나는 이 얘기를 그녀에게 직접 하고 싶지 않습니다. 해도 소용없을 것 같고요."

"좋아요. 내가 해볼게요. 그런데 그녀는 왜 스스로 그 일을 생각하지 않는 거죠?"

돌리는 이 말을 하면서 문득 그녀가 눈을 가늘게 뜨는 때는 항상 은밀하고 내적인 생활을 건드릴 때라는 생각이 문득 들었다.

'마치 자기의 생활을 똑바로 보지 않으려는 듯 눈을 가늘게 뜨는 것 같아.'

돌리는 생각했다.

"나 자신을 위해서, 그리고 그녀를 위해서 꼭 얘기할게요."

돌리는 고마워하는 그의 표정을 보고 말했다.

두 사람은 일어나 저택으로 걸어갔다.

14

안나는 집에 돌아와 있는 돌리를 보고 브론스키와 무슨 얘기를 나누었는지 궁금한 표정으로 줄곧 그녀를 뚫어지게 쳐다보았지만 아무것도 묻지 않았다.

"벌써 저녁 들 시간이에요. 우리는 아직 제대로 마주하지도 못했네요. 오늘 밤은 아주 즐거울 것 같아요. 기대돼요. 나는 옷 갈아입으러 가야겠어요. 새언니도 옷을 갈아입어야죠. 아까 공사장에서 우리 다 먼지를 뒤집어썼잖아요."

안나가 말했다.

돌리는 자기 방으로 들어갔으나 문득 우스웠다. 갈아입을 옷이 없었던 것이다. 왜냐하면 가장 좋은 옷을 이미 입고 있었기 때문이다. 그러나 돌리는 만찬 자리에 단정한 차림으로 나가려고 하녀에게 옷을 털라고 하고, 커프스와 나비 모양 리본을 바꿔 달고, 머리에 레이스 장식을 달았다.

"나한테는 이것도 벅차네요."

돌리가 웃으며 방으로 들어온 안나에게 말했다. 안나는 벌써 세 번째 갈아입은, '아주 산뜻한' 옷차림이었다.

"여기서는 격식을 깍듯이 차리고 있어요."

안나는 자기의 몸단장에 미안한 투로 말했다.

"알렉세이는 새언니가 와서 정말 기쁜가 봐요. 좀처럼 그러지 않거든요. 그이는 새언니한테 푹 빠졌나 봐요. 그나저나 피곤하지 않아요?"

식사를 하기까지는 얘기할 겨를이 없었다. 두 사람이 응접실에 들어가자 바르바라 공작 영애를 비롯해 남자들 모두 검정 프록코트 차림으로 앉아 있었다.

요리며 술이며 식기까지 훌륭하지 않은 것이 없었다. 하지만 그 모든 것이, 돌리가 이미 오래전에 기피하고 있는 만찬 모임이나 무도회에서 흔히 볼 수 있는 것과 마찬가지로 개인의 인격을 인정하지 않는, 융통성이라고는 전혀 없는 것이었다. 일상의 사소한 모임이 그러는 것이 돌리는 못마땅했다.

식사를 마치고 나서 모두 테라스에 나가 잠시 휴식을 취했다. 그러고 나서 테니스를 쳤다. 돌리도 해보았지만 도무지 제대로 되지 않았다. 그러다 겨우 조금 치는 방법을 익혔을 때는 완전히 지쳐서 바르바라 공작 영애 옆에 앉아 경기를 구경했다.

테니스를 칠 때도 돌리는 전혀 즐겁지 않았다. 그녀는 베슬로프스키와 안나가 계속 히히거리는 것이나, 아이들도 없는데 어른들끼리 아이들처럼 노는 분위기가 몹시 어색하고 불편했다. 그러나 다른 사람들이 기분 상하지 않게, 또 어쨌든 시간을 보내야 했으므로 한동안 쉬고 나서 다시 놀이에 끼어들어 유쾌한 척했다. 그날 하루 돌리는 자기보다 뛰어난 배우들과 연기를 하는데, 자기의 서툰 연기 때문에 연극을 망치는 것 같은 기분이었다.

돌리는 지내기가 편하면 이틀쯤 머무를 계획으로 왔다. 그러나 그날 테니스를 하면서 내일 집으로 돌아가기로 마음먹었다. 여기 오는 길에 어머니로서 아이들에 대한 고민과 걱정에 사로잡혔는데, 아이들 없이 하루를 보낸 지금은 어느새 아주 새로운 빛으로 아이들에게 이끄는 것이었다.

석양을 보며 차를 마시고 어둠 속에서 뱃놀이를 한 뒤에 혼자 방에서 옷을 벗고 잠자리에 들기 전 머리를 빗으려고 앉았을 때 비로소 돌리는 홀가분했다.

하지만 곧 안나가 들어올 거라고 생각하니 불쾌한 기분이 들었다. 그녀는 이런저런 생각을 하며 혼자 있고 싶었던 것이다.

15

돌리가 막 잠자리에 들려고 하는데 안나가 잠옷 차림으로 들어왔다. 이날 안나는 몇 번이나 마음에 품었던 말을 하려다가 두세 마디 하고 그만두곤 했다. 안나는 "나중에 단둘이 있을 때 다 얘기해요. 새언니한테 물어보고 싶은 게 너무 많아요."라고 말했다.

이제 그들은 단둘이 있게 되었다. 하지만 안나는 무슨 얘기부터 해야 할지 몰랐다. 그녀는 창가에 앉아 돌리의 얼굴을 말없이 바라보면서, 해도 해도 끝이 없을 것 같았던, 숨김없이 털어놓으려고 했던, 마음속에 켜켜이 쌓아두었던 얘기들을 끄집어내려고 했으나 뭐

하나 찾을 수가 없었다. 이 순간 다 얘기한 것처럼 느껴졌던 것이다.

"그런데 키티는 잘 있어요? 사실대로 말해봐요, 새언니. 나한테 화나지 않았어요?"

안나는 한숨을 쉬더니 미안한 듯 돌리를 보며 말했다.

"화나다니요! 천만에요!"

돌리가 미소 지으며 말했다.

"하지만 미워하고 있죠. 아니, 경멸하죠?"

"대체 왜 그런 생각을 해요? 알다시피 그런 것은 용서할 수 있는 일이 아니잖아요."

"그래요. 하지만 내 죄는 아니에요. 그럼 누구의 잘못일까요? 나는 대체 어떤 사람이죠? 새언니는 어떻게 생각해요? 오빠의 아내가 되지 않을 수도 있었다고 생각해요?"

안나는 돌아서서 창밖을 보며 말했다.

"모르겠어요. 하지만 내가 물어보고 싶은 건……."

"그래요. 하지만 아직 키티 얘기 끝나지 않았어요. 키티는 행복해요? 레빈이 훌륭한 사람이라고 하더군요."

"훌륭하다는 말만으로는 부족해요. 나는 그보다 더 훌륭한 사람은 보지 못했으니까요."

"정말 잘됐네요. 너무 기뻐요. 훌륭하다는 말만으로는 부족하다니요."

안나가 되풀이했다.

돌리가 빙그레 웃었다.

"그건 그렇고 저이가 언니한테 무슨 얘기를 했어요?"

안나가 웃으며 물었다.

"나도 얘기하고 싶었던 거니까 나로서는 그분 대변인이 되는 건 딱히 힘들지 않아요. 그러니까 그래서는 안 되는 건지, 그럴 수는 없는지……?"

돌리는 잠시 머뭇거리다 말을 이었다.

"아가씨의 상황을 더 좋게 만들 수 없을까, 아니 좀더 좋게 바꿀 수는 없을까 하는 것이었어요. 내가 무슨 말을 하는지 아가씨도 알 거예요. 내 생각은…… 어쨌든 아가씨는 결혼해야 한다는 거예요."

"결국 이혼 얘기군요?"

안나가 물었다.

"그분은 자신과 아가씨 일로 괴롭다고 했어요. 아가씨는 이기주의라고 할지 모르지만 그것은 정당하고 고귀한 이기심이에요! 그분은 무엇보다 자신의 딸을 법적으로 당당하게 자기 아이로 만들고, 아가씨의 남편으로서 정당한 권리를 가지고 싶어 해요."

"어떤 아내, 어떤 노예도 나만큼 노예 생활을 하지는 않을 거예요!"

안나는 우울한 목소리로 말을 가로챘다.

"그분이 가장 원하는 것은……, 아가씨가 괴로워하지 않는 거예요."

"그건 불가능해요! 그리고 또 뭐라던가요?"

"그리고 가장 중요한 것은 아이들에게 올바른 성을 주고 싶은 거예요."

"아이들이라니, 누구요?"

안나는 돌리를 외면하고 눈을 가늘게 뜨면서 말했다.

"아니와 앞으로 태어날……."

"그거라면 그이가 걱정할 필요 없어요. 더 이상 아이는 없으니까요."

"어째서 없다는 거죠?"

"더 이상 없어요. 내가 원하지 않으니까요."

돌리의 얼굴에 호기심과 놀라움과 두려움이 뒤섞인 표정이 떠오르자 안나는 그것을 알아차리고는 극도로 흥분한 와중에도 미소를 지었다.

"병을 앓고 나서 의사가 그랬어요."

"설마……!"

돌리는 눈을 동그랗게 뜨고 말했다. 돌리에게 그것은 엄청난 발견이었다. 그 결과와 결론이 너무나 무서운 것이었으므로 지금 당장은 완전히 이해할 수 없어서 충분히 생각해보아야 할 것 같았다.

잠시 뒤 돌리가 물었다.

"그것은 부도덕한 짓이 아닐까요?"

"왜요? 생각해봐요. 나는 둘 중 하나예요. 임신을 하고 병자가 되거나, 그렇지 않으면 내 남편의, 남편이라고 해도 좋겠죠, 그 남편의 동료가 되느냐 하는 거예요."

안나는 일부러 흥분하고 경박한 투로 말했다.

"그렇군요. 그래요."

돌리는 자기도 생각해본 적 있는 논리에 귀 기울이면서, 그러나 지금은 이전과 같은 확신 없이 말했다. 그러자 안나는 그녀의 생각을 읽은 듯 말했다.

"새언니나 다른 여자들에게는 아직도 생각할 여지가 있을지 모르지만, 나에게는……. 아, 좀 이해해줘요. 나는 아내가 아니에요. 저이는 나를 사랑하는 동안에는 나를 사랑해주겠죠. 그렇다면 나는 어떻게 저이의 애정을 계속 붙잡아둘 수 있을까요? 설마 이런 모습으로는 아니겠죠?"

안나는 하얀 두 팔을 자기 배 앞으로 뻗었다.

흥분할 때마다 으레 그러듯 온갖 생각과 추억이 돌리의 머릿속을 빠르게 스쳤다.

'나는 스티바를 내 곁에 붙들어두지 못했다. 그가 처음으로 나를 배신하고 취했던 여자는 더없이 쾌활하고 아름다웠지만 영원히 그를 붙잡아두지 못했다. 그는 그 여자를 버리고 다른 여자를 취했다. 안나도 그런 방법으로 브론스키 백작을 언제까지나 매혹적으로 붙잡아둘 수 있을까? 그런 것만 좇는 사람이라면 언젠가는 좀더 매력적으로 치장하고 좀더 쾌활한 여자를 찾을 것이다. 안나의 팔이 아무리 희고 매끄러워도, 풍만한 몸과 검은 머리 아래로 상기된 얼굴이 제아무리 예쁠지라도 그보다 더욱 아름다운 여인을 찾을 것이

다. 저 역겹고 끔찍한, 그러나 아직 내가 사랑하는 스티바처럼.'

돌리는 한 마디도 하지 않고 한숨을 내쉬었다. 안나는 그것이 동의하지 않는다는 의미라는 것을 알고 계속 말했다. 안나는 여전히 상대가 반박할 수 없는 강력한 논리를 가지고 있었다.

"새언니는 그것이 옳지 않다고 생각하는군요? 하지만 좀더 깊이 생각해봐요. 새언니는 내 처지를 생각하지 않는 거예요. 내가 어떻게 아이를 낳겠어요? 산고를 말하는 게 아니에요. 그런 건 두렵지 않아요. 한번 생각해봐요. 내 아이들이 어떻게 되겠어요. 다른 사람의 성을 달고 살아야 하는 불행한 아이들이에요. 부모나 자신의 출생까지도 치욕스러운 운명을 타고나는 거예요."

"그러니까 그것 때문이라도 이혼해야 하지 않아요?"

그러나 안나는 그 말을 듣지 않았다. 안나는 수없이 자신을 설득해온 논리를 다 털어놓고 싶었다.

"나한테 이성이라는 게 있다면 불행한 인간을 이 세상에 내놓지 않으려고 애써야 하지 않겠어요. 나는 불행한 아이들에게 늘 죄책감을 느끼며 살아갈 거예요. 이 세상에 태어나지 않으면 불행할 일도 없을 테니까요. 그 아이들이 불행하다면 그 책임은 나한테 있는 거예요."

안나의 논리는 돌리가 스스로에게 타일렀던 것과 같았다. 그런데 지금은 무슨 말을 하는 건지 알 수 없었다.

'지금 존재하지도 않은 것에 무슨 죄책감을 느낀다는 거지?'

돌리는 문득 이런 생각이 떠올랐다.

'가령 어떠한 경우에도 나의 사랑스러운 그리샤가 이 세상에 태어나지 않은 편이 그 아이에게 더 좋았을 거라고 말할 수 있을까?'

하지만 돌리는 이 괴이하고 끔찍하며, 머릿속을 혼란스럽게 얽어매는 생각들을 떨쳐버리기 위해 자기도 모르게 고개를 흔들었다.

"아니에요. 잘 모르지만 좋지 않은 일이에요."

돌리가 혐오스러운 표정으로 말했다.

"네, 그래요. 하지만 잊지 말아요. 새언니와 내 처지가 다르다는 것을……. 그리고……."

안나는 자기의 논리는 풍부하고 돌리의 논리는 빈약하기 그지없는데도 역시 그것이 좋지 않다는 것을 인정하는 듯 말했다.

"아무튼 가장 중요한 건 새언니와 내 처지가 다르다는 거예요. 그걸 잊지 말아주세요. 새언니 처지와 같지 않아요. 새언니에게는 아이가 필요하냐 아니냐의 문제이지만, 나에게는 아이를 갖고 싶으냐 아니야 하는 문제예요. 이것은 엄청난 차이예요. 그리고 지금 내 처지로는 더 이상 아이를 바랄 수 없다는 것을 이해해주세요."

돌리는 아무런 반박도 하지 않았다. 그녀는 돌연 안나와 너무나 멀어져버린 것 같았고, 이제 영영 의견 일치를 볼 수 없을 것 같았다. 그래서 아예 말을 하지 않는 것이 좋지 않을까 하는 의구심이 들었다.

16

“결국 이혼할 수 없다는 거예요? 당신 남편은 허락했다면서요.”

“그 얘기는 그만하고 싶어요.”

“그럼, 그만하죠. 내 생각에 아가씨는 너무 비관적이에요.”

돌리는 안나가 고통스러운 표정을 짓자 얼른 말했다.

“내가 비관적이라고요? 새언니가 내 처지를 도저히 이해할 수 없어서 그래요. 너무나 끔찍해요. 그래서 아무것도 보고 싶지 않아요.”

“하지만 봐야 해요. 할 수 있는 일은 뭐든 해야죠.”

“하지만 내가 뭘 할 수 있겠어요. 아무것도 할 수 없어요. 나는 알렉세이와 결혼하지 않으면 안 돼요. 그런데도 내가 생각하지 않는다고요? 천만에요. 그 생각으로 내 자신을 얼마나 괴롭히는지 몰라요……. 하지만 그런 생각을 하면 미칠 것만 같아요. 돌아버릴 것 같다고요. 그 생각만 하면 죽어버릴 것 같아요. 그래서 모르핀 없이는 잠을 못 이루죠. 하지만 괜찮아요. 차분히 얘기해보죠. 사람들 모두 이혼하라고 하지만, 우선 그 사람이 승낙하지 않아요. 왜냐하면 그 사람은 지금 리디야 이바노브나 백작 부인에게 휘둘리고 있거든요.”

“하지만 할 수 있는 한 해봐야지 않겠어요?”

“그러면 어떻게 될까요? 그건 이런 거예요. 나는 그 사람을 증오하고 있고, 그러면서 부정할 수 없는 죄를 저질렀다고 생각해요……. 그리고 그 사람을 너그러운 사람이라고 생각해요……. 그런 내가 굴욕을 무릅쓰고 편지를 써야 한다는 거예요……. 가령 내가 간신히 참고 편지를 썼다고 해요. 네, 좋아요. 승낙받았다고 해요……. 그렇게 되면 내 아들은 어떻게 되죠? 그 아이를 절대 나에게 보내지 않을 거예요. 그 아이는 어머니가 배신한 아버지 밑에서 나를 경멸하며 자라겠죠. 아시겠어요? 나는 두 사람을 똑같이 사랑하는 것 같아요. 세료자와 알렉세이, 둘 다 나 자신보다 더 사랑해요. 하지만 이 두 사람은 양립할 수 없어요. 하나로 합칠 수 없다고요. 그러나 나에게는 둘 다 필요해요. 그럴 수 없다면 아무래도 상관없어요. 언젠가는 그럭저럭 끝나겠죠. 그러니 나는 이 문제에 대해 이렇다 저렇다 말할 수도 없고 그러고 싶지도 않아요. 정말이지 나를 비난하지 말아줘요. 경멸하지 말아줘요. 나는 경멸받을 이유는 없어요. 그저 남보다 더 불행할 뿐이에요. 불행한 사람이 있다면 그야말로 나를 두고 하는 말이에요."

안나는 이렇게 말하고 얼굴을 돌리며 울음을 터뜨렸다.

혼자 남게 된 돌리는 기도를 올리고 잠자리에 들었다. 안나하고 얘기할 때는 그녀가 너무나 가엾게 느껴졌으나 지금은 도무지 그녀 생각을 할 수 없었다. 집과 아이들 생각이 새로운 빛으로 둘러싸여 돌리의 마음을 끌었기 때문이다. 자기가 사는 세계가 더없이 고귀하고 정겹게 여겨져, 이제 무슨 일이 있어도 다른 곳에서 하루를 보내는 것은 무익한 일이라는 생각이 들었다. 그래서 내일은 꼭 돌아가리라 마음먹었다.

한편, 안나는 자기 방으로 돌아가 잔에 모르핀 몇 방울을 떨어뜨려 마시고 한동안 멍하니 앉아 있다가 마음이 가라앉자 밝은 기분으로 침실로 들어갔다.

안나가 침실로 들어가자 브론스키가 그녀를 유심히 살펴보았다. 오랫동안 돌리의 방에 있었던 것으로 보아 틀림없이 그 이야기를 나누었다고 여기고(그는 알고 있었다) 그러한 기색을 살피려는 것이었다. 그러나 아무것도 발견할 수 없었다. 그는 그녀가 먼저 말해주기를 기대했다. 그러나 안나는 이런 말만 했다.

"당신이 돌리를 마음에 들어 해서 기뻐요. 그렇죠?"

"예전부터 알고 있던 부인이잖소. 더구나 참 좋은 사람인 것 같더군. 지극히 평범한 여자이긴 하지만. 어쨌든 그녀가 와줘서 정말 기뻐요."

그는 안나의 손을 잡고 궁금한 듯 그녀의 눈을 가만히 들여다보았다. 그녀는 그의 눈빛을 다른 뜻으로 받아들이고 생긋 미소를 지었다.

이튿날 아침, 돌리는 주인들이 붙잡는데도 떠날 준비를 했다. 돌리는 바르바라 공작 영애나 남자 손님들과 작별 인사를 하기가 불편했다. 하루를 지내보니 그들과 원만하게 어울릴 수 없다는 것을 알았다. 그래서 한시바삐 돌아가는 것이 좋다고 생각했다. 안나는 슬펐다. 돌리가 떠나면 함께 얘기하면서 감정을 나눌 사람이 없기 때문이었다. 안나는 이 같은 감정을 느끼기가 괴로웠지만, 그래도 안나는 그것이 자신의 정신에서 가장 중요한 부분이며, 지금 같은 생활을 계속하면 곧 사라질 것이 틀림없다는 것을 알고 있었다.

17

브론스키와 안나는 이혼에 대해 여전히 아무런 대책도 세우지 못하고 그해 여름과 가을을 시골에서 보냈다. 둘은 아무 데도 가지 말자고 했으나 둘만 지내는 날이 차츰 많아지고 가을이 되면서 손님들도 오지 않자 어떻게 해서든지 생활을 바꾸지 않고는 견딜 수 없었다.

10월에는 카신 현에서 귀족단장 선거가 있었다. 이 현에는 브론스키, 스비야지스키, 코즈니셰프, 오블론스키는 물론 레빈의 영지도 있었다.

이 선거는 여러 상황과 그와 관계된 사람들의 면면으로 보아 모든 이들의 관심을 끌었다. 온갖 말들이 퍼졌고 사람들도 철저히 준비했다. 지금까지 한 번도 참여한 적 없는 모스크바와 페테르부르크, 심지어 외국에 사는 사람들도 이 선거를 위해 모여들었다.

브론스키는 이미 오래전부터 이 선거에 참여하기로 스비야지스키와 약속했다. 선거가 임박하자 보즈드비젠스코예를 자주 드나들었던 스비야지스키가 브론스키를 찾아왔다.

그 전날 이미 브론스키와 안나 사이에는 예정되어 있던 이 여행 때문에 미묘한 신경전이 있었다. 시골에서는 가장 지루한 계절인 가을이었으므로 브론스키는 안나와 싸울 작정을 하고 전에 없이 엄격하고 냉정하게 여행을 떠나겠다고 선언했던 것이다. 그런데 놀랍게도 안나는 그 말을 차분히 듣고 나서 돌아오는 날짜만 물었다. 그는 그처럼 침착한 그녀의 태도가 너무 뜻밖이어서 멍하니 그녀의 표정을 살폈다. 그러자 그녀는 그와 눈을 마주치며 미소 지었다. 그는 이것이 그녀가 자기 안으로 들어가 버리는 것임을 잘 알고 있었다. 또한 자기에게 알리지 않고 뭔가 혼자 결심했을 때 버릇임을 알고 있었다. 그는 두려웠으나 싸우고 싶지 않아서 자기가 믿고 싶은 대로, 즉 그녀가 분별 있게 행동하리라 믿는다는 투로 대했다. 아니, 그는 웬만큼 그렇게 믿었다.

"당신이 지루해하지 않아야 할 텐데."

"괜찮아요. 어제 고티에에서 책 한 상자가 왔어요. 지루하지 않을 거예요."

'평소와 다름없는 말투로군. 그래, 그게 낫지. 안 그러면 똑같은 일이 벌어질 테니.'

그가 생각했다.

그는 이렇게 안나와 터놓고 상의하지 않은 채 선거를 위해 떠났다. 두 사람이 관계를 맺은 이래 속속들이 털어놓지 않고 헤어진 것은 이번이 처음이었다. 그는 그것이 마음에 걸렸으나 또 어쩌면 그게 낫다고 생각했다.

'물론 처음에는 지금처럼 기분이 좋지 않고 꺼림칙하겠지. 하지만 그녀도 익숙해질 거야. 어차피 나는 그녀에게 모든 걸 바치겠지만, 남자로서 독립만은 포기할 수 없으니까.'

18

9월에 레빈은 키티의 출산 때문에 모스크바로 갔다. 모스크바에서 그는 벌써 꼬박 한 달을 하릴없이 지내고 있었다. 그 무렵 카신 현에 영지가 있어서 이번 선거에 큰 관심이 있던 세르게이 이바노비치가 그곳으로 떠날 준비를 하고 있었다. 그는 셀레즈뇨프 군의 선거권이 있는 동생 레빈에게 같이 가자고 권했다. 그렇잖아도 레빈은 외국에 사는 누이의 후견인 문제와 상환금 수령으로 카신에 가긴 해야 했다.

레빈은 그래도 망설이고 있었다. 하지만 키티가 남편이 모스크바에서 무료한 생활을 하고 있는 것을 보다 못해 여행을 떠나라고 권하고, 남편과 상의도 하지 않고 80루블이나 하는 귀족단의 제복을 주문해버렸다. 이 80루블 때문이라도 레빈은 카신으로 떠났다.

19

새로 선출된 귀족단장과 승리에 의기양양한 신당의 수많은 인사들이 브론스키의 저택에서 만찬을 즐겼다.

브론스키가 선거에 온 첫 번째 이유는 지루한 시골 생활에서 벗어나 자신에게 자유를 누릴 권리가 있음을 안나에게 분명히 보여주기 위한 것이었지만, 그 외에도 지방의회에서 스비야지스키가 자기를 위해 애써 준 것에 보답하고, 무엇보다 자기가 선택한 귀족과 지주로서의 의무를 다하기 위해서였다. 그러나 그는 선거가 이렇게 흥미 있고, 사람을 열중하게 하며, 더욱이 자기가 이토록 잘해내리라고는 생각지 못했다. 그는 이곳 귀족사회에서는 신참이었다. 그러나 벌써 귀족들 사이에 나름의 세력을 가진 것이나 진배없었다. 세력을 형성하는 데 도움을 준 것은 아무래도 그의 재산과 명성과 시내에 있는 화려한 저택(이 저택은 카신에서 가장 큰 은행을 설립하고 금융 일을 하는 친지인 시르코프가 양도한 것이었다), 시골에서 데리고 온 솜씨 좋은 요리사, 그리고 브론스키가 도움을 준, 친구 이상의 관계인 현지사와의 친분 등이었다. 그러나 가장 큰 힘이 된 것은 누구도 차별 없이 대하는 그의 개방적인 태도였다. 그래서 귀족들 대부분이 그가 거만하다는 선입견을 일시에 깨버렸다. 그는 키티의 남편, 그러니까 특별한 이유 없이 자기에 대해 쓸데없는 소리나 하는 저 멍청이 레빈 말고는 자신과 알게 된 모든 귀족이 자기

편이라는 것을 확신했다. 네베도프스키의 성공에도 자기의 힘이 컸음을 그도 확실히 알고 있었고, 다른 사람도 그것을 인정했다. 그래서 그는 자기 집 식탁 앞으로 가면서 자기가 선출한 사람이 당선되었다는 것에 승리의 쾌감을 느꼈다. 그는 선거 자체가 너무나 흥미로워서 앞으로 3년 안에 정식으로 결혼하면 자기도 입후보해야겠다는 생각이 들었다. 이것은 마치 기수를 내보내 경마에서 상품을 타자, 자기가 직접 기수가 되어 출전하고 싶은 마음과 같았다.

지금은 그 기수의 승리를 축하하는 자리였다. 브론스키는 식탁의 상석에 앉았고, 오른쪽에 시종무관인 젊은 지사가 자리했다. 오늘 선거에서 개회사와 연설을 한 이 지사는 많은 이들이 존경하고 숭배하는 이 현의 수장이었다. 그러나 브론스키에게는 자기 앞에서 어쩔 줄 모르고, 그래서 그가 격려하고자 하는 마슬로프 카트카(이것은 귀족 견습사관학교 시절 그의 별명이었다)일 뿐이었다. 왼쪽에는 존경심을 가지고 그를 대하는 네베도프스키가 앉아 있었다.

패배한 스비야지스키는 유쾌하게 자신을 위로했다. 그는 샴페인 잔을 들고 네베도프스키를 보면서 귀족 계급이 지지할 새 당파의 대표자로 이만한 인물도 없다고 말했듯이 굳이 실패라고 생각하지 않았다.

훌륭한 만찬, 러시아의 술집이 아닌 외국에서 직접 들여온 술을 비롯해 모든 것이 고급스럽고 맛도 담백하고 좋았다. 20명쯤 되는 참석자들 모두 스비야지스키가 선별한 사람들로, 같은 자유주의자

이거나, 새로운 생각과 재치가 넘치는, 저마다 대단한 활동가들이었다. 축배도 반농담으로 새 귀족단장을 위해, 지사를 위해, 은행장을 위해, '우리의 친절한 주인'을 위해 들기도 했다.

브론스키도 만족스러웠다. 시골에서 이처럼 유쾌한 분위기에 젖을 수 있으리라고는 생각지 못했던 것이다.

만찬이 끝날 무렵 분위기는 더욱 고조되었다. 지사는 브론스키에게 '동포'를 위한 자선 음악회에 꼭 참석해주면 좋겠다고 말했다. 자기 아내가 주관하는 것인데, 그녀도 브론스키와 친해지고 싶다는 것이었다.

"무도회도 있다네. 이 고장의 미인들이 올 걸세. 정말 재미있을 거네."

"내 취향은 아닌데……."

브론스키는 특유의 언변으로 대답하고는 곧 웃으며 참석하겠다고 말했다.

이제 모두 떠날 때가 되어 담배를 피우려고 하는데 브론스키의 하인이 편지를 쟁반에 받쳐 들고 왔다.

"보즈드비젠스코예에서 급한 편지를 가지고 왔습니다."

하인은 심각한 표정으로 말했다.

안나가 보낸 것이었다. 그는 편지를 읽기도 전에 내용을 짐작하고 있었다. 선거가 닷새 안에 끝나리라 여기고 금요일에 돌아가겠다고 했는데 오늘이 토요일이니 약속대로 오지 않은 것을 질책하는 내용이 틀림없었다. 그가 어젯밤 부친 편지는 도착하지 않았을 테니까.

내용은 짐작대로였으나 그 말투는 예상과 달리 아주 불쾌했다.

아니의 상태가 심각해요. 의사는 폐렴으로 발전할지 모른다고 해요. 나 혼자 어쩔 줄을 모르겠어요. 바르바라 고모님은 도움은커녕 방해만 될 뿐이에요. 그저 어제 당신이 어디에 계셨을까 궁금해 편지를 보내요. 내가 직접 갈까도 싶었지만 그러면 당신이 못마땅해할까 봐 그만두었어요. 내가 어떻게 하면 좋을지 답장 주세요.

아이가 아프다는 사람이 직접 올 생각을 하다니, 게다가 딸이 아픈데도 적의를 품은 이 말투는…….

당선을 축하하는 순수하고 흥겨운 분위기와 이제부터 자신이 들어가야 할 저 음울하고 숨 막히는 사랑이 마음속에 또렷한 대조를 이루자 브론스키는 깜짝 놀랐다. 그러나 돌아가지 않으면 안 되었으므로 그는 그날 밤 가장 빠른 기차 편으로 집으로 향했다.

20

브론스키가 선거를 위해 떠나기 전 안나는 그가 여행을 갈 때마다 반복되는 언쟁은 그의 애정을 식게 할 뿐이고, 그의 마음을 자기에게 붙들어두는 데 아무 도움이 안 된다는 것을 깨닫고는 가능하면 그와 헤어지는 것을 참고 차분하게 받아들이자고 결심했다. 그러나 떠난다는 것을 알리러 왔을 때 그녀를 바라보던 그의 차갑고 매서운 시선에 안나는 모욕을 느꼈다. 그래서 그가 출발하기도 전에 그녀는 이미 마음의 평온을 잃고 말았다.

그 뒤 안나는 혼자 남아서 자유를 주장하는 듯한 그의 시선을 곰곰이 생각해보고 여느 때와 같은 단 하나의 생각, 자기가 굴욕적이라는 데 이르렀다.

'저이는 언제 어디든 마음대로 떠날 권리가 있다. 아니, 그냥 떠나는 것이 아니라 나를 두고 떠날 권리가 있다. 저이에게는 모든 권리가 있지만 나에게는 전혀 없다. 그것을 알면서도 저이가 그런 행동을 하다니. 그런데 저이는 나한테 어떻게 했던가? 차갑고 독한 눈빛으로 나를 보았다. 물론 확신할 수는 없고 자기도 모르게 그런 것이다. 하지만 이전에는 보지 못했던 눈빛이니 여러 의미가 있는 것이다. 그래, 그의 눈빛은 애정이 식었음을 나타내는 것이다.'

안나는 그의 애정이 식어가고 있음을 확신했지만 달리 어쩔 도리가 없었다. 자기를 대하는 그의 태도를 바꿀 방법이 없었다. 지금처럼 자신의 사랑과 매력으로 붙잡아두는 것 말고는 다른 방법이 없었다. 그리고 그녀는 그의 사랑이 식으면 어쩌나 하는 무서운 생각을 지우기 위해 지금처럼 낮에는 일을 하고, 밤에는 모르핀에 의지할 수밖에 없었다. 하지만 방법이 없는 것은 아니었다. 그녀는 그를 붙들어두는 것이 아니라(이것을 위해서는 사랑 말고 아무것도 바라지 않았다) 그녀가 먼저 다가가 자기를 버리지 못하는 위치에 서는 것이었다. 말하자면 이혼을 하고 정식으로 그와 결혼하는 것이었다. 그래서 그녀도 그것을 원했고, 브론스키나 스티바가 먼저 꺼내기만 하면 얼른 승낙하려고 마음먹었다.

그가 집을 비운 동안 그녀는 이런 생각을 하며 닷새를 혼자 지냈다.

하지만 엿새째에 마부만 돌아오고 그가 오지 않자, 그녀는 더 이상 그에 대해서나 그가 그곳에서 무엇을 하고 있을까 하는 생각을 머릿속에서 떨쳐버릴 수가 없었다. 그때 마침 딸이 아팠다. 그녀는 아이를 간호했지만, 그래도 기분은 나아지지 않았다. 더구나 심각한 병이 아니어서 더욱 그랬다. 안나는 아무리 노력해도 이 아이에게 정이 가지 않았고 사랑하는 척할 수도 없었다. 그날 밤 혼자 남게 된 그녀는 너무 신경이 쓰여 시내로 나갈 결심까지 했으나, 곰곰이 생각한 끝에 그 모순투성이의 편지를 쓰고 한 번 더 읽어보지도 않고 급히 보냈던 것이다.

이튿날 아침, 그녀는 그의 편지를 받고 후회했다. 그가 돌아왔을 때, 특히 아이의 병이 심각하지 않은 것을 알았을 때, 그가 떠나기 전에 보였던 그 차가운 시선으로 자기를 볼 거라는 생각에 소름이 끼쳤다. 그러나 그녀는 편지를 쓰기 잘했다는 생각이 들었다. 그녀는 그가 자기를 짐스럽게 생각한다는 것도, 자유를 버리고 자기한테 돌아오는 것을 몹시 섭섭하게 생각하리라는 것도 알고 있었다.

그러나 어쨌든 그가 돌아오는 것이 기뻤다. 그가 자기를 짐스럽게 여긴다 하더라도 그가 자기 곁으로 돌아와 그의 일거수일투족을 볼 수 있으면 그만이었다.

드디어 마차 바퀴 소리와 함께 마부가 말을 다루는 소리가 들려왔다. 그녀는 자리에서 일어났지만 아래층으로 내려가지 않고 멈춰 섰다. 갑자기 거짓말을 한 자신이 부끄러웠던 것이다. 그러나 무엇보다 그가 어떻게 대할지 두려웠다. 그녀는 어느새 모욕감은 온데간데없고, 그저 그가 불쾌한 표정을 지을까 봐 두려울 뿐이었다. 그리고 그녀는 딸이 어제 다 나았다는 사실을 떠올렸다. 그녀는 하필이면 편지를 보낸 그때부터 아이의 병이 나은 것이 못마땅했다. 그녀는 이제 그것 때문에 조마조마했다.

마침내 그의 목소리가 들렸다. 그러자 그녀는 모든 것을 잊고 기뻐서 그를 맞이하러 달려갔다.

"아니는 좀 어떻소?"

그는 뛰어 내려오는 그녀를 올려다보며 조심스럽게 물었다.

그는 의자에 앉았고, 하인이 방한용 구두를 벗기고 있었다.

"정말 많이 좋아졌어요. 이제 괜찮아요."

"그럼 당신은?"

그가 몸을 털면서 말했다.

안나는 양손으로 그의 한 손을 잡고 그의 얼굴에서 눈을 떼지 않으며 그의 손을 자기의 허리로 당겼다.

"정말 다행이군."

그는 차가운 시선으로 안나의 머리 모양부터, 자기를 위해 차려 입은 것이 분명한 옷까지 훑어보았다.

그는 그녀의 차림새가 마음에 들었다. 하지만 얼마나 많이 되풀이되었던 일인가? 그러자 그녀가 그토록 두려워하던 그 냉혹한 표정이 그의 얼굴에 떠올랐다.

"그거 정말 다행이군. 그럼 당신도 괜찮은 거요?"

그는 젖은 턱수염을 손수건으로 닦고 안나의 손에 키스하고 다시 말했다.

'이제 아무래도 상관없어. 이이가 여기 있기만 하면 돼. 여기에 있으면 나를 사랑할 수밖에 없으니까. 정말 사랑하지 않을 수 없어.'

안나는 생각했다.

그날 밤 바르바라 공작 영애도 함께 어울려 즐거운 시간을 보냈다. 그가 선거 얘기를 시작하자 안나는 이것저것 물어보면서 그가 기뻤던 일, 즉 그의 성공으로 이야기를 돌렸다. 그녀도 그가 재미있어 할 만한 집안 이야기를 들려주었다.

그날 늦은 밤 단둘이 있을 때 안나는 자기가 상대를 완전히 지배하고 있음을 확신하고, 그 편지에 대한 좋지 못한 인상을 지워버리고 싶어서 이렇게 말했다.

"솔직히 말해봐요, 당신. 그 편지 받고 화났죠? 그 내용을 믿지 않았죠?"

"그랬소. 말이 안 되는 거였지. 아니가 병이 났다고 하면서 당신이 직접 오겠다니."

"하지만 모두 사실이에요."

"물론 의심하지는 않았소."

"아니에요, 당신은 의심하고 있어요. 당신이 못마땅해하고 있다는 거 알아요."

"아니오, 절대 그렇지 않소. 내가 못마땅한 것은 당신이 의무라는 것을 인정하지 않는 것이오."

"음악회 가는 것도 의무인가요?"

"그 얘기는 그만해요."

"왜 그만해요?"

"내 말은 어쩔 수 없는 사정이라는 것이 있다는 거요. 이번만 하더라도 난 집안일로 모스크바에 다녀와야 해요. 안나, 어째서 그렇게 초조해하는 거요? 내가 당신 없이는 살지 못한다는 것을 잘 알면서."

"그럼 당신은 우리 생활을 부담스럽게 느끼는 거죠……. 온 지 하루 만에 다시 떠나다니요. 세상 남자들처럼……."

안나는 갑자기 다른 목소리로 말했다.

"안나, 그렇게 심한 말이 어딨소. 나는 당신에게 내 인생을 바칠 각오를 하고 있소."

그러나 안나는 그 말을 듣지 않았다.

"모스크바에 나도 따라가겠어요. 여기 혼자 남기 싫어요. 헤어지든 함께 있든 둘 중 하나를 선택해요."

"그러니까 내가 바라는 오직 한 가지가 뭔지 당신도 잘 알고 있지 않소. 하지만 그러기 위해서는……."

"이혼 말이죠? 그 사람에게 편지를 쓸게요. 나도 이제 이런 생활을 도저히 참을 수 없어요. 하지만 이번에는 같이 모스크바에 가겠어요."

"나를 협박하는 것 같군. 나도 당신과 떨어지고 싶지 않아요. 그것 말고는 더 바라는 게 없으니까."

그가 웃으며 말했다.

그러나 이렇게 부드러운 말을 하는 그의 눈에는 싸늘함을 넘어서서 추궁을 받은 나머지 독한 빛이 번득였다.

그녀는 이 눈빛의 의미를 제대로 짐작했다.

'그렇게 된다면 그야말로 불행이지!'

그의 눈동자는 이렇게 말했다. 순간적으로 떠오른 것이었지만 그녀는 영원히 잊지 못했다.

안나는 남편에게 이혼을 요구하는 편지를 썼다. 그리고 11월 말 페테르부르크로 가는 바르바라 공작 영애와 헤어져 브론스키와 함께 모스크바로 떠났다. 그리고 매일매일 카레닌의 답신을 기다리며, 그리고 답신이 오면 곧바로 이혼할 생각을 하며, 정식으로 부부가 된 기분으로 브론스키와 지냈다.

제7부

1

레빈 부부는 벌써 석 달째 모스크바에서 지내고 있었다. 이 방면으로 잘 아는 사람들이 확실하게 계산했다는 키티의 출산 예정일은 이미 한참 전에 지났다. 그녀는 아직 그대로였고, 겉보기에는 두 달 전보다 산기가 가까워진 것 같지도 않았다. 의사나 산파나 돌리나 어머니, 특히 눈앞에 다가온 일에 두려워하지 않을 수 없는 레빈도 불안하기 시작했다. 오직 당사자인 키티만이 아주 차분하고 행복하게 지냈다.

키티는 미래의, 아니 이미 생명을 가지고 있는 아이에게 사랑을 느끼고, 그것을 온몸으로 즐기고 있었다. 태아도 이제 그녀의 일부가 아니라, 어머니로부터 독립적으로 생활하는 때도 있었다. 이로 인해 키티는 자주 통증을 느꼈으나 그럴 때면 묘한 기쁨이 솟구쳐 소리 내어 웃고 싶기도 했다.

이 도시 생활에서 감사할 일은 여기 오고 나서 부부가 한 번도 다투지 않았다는 것이었다. 도시 생활이 시골과는 달라서인지 아니면 부부가 서로 조심하고 이성적으로 생각한 탓인지, 아무튼 모스크바에 올 때 그토록 염려했던 질투로 인한 부부 싸움은 일어나지 않았다.

그러다 두 사람에게 중요한 사건이 일어났다. 그것은 다름 아닌 키티와 브론스키의 만남이었다.

키티의 대모(代母)이며 평소 그녀를 예뻐하던 마리야 보리소브나 노공작 부인이 그녀를 꼭 만나고 싶다고 연락했다. 그때까지 만삭의 몸으로 한 번도 외출하지 않았던 키티는 아버지와 함께 이 존경하는 노부인을 찾아갔는데 거기에서 브론스키를 만난 것이다.

이 만남에서 키티가 잘못한 게 있다면, 한때는 아주 가까웠던, 평상복 차림을 한 그를 알아본 순간 자신도 모르게 숨이 막히고 피가 심장으로 몰리면서 얼굴을 붉혔다는(그녀 스스로 그것을 느꼈다) 것뿐이었다. 하지만 단 몇 초간의 일이었다. 아버지가 일부러 큰 목소리로 브론스키와 얘기를 끝내기도 전에 그녀는 브론스키를 똑바로 쳐다볼 수 있었고, 공작 부인한테 하듯이 이야기할 수 있을 만큼 마음이 가라앉았다. 뿐만 아니라 그 순간에도 자기를 쳐다보고 있는 것 같은 남편이 용납하고도 남을 만큼 말투와 태도, 미소에 이르기까지 자신이 있었다.

키티는 그와 몇 마디 나누고, 그가 '우리 의회'라고 부른 선거에 대해 농담을 했을 때 차분한 미소까지 지을 수 있었다(그 농담을 이해했다는 것을 보여주려고 웃어야 했던 것이다). 그러나 공작 부인에게 얼굴을 돌리고, 그가 작별 인사를 할 때까지 한 번도 그를 보지 않았다.

키티는 아버지가 브론스키에 대해 한 마디도 하지 않아 고마웠다. 더구나 방문을 마치고 평소처럼 산책을 할 때 아버지가 유난히 다정하게 대하는 것을 보고 아버지가 그녀의 태도를 마음에 들어 했다는 것을 알았다.

레빈은 아내에게 마리야 보리소브나 공작 부인 댁에서 브론스키를 만났다는 말을 듣고 그녀보다 더 얼굴이 붉어졌다. 그녀는 이 이야기를 남편에게 꺼내기도 굉장히 힘들었지만, 자초지종을 얘기하기는 더 어려웠다. 왜냐하면 그는 아무것도 묻지 않고 그녀를 바라보며 인상만 쓰고 있었기 때문이다.

"당신이 없어서 정말로 서운했어요. 당신이 거기 없었던 걸 말하는 게 아니에요. 당신이 같이 있었다면 그렇게 자연스럽게 굴지 못했을 거예요……. 나는 지금이 훨씬 더, 훨씬 더 얼굴이 빨갛거든요."

키티는 눈물이 나올 정도로 얼굴이 빨개져서 말했다.

"당신이 문틈으로라도 엿보지 않은 것이 유감이에요."

그녀의 진실한 눈빛을 보고 그는 그녀 스스로 만족했음을 느꼈다. 그래서 그는 그녀가 얼굴을 붉혔는데도 곧 마음을 놓고 그녀가 기대하는 대로 이것저것 물어보았다.

2

"참, 볼 백작 댁에 들러주세요, 네? 클럽에서 식사를 한다고 했죠? 아버지가 당신 자리도 예약하셨거든요. 오늘 아침에는 뭐 할 거예요?"

키티는 11시경 외출하기 전에 들른 레빈에게 말했다.

"카타바소프한테 들를 거요."

"이렇게 일찍요?"

"메트로프를 소개해주겠다고 했소. 오래전부터 메트로프와 내 일 얘기를 하고 싶었거든. 그는 페테르부르크의 유명한 학자니까."

"그래요, 당신이 논문을 그렇게 칭찬하던 그분? 그다음에는 뭐 할 거예요?"

"어쩌면 재판소에 갈지도 몰라요. 누님 일로."

"그럼 음악회는요?"

"혼자 무슨 재미로."

"아니에요. 그런 말 말고 가봐요. 오늘은 새 곡을 몇 개 연주한다던데. 좋아하잖아요. 나라면 어떻게든 갈 텐데."

"어쨌든 식사 전에는 집에 한 번 올 거요."

그가 시계를 보면서 말했다.

"그럼, 프록코트를 입고 가세요. 곧바로 볼 백작 부인 댁에 가도록 말이에요."

"꼭 가야 하나?"

"그럼요! 그분도 우리를 방문해주셨잖아요. 그렇게 어려운 일은 아니잖아요? 잠깐 들러 5분쯤 날씨 얘기하다가 일어나서 인사하고 오면 돼요."

"사실 나는 그런 일에 익숙하지 않아서 말이야. 별것도 아닌 일인데 몹시 부끄럽거든. 글쎄, 좀 이상하지 않소? 아무 관계도 없는 낯선 사람이 찾아와 아무런 용건도 없이 앉아 있다니. 당사자도 귀찮을 것이고, 나도 불편하게 있다가, 그럼 안녕히 계십시오, 하고 나온다는 거 말이야."

키티가 웃었다.

"하지만 결혼 전에는 잘했잖아요?"

"물론 그랬지. 하지만 그럴 때마다 쑥스러웠소. 그런데 요즘에는 통 안 하다 보니 그런 방문을 하느니 차라리 한 이틀쯤 굶는 편이 낫겠다 싶어. 어쩐지 상대가 쓸데없이 왜 찾아왔느냐고 화낼 것만 같단 말이야."

"말도 안 돼요. 화낼 리 없어요. 그런 거라면 내가 보증하죠."

그녀가 웃는 얼굴로 남편을 보며 말했다. 그녀는 그의 손을 잡았다.

"그럼 잘 다녀오세요. 꼭 들렀다 와야 해요."

그가 그녀의 손에 키스하고 나가려는데 그녀가 말했다.

"코스탸, 사실 나한테 50루블밖에 없어요."

"그럼 은행에 가서 찾아오지. 얼마나?"

그는 그녀가 익히 아는 불만스러운 표정으로 말했다.

"아니에요. 잠깐 기다려요. 얘기해야겠어요. 나는 걱정돼서 그래요. 낭비를 하는 것도 아닌데 돈이 술술 나가는 거예요. 우리가 뭔가 잘못하나 봐요."

키티가 남편의 손을 잡고 말했다.

"아니, 그럴 리 있겠소."

그는 헛기침을 하고 그녀의 얼굴을 힐끗 보았다.

그녀는 이 헛기침의 의미를 잘 알고 있었다. 그것은 몹시 불만스러울 때 하는 행동이었다. 아내가 아니라 자신에게 불만인 것이다. 그는 정말 못마땅했다. 그러나 지출이 많아서 그런 게 아니라 옹색한 것을 생각하고 싶지 않았기 때문이다.

"스콜로프에게 밀을 팔라고 하고, 제분소 사용료를 선불로 받으라고 했소. 아무튼 돈 걱정은 하지 말아요."

"하지만 걱정이에요. 돈이 너무 많이……."

"그건 아니야. 절대. 그럼 다녀오겠소."

"아니에요. 사실 어머니 말씀을 듣지 말걸 하는 생각이 들어요. 시골 생활이 훨씬 더 나았어요! 여러 사람에게 걱정을 끼치고 돈은 돈대로 쓰고……."

"아니, 절대 그렇지 않소. 나는 결혼한 이후로 '하지 않은 편이 좋았을걸'이라고 생각한 적이 한 번도 없었으니까."

"정말이에요?"

그녀가 남편의 눈을 쳐다보면서 말했다.

그는 단지 아내를 위로하기 위해 그저 떠오르는 대로 그렇게 말했다. 하지만 그녀의 얼굴을 보고, 그처럼 사랑스럽고 진실한 그녀의 눈빛에서 의아한 기색을 느끼는 순간 이번에는 진심으로 이렇게 생각했다.

'내가 그녀에 대해 까맣게 잊고 있었구나.'

그래서 그는 곧 다가올 일을 생각했다.

"이제 멀지 않았지? 기분이 어떻소?"

그는 아내의 두 손을 잡고 속삭였다.

"지금까지 너무 많이 생각해서 지금은 아무 생각 없어요. 모르겠어요."

"두렵지 않소?"

키티가 피식 웃었다.

"전혀요."

"나는 카타바소프에게 가 있을 테니까 무슨 일이 생기면……."

"아니에요, 아무 일도 없어요. 염려 말아요. 나는 아버지와 함께 산책 나갔다가 거기서 바로 돌리 언니한테 갈 거예요. 그럼, 저녁식사 전에는 돌아오시는 거죠? 참! 아세요? 언니네가 더 이상 어떻게 할 수 없을 정도로 어려워졌대요. 사방에서 빚을 지고 돈 한 푼 없다네요. 어제 어머니와 아르세니(키티는 형부 리보프를 이렇게 불렀다)가 의논했는데, 같이 스티바에게 얘기를 해보기로 하셨대요. 형편이 아주 어려운가 봐요. 아버지한테는 얘기할 수 없고…….
하지만 당신과 아르세니가 잘 말해보면…….”

“우리가 뭘 할 수 있겠소?”

“어쨌든 아르세니한테 가서 의논해보세요. 우리가 결정한 것을 얘기해줄 거예요.”

“그래, 아르세니의 의견이라면 뭐든 찬성이오. 그럼, 그에게도 갔다 오지. 혹시 음악회에 가게 되면 나탈리와 같이 갈 거요. 그럼, 다녀오리다.”

레빈이 현관으로 나서자, 결혼 전에도 그와 함께 지냈고, 지금은 모스크바 생활을 돌봐주는 늙은 하인 쿠지마가 그를 불렀다.

“크라사프티크(시골에서 끌고 온 왼쪽에 멍에를 메운 말이다) 녀석 편자를 갈아주었는데도 계속 절름거리는데 어떻게 할까요?”

레빈은 모스크바에 와서 처음에는 시골에서 끌고 온 말을 썼다. 가능한 돈을 절약하려고 했던 것이다. 그런데 자기 말이 빌린 말보다 더 돈이 많이 들게 되자 지금은 삯마차를 쓰고 있었다.

“그럼, 수의사한테 가봐. 발을 다쳤는지도 모르니까.”

레빈은 모스크바에 왔을 때 처음에는 시골이라면 들지 않았을 지출이라든지, 지극히 비생산적이지만 불가피하게 여기저기 돈이 나가는 것에 깜짝 놀랐다. 하지만 지금은 그러려니 했다. 술꾼에 빗대어 흔히 말하듯 첫 잔은 말뚝처럼 목구멍을 막지만 두 잔째는 매처럼 빨리 날아가고, 석 잔째부터는 작은 새처럼 가볍게 지나간다는 것과 같은 심리였다. 그는 하인과 수위의 제복을 구입하는 데 처음으로 1백 루블짜리 지폐를 헐었을 때 문득 이런 생각이 들었다. '아무 필요도 없는 것을.' 그런 생각을 넌지시 비쳤을 때 공작 부인과 키티가 놀란 것으로 미뤄 아무래도 필요한 것으로 보이는 이 제복의 가격은 여름철 노동자 2명의 품삯과 맞먹는 액수였다. 요컨대 부활절 주간부터 대림절이 시작되기 전 약 3백 일간의 노동에 맞먹는 것이었다. 더구나 매일 아침 일찍부터 밤늦게까지 중노동을 해야 하는 것이었다. 이렇게 생각하자, 그는 이 1백 루블짜리 지폐가 말뚝처럼 목구멍에 턱 걸렸다. 그러나 다음에 친척들을 만찬에 초대하기 위해 모두 28루블어치 식료품을 구입하면서 1백 루블짜리 지폐를 헐었을 때는, 비록 28루블이면 9체트베르티(약 230리터—옮긴이)의 귀리 값에 상당하고, 그것을 거두기 위해서는 땀을 뻘뻘 흘리고 낑낑거리며 베고 묶고 타작하고 풍구질을 하여 부대에 담아야 한다는 생각이 떠올랐지만, 어쨌든 이전보다 쉽게 목구멍으로 넘어갔다. 그리고 요즘 들어 매일같이 지폐를 헐어 쓰는데도 작은 새처럼 쉽게 날아가는 것이었다. 돈을 벌기 위해 들이는 노동력이 그 돈으로 구입하는 것에 대한 만족과 맞먹느냐 하는 고민은 이미 오래전에 사라졌다. 정해놓은 곡물 가격 이하로 팔아서는 안 된다는 채산성도 잊어버렸다. 그토록 오래 유지해오던 호밀 가격을 한 달 전의 시세보다 1체트베르티에 50코페이카나 싸게 팔아버렸다. 더구나 지금처럼 계속 쓴다면 빚을 지지 않고 1년 이상 버틸 수 없다는 계산조차 지금은 아무 의미 없었다.

다만 한 가지가 필요했다. 어쨌든 내일 구입할 쇠고기 값을 걱정하지 않기 위해 어디서 들어오는 돈인지는 상관없이 은행에 예금이 있어야 한다는 것이었다. 그리고 이것은 지금까지 지켜졌다. 그는 언제나 은행에 예금이 있었다. 그러나 이번에는 예금이 바닥나고, 어디서 돈을 구해야 할지 막막했다. 바로 그 때문에 키티가 돈 얘기를 꺼냈을 때 그는 잠시 머릿속이 혼란스러웠던 것이다. 그러나 그는 이제 그런 것을 생각할 틈이 없었다. 그는 카타바소프와 메트로프를 만날 생각을 하며 마차를 몰았다.

3

모스크바에 머무는 동안 레빈은 결혼 후 만나지 못했던 대학 동기 카타바소프 교수와 또다시 친하게 지냈다. 레빈은 카타바소프의 단순하고도 명쾌한 인생관이 좋았다. 레빈은 카타바소프의 인생관이 명쾌한 것은 박약한 천성 탓이라고 생각했다. 반면 카타바소프는 레빈이 가진 사상이 무질서한 것은 지적인 훈련이 부족한 탓이라고 여겼다. 그러나 카타바소프의 명쾌함을 레빈은 좋아했고, 다듬어지지는 않았지만 레빈의 풍부한 사상을 카타바소프는 좋아했기 때문에, 둘은 가끔 만나 토론을 즐겼다.

레빈이 자기 논문 일부를 카타바소프에게 읽어주었는데, 그가 마음에 들어 했다. 카타바소프는 어제 공개 강의 자리에서 만났을 때, 레빈이 몹시 좋아했던 논문의 저자인 유명한 메트로프가 지금 모스크바에 와 있는데, 레빈의 저술에 대해 얘기했더니 대단한 흥미를 보이더라면서 내일 11시에 자기 집에 오기로 했고, 그도 레빈을 만나고 싶어 할 거라고 말했던 것이다.

"자네는 정말 착실하고 정확한 사람이 되었군. 벨 소리를 듣고 자네가 정말 시간에 딱 맞춰 온 건가 싶었네. 그건 그렇고 몬테네그로 사람들 참 독하지 않나? 하긴 타고난 무인들이니까."

카타바소프는 조그만 응접실에서 레빈을 맞이하며 말했다.

"그게 무슨 말인가?"

레빈이 물었다.

카타바소프는 최근 전황을 간단히 전해주고 나서 키가 크지 않고 건장한 체격에 인상이 좋은 사람을 소개해주었다. 그가 바로 메트로프였다.

"이 사람이 토지에 대한 농민들의 자연적 위치에 대해 책 한 권 분량을 썼답니다. 내가 잘 모르는 분야이지만, 이 사람이 생물학적 법칙 아래서만 인간이 존재하는 것으로 간주하고, 오히려 그 반대로 환경에 대한 의존성을 인정하고 그 의존성 속에서 진보와 발달의 법칙을 추구하는 것이 자연과학자인 나로서는 몹시 흥미로웠습니다."

카타바소프가 말했다.

"그거 참 재미있군요."

"사실 나는 농사 경영에 관한 책을 쓰려고 했는데, 농사 경영의 중요한 요소인 농민에 대해 연구를 하는 중에 전혀 예상치 못한 결과에 도달했습니다."

레빈이 얼굴을 붉히며 말했다.

그러고 나서 레빈은 발 디딜 곳을 더듬으며 걸어가듯 조심스럽게 자기 견해를 밝혔다. 그는 메트로프가 경제학의 정설에 반하는 논문을 쓴 것을 알고 있었으나, 자기의 새로운 견해에 대해 얼마나 공감할지는 알 수 없었고, 이 학자의 지적이고 침착한 표정으로도 짐작할 수 없었다.

"그런데 당신은 러시아 농민의 특질을 어떤 관점으로 보십니까? 말하자면 동물적 특성인지 아니면 그들이 처한 환경입니까?"

메트로프가 물었다.

레빈은 이 질문에 자기와 일치하지 않은 사상이 내포되어 있음을 알아챘다. 그러나 그는 여전히 자기의 사상을 설명했다. 그것은 결국 러시아 농민은 다른 나라와는 전혀 다른 토지 개념을 가지고 있다는 점이었다. 그리고 그는 이것을 입증하기 위해, 러시아 국민의 이러한 개념은 동쪽의 광대하고 텅 빈 지대를 개척해야 한다는 사명을 자각한 데서 비롯되었다고 재빨리 덧붙였다.

"국민의 사명으로 결론을 내리면 오류를 범하기가 쉽습니다. 농민의 지위는 토지 및 자본과의 관계에 좌우되니까요."

메트로프가 레빈의 말을 가로채며 말했다.

그는 이제 레빈의 견해를 끝까지 듣지 않고, 자기 학설의 특성을 설명하기 시작했다.

레빈은 그의 학설의 특성을 이해할 수 없었고, 이해하려고도 하지 않았다. 메트로프가 논문에서 경제학자들의 여러 학설에 반박하기는 했지만 다른 학자들처럼 러시아 농민의 지위를 자본, 임금, 땅값의 관점에서만 바라보았기 때문이다. 러시아의 대부분을 차지하는 동부에는 소작료가 없다는 것, 8천 만 러시아 인구의 90퍼센트에 해당하는 사람들이 하루치 양식의 임금을 받을 뿐이며, 자본이라는 것도 아주 수준 낮은 형태로밖에 존재하지 않는다는 점을 메트로프는 알아야 했다. 그러나 그는 여러 가지 면에서 일반 경제학자들과 달리 방금 레빈에게 설명했듯이 임금에 대해 새로운 이론을 주장하면서도 농민에 대해서는 기존의 관점을 고수했다.

레빈은 그의 얘기를 마지못해 들으면서 처음에는 간간이 반박했다. 그는 메트로프의 얘기를 가로막고 자기의 견해를 전부 얘기하고 싶었다. 그러면 더 이상의 설명이 필요 없다고 여겼던 것이다. 그러나 서로의 견해가 너무 달라서 결코 이해할 수 없다는 판단이 서자 반박하지 않고 듣기만 했다. 메트로프의 얘기에 이미 조금도 흥미가 없었지만, 그의 설명을 들으면서 흡족한 기분이 들었다. 이렇게 저명한 학자가 레빈의 지식을 믿고, 때로는 문제의 모든 면을 약간의 암시만으로 제시하며 주의를 기울여 자기의 사상을 열심히 피력한다는 사실에 레빈은 자존감이 충족되었다.

4

레빈이 시간 맞춰 클럽에 도착하자 손님과 회원들이 마차를 타고 잇따라 몰려들었다. 레빈은 오랫동안 클럽에 나가지 않았다. 대학을 갓 졸업하고 모스크바 사교계에 출입한 이후 처음이었다. 그는 클럽과 외부 시설의 사소한 부분까지 기억하고 있었으나, 클럽 분위기에서 느꼈던 인상은 잊고 있었다. 그가 삯마차를 타고 넓은 반달형 뜰에 들어가 현관 층계에 내리자, 수위가 소리도 없이 문을 열고 맞아들이며 공손하게 인사했다. 수위 방에서 그는 손님들이 위층까지 들고 가기 귀찮아 아래층에 벗어놓은 덧신과 털외투 등을 발견했다. 그의 도착을 알리는 오묘한 벨 소리가 들렸고, 카펫이 깔린 완만한 계단을 올라가니 층계참에 조상(彫像)이 놓여 있었다. 2층 문 앞에서는 클럽 제복 차림의 나이 지긋한 낯익은 세 번째 수위가 적절히 틈을 봐가며 문을 열고 들어오는 손님을 힐끗 확인했다. 그 모든 것을 보는 순간 레빈은 예전 클럽의 인상, 휴식과 만족과 예의를 갖춘 분위기가 떠오르면서 거기에 매료되었다.

"모자는 이리 주십시오."

수위가 레빈에게 말했다. 레빈은 모자를 수위 방에 두는 클럽의 규칙을 깜빡했던 것이다.

"정말 오랜만이십니다. 노공작께서 어제 선생님 이름을 기입하셨습니다. 오블론스키 공작께서는 아직 안 오셨습니다."

수위는 레빈뿐 아니라 그의 친척들까지 알고 있었다.

칸막이를 세워 통로로 만든 처음 홀과 칸막이를 쳐서 과일들을 쌓아놓은 오른쪽 방을 지나 레빈은 천천히 걸어가고 있는 노인을 앞질러 수많은 사람들이 북적거리는 식당으로 들어갔다.

그는 손님들을 살펴보면서 거의 차 있는 식탁을 따라 걸어갔다. 여기저기 늙은이, 젊은이, 조금 아는 사람, 친한 사람들의 얼굴이 눈에 들어왔다. 불쾌해 보이거나 근심에 찬 사람은 없었다. 모두 근심 걱정은 모자와 함께 수위 방에 놓아두고 여기서는 이 세상의 물질적 행복을 여유롭게 즐기려는 것 같았다. 스비야지스키, 셰르바츠키, 네베도프스키, 노공작, 브론스키, 세르게이 이바노비치도 있었다.

"왜 이렇게 늦었나?"

노공작이 웃는 얼굴로 반기며 어깨 너머로 한 손을 뻗었다.

"키티는 괜찮은가?"

공작은 조끼 단추에 꽂은 냅킨을 매만지면서 덧붙였다.

"잘 지냅니다. 괜찮습니다. 아마 지금 세 자매가 함께 식사하고 있을 겁니다."

"아, 알리나 나디나 말이군. 그런데 이쪽에는 빈자리가 없네. 얼른 저쪽에 가서 앉게."

공작은 말하더니 몸을 돌리고 가자미 수프 접시를 조심스럽게 받아 들었다.

"레빈, 이리 오세요!"

조금 떨어진 곳에서 다정한 목소리가 들렸다. 투로프친이었다. 그는 젊은 군인과 나란히 앉아 있었고, 그 옆에는 의자 2개가 거꾸로 놓여 있었다. 레빈은 그들에게 다가갔다. 그는 착한 바람둥이인 투로프친을 좋아했다. 그는 키티에게 사랑을 고백했을 때의 추억과 관련이 있었다. 더구나 오늘은 고상한 얘기만 하다 온 터라 투로프친의 선한 얼굴이 특히 즐거워 보였다.

"당신과 오블론스키를 위해 미리 자리를 잡아두었습니다. 그분도 곧 오실 겁니다."

늘 활기차게 웃는 듯한 눈매를 가진, 일부러 반듯한 자세로 앉아 있는 군인은 페테르부르크의 가긴이었다. 투로프친이 두 사람을 소개해주었다.

"오블론스키는 항상 지각이군요."

"아, 저기 오네요."

"자네도 지금 왔지? 잘했어. 보드카는 마셨나? 그래, 그럼 가지."

오블론스키가 성큼성큼 다가오면서 말했다.

레빈은 일어서 그와 함께 몇 가지 보드카와 다양한 안주가 놓인 커다란 탁자로 갔다. 스무 가지나 되는 안주 중에 좋아하는 것을 고를 법도 했으나 오블론스키는 다른 걸 주문했다. 그러자 제복을 입은 급사가 곧바로 주문한 음식을 가지고 왔다. 두 사람은 한 잔씩 마시고 다시 식탁으로 돌아갔다.

생선 수프를 다 먹기도 전에 가긴은 샴페인을 주문하여 네 잔을 따르라고 했다. 레빈은 권하는 술을 다 마시고 한 병 더 주문했다. 몹시 배가 고팠던 그는 흡족하게 먹고 마셨다. 그리고 더욱 흡족하고 유쾌한 기분으로 사람들의 실없는 이야기에 끼어들었다. 가긴은 목소리를 낮춰 페테르부르크에서 떠도는 새로운 소문을 들려주었다. 추접하고 바보 같은 이야기였으나 너무나 우스꽝스러워서, 레빈은 옆 사람들이 깜짝 놀라 쳐다볼 정도로 크게 소리 내어 웃었다.

"이것도 마찬가지로 '도저히 참을 수가 없는!' 그런 얘기인데 말이지. 자네, 알고 있나? 정말 재밌는 얘기야!"

오블론스키가 말했다.

"이봐, 한 병 더!"

그가 급사에게 말했다.

"표트르 일리치 비노프스키께서 드리는 겁니다."

몸집이 작은 나이 지긋한 급사가 오블론스키의 얘기를 자르며 거품이 이는 샴페인을 따른 얇은 잔 2개를 오블론스키와 레빈에게 들고 왔다. 오블론스키는 잔을 받아 식탁 맞은편에 앉아 있는, 붉은 콧수염의 대머리 사내와 눈짓으로 인사를 나누고 환하게 웃으며 고개를 끄덕였다.

"누군가?"

레빈이 물었다.

"우리 집에서 만난 적 있잖아. 기억 안 나나? 좋은 친구네."

레빈은 오블론스키를 따라 잔을 높이 들어 올렸다.

오블론스키가 들려준 것도 굉장히 우스운 이야기였다. 레빈도 자기가 아는 이야기를 들려주었는데, 다른 사람들이 재미있어 했다. 마침내 말 이야기로 옮겨가 오늘 경마에서 브론스키의 아틀라스가 얼마나 멋지게 우승했는지 이야기했다. 레빈은 어떻게 식사를 했는지 모를 정도였다.

"아, 저기 있군!"

식사가 끝날 무렵 오블론스키는 의자 등받이 너머로 몸을 한껏 젖히고 키가 훤칠한 근위대 대령과 같이 들어온 브론스키에게 손을 내밀며 말했다. 클럽 전체 분위기처럼 브론스키도 즐겁고 환한 표정을 짓고 있었다. 그는 경쾌한 몸짓으로 오블론스키의 어깨를 팔꿈치로 짚고 뭔가를 속삭이더니 역시나 환한 미소를 지으며 레빈에게 손을 내밀었다.

"여기서 뵙다니 참으로 반갑습니다. 지난번 선거에서 당신을 찾았는데 떠나셨다더군요."

그가 레빈에게 말했다.

"네, 그날 바로 떠났습니다. 우리는 지금 당신의 말 얘기를 하고 있었습니다. 축하드립니다. 엄청난 속력이었다죠?"

레빈이 말했다.

"당신도 말을 가지고 있다고 들었습니다."

"아닙니다, 아버지께서 많이 가지고 계셨죠. 그래서 나도 말에 대해 기억하는 것도 많고 잘 알고 있죠."

"자네 식사는 어디서 했나?"

오블론스키가 물었다.

"기둥 뒤쪽 두 번째 식탁에서."

"이 사람을 위해 축배를 들었어요. 두 번째 받는 황제상이니까요. 이 사람의 말과 같은 행운을 카드에서 얻으면 좋을 텐데 말입니다."

키가 훤칠한 대령이 말했다.

"자, 귀한 시간 낭비하면 안 되죠. 어디 지옥(도박장을 이른다.—옮긴이)으로 한번 가볼까요."

대령은 말하고 식탁을 떠났다.

"저 사람이 야시빈입니다."

브론스키는 투로프친에게 말하면서 비어 있는 옆자리에 앉았다. 그는 따라 주는 샴페인을 들이켜고 나서 한 병 더 갖고 오라고 했다. 클럽의 분위기 탓인지 아니면 술기운 탓인지, 레빈은 브론스키에게 우수한 혈통을 가진 말에 대해 얘기하면서 그에게 어떤 적대감도 들지 않았다. 그는 또한 마리야 보리소브나 공작 부인 댁에서 아내가 그를 만났다는 얘기를 들었다고 했다.

"오, 마리야 보리소브나 공작 부인! 참 아름다운 부인이지!"

오블론스키가 그녀에 대한 얘기를 하자 사람들 모두 웃었다. 특히 선하게 웃는 브론스키를 보면서 레빈은 이제 그와 화해한 것처럼 느껴졌다.

"이제 끝났나? 자, 가지!"

오블론스키가 일어나며 말했다.

5

투로프친은 커다란 음료수 잔을 들고 당구실 소파에 앉아 있었고, 오블론스키와 브론스키는 멀찍이 떨어진 구석 쪽 문가에 서서 뭔가 얘기를 나누고 있었다.

"그 애가 우울해하는 것은 아니지만, 어쨌든 불분명하고 확실하지 않아서 말이야."

레빈은 이런 말을 듣고 다시 나가려고 했으나 오블론스키가 그를 보고 불렀다.

레빈은 그의 눈에 물기를 머금은 것을 보았다. 눈물이 아니라 술을 마셨거나 몹시 감동했을 때 나타나는 것인데, 이번에는 둘 다 해당되었다.

"레빈, 잠깐만."

오블론스키가 이렇게 말하더니 절대 놓지 않겠다는 듯 그의 팔꿈치를 꽉 붙들었다.

"이 사람은 진정으로 가장 친한 친구네. 그리고 자네도 이 친구 못지않게 소중한 친구야. 그래서 나는 두 사람이 친하게 지냈으면 좋겠어. 또 그렇게 될 거라고 생각해. 왜냐하면 둘 다 좋은 사람들이니까."

그가 브론스키를 보며 말했다.

"그럼, 우리는 이제 우정의 키스만 하면 되네."

브론스키가 심심한 농담을 하며 한 손을 내밀었다.

"정말 기쁩니다."

레빈이 주저하지 않고 그의 손을 꽉 잡으며 말했다.

"여기, 샴페인 한 병."

오블론스키가 소리쳤다.

"나야말로 정말 기쁩니다."

브론스키가 말했다.

그러나 오블론스키는 물론이고 본인들도 이야기를 나누고 싶었지만 두 사람은 딱히 할 말이 없었고, 그들도 이것을 느끼고 있었다.

"이 친구는 아직 안나를 만난 적이 없네. 그래서 이 친구를 데려가려고 하는데."

오블론스키가 브론스키에게 말했다.

"정말인가? 그녀가 매우 기뻐하겠는데. 지금 당장 집에 가고 싶군. 하지만 야시빈이 걱정이야. 저 친구 끝날 때까지 여기 있어야겠네."

브론스키가 말했다.

"뭐야, 재미를 못 보는 건가?"

"계속 지기만 했네. 저 친구를 멈추게 할 사람은 나뿐이지."

"그럼 피라미드 한판 할까? 레빈, 자네는 어때? 좋아, 잘됐어. 피라미드를 준비해주게."

오블론스키가 게임 관리자에게 말했다.

"준비되어 있습니다."

게임 관리자가 벌써 공을 삼각형으로 쌓아놓고 빨간 공을 굴리며 대답했다.

"좋아, 시작하지!"

게임을 한 판 마치고 브론스키와 레빈은 가긴의 탁자로 갔다. 그리고 레빈은 오블론스키의 권유로 포인트 놀이에 끼어들었다. 브론스키는 쉴 새 없이 찾아오는 친지들에 둘러싸여 탁자 곁에 앉기도 하고, 야시빈의 상황을 살피러 지옥으로 가보기도 했다. 레빈은 낮 동안 쌓였던 정신적 피로가 풀려 유쾌하게 즐겼다. 브론스키에 대한 감정이 풀려서 기뻤고, 평안과 예의와 만족감이 계속 이어졌다.

게임이 끝나자 오블론스키는 레빈의 팔을 붙잡았다.

"자, 이제 안나에게 가지. 지금 바로 어떤가? 안나는 집에 있거든. 나는 전부터 자네를 한번 데려가겠다고 했어. 자네, 오늘 밤 다른 일 있나?"

"딱히 일은 없네. 스비야지스키와 농업협회에 가기로 했지만 괜찮아. 가세."

레빈이 말했다.

"좋아. 내 마차가 도착했는지 좀 알아봐."

오블론스키가 급사에게 말했다.

레빈은 탁자로 다가가 포인트 놀이에서 잃은 40루블을 지불하고, 문 앞에 서 있는 늙은 급사만 아는 은밀한 방법으로 클럽 비용을 치르고, 양손을 힘차게 흔들며 홀을 빠져나와 현관문으로 나갔다.

6

"오블론스키 공작의 마차!"

수위가 부루퉁한 낮은 목소리로 외쳤다. 마차가 도착하자 두 사람은 올라탔다. 레빈은 마차가 클럽 정문을 벗어날 때까지 아주 잠깐 평안과 만족과 고상한 분위기를 음미했다. 그러나 마차가 울퉁불퉁한 큰길을 흔들리며 달려가자, 또한 마주 지나치는 삯마차 마부의 성난 듯한 외침을 듣고, 흐릿한 불빛이 흘러나오는 선술집과 작은 가게의 붉은 간판을 보는 순간 이 느낌은 순식간에 사라졌다. 그는 자기의 행동을 뉘우치고 안나를 만나러 가는 것이 바람직한 일인지 자문해보았다. 키티가 뭐라고 할까? 그러나 오블론스키는 레빈이 생각해볼 틈도 주지 않고, 마치 그가 의구심을 품고 있는 것을 아는 듯 어물어물 넘어가려 했다.

"얼마나 기쁜지 모르네. 그 애를 만나면 분명히 자네도 좋아하게 될 거야. 알고 있나? 돌리도 예전부터 이러기를 바랐네. 리보프도 그 애를 만나러 간 적이 있고, 지금도 가끔 가지. 내 동생이라서 그런 게 아니라 그 애는 아주 훌륭하고 떳떳하네. 자네도 곧 알게 될 거야. 하지만 그 애는 무척 괴로운 상황에 놓여 있네. 지금은 특히 더하고."

오블론스키가 말했다.

"더하다고? 왜 그런 건가?"

"사실 지금 남편하고 이혼하려고 하네. 상대도 동의했는데 문제는 아들이야. 사실은 진작에 끝냈어야 할 일인데, 석 달째 질질 끌고 있네. 이혼하면 그 애는 곧바로 브론스키와 결혼식을 올릴 거라네. 정말 바보 같지 않나? '이사야여, 기뻐하라.'고 노래하면서 교회 안을 빙빙 도는 낡은 관습(교회에서 결혼식을 올리는 것을 말한다.—옮긴이) 말이야. 요즘 누가 그런 걸 믿나. 사람들의 행복에 방해가 될 뿐이지. 어쨌든 그렇게만 되면 그들도 나나 자네처럼 정상적이고 명확한 관계가 될 거야."

오블론스키가 말했다.

"그런데 뭐가 복잡하다는 건가?"

레빈이 물었다.

"그건 정말 장황하고 지겨운 이야기네. 뭐 하나 명확하게 정해진 것이 없어서 말이야. 그러나 중요한 문제는, 그녀가 이제나저제나 이혼만을 기다리면서 자기들을 모르는 사람이 없는 이 모스크바에서 벌써 석 달째 머물고 있다는 거야. 밖에도 안 나가고 여자들은 돌리 말고는 아무도 만나지 않아. 왜냐하면 그녀는 동정으로 방문하는 건 딱 질색이거든. 저 바보 같은 바르바라 공작 영애까지 체면이 안 선다면서 가버렸다네. 이런 상황에서 다른 여자 같으면 어쩔 줄을 모를 거야. 하지만 자네도 보면 알겠지만, 그 애는 냉정을 잃지 않고 차분히 생활하고 있다네."

"하지만 그녀에게는 딸이 있잖은가? 아이를 돌보느라 여념이 없을 텐데?"

레빈이 말했다.

"자네는 모든 여자를 그저 알을 품은 암탉으로만 여기는군. 여자들이 바쁘다고 하면 무조건 아이 때문이라고 생각하지. 그 애는 딸도 잘 키우고 있는 것 같은데, 딸아이 얘기는 잘 모르겠고, 그녀는 글을 쓰느라 무척 바쁘다네. 자네는 비웃을지 모르지만, 그녀는 어린이책을 쓰고 있네. 아무한테도 말하지 않았지만 나한테는 읽어주더군. 그래서 내가 그 원고를 보르쿠예프에게 보여줬네. 그 출판업자 말이야. 본인이 직접 책도 쓰고 그쪽으로는 잘 아는 사람인가 본데 아주 훌륭하다더군. 그렇다고 여류 작가는 아니고. 그 애는 무엇보다 다정다감한 여자라네. 이제 곧 자네도 알게 되겠지만 지금은 영국인 소녀와 그 식구들이 그 집에 살고 있는데, 그래서 몹시 바쁜 거라네."

오블론스키가 말했다.

"아니, 무슨 자선 사업이라도 하나?"

"자네는 무슨 일이든 삐딱하게 보는 것 같군. 자선 사업이 아니라 진심으로 마음이 우러나서 하는 거야. 브론스키 집에는 영국인 말 조련사가 있는데 그쪽으로는 아주 능력이 뛰어나다네. 그런데 술을 너무 많이 마셔서 알코올중독자가 되어 집안 식구들을 거들떠보지도 않아. 그래서 그 애가 도와주다 보니 지금은 온 가족이 들어온 거네. 그런데 돈으로 베푸는 것이 아니라 사내아이는 중학교에 입학시키기 위해 그녀가 러시아어를 가르치고, 계집아이는 자기가 떠맡았다네. 아무튼 곧 만나면 알게 될 걸세."

마차가 저택 정문으로 들어갔다. 오블론스키는 썰매 한 대가 서 있는 현관 앞에서 요란스럽게 벨을 울렸다.

그러고는 임시로 고용한 하인이 문을 열어주자 주인이 있는지 없는지 묻지도 않고 곧장 들어갔다. 레빈은 이것이 잘하는 짓인지 어떤지 점점 더 의구심을 가지며 그 뒤를 따라갔다.

레빈은 거울을 들여다보고서 자신의 얼굴이 빨갛게 된 것을 알았다. 그러나 취하지는 않았다는 것을 확신하고 오블론스키의 뒤를 따라 카펫이 깔린 층계를 올라갔다. 오블론스키는 친근하게 인사하는 하인에게 안나가 혼자 있는지 물어보았다. 하인은 보르쿠예프 씨가 와 있다고 말했다.

"어디 계시나?"

"서재에 계십니다."

오블론스키와 레빈은 어두운 색깔의 판자벽으로 둘러싸인 크지 않은 식당을 지나 부드러운 카펫을 밟고 검고 커다란 갓을 씌운 램프가 켜진 어두운 서재로 들어갔다. 벽에 걸린, 반사경이 달린 또 다른 램프 하나가 여인의 커다란 전신 초상화를 비추고 있었다. 레빈은 저도 모르게 초상화에 눈이 갔다. 그것은 이탈리아에서 미하일로프가 그린 안나의 초상화였다. 오블론스키가 무슨 덩굴을 길게 이어 격자로 얽은 칸막이 뒤로 사라지고, 계속 들리던 남자의 목소리가 뚝 그쳤을 때도 레빈은 램프 불빛을 받아 액자에서 톡 튀어나올 것 같은 초상화에서 눈을 뗄 수 없었다. 그는 자신이 어디 있는지, 서재에서 들리는 사람들 얘깃소리도 아랑곳하지 않고 초상화에 빠져들었다. 그것은 그림이 아니라 살아 있는 아름다운 여인이었다. 물결치는 듯한 검은 머리, 맨살이 드러난 어깨와 팔, 부드러운 솜털이 난 입가에 수심에 잠긴 듯 희미하게 미소가 어려 있고, 상대를 어쩔 줄 모르게 만드는 시선으로 부드럽고 당당하게 레빈을 가만히 바라보고 있었다. 그것이 살아 있는 사람이 아니라는 증거는 비현실적으로 너무 아름답다는 것뿐이었다.

"어머, 너무 반가워요."

갑자기 바로 옆에서 목소리가 들렸다. 그가 넋을 잃고 바라본 초상화 속 여자의 목소리였다. 안나가 격자 칸막이 뒤에서 나와 레빈에게 인사했다. 그리고 레빈은 서재의 희미한 불빛 속에서 다채롭게 보이는 푸른색 수수한 옷차림을 한 초상화 속의 그 여자를 보았다. 그 자세도 표정도 그림과는 달랐으나, 화가가 초상화에서 표현한 바로 그 완벽한 아름다움을 그대로 간직하고 있었다. 현실의 그녀는 그림만큼 눈부시지는 않았으나, 그림에서는 볼 수 없는 살아 있는 새로운 매력이 있었다.

7

안나는 레빈을 만나 기쁜 표정을 숨기지 않고, 그를 맞이하려고 자리에서 일어났다. 그리하여 그녀가 작고 생기 넘치는 손을 그에게 내밀었을 때, 그리고 보르쿠예프를 그에게 소개해준 다음 자리에 앉아 뜨개질을 하는 붉은 머리의 귀여운 소녀를 양녀라고 소개했을 때의 다정한 태도가 상류층 부인답게 차분하고 자연스러워서 레빈은 기분이 좋았다.

"참으로 기뻐요."

그녀가 또다시 말했다. 그녀가 하면 이런 흔한 말조차 레빈의 귀에는 특별한 의미가 있는 것처럼 들렸다.

"나는 예전부터 당신을 존경하고 있었어요. 오빠와 친한 친구인 데다 당신의 부인을 보고……, 부인과는 아주 잠깐 만난 인연이 있어요. 그때 부인은 아름다운 꽃 같았죠. 네, 정말 꽃 같은 부인이에요. 부인께서도 곧 어머니가 되신다죠!"

안나는 가끔 오빠를 보면서 자연스럽게 얘기했다. 레빈은 자기가 그녀에게 좋은 인상을 심어주었다고 느꼈다. 그래서 어릴 때부터 알고 지낸 사람처럼 마음이 가볍고 편하고 유쾌했다.

"내가 보르쿠예프 씨와 함께 알렉세이의 서재에 들어간 이유는…… 담배를 피우기 위해서였어요."

안나는 오블론스키가 담배를 피워도 괜찮냐고 묻자 이렇게 대답했다. 그러고 나서 레빈에게 묻지 않고 거북 등딱지로 만든 담뱃갑을 끌어당겨 한 개비를 뽑아냈다.

"몸은 좀 어떠냐?"

오블론스키가 안나에게 물었다.

"괜찮아요. 신경과민은 늘 그렇고요."

"어때? 근사하지?"

오블론스키는 레빈이 자꾸만 초상화를 쳐다보는 것을 보고 말했다.

"이렇게 근사한 초상화는 처음 보네."

"게다가 정말 똑같지요?"

보르쿠예프가 말했다.

레빈은 초상화에서 실물로 시선을 옮겼다. 그가 바라보는 순간 안나의 얼굴이 신비로운 광채를 발했다. 레빈은 얼굴을 붉혔다. 그는 당혹감을 감추려고 그녀에게 돌리를 만난 지 오래되었냐고 물어보려고 했다. 그러자 마침 안나가 말을 걸었다.

"나는 지금 보르쿠예프 씨와 바셰코프의 최근 그림에 대해 얘기하고 있었어요. 당신도 보셨나요?"

"물론입니다."

레빈이 대답했다.

"실례했어요. 방금 무슨 말씀을 하시려고 한 것 같은데 내가 가로막았네요."

레빈은 돌리를 본 지 오래되었느냐고 물었다.

"아뇨, 어제 왔어요. 그리샤 일로 학교에 대해 몹시 화가 났더군요. 라틴어 선생이 아이를 부당하게 대했나 봐요."

"그렇군요. 그 그림은 나도 봤는데 썩 마음에 들지는 않더군요."

레빈은 그녀가 꺼낸 화제로 돌아가서 말했다.

그는 오전의 사무적인 말투와는 딴판으로 이야기했다. 안나와 얘기하면 말 한 마디가 모두 특별한 의미로 다가왔다. 그는 안나와 대화하는 것도 좋았고, 그녀의 얘기를 듣는 것은 더 좋았다.

그녀는 자연스럽고 재치가 넘치고 여유 있게 이야기를 했다. 그리고 레빈이 보기에는 상대의 쓸데없는 의견에도 큰 의미를 두는 것이었다.

"그럼 두 분은 클럽에 갔다 오신 거예요?"

안나가 오빠를 돌아보며 물었다.

'그래, 이 여자야말로 진정한 여자야!'

레빈은 생각했다. 그는 어느새 넋을 놓고 갑자기 돌변한 아름답고 표정이 풍부한 그녀의 얼굴을 바라보았다. 그녀는 오빠에게 몸을 기울이고 뭔가 이야기를 했다. 무슨 말인지는 들리지 않았지만 그는 갑자기 표정이 변하는 것을 보고 깜짝 놀랐다. 조금 전까지 그렇게 차분하던 아름다운 얼굴에 묘한 호기심과 분노와 오만한 기색이 떠오른 것이다. 하지만 한순간의 변화일 뿐이었다. 그녀는 뭔가를 생각하는 듯 잠시 눈을 가늘게 떴다.

"그렇지만 그 얘기는 누구에게도 재미없을 거예요."

그녀는 이렇게 말하더니 영국 소녀를 돌아보며 영어로 말했다.

"응접실에 차를 준비하라고 일러주렴."

소녀가 일어나 나갔다.

"그런데 저 애는 시험에 붙었나?"

오블론스키가 물었다.

"그럼요, 대번에 붙었죠. 아주 똑똑하고 착실한 아이예요."

"네 딸보다 저 아이를 더 예뻐하는 것 아니냐?"

"남자들은 다 그런 말을 하네요. 애정에 많고 적고가 어딨어요. 딸과 저 아이를 사랑하는 방법이 다른 거예요."

"그 점에 대해 부인께 말씀드리고 싶은 게 있습니다. 저 영국 소녀에게 쏟는 열정의 1퍼센트라도 러시아 어린이 교육이라는 공공사업에 쏟아주신다면, 부인은 그야말로 중대하고 보람 있는 사업을 하게 될 겁니다."

보르쿠예프가 말했다.

"말씀은 고맙지만 그럴 수가 없어요. 알렉세이 키릴로비치 백작도('알렉세이 키릴로비치 백작'이라고 말할 때 그녀는 마치 양해를 구하듯 조심스럽게 레빈을 보았다. 그러자 레빈은 얼떨결에 공손하고 긍정적인 눈빛으로 답했다) 시골 학교를 한번 운영해보라고 해서 몇 번 가보았어요. 물론 아이들은 정말 사랑스러웠지만 그 일에 애정이 가지 않았어요. 당신은 열정이라고 하셨지만, 열정도 애정이 있어야 나오는 거 아니겠어요. 하지만 그런 애정은 의무나 명령으로 끌어낼 수 없는 거예요. 지금 나는 저 아이에게 애정을 쏟고 있지만, 내 자신이 어떻게 해서 그러는 건지 알 수가 없어요."

안나는 또다시 레빈을 쳐다보았는데 그녀의 미소와 시선이 그에게 이렇게 얘기하는 것 같았다.

'나는 당신에게 얘기하는 거예요. 당신의 의견을 존중하고 있고, 우리 둘은 서로를 이해하고 있다는 것을 알아요.'

"나도 그런 기분 충분히 이해해요. 학교든 뭐든 어떤 기관에 열의를 쏟을 수 없어요. 자선 사업이 늘 보잘것없는 효과를 거두는 이유도 바로 그 때문이라고 생각합니다."

레빈이 대답했다.

입을 다물고 있던 안나가 미소 지었다.

"네, 맞는 말씀이에요. 나는 도저히 할 수 없었어요. 그 정도의 아량을 가지지 못했어요. 지저분한 여자아이들이 잔뜩 모여 있는 보육원을 사랑하지는 못해요. 나는 그런 일을 한 번도 해낸 적이 없어요. 그런 일로 사회적 지위를 쌓은 부인들도 상당히 많죠. 지금은 더 많고요."

안나는 겉으로는 오빠를 쳐다보면서, 슬프고 기대는 듯한 눈빛으로 분명 레빈에게 말했다.

"특히 요즘은 무슨 일이든 해야 하는데 도무지 할 수가 없어요."

그러더니 그녀는 갑자기 인상을 찡그리면서(레빈은 그녀가 자기 얘기만 하고 있는 것이 부끄러워 그런 것임을 알았다) 화제를 바꿨다.

"레빈 씨 얘기를 들었어요. 공민으로서 적절하지 않은 분이라고요. 하지만 나는 최대한 당신을 변호했답니다."

"어떻게 말입니까?"

"그건 그때그때 상대의 공격에 따라 다르죠. 그건 그렇고 차 한잔 드릴까요?"

그녀가 일어나 모로코 가죽 장정의 책을 집어 들었다.

"그걸 나한테 주십시오, 부인. 충분히 출판할 가치가 있습니다."

보르쿠예프가 책을 가리키며 말했다.

"아뇨, 안 돼요. 더 수정해야 해요."

"이 친구한테도 얘기했어."

오블론스키는 레빈을 가리키며 동생에게 말했다.

"괜한 말을 했네요. 내가 쓴 글은 리자 메르살로바가 나한테 판, 죄수들이 만든 목각이나 세공 바구니 같은 것에 지나지 않아요. 그는 우리 자선 단체에서 교도소 관련 일을 담당하고 있거든요. 그런 물건은 불행한 사람들의 인내의 기적 같아요."

그녀가 레빈을 보며 말했다.

이때 레빈은 남다른 매력을 느낀 이 여자의 얼굴에서 또 다른 특징을 발견했다. 그녀는 지성과 우아함과 아름다움 외에도 진실한 마음을 가지고 있었다. 그녀는 괴로운 자신의 처지를 조금도 숨기지 않았다. 그 말을 하고 나서 그녀는 한숨을 내쉬더니 얼굴 표정이 화석처럼 굳어졌다. 하지만 그녀의 얼굴은 더욱 아름다웠다. 레빈에게는 신선한 그 표정은 화가가 초상화에 표현한, 행복으로 빛나며 행복을 주는 표정이 아니었다. 레빈은 다시 한번 초상화를 바라보고 나서, 오빠의 손을 잡고 높은 문을 나가는 그녀를 보았다. 그리고 그녀에게 애정과 슬픔을 느끼는 자신에게 깜짝 놀랐다.

그녀는 오빠와 상의할 게 있으니 레빈과 보르쿠예프에게 먼저 응접실로 가달라고 부탁했다.

'이혼 문제일까, 브론스키가 클럽에서 뭘 하고 있는지 궁금해서일까, 아니면 나에 관해서일까?'

레빈은 생각했다. 그는 그녀와 오블론스키가 무슨 얘기를 나누는지에만 신경 쓴 나머지 그녀가 쓴 어린이책이 훌륭하다는 보르쿠예프의 얘기는 귀에 들어오지도 않았다.

차를 마시는 동안에도 레빈은 여전히 즐거웠고, 이야기 내용도 알찼다. 단 한순간도 무슨 얘기를 할지 고민할 필요 없었다. 그뿐 아니라 하고 싶은 말도 다 못할 지경이어서 다른 사람들 이야기에 귀를 기울이며 참고 기다려야 했다. 그녀의 얘기뿐 아니라 보르쿠예프나 오블론스키의 얘기까지 그녀의 관심과 비평으로 특별한 의미를 띠는 것 같았다.

레빈은 이야기를 들으면서 그녀의 아름다움과 재치와 교양뿐 아니라 솔직하고 진실한 성격에 푹 빠졌다. 그는 듣고 얘기하면서도 끊임없이 그녀와 그녀의 내면을 생각하며 그녀의 감정을 헤아리려고 애썼다. 예전에는 그토록 냉정하게 그녀를 비난했던 그가 지금은 왠지 그녀를 옹호하기도 하고, 그녀에게 애정을 느끼면서 브론스키가 그녀를 충분히 헤아리지 못하고 있는 것 같아 그녀가 가엾고 걱정되기까지 했다. 10시 넘어 오블론스키가 돌아가려고 자리에서 일어났을 때도(보르쿠예프는 먼저 가고 없었다) 레빈은 방금 온 것 같은 기분이었다. 그도 아쉬운 기분으로 자리에서 일어났다.

"안녕히 가세요. 기뻐요. 얼음이 녹아서."

그녀는 그의 손을 꼭 쥐고 상대를 끌어당기는 듯한 눈빛으로 그를 쳐다보았다. 그리고 그의 손을 놓고 눈을 가늘게 뜨면서 말했다.

"부인께 꼭 전해주세요. 나는 변함없이 부인을 사랑하고 있다고요. 그리고 부인이 나를 용서할 수 없다면 용서를 바라지 않겠다고요. 내가 겪었던 것을 겪어보지 않고서는 용서할 수 없을 테니까요. 그녀가 그럴 수는 없는 일이죠."

"네, 꼭 그렇게 전하지요."

레빈은 얼굴을 붉히면서 대답했다.

8

'정말 멋진 여자야. 사랑스럽고 가여워.'

레빈은 오블론스키와 함께 차가운 공기 속으로 나오면서 생각했다.

"어떤가? 내 말이 맞지?"

오블론스키는 레빈이 흠뻑 빠진 것을 눈치채고 말했다.

"그래. 저 여자는 비범해! 그저 똑똑한 것을 넘어서서 놀랄 만큼 진실한 여자야. 그녀가 가엾어서 견딜 수가 없어!"

레빈은 생각에 잠긴 듯한 투로 말했다.

"이번에는 다 잘 정리될 거야. 그러니 너무 성급하게 판단하지 말라고. 서로 방향이 다르니, 그럼 이만! 잘 가게."

오블론스키가 마차 문을 열면서 말했다.

레빈은 안나와 주고받은 이야기들을 아주 세세한 것까지 되새기고, 그녀의 얼굴에 떠오른 아주 작은 표정까지 떠올리면서 그녀의 처지를 이해하고 그녀에게 연민을 느끼며 집으로 돌아갔다.

집에 도착하자 쿠지마가 마님은 별일 없었고, 언니들은 이제 막 돌아갔다고 전했다.

키티는 침울하고 쓸쓸한 표정으로 레빈을 맞이했다. 세 자매의 만찬은 더없이 즐거웠다. 그러나 만찬이 끝나고 아무리 기다려도 그가 돌아오지 않자 따분해져서 언니들은 돌아가고 혼자 남아 있었던 것이다.

"어디서 오시는 거예요?"

그녀는 그의 눈빛에서 수상한 기색을 느끼고 물었다. 그러나 그녀는 남편이 거리낌 없이 모두 이야기할 수 있도록 궁금한 내색을 하지 않고 너그럽게 헤아리는 듯한 미소로 오늘 저녁 뭘 했는지 남편의 이야기에 귀 기울였다.

"브론스키를 만나서 너무 기뻤소. 그 남자와 같이 있으면서도 부담스럽지 않고 아무 감정도 일지 않아 좋았소. 당신도 알다시피 나는 앞으로도 그 사내를 절대 만나지 않으려고 할 거야. 하지만 거북한 건 없어졌소."

그는 '절대 만나지 않으려고 한다'는 말을 하는 순간 안나를 만나러 간 일이 떠올라 얼굴을 붉혔다.

"우리는 농민들이 술을 마시는 것에 대해 얘기했는데, 사실 농민과 우리 계급 중 어느 쪽이 더 많이 마시는지 모르겠어. 농민들은 보통 축제일이나 되어야 마시는데 우리는……."

그러나 키티는 농민이 술을 마시는 문제에는 흥미가 없었다. 그녀는 남편의 얼굴이 빨개진 이유가 더 궁금했다.

"그러고 나서 어디로 가셨어요?"

"스티바가 한사코 부탁을 하기에 안나 아르카디예브나한테 갔다 왔소."

그러고는 레빈은 또다시 얼굴을 붉혔다. 그렇게 해서 안나를 만나러 가는 것이 옳은 일인지 아닌지 하는 그의 의문이 마침내 명확하게 밝혀졌다. 그는 이제야 비로소 가지 말았어야 했다는 것을 깨달았다.

키티는 안나라는 이름을 듣는 순간 눈을 둥그렇게 뜨면서 반짝였다. 그러나 그녀는 감정을 억누르고 흥분을 감추며 "어머나!"라고 말했다.

"거기 갔다고 화내는 건 아니겠지. 스티바가 부탁했고, 돌리도 그러기를 바란 일이었으니까."

레빈이 말했다.

"네, 전혀요."

그녀가 말했다. 그러나 그는 그녀의 눈 속에서 감정을 억제하는 기색을 읽었다. 그에게 전혀 득 될 게 없는 것이었다.

"그녀는 굉장히 아름답고 가엾고 좋은 여자더군."

그는 안나에 대해, 그녀의 일과 전해달라던 말을 들려주고 나서 이렇게 덧붙였다.

"물론 가엾은 분이죠."

키티가 말했다.

그는 아내가 차분한 것을 보고 안심하며 옷을 갈아입으러 갔다.

그가 다시 돌아왔을 때 그녀는 안락의자에 그대로 앉아 있었다. 그가 곁으로 다가가자 그녀는 그를 슬쩍 쳐다보더니 울음을 터뜨렸다.

"왜 그래요? 무슨 일이오?"

그는 '왜 그러는지' 짐작하고 있었으나 일부러 물었다.

"당신은 그런 추잡한 여자에게 푹 빠졌군요. 그 여자가 당신을 홀린 거예요. 당신의 눈빛을 보면 알아요. 그래요! 이제부터 어찌 될까요. 당신은 클럽에서 마음껏 술을 마시고, 카드놀이를 하고 나서 그리로 갔죠. 그런 여자한테요! 안 되겠어요. 시골로 돌아가요. 내일 당장 돌아갈 거예요."

레빈은 한동안 아내를 진정시킬 수 없었다. 결국 가엾은 마음과 술기운이 뒤섞여 마음이 흔들리는 와중에 안나의 교묘한 유혹에 넘어가고 말았다고 고백하고, 앞으로는 그녀를 피하겠다는 말로 그녀를 겨우 달랬다. 그가 진심으로 말했던 한 가지는, 모스크바에 너무 오래 머물면서 하는 일 없이 먹고 마시고 늘 똑같은 이야기만 하다 보니 자기가 멍청이가 되었다는 것이었다. 두 사람은 새벽 3시까지 얘기를 나눈 끝에 겨우 화해하고 잠들었다.

9

손님들을 배웅하고 나서 안나는 가만히 앉아 있지 못하고 방 안을 서성거렸다. 그녀는 무심중에(근래 그녀가 만난 모든 젊은 남자들에게 그랬듯이) 레빈이 자기를 좋아하도록 저녁 내내 갖은 노력을 다하고, 게다가 아내가 있는 착실한 남자를 상대로 하룻밤 만에 최대한 목적을 달성할 수 있었는데도, 또 레빈을 꽤 마음에 들어 했으면서도(브론스키와 레빈은 남자들이 보기에는 뚜렷한 차이가 있지만, 여자의 입장에서 그녀는 두 사람에게 공통점이 굉장히 많다는 것을 발견했다. 키티가 브론스키와 레빈을 둘 다 사랑했던 것도 그 때문이었다), 그가 방을 나가는 순간 그에 대한 생각을 지워버렸다.

안나의 머릿속에는 한 가지 생각만이 온갖 형태로 들러붙어 떨어지지 않았다.

'나는 다른 남자에게, 사랑하는 여자와 가족이 있는 남자한테도 이렇게 매력적인데, 어째서 '그이'는 나에게 그토록 냉정한 것일까! 아니, 냉정한 것은 아니야. 그이는 나를 사랑하고 있어. 그건 분명해. 하지만 새로운 뭔가가 지금 우리를 갈라놓고 있어. 어째서 그이는 저녁 내내 집을 비우는 것일까? 그이는 스티바에게 야시빈을 두고 갈 수 없어서 도박을 지켜봐야 한다고 했다. 야시빈이 어린애라도 된단 말인가? 그건 사실이라고 하자. 그이는 절대 거짓말은 하지 않으니까. 하지만 이 사실 속에 다른 뭔가가 있다. 그이는 자신에게 다른 의무가 있음을 나에게 보여줄 기회를 잡고 그것을 즐기는 거야. 나는 그것을 알고, 그것을 인정하고 있어. 그런데 왜 그걸 굳이 나에게 내보이려고 하는 거지? 그이는 나에 대한 자기의 사랑이 자기의 자유를 침해할 수 없다는 것을 보여주고 싶은 거야. 나에게 그것을 보여줄 필요가 뭐 있어. 나에게 필요한 건 사랑인데. 모스크바에서 지내기가 얼마나 괴로운지 그이가 알아주면 좋으련만. 이래서야 내가 살고 있다고 할 수 있을까? 나는 살고 있는 게 아니야. 그저 계속 지연되는 일이 해결되기만을 기다릴 뿐이야. 답장은 여전히 오지 않고 있어! 스티바도 카레닌에게 갈 수 없다고 했고. 나도 더 이상 그 사람에게 편지를 쓸 수 없어. 나는 뭔가를 할 수도, 시작할 수도, 또 바꿀 수도 없다. 나는 다만 꾹 참으면서 영국인 가족을 돌보거나 글을 쓰거나 책을 읽는 것으로 마음을 달래며 기다릴 뿐이야. 하지만 이런 것들은 모두 속임수에 지나지 않아. 모두 모르핀과 같지. 그이가 나를 가엾게 생각해줘야 할 텐데.'

안나는 자기 자신이 불쌍해 하염없이 눈물을 흘리며 생각했다.

그녀는 요란한 벨 소리가 울리자 얼른 눈물을 닦았다. 브론스키가 온 것이었다. 그녀는 램프 가까이 앉아 아무렇지 않은 척 태연하게 책을 펼쳤다. 그가 약속한 시간에 돌아오지 않아 못마땅한 기색을 드러낼 필요가 있었기 때문이다. 그러나 그것을 못마땅하게 여길 뿐이며 자신의 슬픔이나 연민 같은 건 절대 보여서는 안 되었다. 자기가 자신을 가엾어하는 건 괜찮지만, 그가 자기를 가엾게 여겨서는 안 된다. 그녀는 다투고 싶지 않았다. 그녀는 다투려 드는 그를 비난했지만, 지금은 자기도 모르게 다툴 준비를 하고 있었다.

"따분하지 않았소? 정말 끊을 수 없는 매력이 있더군. 도박 말이오."

브론스키가 그녀에게 다가가면서 쾌활한 목소리로 말했다.

"아뇨, 따분하지 않았어요. 이미 오래전부터 따분함을 극복하는 연습을 했거든요. 스티바와 레빈이 같이 왔어요."

"아, 그래. 그들이 당신을 만나러 가고 싶다고 하더군. 어땠소? 레빈 말이오. 괜찮던가?"

그가 그녀 옆에 앉으면서 물었다.

"네, 아주 좋은 분이더군요. 둘 다 조금 전에 돌아갔어요. 야시빈은 어떻게 됐어요?"

"처음에는 1만 7천 루블이나 땄지. 내가 불러내서 돌아가려고 했는데, 다시 시작하더니 지금은 계속 잃고 있소."

"그럼, 왜 지금까지 거기 있었어요? 스티바에게는 야시빈을 데리고 오려고 남아 있겠다더니 그 사람을 두고 왔다는 말인가요."

안나는 갑자기 차갑고 적의에 찬 눈으로 그의 얼굴을 쳐다보며 물었다.

그의 얼굴에도 차가운 표정이 나타났다. 다툴 태세를 갖추는 것이었다.

"첫째, 나는 당신한테 그런 말을 전하라고 그에게 부탁한 적이 없소. 둘째, 나는 절대 거짓말 같은 것 하지 않소. 말하자면 나는 그저 남고 싶어서 남았던 거요. 안나, 어째서 그러는 거요?"

그는 잠시 침묵하고 나서 그녀를 향해 몸을 숙이며 한 손을 펴서 그녀가 자기의 손을 올려놓기를 바랐다.

그녀는 부드러운 유혹에 기뻤다. 그러나 알 수 없는 악한 기운이 그런 유혹에 넘어가지 못하도록 방해했다. 마치 항복하지 못하게 투쟁의 조건이 갖춰진 것 같았다.

"물론 남고 싶었으니 남았겠죠. 당신은 뭐든 하고 싶은 대로 하니까요. 하지만 나한테 굳이 그런 말을 하는 이유가 뭐죠? 누가 당신 권리를 가지고 뭐라고 하던가요? 당신은 정직하기만 하면 된다는 거로군요. 어디 한번 정직한 사람이 되어보세요."

안나는 점점 더 흥분하면서 말했다.

그는 더욱 굳은 표정으로 내민 손을 거두고 뒤로 물러났다.

"물론 당신에게는 이런 일이 고집으로 끝나겠지요."

안나는 상대방의 눈을 뚫어지게 바라보더니 갑자기 화난 표정으로 내뱉었다.

"고집이지요. 당신에게는 나를 이기느냐 지느냐의 문제겠지만, 나에게는……."

그녀는 자신이 불쌍해서 울음이 나올 것 같았다.

"나에게는 어떤 것인지 당신이 이해해주면 좋겠어요! 지금처럼 당신이 나에게 적의를, 그래요, 적의, 적의를 느낄 때 나는 어떤지 알아주세요. 내가 얼마나 불행한지, 나 자신을 얼마나 두려워하는지 당신이 알아준다면!"

그녀는 흐느끼는 모습을 보이고 싶지 않아 고개를 돌렸다.

"도대체 무슨 말을 하는 거요?"

그는 그녀의 절망스러운 표정에 두려움을 느끼며 또다시 그녀에게 몸을 숙이고 손에 키스하며 말했다.

"왜 그런 말을 하는 거요? 내가 집 밖에서 위안거리를 찾는다고 생각하는 거요? 내가 여자들과 교제하려고 한다는 거요?"

"그건 당연한 일이죠!"

그녀가 말했다.

"말해봐요. 내가 어떻게 해야 당신 마음이 편할지? 당신이 행복하다면 무슨 짓이든 할 테니."

그는 그녀의 절망적인 모습에 충격을 받고 말했다.

"지금처럼 알 수 없는 슬픔에서 당신이 벗어날 수 있다면 나는 무슨 짓이든 할 거요, 안나!"

"이젠 괜찮아요, 아무렇지 않아요! 나도 모르겠어요. 외로움 탓인지 신경쇠약인지……. 이런 얘기 그만해요. 그건 그렇고 경마는 어떻게 되었어요?"

안나는 승리의 기쁨을 감추려 애쓰며 물었다.

그는 하인에게 저녁을 준비하라 이르고, 그녀에게 경마 장면을 상세하게 들려주었다. 그러나 그녀는 점점 싸늘하게 변해가는 그의 말투와 태도에서, 그가 자기의 승리에 굴복하지 않고 있다는 것을 알았다. 그리고 자기가 이기려고 했던 그의 고집이 또다시 그의 마음에 뿌리내리고 있음을 느꼈다. 그는 마치 그녀에게 굴복한 것을 후회하듯 더욱 냉정한 태도를 보였다. 그러자 그녀는 자기에게 승리를 안겨준, '내가 얼마나 불행한지, 나 자신을 얼마나 두려워하는지'라는 말이 얼마나 위험한 무기인지, 그리고 두 번 다시 이 말을 쓰면 안 되겠다는 것을 깨달았다. 그리고 그녀는 자신들을 이어주는 사랑과 아울러 그와 자신의 내면에서 몰아낼 수 없는, 싸우기를 좋아하는 사악한 마음이 깃들어 있음을 느꼈다.

10

사람은 어떤 환경에서든 익숙해지게 마련이다. 특히 주위 사람들 모두와 똑같이 살아가는 것을 보면 더욱 그렇다. 석 달 전만 해도 레빈은 지금 자기가 처한 상황에서 편히 잠잘 수 있으리라고는 상상도 하지 못했다. 아무런 목적도 없이 의미 없는 생활을 하고, 더욱이 수입보다 더 많은 지출을 하면서 술에 취해(그는 클럽에서의 자기 행동을 달리 표현할 말이 없었다), 예전에 아내가 사랑했던 남자와 생각 없이 친분을 맺고, 타락했다고 할 수밖에 없는 여자를 찾아가 한층 더 분별없는 짓을 하고, 그 여자에게 푹 빠져 아내를 슬프게 하고서도 편히 잠들 수 있으리라고는 전혀 생각지 못했다. 그러나 그는 피곤한 데다 전날 잠을 설쳤고, 술까지 마셔서 더욱 깊이 잠들었다.

5시에 삐거덕하고 방문 여는 소리에 그는 잠이 깼다. 그는 벌떡 일어나 주위를 둘러보았으나 키티는 옆에 없었다. 그러나 칸막이 뒤에서 불빛이 흔들리고 그녀의 발소리가 들렸다.

"왜 그래요? 키티! 무슨 일이오?"

그는 잠에 취해 말했다.

"아무것도 아니에요. 기분이 좀 안 좋아서요."

그녀는 촛불을 들고 칸막이 뒤에서 나와 유난히 사랑스럽고 의미심장한 미소를 지으며 말했다.

"뭐? 그럼 시작된 건가? 그런 거야? 얼른 심부름꾼을 보내야지."

그는 깜짝 놀라 허겁지겁 옷을 갈아입었다.

"아니에요, 그게 아니에요."

그녀는 웃으며 그의 손을 잡고 말했다.

"정말이에요. 아무것도 아니에요. 기분이 좀 불쾌했던 것뿐이에요. 하지만 이젠 괜찮아요."

그러더니 그녀는 침대로 돌아와 촛불을 끄고 가만히 자리에 누웠다. 숨죽이고 있는 듯 조용하고, 특히 칸막이 뒤에서 나오면서 아무것도 아니라고 말했을 때 이상하게 다정하고 들뜬 표정이 마음에 걸리기는 했으나 그는 너무 졸려서 곧바로 잠들고 말았다. 그가 아내의 숨소리가 너무도 조용하다는 것을 깨닫고, 그의 곁에 꼼짝도 하지 않고 누워 여자의 일생에서 가장 큰 사건을 기다리면서 그 고귀한 영혼 속에서 솟아오른 모든 감정을 이해한 것은 한참 뒤였다.

7시경 그는 어깨를 잡는 아내의 손길과 나지막이 속삭이는 소리에 잠이 깼다. 키티는 남편을 깨우기 안쓰러운 마음과 얘기를 하고 싶은 욕구 사이에서 갈등했던 것 같았다.

"코스탸, 놀라지 말아요. 아무것도 아니니까. 하지만 아무래도…… 리자베타 페트로브나를 불러야겠어요."

촛불이 다시 켜져 있었고, 그녀는 근래 시작한 뜨개질감을 들고 침대에 앉아 있었다.

"놀라지 말아요. 아무것도 아니니까. 나는 전혀 무섭지 않아요."

깜짝 놀란 남편의 얼굴을 보며 그녀가 말했다. 그리고 남편의 손을 자기 가슴에 대었다가 자기 입술로 가져가 꾹 눌렀다.

그는 황급히 일어나 아내에게서 눈을 떼지 않고 정신없이 가운을 걸쳤다. 그러고는 멍하니 서서 그녀를 쳐다보았다. 바로 나가야 하는데 아내의 시선에서 눈을 뗄 수 없었다. 그의 눈에는 지금도 그녀의 얼굴이 사랑스럽게 보였다. 그리고 그녀의 표정과 눈빛을 익히 잘 알고 있었다. 하지만 지금과 같은 아내의 표정은 처음 보았다. 이런 아내 앞에서 어젯밤 아내를 슬프게 한 일이 떠오르자 자신이 더없이 추악하고 끔찍한 생각이 들어 견딜 수가 없었다.

나이트캡 밖으로 비죽 나온 보드라운 머리카락이 드리운 발그레한 아내의 얼굴은 기쁨과 결의로 빛나고 있었다.

키티는 본래부터 가식적인 성격은 아니었으나 지금 갑자기 모든 덮개가 벗겨지고 그녀의 깊은 영혼이 눈 속에 빛나자 레빈은 자기 앞에 드러난 것에 자기도 모르게 감동했다. 그리고 이 순진하고 숨김없는 모습이 한층 더 아름다워 보였다. 키티는 생글생글 웃으면서 그를 바라보았다. 그러다 갑자기 그녀의 눈썹이 움직이더니 머리를 쳐들고 그에게 다가가 그의 손을 잡고 온몸을 바싹 붙이더니 훅 하고 뜨거운 입김을 남편에게 내뿜었다. 그녀는 몸을 비틀며 남편에게 고통을 호소하는 것 같았다. 처음에 그는 버릇처럼 자기에게 죄가 있는 듯 느꼈다. 그러나 부드럽게 빛나는 아내의 눈빛은 '나는 이 고통 때문에 당신을 사랑해요.'라고 말하고 있었다. '나에게 죄가 있지 않다면 도대체 누구에게 죄가 있단 말인가?' 그는 이런 생각을 하며 고통의 책임자를 찾아내 벌하려고 했으나 죄인 같은 건 없었다. 아내는 고통을 호소하면서도 그것을 기뻐하고 사랑하며 견뎠다. 그는 그녀의 영혼이 아름다운 무언가로 채워지고 있음을 느꼈으나 그것이 무엇인지는 알 수 없었다. 그것은 그가 이해할 수 있는 것을 넘어서는 어떤 것이었다.

"어머니에게 사람을 보냈어요. 그러니까 당신은 얼른 리자베타 페트로브나를 데리고 오세요. 아, 코스탸……. 괜찮아요, 이젠."

그녀는 그에게서 떨어지더니 벨을 울렸다.

"자, 빨리 가세요. 파샤가 올 거예요. 나는 이젠 괜찮아요."

그러고는 그녀는 밤중에 하던 뜨개질감을 다시 집어 들고 뜨개질을 하기 시작했다. 레빈은 그것을 보고 깜짝 놀랐다.

레빈이 문을 나가는데 다른 쪽 문으로 하녀가 들어오는 소리가 들렸다. 그는 문 앞에 멈춰 서서 귀 기울였다. 키티가 하녀에게 하나하나 지시를 하고 둘이 함께 침대의 위치를 바꾸기 시작했다.

삯마차를 부를 수 있는 시간이 아니어서 그는 옷을 갈아입고 썰매에 말을 매는 동안 다시 침실로 뛰어왔다. 그는 발돋움을 하고 걷는 게 아니라 나는 것 같았다(그는 그렇게 느꼈다). 침실에서는 하녀 둘이 걱정스러운 표정으로 뭔가를 옮기고 있었다. 키티는 왔다 갔다 하면서 재빨리 손을 놀려 뜨개질을 하며 이것저것 지시했다.

"곧바로 나가서 의사를 불러오겠소. 리자베타 페트로브나한테 사람을 보내기는 했지만 나도 들러보겠소. 더 필요한 것 없소? 그래, 돌리를 불러야겠군."

그녀는 남편을 쳐다보기는 했지만 그의 말을 들은 것 같지는 않았다.

"네, 네, 어서 다녀오세요."

그녀는 미간을 찌푸리고 손을 내저으며 재빨리 말했다.

그가 응접실에 이르렀을 때 침실에서 갑자기 참혹한 신음 소리가 들리더니 뚝 그쳤다. 그는 멈춰 섰으나 한참 동안 무슨 소리인지 알아차리지 못했다.

"아, 그녀 소리야."

그는 머리를 감싸 쥐고 아래층으로 뛰어 내려갔다.

"하느님, 어여삐 여기소서! 자비를 베푸소서. 은혜를 베푸소서!"

그는 아무 말이나 나오는 대로 지껄였다. 더구나 신앙도 없는 그는 이 말을 진심으로 되풀이했다. 지금 이 순간 그는, 자신이 품고 있는 모든 의구심과, 이성적으로 믿음을 가질 수 없다는 자신의 경험으로도 신에게 의지하고자 하는 자신을 막을 수 없다는 것을 알았다. 그 모든 것들이 그의 마음속에서 먼지처럼 날아가 버렸다. 자기 몸과 영혼과 사랑을 손아귀에 쥐고 있다고 느끼는 존재에게 매달리지 않는다면 누구에게 매달릴 것인가?

말은 아직 준비되지 않았다. 그러나 그는 단 1분도 지체하고 싶지 않아서, 이제부터 해야 할 일을 위한 체력과 집중력이 특별히 솟구치는 것을 느끼면서 말을 기다리지 않고 그냥 걸어갔다. 쿠지마에게는 뒤따라오라고 일렀다.

길모퉁이에서 그는 빠르게 달려오는 임대 썰매를 만났다. 작은 썰매에는 벨벳 외투 차림에 머리에 숄을 두른 리자베타 페트로브나가 타고 있었다.

"고맙소, 정말 고맙소!"

그는 금발에 남달리 심각하고 굳은 표정을 한 작은 얼굴을 알아보고 뛸 듯이 기뻐서 되풀이했다. 그는 마부에게 멈추라는 말도 하지 않고 그녀와 나란히 달려갔다.

"그럼 2시간쯤 되었겠군요? 더 넘지는 않았죠? 표트르 드미트리치 댁에 가시더라도 서두르실 건 없어요. 그리고 약국에 가서 아편을 사다 주세요."

그녀가 말했다.

"그럼 별일 없을 거라는 말이오? 하느님, 도와주소서!"

레빈은 대문을 나오는 자기 말을 보며 말했다. 그는 쿠지마와 나란히 썰매를 타고 의사의 집으로 말을 달렸다.

11

의사는 아직 일어나지 않았다.

"늦게 주무셔서 아침에 깨우지 말라고 하셨습니다. 하지만 곧 일어나실 겁니다."

하인이 말했다.

하인은 램프 등피를 닦느라 정신이 없었다. 레빈은 하인이 등피 닦기에 매달려 그의 집에서 벌어지는 일에는 아무 관심이 없는 것을 보고 깜짝 놀랐다. 그러나 곧 생각을 바꿨다. 자기 심정을 아는 사람은 아무도 없고, 또한 알아야 할 의무도 없으므로, 이 무관심의 벽을 깨부수고 목적을 달성하려면 신중하게 생각하고 과감하게 행동해야 한다는 것이었다.

'덤벙거리지 말고 실수를 해서도 안 돼.'

레빈은 지금 해야 하는 모든 일들을 떠올리고 집중력과 체력이 점점 더 강하게 솟구치는 것을 느끼며 스스로 다짐했다.

의사가 아직 일어나지 않았다고 하자 그는 머릿속에 떠오른 여러 계획 중 다음을 실행하기로 했다. 편지를 써서 쿠지마 편으로 다른 의사에게 보내고, 자기는 아편을 사러 약국으로 간다, 자기가 돌아왔을 때도 의사가 일어나지 않았으면 하인을 매수하거나 그것도 안 되면 억지로라도 의사를 깨운다는 것이었다.

아편을 사서 돌아왔을 때도 의사는 아직 일어나지 않았다. 하인은 카펫을 깔고 있었으며 여전히 의사를 깨울 수 없다고 했다. 그래서 레빈은 침착하게 10루블짜리 지폐를 꺼내 또랑또랑하게 말하면서 시간을 허비하지 않으려고 얼른 하인의 손에 쥐어주었다. 그리고 표트르 드미트리치(별 대단한 인물도 아닌 표트르 드미트리치가 지금 레빈에게 얼마나 중요한 사람이던가!)가 아무 때나 오겠다고 약속했기 때문에 화내지 않을 테니 지금 당장 깨워달라고 했다.

하인은 그제야 2층 응접실로 레빈을 안내했다.

레빈은 의사가 기침을 하고, 이리저리 걸어 다니고, 세수하고, 뭐라고 말하는 소리를 들었다. 3분쯤 지났는데 레빈은 한 시간이 넘은 것 같았다. 그는 더 이상 기다리지 못하고 애원하듯 문을 향해 소리쳤다.

"표트르 드미트리치, 표트르 드미트리치! 실례를 용서하시오. 그대로도 상관없으니 들어가게 해주시오. 벌써 2시간 넘게 지났습니다."

"다 됐습니다. 지금 나갑니다!"

의사의 대답이 들렸다. 그러나 레빈은 의사가 웃으며 말하자 어처구니가 없었다.

"1분만이라도."

"지금 바로 갑니다."

의사가 구두를 신으면서 2분이 지나고 옷을 입고 머리를 빗는 데 2분이 지났다.

"표트르 드미트리치!"

레빈은 애절한 목소리로 다시 그를 불렀다. 그러자 단장을 하고 머리를 깔끔하게 빗은 의사가 불쑥 나타났다.

'이런 인간에게 양심이 있을 리 있겠는가! 사람의 생사가 달린 상황에서 머리나 빗고 있다니!'

레빈은 생각했다.

"안녕하십니까! 그리 서두르실 필요 없습니다. 그래, 상태는 어떻습니까?"

의사는 손을 내밀면서 마치 조롱하듯 태연하게 말했다.

레빈은 자세히 이야기한답시고 아내의 상태에 대해 필요 없는 부분까지 하나하나 늘어놓았다. 그러면서 얘기하는 중간 중간 계속 자기와 함께 가달라고 부탁하는 것이었다.

"아니, 그렇게 서두를 필요 없어요. 당신이 몰라서 그래요. 나는 필요 없을 겁니다. 하지만 약속했으니 가긴 갈 거예요. 하지만 서두르지 않아도 됩니다. 잠깐 앉으세요. 커피 한잔 드시겠습니까?"

레빈은 '나를 놀리는 건 아니겠죠' 하는 시선으로 의사를 쳐다보았다. 그러나 의사는 놀릴 생각 같은 건 전혀 없었다.

"알았습니다, 알았어요. 나도 가정을 꾸린 사람인데, 이런 경우에 우리 남편들은 정말 비참하죠. 우리 환자 중에는 이럴 때마다 마구간으로 도망가 버리는 남편도 있죠."

의사가 웃으면서 말했다.

"그런데 어떻습니까? 무사히 끝날까요?"

"지금까지 경과로 보면 틀림없이 순산하실 겁니다."

"그럼 곧바로 가주시는 거죠?"

레빈은 커피를 가져온 하인을 노려보며 말했다.

"한 시간 뒤에."

"안 됩니다. 제발!"

"그럼 커피라도 마시고 가게 해주십시오."

의사는 커피를 마셨다. 두 사람 다 아무 말이 없었다.

"그런데 터키가 무참하게 당하고 있더군요. 어제 외신 보셨습니까?"

의사는 흰 빵을 씹으면서 말했다.

"아니요. 나는 도저히 이렇게 있을 수 없습니다. 그럼 15분 있다가 출발하시겠죠?"

레빈이 벌떡 일어나며 소리쳤다.

"30분 뒤에."

"틀림없겠죠?"

집으로 돌아온 레빈은 공작 부인과 함께 침실로 들어갔다. 공작 부인은 손을 덜덜 떨면서 눈물을 글썽이다가 레빈을 보자 덥석 끌어안고 울음을 터뜨렸다.

"좀 어때요, 리자베타 페트로브나?"

공작 부인은 반들반들한 얼굴에 근심스러운 표정을 지으며 나온

리자베타 페트로브나에게 물었다.

"잘되고 있어요. 남편께서 들어가셔서 제발 좀 누우라고 말씀해 주세요. 그게 더 편하거든요."

산파가 대답했다.

12

그는 시간이 이른지 늦은지도 알 수 없었다. 촛불은 벌써 다 타버렸다. 서재로 들어온 돌리는 의사에게 좀 누우라고 권했다. 마침 진통이 멈출 때여서 레빈은 지금 벌어지고 있는 일들을 깡그리 잊고 의사의 이야기에 귀를 기울였다. 그러자 갑자기 말로 표현할 수 없는 비명이 들렸다. 너무 끔찍한 소리여서 레빈은 미처 일어나지도 못하고 숨죽이며 놀라고 의아한 눈빛으로 의사를 쳐다보았다. 의사는 귀 기울이더니 고개를 갸웃하고 알겠다는 듯 미소 지었다. 이제 레빈은 알 수 없는 일들밖에 일어나지 않아 더 이상 놀라지 않았다.

'원래 이러는 건가 보군.'

그는 이런 생각을 하며 가만히 앉아 있었다. 그런데 누구의 비명이었을까? 그는 벌떡 일어나 침실로 달려가 산파와 공작 부인의 뒤를 돌아가서 머리맡 자기 자리에 섰다.

비명 소리는 그쳤으나 뭔가 달라져 있었다. 산파의 얼굴은 하얗게 질려 있었고, 아래턱이 살짝 떨렸으며 걱정스럽지만 단호한 표정으로 키티를 바라보고 있었다. 땀에 젖고 빨갛게 달아오른 얼굴에 머리칼이 여기저기 들러붙은 키티는 얼굴을 돌려 남편의 눈을 바라보며 두 손을 들어 그의 손을 찾았다. 그녀는 땀에 젖은 두 손으로 차가운 그의 손을 잡아 자기 얼굴로 가져가 꾹 눌렀다.

"가지 말아요. 여보, 가면 안 돼요! 나는 하나도 무섭지 않아요. 무섭지 않아요."

그녀가 빠르게 말했다.

"어머니, 귀걸이를 떼어줘요. 거치적거려요. 당신, 두렵지 않지요? 이제 곧. 금방. 리자베타 페트로브나……."

키티는 빠른 말투로 내뱉고는 미소를 지어 보이려고 했다. 그러다 갑자기 얼굴이 잔뜩 일그러지더니 남편을 밀어냈다.

"아니, 아아, 무서워요! 나 죽어요! 저리 가요, 가!"

그녀가 소리치더니 또다시 뭐라고 표현할 수 없는 비명이 들렸다.

레빈은 머리를 감싸 쥐고 밖으로 뛰쳐나갔다.

"괜찮아요, 괜찮아. 잘되고 있어요!"

돌리가 뒤에서 소리쳤다.

그러나 사람들이 뭐라고 하든 그는 이제 다 끝난 것 같았다. 그는 옆방 기둥에 기대서서 지금까지 한 번도 들어본 적 없는 비명 소리를 들었다. 그러다 미친 듯이 다시 침대로 돌아가 침대 가로대에 얼굴을 묻었다. 끔찍한 비명은 그치지 않았다. 오히려 더 극에 달했다. 그리고 마침내 공포의 절정에 이른 듯 갑자기 뚝 그쳤다. 레빈은 귀를 의심했다. 그러나 비명이 그친 것은 분명했다. 그리고 조용한 웅성거림과 옷자락을 스치며 분주하게 움직이는 소리와 가쁜 숨소리가 들렸다. 그리고 끊기듯 말하는 생기 넘치고 상냥하고 행복한 키티의 목소리가 나지막이 들렸다.

"이제 끝났어요."

레빈이 얼굴을 들자 어느 때보다 아름답고 온화한 얼굴의 아내가 두 손을 힘없이 이불에 툭 던진 채 가만히 그를 바라보고 있었다. 그녀는 미소를 지으려고 했지만 잘되지 않았다.

그는 침대 앞에 무릎을 꿇고 아내의 손을 잡고 몇 번이나 입을 맞췄다. 그녀의 손가락은 힘없이 움직이며 그의 입맞춤에 답했다. 그동안 침대 발치에서 리자베타 페트로브나의 민첩한 손 안에 촛대에 꽂힌 작은 촛불처럼 인간의 생명이 꿈틀거리고 있었다. 조금 전까지만 해도 존재하지 않았던 생명체였다. 이제 그것은 자기와 똑같은 권리와 똑같은 의미를 가지고 살아가며, 자기와 똑같은 존재를 퍼뜨려나갈 것이다.

"어머, 튼튼하기도 해라! 게다가 도련님이에요! 이젠 걱정 마세요."

레빈은 리자베타 페트로브나가 떨리는 손으로 갓난아이의 등을 토닥이며 말하는 소리를 들었다.

"어머니, 정말이에요?"

키티가 말했다.

공작 부인은 대답하지 않고 흐느낄 뿐이었다.

13

9시가 지나자 노공작과 세르게이 이바노비치, 오블론스키가 레빈의 집에 모여 산모를 비롯해 여러 가지 얘기를 나누었다. 레빈은 오늘 아침의 일을 떠올리자 마치 백 년이나 지난 것 같은 기분이었다. 그는 얘기를 나누면서도 계속 아내와 그녀의 자세한 상태를 생각하고, 아들이 생겼다는 것에 익숙해지려고 애썼다. 그러다 얘기하는 중에 갑자기 방을 나가려고 했다.

"딸애한테 가서 봐도 될지 물어보게."

노공작이 말했다.

"알겠습니다."

레빈은 걸음을 멈추지도 않고 대답하며 그녀에게 갔다.

키티는 깨어 있었다. 그리고 세례식에 대해 어머니와 조용히 이야기하고 있었다.

몸단장을 한 그녀는 머리를 빗고 하늘색 머릿수건을 쓰고 두 손은 이불 위에 얹고 반듯하게 누워 있었다. 그녀는 눈으로 남편을 맞이하고 역시나 눈으로 그를 자기 곁으로 불렀다.

"나는 조금 눈을 붙였어요, 코스탸! 그래서 기분이 아주 좋아요."

그녀는 남편의 얼굴을 바라보다 갑자기 얼굴 표정이 바뀌었다. 갓난아이의 울음소리가 들렸던 것이다.

"아기 좀 줘요. 아빠도 봐야죠. 이리 줘요."

리자베타 페트로브나는 발갛고 신기하게 꼬물거리는 것을 안아오면서 말했다.

"잠깐만 기다리세요. 몸단장 좀 하고요."

리자베타 페트로브나는 꼬물거리는 빨간 그것을 침대 위에 놓고 손가락만 놀려 들었다 얹었다 하고는 기저귀를 펼쳐서 그것을 또다시 치켜들더니 둘둘 말아버렸다.

레빈은 이 작고 애처로운 것을 바라보면서 아주 작은 비늘 조각만큼이라도 아버지의 감정을 자신의 가슴에서 끄집어내 보려고 했으나 소용없었다. 혐오의 정만 생길 뿐이었다. 그러나 갓난아이가 발가벗겨지고 자기처럼 손가락 5개가 달린, 다른 손가락과는 확연히 다른 엄지손가락이 달린 여린 고사리손과 사프란 빛깔의 발이 언뜻 보였을 때, 그리고 리자베타 페트로브나가 꼬물거리며 뻗은 작은 손을 부드러운 용수철을 다루듯 눌러서 리넨 옷 속으로 밀어 넣었을 때, 레빈은 갑자기 이 생명체에 연민의 정을 느껴 그녀가 아이에게 상처라도 낼까 두려운 마음에 자기도 모르게 그녀의 손을 밀어냈다.

그러자 리자베타 페트로브나가 웃으며 말했다.

"괜찮아요. 걱정 마세요!"

갓난아이가 몸치장으로 옹골진 인형 같은 모습이 되자, 리자베타 페트로브나는 솜씨를 자랑하듯 아기를 흔든 다음, 레빈이 예쁘게 꾸민 아들을 볼 수 있게 옆으로 비켜섰다.

키티는 곁눈으로 계속 바라보았다.

"자, 이리 줘요."

그녀는 몸을 일으키려고 했다.

"아니, 마님, 그렇게 움직이시면 안 돼요. 잠깐 기다리세요. 안아다 드릴게요. 아빠에게 먼저 씩씩한 도련님을 보여드리고요."

리자베타 페트로브나는 이렇게 말하고 이상하게 생기고 꼬물거리는, 포대기에 머리가 폭 싸인 빨간 생명체를 한 손으로(다른 한 손으로는 아기의 뒤통수를 손가락으로 받치고 계속 흔들고 있었다) 안아 레빈에게 보여주었다. 거기에는 역시나 코와 곁눈질하는 눈과 쩍쩍 입맛을 다시는 입술도 있었다.

"정말 귀엽죠!"

리자베타 페트로브나가 말했다.

레빈은 한숨을 쉬었다. 이 '귀여운 아기'는 그에게 혐오와 연민의 정만을 불러일으킬 뿐이었던 것이다. 그것은 그가 기대했던 감정이 아니었다.

아직 서툰 아기가 키티의 젖을 빨 수 있도록 하는 동안 그는 고개를 돌리고 있었다.

키티의 웃음소리가 들리자 그는 다시 고개를 돌렸다. 아기가 젖을 빨기 시작했던 것이다.

"이젠 됐어요! 충분해요."

리자베타 페트로브나가 말했다. 그러나 키티는 아기를 놓으려고 하지 않았다. 아기는 엄마의 품에서 잠들었던 것이다.

"여기 보세요."

키티는 아기를 남편 쪽으로 돌려 보여주면서 말했다. 노인 같은 아기의 작은 얼굴이 더욱 쭈글쭈글해지더니 재채기를 했다.

레빈은 감격해서 눈물이 나오려는 것을 간신히 참고 웃으며 아내에게 키스하고 어두운 방을 나왔다.

작은 생명체에게 느끼는 감정은 그가 기대했던 것과 전혀 달랐다. 조금도 즐겁거나 기쁘지 않았던 것이다. 오히려 고통스러운 두려움이 새로 태어난 것 같았다. 그것은 연약한 새로운 영역에 대한 의식이었다. 이러한 의식은 처음에는 너무나 괴로웠다. 또한 이 실하거나 야무지지 않은 생명체가 고통스러워할까 봐 두려운 마음이 너무나 강한 나머지 아기가 재채기를 했을 때 무의식적으로 기쁨과 뿌듯함을 느끼고서도 전혀 의식하지 못했다.

14

오블론스키의 상황은 몹시 좋지 않았다.

숲을 판 돈의 3분의 2는 벌써 다 써버렸고, 나머지 3분의 1도 1할을 감해주고 전액을 상인한테 당겨썼다. 상인한테는 더 이상 받을 게 없었다. 더욱이 올겨울에는 돌리가 처음으로 자신의 재산권을 대놓고 주장하며 숲의 잔액 3분의 1에 대한 대금 수령증에 서명하는 것을 거절했다. 봉급은 모두 생활비와 더 이상 미룰 수 없는 자잘한 빚을 갚는 데 써버려 사실상 수중에 한 푼도 없었다.

오블론스키는 곤란한 상황이 지속되는 것을 견딜 수 없었다. 그는 자기가 이렇게 된 것은 자신의 봉급이 너무 적기 때문이라고 생각했다. 그의 지위는 5년 전에는 대단했으나 지금은 그렇지 못했다. 페트로프 은행장은 1만 2천 루블을 받고 있었으며, 중역의 위치에 있는 스벤티스키는 1만 7천 루블을 받고 있었다. 은행 설립자 미틴은 5만 루블을 받았다. 오블론스키는 생각했다.

'분명 나는 잠을 자다가 세상에서 잊혀진 것이다.'

그래서 그는 주변 상황에 눈과 귀를 집중한 끝에 그해 겨울이 끝나갈 무렵 아주 좋은 자리를 발견하고 즉시 그것을 목표로 일을 꾸미기 시작했다. 처음에는 모스크바에서 백부와 백모의 지인들을 동원했고, 마침내 때가 되었다는 판단이 들자 봄에 직접 페테르부르크로 갔다. 그것은 연봉이 1천 루블에서 5만 루블까지 여러 단계이고 상당히 이득이 많은 자리로, 남부철도와 은행의 합병으로 설립된 상호신용대리위원회의 임원직이었다. 이 직위는 비슷한 다른 자리와 마찬가지로 한 사람이 모두 다 갖추기 힘들 만큼 폭넓은 지식과 활동력을 필요로 했다. 하지만 그와 같은 능력을 갖춘 사람이 있을 리 없었으므로, 비교적 공정한 사람에게 주어지는 게 나았다. 오블론스키는 공정한 인물이었을 뿐 아니라 모스크바에 있는 공정한 활동가, 공정한 작가, 공정한 잡지, 공정한 회사, 공정한 경향 등과 같은 특별한 의미에서 공정한 인물이었다. 이것은 인물이나 조직이 공정하다는 의미일 뿐 아니라, 경우에 따라 정부에 따끔한 경고를 할 수 있음을 의미하는 것이었다. 오블론스키는 모스크바에서 이 말을 통상적으로 쓰는 사회에서 활동했고, 거기에서 훌륭한 사람이라는 평가를 받고 있었으므로 다른 사람들보다 이 자리를 차지할 자격을 많이 갖추고 있었던 셈이다.

이 자리는 연봉 7천 루블에서 1만 루블 사이였고, 더욱이 오블론스키는 관직을 유지하면서 그 지위에 앉을 수 있었다. 이 자리에 대한 지명권은 장관 2명과 귀부인 하나, 유대인 2명에게 있었다. 이들에게 이미 연줄을 대어두었지만, 오블론스키는 페테르부르크에 가서 직접 그 사람들을 만나야 했다. 그뿐만 아니라 그는 카레닌을 만나 이혼에 대한 확답을 받아 오겠다고 안나와 약속했다. 그래서 그는 돌리에게 50루블을 받아 페테르부르크로 떠났다.

오블론스키는 카레닌의 서재에 앉아 러시아 재정 악화의 원인을 논한 그의 보고서를 귀 기울여 들으면서 자신의 용건과 안나 얘기를 꺼내기 위해 상대의 읽기가 끝나기만을 기다렸다.

카레닌이 입을 다물고 깊은 생각에 잠긴 표정으로 원고를 넘길 때 오블론스키가 말했다.

"자네한테 부탁할 것이 하나 있네. 포모르스키를 만나면, 내가 이번에 자리가 난 남부철도 상호신용대리위원회의 위원을 몹시 희망한다고 한마디 해줄 수 없겠나?"

오블론스키는 이 지위를 열망한 나머지 이름을 한 번도 버벅거리지 않고 술술 말했다.

카레닌은 새로 생긴 그 위원회가 무슨 일을 하는지 물어보고는 자기가 입안한 내용과 배치되는 건 아닌지 생각해보았다. 그러나 서로 너무 광범위해서 당장 판단할 수가 없자 코안경을 벗으며 말했다.

"말해줄 수는 있지만 왜 그 자리를 원하는 거죠?"

"연봉이 세다네. 9천 루블까지 받을 수 있어. 알다시피 지금 내 상황이……."

카레닌은 눈살을 찌푸렸다. 이와 같은 고액 연봉은 언제나 긴축에 주안점을 두는 그의 입안과 근본적으로 배치된다는 사실이 떠올랐던 것이다.

"나는 언젠가 보고서에도 썼듯이 고액 연봉이야말로 정부의 재정 상태가 잘못됐다는 핵심적인 증거라고 생각합니다."

"그럼 자네는 어떻게 하기를 바라는 건가? 은행장은 1만 루블이나 받고 있네. 그만한 가치가 있기 때문이겠지. 또한 2만 루블이나 받는 기술자도 있네. 어쨌든 실질적인 직업이니까."

"나는 봉급이라는 것이 상품의 가격과 같다고 생각합니다. 그러므로 수요공급의법칙에 따라야 한다고요. 이 법칙을 따르지 않는다면, 예를 들어 같은 전문학교를 나오고 같은 수준의 지식과 재능을 가졌는데도, 한 사람은 4만 루블을 받고, 다른 한 사람은 2천 루블로 만족해야 한다거나, 특별한 전문지식이 전혀 없는 법학자나 경기병이 막대한 연봉을 받으며 은행장 자리를 차지하고 있다면, 그 연봉이 수요공급의법칙에 따르지 않고 개인적인 관계로 정해진 것이라는 결론을 내릴 수밖에 없어요. 그리고 그것은 그 자체로도 중대하고 국정에도 해악을 끼치는 직권 남용인 것이고요. 내 생각에는……."

당황한 오블론스키는 매제의 말을 가로막았다.

"그렇기도 하지. 하지만 자네도 유익한 기관이 만들어지는 데는 반대하지 않았잖나. 어쨌든 실질적인 사업이니까. 특히 이 사업을 공정하게 하는 것이 중요하거든."

그는 '공정'이라는 말을 강조했다.

그러나 모스크바에 사는 카레닌에게는 이 의미가 통하지 않았다.

"공정이라는 것은 소극적인 의미일 뿐입니다."

"아무튼 포모르스키에게 한마디 해주면 고맙겠네. 그냥 지나가는 말로 슬쩍 말이야."

"하지만 그런 말이라면 볼가리노프가 더 낫지 않을까요?"

카레닌이 말했다.

"볼가리노프는 충분히 얘기해두었네."

오블론스키는 얼굴을 붉히면서 말했다.

이날 아침 그는 유대인인 볼가리노프를 찾아가 2시간 동안 기다린 끝에 그를 만났으나 거절이나 다름없는 대답을 들었던 것이다.

15

잠시 침묵하던 오블론스키는 불쾌한 기억을 떨치고 나서 말했다.

"그리고 한 가지 더 있네. 자네도 짐작했겠지만……, 안나 얘기인데……."

안나라는 이름을 듣는 순간 카레닌의 낯빛이 확 변했다. 생기 있던 표정이 일순간 피로하고 힘없는 기색으로 변했던 것이다.

"그래, 바라는 것이 뭡니까?"

그는 안락의자에 앉은 채로 몸을 틀어 코안경을 벗으며 말했다.

"그 애에 대한 명확한 해결이네, 카레닌. 나는 지금 정치가가 아니라(이 상황에 어울리지 않는 말이었다. 사실 오블론스키는 '모욕당한 남편으로서가 아니라'고 말하려다 그런 표현으로 중요한 일을 그르칠까 봐 말을 바꾼 것이었다) 선량한 한 사람, 기독교도인 자네에게 부탁하는 거네. 그 애를 가엾게 여겨주게."

"무엇이 그렇다는 거죠?"

카레닌이 나지막이 물었다.

"다만 그 애를 가엾게 여겨주면 되네. 자네가 나처럼 올겨울 내내 그 애와 같이 있었다면 그 애를 가여워했을 거야. 그 애는 정말 끔찍한 처지에 놓여 있다네. 정말 끔찍해."

"내 생각에 그녀는 바라는 것을 다 가진 것 같은데요."

카레닌이 한층 더 가늘고 찢어질 듯한 목소리로 말했다.

"카레닌, 제발 부탁이네. 남에게 죄를 씌우는 짓은 이제 그만하게! 다 지난 일 아닌가. 자네도 알다시피 그 애가 지금 간절히 바라는 것은 이혼이네."

"그러나 그녀는 내가 아들을 맡는다면 이혼하지 않겠다고 했습니다. 나는 이미 그렇게 대답했기 때문에 이 문제는 결론이 난 것입니다. 나로서는 다 끝난 문제라는 겁니다."

카레닌이 날카롭게 말했다.

"제발 화내지는 말게."

오블론스키가 매제의 무릎에 손을 대며 말했다.

"이 문제는 아직 결론 나지 않았네. 다시 한번 말하자면 두 사람이 헤어졌을 때 자네는 정말 너그럽게, 그야말로 너그럽게 그 애한테 모든 것을 허락했지. 자유는 물론 이혼까지도. 그 애도 정말 고맙게 생각했네. 사실이야. 정말 고맙게 생각했어. 그런데 고맙다는 생각밖에 없었기 때문에 자네에게 잘못을 저질렀다는 것 말고 다른 생각은 전혀 하지 못했네. 아니, 생각할 수 없었지. 그래서 그 애는 자네의 제안을 모두 사양해버리고 말았던 거야. 그런데 시간이 흐를수록 현실적으로 그 애의 처지가 견딜 수 없이 괴롭다는 것이 점점 분명해진 거지."

"그녀가 어떻게 사는지는 전혀 관심 없습니다."

카레닌이 눈썹을 추켜올리면서 말을 잘랐다.

"미안하지만 나는 그 말을 믿지 않네. 그 애의 처지는 본인도 괴로울 뿐 아니라 아무에게도 도움이 안 되거든. 물론 자네는 자초한 일이니 당연하다고 하겠지. 그 애도 그걸 잘 알고 있기 때문에 이제 와서 새삼 자네에게 부탁할 수 없는 거네. 자기 입으로 도저히 자네에게 부탁할 수 없다고 말했네. 하지만 나와 우리 집안사람들, 그 애를 아끼는 사람들 모두가 자네에게 부탁하네. 애원하네. 도대체 그 애가 왜 괴로워해야 하는가? 대체 그것이 누구에게 이롭단 말인가!"

오블론스키가 부드럽게 말했다.

"잠깐만요, 당신은 마치 나를 피고석에 앉히려는 것 같군요."

카레닌이 말했다.

"말도 안 되네. 어떻게 그럴 수 있겠나? 그런 오해 말게."

오블론스키는 또다시 카레닌의 손을 만지며 말했다. 이렇게 하면 매제의 마음이 풀릴 거라고 믿는 듯이.

"내가 말하고자 하는 것은 하나네. 그 애가 괴로운 처지에 놓여 있고, 그것을 덜어줄 수 있는 것은 자네뿐이며, 그로 인해 자네가 잃을 것은 전혀 없다는 거네. 내가 말하고 싶은 것은 그것뿐이네. 내가 모든 일을 깔끔하게 처리해주겠네. 자네를 위해서 자네가 전혀 눈치채지 못하도록 말이야. 자네도 그러겠다고 약속하지 않았나?"

"물론 그때는 그렇게 약속했지요. 하지만 나는 아들 문제로 이 일이 결론지어졌다고 생각했습니다. 그리고 또 안나도 조금은 너그러운 마음으로 받아들일 거라고……."

얼굴이 새파랗게 질린 카레닌은 떨리는 입술로 겨우 말했다.

“그 애야말로 자네의 너그러운 마음에 모든 것을 기대고 있네. 그 애가 간절히 바라는 것은 오직 한 가지, 견딜 수 없이 괴로운 상황에서 벗어나게 해주는 거네. 그 애는 이제 아들도 바라지 않아. 자네는 선한 사람이 아닌가. 조금만이라도 그 애의 처지를 생각해주게. 지금으로서는 이혼이 그 애에게는 생사가 달린 문제나 마찬가지네. 자네가 이전에 그런 약속을 하지 않았다면 그 애도 모든 것을 단념하고 시골로 떠났을 거네. 그러나 자네가 약속한 적이 있기 때문에 그 애가 자네한테 편지를 보내고 모스크바로 온 것이지. 그리고 지금 모스크바에서 아는 사람을 만날 때마다 마치 심장을 칼로 도려내는 듯한 기분이지만, 벌써 6개월이나 목을 빼고 기다리고 있네. 마치 사형수에게 어쩌면 사면될지 모른다면서 몇 달 동안 목에 올가미를 씌우고 있는 것과 같지 않나. 그 애를 불쌍히 여겨주게. 나머지는 내가 모든 것을 감쪽같이 처리하겠네. 자네 걱정은…….”

“아닙니다, 그런 말이 아니에요. 그런 게……. 나는 어쩌면 나한테 권한도 없는 것을 약속했는지도 모르겠습니다.”

카레닌은 다시 날카로운 목소리로 말을 잘랐다.

“그럼 약속을 지키지 않겠다는 건가?”

“아닙니다. 나는 지금까지 단 한 번도 내가 할 수 있는 일을 이행하지 않은 적이 없습니다. 다만 그 약속을 어느 정도까지 이행할 수 있는지 조금 시간을 두고 생각해보고 싶을 뿐입니다.”

“그러지 말게. 그 애는 여자로서 더없이 불행한 처지에 놓여 있네. 자네는 그런 것까지 외면할 셈인가."

오블론스키가 펄쩍 뛰면서 말했다.

"약속을 어느 정도까지 이행할 수 있느냐가 문제예요. 당신은 스스로 자유사상가라고 말했습니다. 그러나 신앙인으로서 나는 이렇게 중대한 문제에 대해 기독교 계율에 어긋난 행동을 할 수 없습니다."

"그러나 기독교 사회나 우리나라 둘 다 이혼을 허용하고 있지 않은가. 우리나라 교회에서도 허용하고 있고. 그리고 우리는……."

"물론입니다. 하지만 지금과 같은 상황에서 그런 것은 아닙니다."

"도무지 자네를 이해할 수 없군. 기독교 신자로서 모든 것을 용서하고 희생하고자 마음먹었던 자네가 아닌가? 우리도 그것을 존경했고. 실제로 자네는 속옷을 빼앗는 자에게 겉옷까지 주라고 하지 않았나. 그런데 이제 와서……."

오블론스키가 한참 침묵하다 말했다.

"부탁입니다. 이젠 그만하십시오. 부탁입니다. 그 얘기는 그만……."

카레닌은 갑자기 벌떡 일어서더니 새파랗게 질린 얼굴로 턱을 덜덜 떨면서 찢어지는 듯한 목소리로 말했다.

"그러지. 기분 상했다면 용서하게."

오블론스키는 난처한 듯 한 손을 내밀고 겸연쩍게 웃으며 말했다.

"나는 다만 부탁을 받고 얘기를 전하러 온 것뿐이네."

카레닌도 손을 잡고 잠시 생각하더니 말했다.

"심사숙고해서 답을 구해야 할 일입니다. 모레 확답을 드리죠."

그리고 이틀 뒤 오블론스키는 카레닌으로부터 안나와 이혼할 수 없다는 답장을 받았다.

16

가정생활에서 어떤 일을 이루기 위해서는 부부가 완전히 갈라서거나 아니면 사랑으로 마음이 서로 일치하든가 둘 중 하나가 되어야 한다. 부부 관계가 이도저도 아닌 애매모호한 경우 아무것도 할 수 없다.

세상에는 서로 진저리를 치면서도 오랜 세월 함께 사는 부부들이 꽤 있는데, 그것은 완전히 갈라선 것도, 완전히 일치된 것도 아닌 것이다.

무더위와 먼지투성이인 모스크바 생활은 브론스키와 안나 둘 모두에게 참을 수 없는 것이었다. 태양은 벌써 여름날처럼 내리쬐었고, 가로수 길의 모든 나무는 오래전에 잎을 달고 그 잎들조차 먼지에 덮여버렸다. 그런데도 두 사람은 오래전에 결정한 대로 보즈드비젠스코예로 가지 않고 모스크바에서 지긋지긋한 생활을 계속하고 있었다. 그것은 최근 들어 두 사람 관계가 합일되지 않았기 때문이다.

두 사람 사이를 멀어지게 만든 초조함의 외적 원인은 없었다. 그리고 어떤 노력으로도 그러한 기분이 풀리기는커녕 더욱 악화되었다. 내적 초조함의 원인은 안나의 경우 브론스키의 사랑이 변한 것이었고, 브론스키의 경우 안나를 위해 자기가 괴로운 처지를 감수하고 있는데도 그녀가 그것을 기뻐하기는커녕 더욱 괴롭게 만드는 것에 대한 불만과 후회였다. 둘 다 자신들이 초조한 이유를 말하지 않고, 서로 상대 잘못이라 여기고 상대 탓으로 돌릴 구실을 찾느라 여념이 없었던 것이다.

안나는 습관이나 사상이나 희망이나 정신적 또는 육체적 특징까지 그의 모든 것을 단 하나, 여자에 대한 사랑으로 귀결했다. 그리고 그 사랑은 오롯이 그녀 한 사람에게 집중되어야 했다. 그런데 그 사랑이 식은 것이다. 따라서 그녀가 판단하기에 그는 그만큼의 사랑을 다른 여자 몇 명, 혹은 한 여자에게 쏟고 있는 것이 분명했다. 그래서 그녀는 질투했다. 그녀의 질투는 특정한 여자가 아니라 식은 사랑에 대한 것이었다.

그리고 그녀는 질투 대상을 찾고 있었다. 아주 작은 암시만으로도 그녀는 질투의 대상을 다른 곳으로 옮겼다. 때로는 그가 독신 때부터 쉽게 관계를 맺었던 천박한 여자들을 질투하는가 하면, 때로는 그가 언제 어디서나 자유롭게 만날 수 있는 사교계 여자를, 또 어떤 때는 자신과 헤어지고 결혼하고 싶어 하는 가상의 처녀를 질투하기도 했다. 그리고 이 마지막 질투가 그녀를 가장 괴롭혔다. 이것은 그가 서로의 속내를 털어놓을 때, 어머니가 자신을 전혀 이해해주지 않고 소로키나 공작 영애와 결혼하라고 한다고 말한 적이 있기 때문이었다.

그리하여 그녀는 질투에 사로잡혀 그를 원망하고, 모든 것을 원망의 요인으로 삼았다. 세상에 홀로 남겨진 듯한 고독에 빠져 모스크바에서 기다리는 괴로운 심경도, 카레닌이 결단을 내리지 못하고 망설이는 것도, 자신의 외로움도, 이 모든 것이 그 때문이었다. 그가 그녀를 사랑한다면 맨 먼저 그녀의 고통을 이해하고 거기에서 벗어나게 해줄 것이다. 그녀가 시골이 아닌 모스크바에서 지내는 것도 그의 탓이었다. 그는 그녀의 바람처럼 시골에 처박혀 지낼 수 없었다. 그에게는 사교계가 필요했기 때문에 그녀를 이런 끔찍한 상황에 방치하고도 그 고통을 이해하려고 하지 않았던 것이다. 그리고 또한 자신이 아들과 헤어진 것도 그의 탓이었다.

가끔 두 사람 사이가 잠시 부드러울 때도 그녀는 위안을 얻을 수 없었다. 그녀는 그의 부드러운 표현 속에서도 전에는 볼 수 없었던 침착함과 자신감을 엿보았다. 그리고 그 때문에 그녀는 더욱 초조해지는 것이었다.

해 질 무렵 안나는 독신자 파티에 간 그가 돌아오기를 기다리면서 서재를 거닐고 있었다(그곳은 거리의 소음이 거의 들리지 않는 방이었다). 그리고 어제 그와의 말다툼을 세세한 것까지 하나하나 되새겨보았다. 모욕적인 말부터 시작해 말다툼의 발단까지 차례로 거슬러 올라가자, 그녀는 그 말다툼이 누구의 잘못도 아닌, 누구의 마음과도 관련 없는 얘기에서 비롯되었다는 것을 깨달았으나 그것을 도저히 믿을 수 없었다. 하지만 사실이었다. 그가 여학교 같은 건 필요 없다고 비웃자 그녀가 그것을 옹호하면서 시작되었던 것이다. 그는 여성 교육 전반을 업신여기면서, 그녀가 돌보는 영국 여자아이 한나에게 물리 지식 따위는 전혀 필요 없다고 말했다.

오늘 그는 온종일 밖에 있었다. 그래서 그녀는 그와 다투는 상태에 있는 자신이 너무나 서글프고 쓸쓸해서 모든 것을 잊고 그를 용서하고 화해하고 싶은 마음이 간절했다. 그러자 자기의 잘못을 꾸짖고 그의 심정을 변호하고 싶었다.

'내가 잘못했어. 옹졸하고 무턱대고 질투심이 치솟고. 그이와 화해하고 시골로 내려가자. 시골에 내려가면 기분이 좀더 편안해질 거야.'

그녀는 스스로를 타일렀다.

'부자연스럽다니!'

그때 문득 그녀는 그가 했던 이 말이 떠올랐다. 그녀는 그 말 자체보다 자신에게 독한 말을 하려고 했던 그의 마음이 무엇보다 모욕적이었다.

'왜 그런 말을 했는지는 알겠어. 자기 딸은 사랑하지 않으면서 남의 딸을 아끼는 것이 부자연스럽다는 뜻이었어. 하지만 자식에 대한 사랑이 어떤 건지 그이가 이해할 수 있을까? 내가 그이를 얻기 위해 저버린 세료자에 대한 사랑을 그이가 알기나 할까! 하지만 어쨌든 나에게 상처를 주려고 한 말인 건 분명해. 아무래도 그이는 다른 여자를 사랑하고 있어. 틀림없어.'

그래서 그녀는 마음을 가라앉히려고 벌써 몇 번이나 했던 생각을 되풀이하고 나서도 처음의 초조함을 떨치지 못하는 자신에게 진저리를 쳤다.

'정말 소용없는 것일까? 나는 나 자신을 감당할 수 없는 것일까?'

그녀는 자신에게 이렇게 중얼거리고는 처음부터 다시 생각해보았다.

'그이는 믿음직하고, 정직하고, 나를 사랑해. 나도 그이를 사랑하고 곧 남편과 이혼한다. 이것 말고 또 무엇이 필요한가? 오직 안정과 신뢰밖에 없다. 그리고 나 혼자 모든 것을 감당하자. 그래. 그이가 돌아오면 내가 잘못했다고 말하자. 나에게 잘못이 없더라도. 그리고 함께 시골로 가자.'

그리고 그녀는 더 이상 생각하거나 초조해하지 않기 위해 벨을 울려 시골로 내려갈 때 챙겨 갈 물건들을 넣을 트렁크를 가져오라고 일렀다.

10시에 브론스키가 돌아왔다.

17

"어땠어요? 재미있었어요?"

안나는 무안하고도 부드러운 기색으로 그를 맞이하면서 물었다.

"늘 그렇지."

그는 그녀를 흘깃 살피고는 기분이 좋은 것을 알고 얼른 대답했다. 그는 이제 그녀의 변화에 익숙하기도 했고 오늘은 자기도 기분이 좋아서 특히 기뻤다.

"이게 뭐지? 아주 멋진데!"

그는 현관에 놓인 트렁크를 보고 말했다.

"아무래도 이젠 내려가야겠어요. 잠깐 마차를 타고 외출했다가 기분이 너무 좋아져서 갑자기 시골로 내려가고 싶어졌어요. 당신도 괜찮지요?"

"이거야말로 내가 원하던 것이오. 잠깐 옷 갈아입고 와서 잘 의논해봅시다. 차 좀 준비하라고 일러요."

그러고는 그는 서재로 갔다.

'아주 멋진데!'라는 그의 말이 마치 어린아이가 떼쓰다 멈췄을 때 달래는 것 같아 왠지 깔보는 느낌이 들었다. 더구나 미안해하는 그녀의 태도와 대조적으로 자신감에 넘치는 그의 태도가 더욱 모욕적이었다. 그래서 그녀는 일순간 싸우고 싶은 욕구가 치밀었으나 간신히 억누르고 조금 전과 똑같이 명랑하게 브론스키를 대했다.

그가 돌아오자 그녀는 미리 준비한 말을 하면서, 오늘 있었던 일과 자기가 생각해둔 떠날 계획을 이야기했다.

"사실 문득 떠올랐어요. 왜 여기서 이혼을 기다려야 하죠? 시골에서 기다려도 되잖아요? 게다가 더 이상 기다릴 수 없어요. 기다리고 싶지도 않고요. 이혼 같은 건 신경 안 쓸래요. 그것이 우리 생활에 어떤 영향도 끼치지 않는다고 판단했어요. 당신도 그렇게 생각하지 않아요?"

"물론이오!"

그는 그녀의 들뜬 얼굴을 불안한 듯 바라보며 말했다.

"거기서 뭐 했어요? 누가 나왔어요?"

그녀는 잠깐 틈을 두었다가 물었다.

그가 손님들의 이름을 말했다.

"식사도 좋았고, 보트 경주가 재미있었소. 모두 즐거워했지. 그런데 모스크바는 우스꽝스러운 일이 일어나지 않고는 못 배기는 곳이더군. 스웨덴 왕비의 수영 교사라는 이상한 여자가 나와서 재주를 보여주더군."

"어머, 그래요? 수영을 하던가요?"

그녀가 눈살을 찌푸리며 물었다.

"이상한 붉은색 수영복을 입고 볼품없이 나이 든 여자였소. 그건 그렇고 언제 출발할 생각이오?"

"어머! 정말 쓸데없는 짓을 다 하네요. 그래서 그 여자가 특별한 수영법이라도 보여주던가요?"

그녀는 묻는 말은 듣지도 않고 물었다.

"아니, 별것 없었소. 아까 말했잖소. 우스운 짓이었다고. 그래, 언제 출발할 거요?"

"출발이요? 빠를수록 좋죠. 내일은 너무 촉박하니 모레 떠날까요?"

"그러지……. 아니, 잠깐, 모레는 일요일이잖소. 어머니를 찾아뵈러 가야 해요."

그가 당황하면서 말했다. 어머니란 말을 꺼내자마자 의심스러운 눈길이 자기에게 쏠리는 것을 느꼈기 때문이다. 그가 당황하자 그녀는 자기의 의심을 확인하게 되었다. 발끈한 그녀는 그에게서 조금 떨어졌다. 이제 스웨덴 왕비의 수영 교사가 아니라 모스크바 교외에서 브론스카야 백작 부인과 함께 지내는 소로키나 공작 영애가 그녀의 머릿속에 떠올랐던 것이다.

"거기는 내일 가면 되잖아요!"

"글쎄, 그럴 수가 없소. 위임장과 돈을 받으러 가는 건데 내일은 그것들을 받을 수 없거든."

"그럼 시골에 가지 말죠, 뭐."

"아니, 그건 또 왜?"

"늦게 떠나느니 차라리 가지 않겠어요. 월요일에 떠나지 못할 바에는요."

"이유가 뭐요? 아무 의미 없는 것 아니오?"

그가 놀라서 말했다.

"물론 당신한테는 그렇겠죠. 당신은 나 같은 건 안중에도 없으니까요. 당신은 내 생활을 조금도 이해하지 않아요. 이곳에서 위안이 되는 사람은 오직 하나, 한나뿐이에요. 당신은 위선이라고 말하죠. 어제 그렇게 말했으니까요. 내가 친딸은 사랑하지 않으면서 영국 여자아이를 귀여워하는 척하는 것은 부자연스러운 일이라고요. 그럼 이곳에서 자연스러운 게 어떤 거죠? 그게 궁금하네요."

한순간 정신이 번뜩 든 그녀는 자신의 결심을 어긴 것을 깨닫고 소름이 끼쳤다. 그러나 스스로를 파멸에 빠뜨리는 짓임을 알면서도 억누를 수 없었다. 그에게 질 수 없었던 것이다.

"나는 절대 그렇게 말하지 않았소. 다만 타당하지 않은 애정에 공감하지 못한다고 말했을 뿐이오."

"당신은 왜 스스로 정직하다고 자랑하면서 사실대로 말하지 않는 거죠?"

"나는 그런 것을 자랑한 적도 없고, 거짓말한 적도 없소. 정말 유감이군. 당신이 나를 존경하지 않고……."

그는 격한 감정을 겨우 억누르고 나지막이 말했다.

"존경도 애정이 있어야 해요. 그것이 없기 때문에 그것을 감추기 위해 생각해낸 말일 뿐이에요. 더 이상 나를 사랑하지 않는다면 그렇다고 솔직하게 말해요. 그게 훨씬 더 정직한 행동이에요."

"정말 견딜 수가 없군! 당신이 내 인내력을 시험하는 이유가 뭐요!"

그가 벌떡 일어나면서 소리쳤다. 그러고는 안나 앞에 서서 하고 싶은 말은 많지만 겨우 참고 있다는 듯한 표정으로 천천히 말했다.

"참는 데도 한계가 있소."

"그게 무슨 뜻이죠?"

그녀는 그의 얼굴 전체, 특히 냉혹하고 무서운 눈빛에 또렷이 나타난 증오심에 두려움을 느끼며 소리쳤다.

"내 말은……, 아니 그보다 도대체 내가 어떻게 했으면 좋은지 듣고 싶소."

"내가 뭘 바랄 수 있겠어요? 내가 바라는 것은 당신이 나를 버리지 않는 것뿐이에요. 하지만 그건 부차적인 거예요. 내가 정말 바라는 것은 사랑이에요. 하지만 이제 그건 사라졌어요. 다 끝났다고요."

그녀는 그가 미처 말하지 못한 것들을 떠보면서 말했다. 그러고는 문으로 걸어갔다.

"잠깐, 잠깐만! 도대체 왜 그러는 거요? 사흘 뒤에 출발하자고 했을 뿐인데 거짓말을 한다느니 하며 화를 내고 있으니 말이오."

그는 우울한 표정으로 미간을 찌푸리고 그녀의 손을 잡으면서 말했다.

"네, 다시 한번 말하죠. 나를 위해 모든 것을 희생했다고 하면서 나를 비난하는 사람은 거짓말쟁이보다 더 나쁜 사람이에요. 그야말로 몰인정한 사람이라고요."

그녀는 얼마 전 말다툼 때 그가 했던 말까지 떠올리며 말했다.

"아니, 이제는 참는 데도 한계가 있소!"

그가 소리치더니 그녀의 손을 뿌리쳤다.

'이이는 나를 증오하고 있어. 분명해.'

그녀는 그렇게 생각하면서 돌아보지도 않고 비틀거리며 방을 나왔다.

'저이는 다른 여자를 사랑하고 있어. 확실해.'

그녀는 자기 방으로 들어가면서 말했다.

'나에게는 사랑이 필요해. 하지만 더 이상 그건 없어. 그럼 이제 다 끝난 거야.'

그녀는 그에게 했던 말을 마음속으로 되풀이했다.

'그러니 끝내야지. 하지만 어떻게?'

그녀는 스스로에게 묻고는 거울 앞 안락의자에 앉았다.

이제 어디로 가지? 나를 키워준 고모님께 갈까, 돌리한테 갈까, 아니면 혼자 외국으로 떠날까, 저이는 지금 서재에서 무엇을 하고 있을까, 이 싸움이 정말 마지막인가, 아니면 화해할 여지가 있는 것일까, 페테르부르크의 지인들은 나에 대해 뭐라고 할까, 카레닌은 어떻게 생각할까, 정말 일이 벌어지고 나면 어떻게 될까 하는 온갖 생각들이 머릿속에 떠올랐다. 그러나 그녀는 그 생각에만 사로잡힌 것이 아니었다. 그녀의 마음속에는 그녀의 마음을 끄는 오직 한 가지 생각이 막연하게 자리 잡고 있었다. 하지만 그녀는 그것이 무엇인지 또렷이 인식하지 못했다. 그러다 그녀는 카레닌 생각이 나자 아이를 낳고 앓아누웠을 때와 그때 그녀의 머릿속을 끊임없이 맴돌던 심정을 떠올렸다.

'왜 나는 죽지 않았을까?'

그때 그녀의 심정과 했던 말이 떠오르자 그녀는 갑자기 자기 마음속에 무엇이 있는지를 깨달았다. 그렇다. 이것이야말로 모든 것을 해결하는 유일한 방법이다.

'그렇다, 죽는 거다! 카레닌과 세료자의 치욕과 불명예도, 나의 끔찍한 수치도……, 그 모든 것을 이 죽음이 구원할 것이다. 죽는 거다. 그러면 저이도 후회하고 나를 불쌍히 여기겠지. 사랑해주겠지. 나 때문에 괴로워하겠지.'

그녀는 자신을 애처롭게 여기는 듯 경직된 미소를 짓고 안락의자에 앉아 왼손의 반지를 뺐다 끼웠다 하면서 자기가 죽고 나면 그가 어떤 심정에 빠질지 명확하게 그려보았다.

가까이 다가오는 그의 발소리에 그녀는 상념에서 벗어났다. 그녀는 반지를 끼느라 정신없는 척하며 그를 돌아보지도 않았다.

"안나, 모레 떠납시다. 당신이 원한다면 무슨 일이든 따를 테니."

그녀는 아무 대꾸도 하지 않았다.

"왜 그러는 거요?"

그가 물었다.

"더 잘 알면서."

그 순간 그녀는 더 이상 참지 못하고 울음을 터뜨리더니 흐느끼면서 말했다.

"나를 버리세요. 버려줘요! 나는 내일 떠나겠어요. 그보다 더한 짓도 할 거예요. 나는 어차피 탕녀예요! 당신의 목에 매달린 무거운 돌덩이라고요. 더 이상 당신을 괴롭히고 싶지 않아요. 더 이상 그러기 싫어요. 당신을 놓아줄게요. 당신은 더 이상 나를 사랑하지 않으니까요. 당신은 이제 다른 여자를 사랑하니까요."

그녀는 흐느끼면서 말했다.

그는 제발 마음을 풀라고 애원하면서 그런 질투를 할 까닭이 없으며, 그녀에 대한 자신의 사랑은 멈춘 적이 없고, 앞으로도 결코 멈추지 않을 것이며, 지금 이 순간에도 전보다 더 사랑하고 있다고 단호하게 말했다.

"도대체 왜 당신은 자신과 나를 이렇게 괴롭히는 거요?"

그는 그녀의 손에 키스하면서 말했다. 이제 그는 부드러운 표정을 짓고 있었다. 그녀는 그의 목소리가 울먹이고, 눈물이 자기의 손을 흥건히 적시는 것을 느끼자 절망적인 질투가 격정적인 열정으로 변했다. 그녀는 그를 끌어안고 머리와 목덜미며 두 손에 키스를 퍼부었다.

18

안나는 완전히 화해한 기분으로 이른 아침부터 출발 준비를 하느라 여념이 없었다. 어젯밤 서로 양보했기 때문에 월요일에 떠날지 화요일에 떠날지를 정하지는 않았지만, 하루쯤 늦어져도 상관없다는 기분으로 부지런히 준비했다. 그녀가 열어놓은 트렁크 위로 몸을 숙이고 짐을 고르고 있을 때, 그가 벌써 옷을 갈아입고 평소보다 일찍 들어왔다.

"그럼 나는 어머니께 잠시 다녀오겠소. 어머니가 예고로프를 통해 돈을 부쳐줄 수 있을지도 모르오. 그럼 내일 떠날 수 있으니까."

안나는 몹시 기분이 좋은 상태였으나 그가 어머니의 별장에 간다는 생각을 하자 가슴을 찔린 듯한 느낌이었다.

"그래요. 나도 채비를 다 끝내지는 못할 테니까요."

그녀는 이렇게 말하고는 '그럼 애초에 내가 원하던 대로 할 것이지.'라고 생각했다.

"당신 계획대로 하세요. 먼저 식당으로 가요. 나도 곧 갈게요. 쓸모없는 것들만 좀 골라내고요."

그녀는 이미 헌 옷가지들을 산더미만큼 안고 있는 안누시카의 팔에 뭔가를 더 얹으면서 말했다.

그녀가 식당으로 들어갔을 때 브론스키는 평소처럼 비프스테이크를 먹고 있었다.

"여보, 나는 정말이지 이 집의 방이라는 방은 이제 다 지긋지긋해요. 이런 세간 딸린 셋방만큼 끔찍한 것은 없어요. 이런 방은 분위기도 없고 영혼도 없으니까요. 저 시계와 커튼, 특히 벽지는 악몽

같아요. 보즈드비젠스코예는 약속의 땅 같아요. 당신, 아직 말을 안 보냈죠?"

그녀는 그와 나란히 커피 잔을 앞에 두고 앉으면서 말했다.

"말은 우리가 출발하고 나서 천천히 보내라고 하면 돼요. 당신은 어딜 가려고?"

"윌슨 부인한테 다녀오려고요. 옷 좀 갖다 주어야 하거든요. 그럼 내일 떠나는 거 맞죠?"

그녀가 들뜬 목소리로 말하다가 갑자기 낯빛이 변했다.

브론스키의 하인이 페테르부르크에서 온 전보의 수령증을 받으러 온 것이었다. 전보가 온 것은 이상할 게 없었으나 그가 뭔가 숨기는 게 있는 듯 수령증이 서재에 있다면서 그녀를 돌아보면 얼른 대답했다.

"무슨 일이 있어도 내일 중으로 다 끝낼 거요."

"전보는 어디서 온 거예요?"

그녀는 그의 말은 아랑곳하지 않고 물었다.

"스티바요."

그가 마지못해 대답했다.

"나한테는 왜 보여주지 않았어요? 스티바와 나 사이에 비밀이 뭐가 있다고."

그가 하인에게 전보를 가지고 오라고 일렀다.

"스티바는 뭐든지 전보를 치는 습관이 있어서 굳이 보여주지 않았던 거요. 확실하게 결정된 것도 없는데 전보를 치니 말이오."

"이혼에 관한 건가요?"

"그래요. 아직 아무런 결론도 나지 않았다, 곧 확답이 올 거다, 이렇게만 씌어 있소. 자, 봐요."

그녀는 떨리는 손으로 전보를 받아 들었다. 거기에는 브론스키가 말한 내용이 그대로 적혀 있었다. 그리고 마지막에 이런 문구가 덧붙여 있었다.

'가능성은 희박하지만, 최대한 해보겠음.'

"어제도 내가 말했듯이 이제 나는 이혼을 하건 못 하건 아무 상관 없어요. 그러니 나한테 숨길 필요 없어요."

그녀의 얼굴이 빨갛게 상기되었다.

'이 정도로 잘 숨기는 사람이라면 여자에게 온 편지도 잘 숨기겠지. 틀림없어.'

그녀는 생각했다.

"야시빈이 오늘 오전에 보이토프와 함께 오겠다고 했소. 그런데 아무래도 그 녀석이 페프초프의 돈을 모두 딴 모양이오. 아니, 상대가 도저히 돈을 댈 수 없을 정도로 많이 딴 것 같소. 6만 루블쯤."

그가 말했다.

"아니, 잠깐만요. 당신은 왜 이 소식을 나한테 숨겨야 한다고 생각한 거죠? 나는 이제 그런 것에 신경 쓰고 싶지 않아요. 그래서 당신도 나처럼 이 일에 신경 쓰지 말라고 했잖아요."

그녀는 그가 당황한 기색이 역력하면서도 말을 돌리는 것에 더욱 화가 치밀어 말했다.

"나는 무엇이든 명확하게 하는 걸 좋아하기 때문에 관심을 가지게 되는 거요."

"명확히 해야 할 것은 그런 형식이 아니라 사랑이에요. 그걸 왜 그렇게 바라는 거죠?"

그녀는 그의 말이 아니라 냉정하고 차분한 태도에 더욱 신경이 날카로워져서 말했다.

'나 참! 또 사랑 타령인가!'

그가 인상을 쓰면서 생각했다.

"당신도 왜 그러는지 알잖소. 당신과 앞으로 태어날 아이들을 위해서요."

"아이는 이제 못 낳아요."

"그거 참 통탄할 일이군."

"아이들을 위해서라고요? 그럼 내 생각은 전혀 하지 않는군요."

그녀는 그가 '당신과 아이들을 위해서'라고 한 말을 그새 까먹었다기보다 제대로 듣지도 않고 말했다.

두 사람은 아이 낳는 문제로 이미 오래전부터 다퉈왔고, 그로 인해 그녀는 불안하고 초조했다. 그녀는 그가 자식을 갖고 싶어 하는 욕구를 자신의 아름다움을 존중하지 않는 증거라고 자기 마음대로 단정해버렸다.

“아까 당신을 위해서라고 하지 않았소. 무엇보다 당신이 우선이오. 왜냐하면 당신이 초조한 이유가 대부분 불분명한 상황 때문이라고 확신하기 때문이지.”

그는 어디 아프기라도 한 듯 얼굴을 찌푸리면서 말했다.

‘그렇구나. 이제 비로소 이이는 가면을 벗고 냉혹한 증오심을 정면으로 드러내는구나.’

그녀는 그의 말은 듣지도 않고 초조하고 불안한 마음으로 가슴속에 냉혹함과 잔인함을 품고 있는 재판관의 눈을 두려운 시선으로 쳐다보았다.

“그 때문이 아니에요. 내가 완전히 당신 손 안에 있는데 초조해하다니 납득이 안 되는군요. 도대체 불분명한 게 뭐가 있다는 거죠? 오히려 정반대 아니겠어요?”

그녀가 말했다.

“당신이 이 상황을 일부러 외면하는 것이 정말 유감이오. 불분명하다는 것은 당신이 아직도 나를 자유로운 남자로 생각한다는 뜻이오.”

그는 자기의 생각을 납득시키려고 그녀의 말을 가로막았다.

“그런 거라면 걱정 붙들어 매세요.”

그녀는 그를 외면하며 커피를 마셨다.

그녀는 새끼손가락을 세우고 찻잔을 들어 입으로 가져가 두세 모금 마시고 그를 돌아보았다. 그리고 그의 표정을 보고 그가 자기의 손놀림과 태도, 그리고 커피를 마실 때 입술로 소리를 낸 것을 혐오스럽게 느꼈다는 것을 알아차렸다.

"나는 당신 어머니가 어떤 생각을 하든, 당신을 누구와 결혼시키든 전혀 관심 없어요."

그녀는 떨리는 손으로 찻잔을 내려놓으며 말했다.

"지금 그 얘기가 아니잖소?"

"아뇨, 그 얘기를 하는 거예요. 분명히 말하지만, 나를 비정하게 대하는 여자는 늙은이든 젊은이든, 당신 어머니든 누구든 간에 전혀 관심 없어요. 그런 사람에 대해서는 전혀 알고 싶지 않아요."

"안나, 제발 부탁이오. 어머니에 대해 그렇게 무례하게 말하지 말아요."

"제 자식의 행복과 명예가 어떤 건지도 모르는 여자는 분명 비정한 여자예요."

"다시 한번 부탁하는데, 존경하는 어머니에 대해 그런 무례한 말은 그만해요."

그가 엄하게 쳐다보며 큰 소리로 말했다.

그녀는 대답하지 않고, 그의 얼굴과 손을 쳐다보면서 어젯밤 화해했을 때의 모습과 그의 열정적인 애무를 하나하나 떠올리며 생각했다.

'이 사람은 그런 짓을, 그와 똑같은 애무를 다른 여자에게도 헤프게 해왔고, 앞으로도 그럴 것이고, 또 그러려고 마음먹고 있어.'

"당신은 어머니를 사랑하지도 않잖아요. 항상 말뿐이에요. 말로만 그러는 것뿐이잖아요."

그녀는 증오 어린 시선으로 그를 쏘아보았다.

"그런 식이라면 아무래도……."

"결단을 내려야겠지요. 그래서 나도 이미 결심했어요."

그녀가 나가려고 하는데 야시빈이 들어왔다. 그녀는 인사하고 다시 머물렀다.

마음속에 폭풍이 몰아치고 끔찍한 결말을 맺을지도 모르는 인생의 기로에 서 있다고 느끼는 이때, 머잖아 모든 것을 알게 될 사람 앞에서 아무 일도 없는 척해야 하는 이유를 알 수 없었지만, 어쨌든 그녀는 마음속의 폭풍을 금세 잠재우고 손님과 얘기를 나눴다.

"어떻게 되었어요? 빌려준 돈은 받았나요?"

그녀가 야시빈에게 물었다.

"전부 다 받지는 못할 것 같습니다. 어쨌든 수요일에는 출발해야 하니까요. 그런데 두 사람은 언제 떠나십니까?"

야시빈은 눈을 가늘게 뜨고 브론스키를 쳐다보며 말다툼 중이었음을 눈치챈 듯한 투로 물었다.

"모레쯤 떠날 것 같군."

브론스키가 대답했다.

"하지만 꽤 오래전부터 나온 얘기 아닌가?"

"하지만 이번에는 정말이에요."

그녀는 화해의 여지가 전혀 없다고 말하는 듯한 눈빛으로 브론스키의 눈을 똑바로 쳐다보며 말했다.

"그럼 당신은 페프초프가 전혀 불쌍하지 않으세요?"

안나는 야시빈과 하던 얘기를 계속했다.

"불쌍하고 안 하고 그런 생각은 들지 않습니다. 이것이 내 전 재산입니다, 안나 아르카디예브나."

야시빈은 옆 주머니를 가리키며 계속 말했다.

"지금은 부자라 하더라도 오늘 밤 클럽에 가면 빈털터리가 되어 돌아올지도 모르지요. 왜냐하면 나와 도박을 하는 녀석도 나를 거지로 만들고 싶어 할 테니까요. 나도 같은 마음이고요. 우리는 이렇게 서로 싸우고, 거기에서 재미를 느끼는 겁니다."

"하지만 당신에게 부인이 있다면 그녀는 어떻게 생각할까요?"

안나의 말에 야시빈은 웃음을 터뜨리며 말했다.

"그래서 나는 결혼하지도 않고, 할 생각도 없는 겁니다."

"그럼 헬싱포르스는 뭐야?"

브론스키는 두 사람의 이야기에 끼어들면서 웃고 있는 안나를 보았다.

그의 시선을 느끼는 순간 그녀는 '잊지 않아요. 변함없어요.'라고 말하듯 차갑고 굳은 표정을 지었다.

"사랑한 적이 있나요?"

그녀가 야시빈에게 물었다.

"물론이죠. 몇 번이나 했죠. 카드를 하다가도 사랑하는 사람을 만날 시간이 되면 언제든 자리를 떠날 수 있는 사람도 있습니다. 하지만 나는 사랑을 하더라도 밤이면 카드놀이에 늦지 않도록 달려가는 유형이지요. 나는 그래요."

"내 말은 그게 아니라 참다운 사랑 말이에요. 방금……."

그녀는 '헬싱포르스'라고 말하려고 했으나 브론스키가 했던 말을 또 되풀이하고 싶지 않았다.

종마를 사기로 한 보이토프가 도착했다고 하자 안나는 일어나 방을 나갔다.

그녀가 외출하기 전에 브론스키가 그녀의 방에 들어왔다. 그녀는 탁자 위에서 뭔가를 찾는 척했다. 하지만 거짓으로 꾸미기도 우습다는 생각이 들어 차가운 시선으로 그의 얼굴을 똑바로 쳐다보았다.

"무슨 일이에요?"

그녀가 프랑스어로 물었다.

"감베타의 증명서를 가지러 왔소. 그 말을 팔았거든."

그의 말투는 '나는 길게 얘기할 시간이 없어. 그리고 그래 봐야 아무 소용 없고.'라는 의미를 말보다 더 또렷하게 드러내는 것 같았다.

'나는 그녀에게 어떤 잘못도 하지 않았다. 그녀가 스스로를 벌하려고 한다면 자신에게 더 해로울 뿐이다.'

그는 생각했다.

그러나 방을 나가려고 하자 그녀가 무슨 말을 할 것 같았다. 그러자 그녀에 대한 연민으로 가슴이 떨렸다.

"뭐라고, 안나?"

"아니에요, 아무 말도."

그녀는 냉정하고 차분한 목소리로 대답했다.

'아무 말도 하지 않았다면 더욱 기분 나쁜걸.'

그는 이런 생각을 하며 또다시 냉정하게 돌아섰다. 방을 나갈 때 그는 거울 속에 비친 그녀의 얼굴을 보았다. 그녀의 얼굴이 창백했고 입술은 바르르 떨렸다. 그는 걸음을 멈추고 달래주고 싶었지만 그 말을 생각하기 전에 이미 방 밖으로 걸음을 내딛고 말았다. 그날 그는 온종일 집에 없었다. 밤늦게 집으로 돌아오자 안나가 머리가 아프니 아무도 들이지 말라고 했다는 말을 하녀가 전했다.

19

지금까지 싸우고 나서 화해하지 않고 하루를 넘긴 것은 그날이 처음이었다. 더욱이 이번은 단순한 말다툼이 아니었다. 이것은 그야말로 사랑이 식었다는 것을 명백하게 드러낸 것이었다. 증명서를 가지러 들어왔을 때 그런 눈길로 그녀를 바라보다니, 절망으로 가득 찬 그녀의 가슴이 당장이라도 터질 듯하다는 것을 느끼고도 그렇게 냉정하고 침착한 얼굴로 말없이 가버리다니, 어쩜 그럴 수 있다는 말인가? 그렇다. 그것은 사랑이 식은 정도가 아니다. 그녀를 미워하고 있는 것이다. 그것도 다른 여자를 사랑하기 때문에. 그건 분명하다.

안나는 그가 내뱉은 잔인한 말들을 하나도 남김없이 떠올리면서, 특히 그가 분명히 하려고 했던 말, 아니 할 수도 있었던 말들을 떠올리며 안절부절못했다.

'나는 당신을 붙잡지 않겠소. 어디든지 당신이 원하는 곳으로 가도 좋소. 당신이 이혼을 바라지 않는 것은 남편 곁으로 돌아가기 위해서였군. 자, 돌아가요. 돈이 필요하다면 주리다. 얼마가 필요하오?'

그가 이렇게 말했을 수도 있었다.

그녀의 상상 속에서 브론스키는 잔인한 사람만이 할 수 있는 끔찍하기 짝이 없는 온갖 말들을 그녀에게 퍼부었다. 그리고 그녀는 그가 실제로 그런 말을 한 것처럼 그를 용서할 수 없었다. 하지만 곧 그녀는 스스로에게 말했다.

'하지만 저 진실하고 정직한 사람이 사랑을 맹세한 것이 바로 어젯밤이 아닌가? 나 자신이 쓸데없이 절망에 빠진 적도 여러 번 있지 않은가?'

그날 그녀는 2시간쯤 윌슨 부인을 만난 것 말고는 종일 집에서 이것으로 다 끝난 것일까, 화해할 여지가 있을까, 당장 이 집을 나가야 하나, 아니면 한 번 더 만나봐야 하나 하는 갈등에 사로잡혀 있었다. 그녀는 하루 종일 그를 기다렸다. 그리고 밤이 되자 하녀에게 머리가 아프다고 전하라고 해놓고 자기 방으로 돌아와 생각했다.

'하녀의 말을 듣고도 나에게 온다면 그가 아직도 나를 사랑한다는 증거야. 그렇지 않으면 다 끝났다는 뜻이고. 그럴 경우 어떻게 해야 할지 결정해야 한다.'

그날 밤, 그녀는 그의 마차가 도착하는 소리, 그가 울리는 벨 소리, 그의 발소리, 하녀와 얘기하는 소리까지 모두 들었다. 그런데 그는 하녀의 말을 곧이듣고 더 알아보려고도 하지 않고 자기 방으로 들어갔다. 그러니 모든 것이 끝났다.

그러자 그녀의 마음속에 뿌리 깊이 박힌 사악한 영혼이 조장하는 죽음이, 그의 가슴에 그녀에 대한 사랑을 다시금 되살아나게 하고, 그를 벌주며, 그와의 다툼에서 이기기 위한 유일한 수단으로서 죽음이 생생하게 떠올랐다.

'죽음이다.'

그녀는 생각했다. 그러자 공포심이 휘몰아쳐 그녀는 자신이 어디에 있는지도 모르고, 손이 떨려서 성냥을 찾을 수도, 새 양초에 불을 붙일 수도 없었다.

'아니야, 그래도 살아야 해! 나는 그이를 사랑하고, 그이도 나를 사랑하니까! 지금까지 이런 일은 많았지만 다 잘 넘겼잖아.'

그녀는 생명을 되찾은 듯 기쁨의 눈물을 흘리면서 마음속으로 중얼거렸다. 그리고 공포심을 떨치려고 허겁지겁 그의 서재로 달려갔다.

브론스키는 서재에서 깊이 잠들어 있었다. 그녀는 등불로 그의 얼굴을 비추며 한동안 내려다보았다. 그가 잠든 모습을 보면서 그에 대한 사랑으로 넘쳐흐르는 눈물을 참을 수가 없었다. 하지만 그가 잠에서 깨면 또다시 자신이 정당하다는 듯 냉정한 눈빛으로 그녀를 바라보고, 그녀도 자기가 얼마나 그를 사랑하는지 표현하기도 전에 그가 자기에게 얼마나 잘못했는지를 말하지 않을 수 없으리라는 것을 그녀는 알고 있었다. 그녀는 그대로 자기 방으로 돌아가 아편을 마시고 새벽녘이 되어서야 겨우 얕은 잠이 들었다. 그러면서도 그녀는 계속 자신을 의식하고 있었다.

아침이 되자 그녀는 브론스키와 관계를 맺기 전부터 몇 번 꾸었던 악몽을 또다시 꾸고는 소스라치게 놀라 잠이 깼다. 수염이 더부룩하게 난 몸집 작은 노인이 쇠붙이 위로 몸을 숙이고 뭔가를 하면서 알아들을 수 없는 프랑스어를 지껄이고 있었다. 그녀는 이 악몽을 꿀 때마다 이 농부가 자신을 신경 쓰지 않고 있지만 그 쇠붙이로 자기에게 뭔가 무서운 일을 하고 있는 것처럼 느꼈다(이것이 이 악몽의 공포였다). 그녀는 식은땀을 흘리며 눈을 떴다.

그녀는 자리에서 일어나자 어제의 일들이 마치 안개에 싸인 듯이 어렴풋이 생각났다.

'싸웠어. 여러 차례 해오던 것을 되풀이했을 뿐이야. 내가 머리가 아프다고 했고, 그이는 오지 않았어. 내일은 떠나야 하니까 그이를 만나서 출발 준비를 해야 해.'

그녀는 속으로 중얼거리고는 그가 있는 서재로 갔다. 응접실을 지날 때 그녀는 현관 앞에 마차가 서는 소리를 들었다. 창밖을 내다보니 연보랏빛 모자를 쓴 아가씨가 마차 밖으로 몸을 내밀고 벨을 울리고 있는 하인에게 무슨 말인가 했다. 현관에서 얘기하는 소리가 들리더니 누군가 올라오는 소리가 들렸다. 그러자 응접실 옆방에서 브론스키의 발소리가 들렸다. 그는 재빨리 아래층으로 내려갔다. 안나는 다시 창가로 다가갔다. 그는 모자도 쓰지 않고 현관 앞에 서 있는 마차로 걸어갔다. 연보랏빛 모자를 쓴 아가씨가 그에게 편지 한 통을 건넸다. 그러자 그가 웃으면서 그녀에게 뭐라고 말했다. 마차가 떠나자 그가 다시 층계를 뛰어 올라오는 소리가 들렸다.

안나의 마음을 덮은 안개가 순식간에 걷혔다. 어제와 같은 감정이 새로운 고통으로 가슴을 찔렀다. 그녀는 그의 집에서 그와 함께 꼬박 하루를 더 지내다니, 어쩜 스스로를 그렇게 굽힐 수 있었는지 도무지 알 수가 없었다. 그녀는 자신의 결심을 전하고자 그의 서재로 들어갔다.

"소로키나 부인이 따님과 같이 여기 들러서 어머니가 보낸 편지와 돈을 전해주고 갔소. 어제 못 받았거든. 머리는 좀 어때요? 좀 나았소?"

그는 그녀의 침울하고 굳은 얼굴을 보려고도, 이해하려고도 하지 않고 차분히 말했다.

그녀는 방 한가운데 우뚝 서서 말없이 그를 쳐다보았다. 그는 그녀의 얼굴을 슬쩍 보고는 눈살을 찌푸렸으나 계속 편지를 읽어 내려갔다. 그녀는 방을 나가려고 돌아서서 천천히 걸어갔다. 그는 그녀의 발걸음을 되돌릴 수도 있었지만, 그녀가 문 앞에 이를 때까지 아무 말도 하지 않았다. 편지지 넘기는 소리만 들렸다.

"다 잘됐어! 내일 떠나면 되는 거지? 그렇지?"

그녀가 문밖으로 나갔을 때 그가 말했다.

"당신이나 가세요. 나는 아니에요."

그녀가 그를 돌아보며 말했다.

"안나, 이런 식으로는 살 수가 없소."

"당신이나 가세요. 나는 아니에요."

"이거야, 원. 도저히 참을 수가 없어!"

"당신은……, 틀림없이 후회할 거예요."

그녀는 이렇게 쏘아붙이고 나가버렸다.

그는 그녀의 절망적인 표정을 보고 깜짝 놀라 벌떡 일어나서 그녀를 쫓아가려고 했다. 그러나 곧 생각을 바꾸고 의자에 주저앉아 입을 꼭 다물고 인상을 찌푸렸다.

이 무례한(그는 그렇게 생각되었다) 협박에 그는 화가 났다.

'내가 할 수 있는 모든 걸 다했다. 다른 방법이 없어. 더 이상 신경 쓰지 않는 수밖에.'

그는 다시 한번 어머니를 찾아가야 했다. 위임장에 서명을 받아야 했기 때문이다.

그녀는 서재와 식당을 왔다 갔다 하는 그의 발소리를 들었다. 그는 응접실에서 잠시 멈췄으나 그녀의 방으로 들어오지 않고, 자기가 없더라도 보이토프에게 종마를 넘기라고 하인에게 지시했다. 이윽고 그녀는 마차 소리와 현관문 소리, 그가 또다시 나가는 소리를 들었다. 그는 다시 현관으로 돌아왔고, 누군가 2층으로 뛰어 올라오는 소리가 들렸다. 하인이 그가 깜빡한 장갑을 가지러 온 것이었다. 그녀가 창가로 다가가 보니 그는 장갑을 받고, 한 손으로 마부의 등을 툭 치더니 창 쪽은 돌아보지도 않고 마차에 올라탔다. 그리고 습관처럼 발을 포개고 앉아 장갑을 끼었다. 마차는 길모퉁이로 사라졌다.

20

'갔어! 이제 끝이야!'

안나는 창가에 서서 속으로 중얼거렸다. 그러자 이 말에 응답하듯 그녀의 가슴속에 어제 촛불이 꺼졌을 때 덮쳐온 어둠과 끔찍한 악몽이 하나로 합쳐져 소름 끼치는 공포가 엄습했다.

"아냐, 그럴 리 없어!"

그녀는 소리치더니 방을 가로질러 가서 벨을 요란스럽게 울렸다. 혼자 있기가 너무 무서웠던 그녀는 기다리지 못하고 하인을 찾아나섰다.

"백작이 어디로 가셨는지 물어봐."

"마구간에 가셨습니다. 마님께서 외출하신다면 곧바로 마차를 돌려보내겠다고 하셨습니다."

"그래? 그럼 잠깐 기다려. 금방 편지를 써서 줄 테니 미하일에게 들려 보내. 빨리 가야 해."

그녀는 곧바로 자리에 앉아 편지를 썼다.

내가 잘못했어요. 돌아와 주세요. 꼭 할 얘기가 있어요. 부탁이에요. 돌아와 주세요. 무서워 죽겠어요.

그녀는 편지를 봉하고 하인에게 건넨 뒤 혼자 있기 무서워 방을 나와 아이 방으로 갔다.

'어머! 이게 어떻게 된 일이지. 그 애가 아니잖아! 그 푸른 눈이랑 귀엽고 수줍은 미소는 어디 간 거지?'

그녀의 머릿속은 뒤죽박죽이었다. 아이 방에서 세료자 대신 검은 곱슬머리에 포동포동하고 빰이 발그레한 여자아이를 보았을 때 그녀는 이런 생각이 떠올랐다. 아기는 탁자 옆에 앉아 코르크 마개로 탁자 위를 계속 두드리면서 구스베리 열매 같은 까만 눈동자로 멍하니 엄마를 바라보았다. 그녀는 영국 여자에게 몸이 아주 좋아져서 내일 시골로 떠날 거라고 말하고는 딸 옆에 앉아 코르크 마개를 눈앞에 대고 돌려보았다. 하지만 딸아이의 커다란 웃음소리와 눈썹을 한쪽으로 움직거리는 모습을 보니 브론스키가 생생히 떠올라 그녀는 눈물이 솟구치는 것을 억지로 참고 일어나 방을 나왔다.

'정말 다 끝난 것일까? 아니, 그럴 리 없어. 그이는 돌아올 거야. 하지만 웃는 얼굴로 그토록 밝게 그 아가씨와 얘기를 나눈 것을 뭐라고 변명할까? 아니, 변명 따위 하지 않더라도 나는 믿을 거야. 믿을 수 없다면 남은 건 단 하나……. 하지만 그러고 싶지 않아.'

그녀는 이렇게 생각하며 시계를 보았다. 20분이 지났다.

'지금쯤 그 편지를 보고 돌아오고 있겠지? 오래 걸리지 않을 거야. 10분쯤……. 하지만 그가 돌아오지 않으면 어떡하지? 아냐, 그럴 리 없어. 아무튼 울어서 퉁퉁 부은 얼굴을 보여서는 안 돼. 세수해야지. 아, 머리를 빗었던가?'

그녀는 자신에게 물어보았으나 생각나지 않아 한 손으로 머리를 만져보았다.

'아, 빗었어. 그런데 언제 빗었지? 전혀 기억이 없는데.'

그녀는 자기의 손마저 믿을 수 없어서 거울을 보았다. 머리가 곱게 빗겨져 있었지만 언제 그랬는지 생각나지 않았다.

'이게 누구야?'

그녀는 묘하게 반짝이는 눈으로 두려움에 질려 자신을 보고 있는 불처럼 타오르는 듯한 얼굴을 보았다.

'이건 내가 아니야.'

그녀는 퍼뜩 정신이 들었다. 그리고 자신의 온몸을 훑어보았는데 갑자기 그가 키스하는 듯한 느낌이 들어 몸서리를 치면서 어깨를 움츠렸다. 그러고는 한 손을 입술에 대고 키스했다.

'어머, 내가 정신이 돌았나?'

그녀는 이렇게 생각하며 침실로 갔다. 안누시카가 청소하고 있었다.

"안누시카!"

그녀는 무슨 말을 해야 할지 모른 채 멍하니 하녀를 쳐다보았다.

"다리야 알렉산드로브나 마님께 가시려고요?"

하녀가 그녀의 마음을 아는 듯 말했다.

"돌리? 그렇군, 그럼, 가야지."

'가는 데 15분, 오는 데 15분. 그이가 오고 있을 거야. 곧 오겠지?'

그녀는 시계를 들여다보았다.

'그건 그렇고 나를 이런 기분에 빠뜨리고 자기는 나가버리다니. 화해도 하지 않고 어떻게 그럴 수 있지?'

그녀는 창가에 서서 거리를 내다보았다. 그가 돌아올 시간이 되었던 것이다. 하지만 시간 계산을 잘못했는지 모른다. 그래서 그녀는 그가 나간 시각부터 다시 계산해보았다.

그녀가 시간을 확인하려고 큰 시계 앞으로 다가서려는데 마침 마차가 들어섰다. 창밖을 내다보니 그의 마차였다. 그러나 2층으로 올라오는 소리는 들리지 않고 아래층에서 이야기하는 소리만 들렸다. 심부름 보낸 사람이 마차를 타고 온 것이었다. 그녀가 내려갔다.

"백작님을 못 뵈었습니다. 니즈니노브고로드 선 기차역으로 벌써 떠나셨답니다."

"뭐라고? 그게 정말이야?"

그녀는 자기의 편지를 돌려주는 건강한 얼굴에 쾌활한 미하일을 보고 중얼거렸다.

'그이는 편지를 못 받은 거야.'

그제야 그녀는 어떤 상황인지 이해했다.

"그럼 이 편지를 가지고 지금 바로 브론스카야 백작 부인 별장에 갔다 와. 알겠지? 그 자리에서 답장을 받아 와야 해."

그녀는 심부름꾼에게 말했다.

'그럼 나는 어떻게 해야 하지? 그래 돌리한테 가보자. 그래야겠어. 안 그러면 돌아버릴 것 같아. 맞아, 전보도 치면 되지.'

그녀는 다음과 같이 전보를 썼다.

급한 일 있음. 곧 돌아오기 바람.

그녀는 전보를 치러 사람을 보내고 옷을 갈아입으러 갔다. 그녀는 옷을 차려입고 모자를 쓰더니 포동포동하고 점잖은 표정을 짓고 있는 안누시카의 눈을 슬며시 쳐다보았다. 작고 선한 잿빛 눈동자에 동정의 빛이 역력했다.

"안누시카, 나는 어떻게 해야 하지?"

마음 기댈 곳 없는 그녀는 안락의자에 몸을 묻고 흐느꼈다.

"걱정 마세요, 마님! 흔히 있는 일이잖아요. 어서 다녀오세요. 그러면 기분 전환이 될 테니까요."

하녀가 말했다.

"그래, 나가야겠어. 내가 없을 때 전보가 오면 돌리네 집으로 보내줘. 아니, 그 전에 돌아올게."

그녀는 마음을 가다듬고 말했다.

'그래, 마음 졸이고만 있으면 뭐하겠어. 뭐든 하는 게 낫지. 나가자. 무엇보다 이 집에서 나가야겠어.'

그녀는 가슴이 심하게 두근거리는 것을 느끼고 몸서리치면서 얼른 밖으로 나가 마차를 탔다.

"어디로 모실까요?"

표트르가 마부석에 앉기 전에 물었다.

"즈나멘카의 오블론스키 댁으로."

21

화창한 날이었다. 오전 내내 가랑비가 내리더니 이제 막 활짝 개었다. 지붕의 철판, 보도의 포석, 차도의 자갈, 마차의 수레바퀴, 가죽 마구, 놋쇠와 주철 장식…… 모든 것이 5월의 태양빛을 받아 반짝거렸다. 오후 3시, 거리마다 가장 활기 넘치는 시각이었다.

회색 말들의 빠른 속도에도 탄력이 좋은 용수철 덕분에 거의 흔들리지 않는 조용한 마차의 한쪽 구석에 앉아 안나는 끊임없는 마차 바퀴 소리를 들으며, 휙휙 지나가는 상쾌한 바깥 풍경을 멍하니 바라보았다. 그리고 사오일 동안 일어났던 일들을 다시 한번 돌이켜보면서 자기의 상황이 집에서 생각했던 것과는 전혀 다르다는 것을 깨달았다. 이제는 죽음도 그리 무섭거나 명확하게 느껴지지 않았고, 죽음 자체를 피할 수 없다는 생각도 들지 않았다. 이제 그녀는 굴복하려 했던 자신을 비난했다.

'나는 그이에게 용서를 애원했어. 그 사람에게 굴복한 거야. 내 잘못을 인정해버렸어. 하지만 왜? 정말 나는 그이 없이 살아갈 수 없는 것일까?'

그녀는 이 질문에 대답하지 않고 간판을 읽어나갔다.

'사무소와 창고, 치과 병원……. 그래, 돌리에게 모든 것을 털어놓자. 그녀는 브론스키를 좋아하지 않아. 물론 창피하고 괴롭겠지만 모든 걸 그녀에게 털어놓자. 그녀는 나를 좋아하니까. 그녀의 뜻에 따르자. 그에게 굴복할 수는 없어. 그에게 지배당하지는 않겠어. 필리포프 상점, 흰 빵……. 이 가게는 반죽을 페테르부르크까지 실어 나른다던데. 모스크바의 물이 그렇게 좋은가 봐. 미티시 우물과 블린.'

그녀는 오래전 열일곱 살 때인가 고모와 함께 트로이체 세르기예프 대수도원에 갔던 기억을 떠올렸다.

'그때도 마차를 타고 갔지. 그 빨간 손의 계집애가 정말 나였을까? 그때는 그렇게 아름답고 범접할 수 없었던 많은 것이 지금은 보잘것없어 보이고, 그때 가졌던 것들이 지금은 영영 다가갈 수 없게 되었어. 내 자신이 이렇게 보잘것없게 돼버리다니, 그때는 상상이나 했을까? 내 편지를 보고 그이는 얼마나 우쭐해하고 흡족해할까? 하지만 나는 얼마 지나지 않아 그이에게 말할 거야……. 어머, 이 페인트는 왜 이리 냄새가 고약하지? 사람들은 왜 끊임없이 집을 짓고 페인트칠을 하는 걸까? 최신 유행 옷과 장식품.'

그녀는 간판을 읽었다. 한 사내가 그녀에게 인사했다. 안누시카의 남편이었다.

'우리 집 더부살이.'

그녀는 브론스키가 그렇게 말했던 생각이 났다.

'우리 집? 어째서 우리 집이라는 거지? 과거의 기억을 뿌리 뽑을 수 없다니, 이 얼마나 무서운 일인가. 완전히 뿌리 뽑을 수 없다. 하지만 감출 수는 있어. 그래, 감추는 거야.'

그녀는 카레닌과 함께 지낸 과거와 그에 관한 것들을 자신의 기억에서 완전히 지워버렸음을 깨달았다.

'돌리는 내가 두 번째 남편마저 버리는 것으로 여길 거야. 그러니 분명 나를 나쁘다고 생각하겠지. 나도 올바르게 살고 싶었어. 하지만 나도 어쩔 수 없었어.'

그녀는 이렇게 중얼거리다 갑자기 울고 싶었다. 그러나 그녀는 금세 저 두 아가씨는 뭐가 그렇게 싱글벙글일까 하는 생각을 했다.

'분명 사랑 얘기를 하고 있겠지. 저 아가씨들은 그런 것이 얼마나 비참하고 천박한 짓이라는 것을 모르는 거야. 어머, 가로수 길에 아이들이 나와 있네. 사내아이 셋이 뛰어다니네. 말놀이를 하는구나. 세료자! 아, 나는 모든 것을 잃고 마는구나. 그 아이도 데려올 수 없어. 그래, 그이마저 돌아오지 않으면 나는 모든 것을 잃게 된다. 그이는 어쩌면 기차를 놓치고 지금 집에 와 있을지도 몰라. 아, 나는 또다시 굴복하려고 하는구나.'

그녀는 계속 혼잣말을 했다.

'아냐, 돌리에게 가서 하나도 숨기지 말고 다 털어놓자. 나는 불행해요. 당연한 결과이고, 내가 잘못했어요. 하지만 어쨌든 나는 불행해요. 그러니 나를 좀 도와줘요. 이 말과 마차에 버젓이 타고 있다니, 나는 어쩜 이리도 역겨운 걸까? 모두 다 그이 건데. 하지만 이제 곧 이런 것들을 보지 않겠지.'

무슨 말로 어떻게 속내를 털어놓을까 이리저리 생각하고, 일부러 자기 마음에 생채기를 내면서 그녀는 계단을 올라갔다.

"누가 와 계시나?"

그녀가 현관에서 물었다.

"레비나 부인께서 오셨습니다."

하인이 대답했다.

'키티가 왔군. 브론스키가 사랑했던 키티! 지금은 그이가 그리워하며 추억하는 여자. 그이는 키티와 결혼하지 않은 것을 후회해. 그리고 나를 만난 것을 끔찍하게 생각할 거야. 나하고 같이 살게 된

것을 후회할 거야.'

자매는 수유하는 법에 대해 얘기하고 있었다. 돌리는 동생과의 대화를 방해한 손님을 맞으러 혼자 아래층으로 내려왔다.

"어머, 아직 안 떠났어요? 내가 먼저 찾아가 보려고 했는데. 오늘 스티바한테 편지 받았어요."

돌리가 말했다.

"우리 집에도 전보가 왔어요."

안나는 키티가 어디 있나 하고 두리번거리며 말했다.

"그이는 카레닌이 뭘 원하는지 모르겠지만 확답을 받기 전에는 돌아오지 않겠다고 했어요."

"손님이 오신 거 같은데? 그 편지 좀 볼 수 있어요?"

"네, 키티가 와 있어요. 지금 아이들 방에 있어요. 몸이 좀 안 좋아서요."

돌리가 당황해하면서 말했다.

"그랬군요. 그 편지 좀 보여주겠어요?"

"바로 갖다 줄게요. 하지만 그이는 거절당한 게 아닌가 봐요. 오히려 희망을 갖고 있던데요."

돌리는 문 앞에 멈춰 서서 말했다.

"나는 기대하지 않아요. 더 이상 바라지도 않고요."

안나가 말했다.

'왜 그러는 거지? 키티는 나를 만나는 것 자체를 수치스럽게 생각하나? 그럴지도 몰라. 하지만 브론스키를 사랑한 적이 있으면서 나에게 그러면 안 되지. 물론 품위 있는 여자들은 나 같은 여자를 상대하지 않으려고 할 거야. 그건 나도 이해해. 애초에 나는 그이를 위해 모든 것을 희생했어. 그 대가가 바로 이거야. 아, 그이가 얼마나 미운지 몰라! 내가 어쩌자고 여기 왔을까? 기분만 더 망치고, 더 우울해졌어.'

옆방에서 자매의 얘깃소리가 들렸다.

'나는 돌리에게 무슨 얘기를 하려고 했지? 나의 불행으로 키티를 위로하고, 그녀의 인정에 매달리려고? 아니야, 돌리도 전혀 이해 못 할 거야. 그러니 말해봐야 소용없어. 다만 키티를 만나서 내가 지금 모든 사람과 모든 것을 경멸하고, 어떤 것에도 관심을 두지 않는다는 것을 보여주면 재미있기는 하겠어.'

돌리가 편지를 가지고 돌아왔다. 안나는 읽고 나서 돌려주며 말했다.

"다 아는 내용이네요. 이제 전혀 관심 없어요."

"어머, 왜요? 나는 아직 희망을 갖고 있는데."

돌리는 호기심 가득한 눈빛으로 안나를 바라보았다. 이처럼 초조해하는 안나를 본 적이 없었던 것이다.

"그런데 언제 떠나요?"

안나는 대답하지 않고 눈을 가늘게 뜨고 앞만 바라보았다.

"키티는 왜 나를 피하는 거죠?"

안나는 문 쪽을 바라보며 얼굴을 붉혔다.

"어머, 그게 무슨 말이에요? 그 애는 지금 젖을 먹이고 있는데, 아무래도 여의치 않아서 내가 도와주고 있었어요. 저 애는 굉장히 반가워하고 있어요. 곧 나올 거예요."

거짓말에 서투른 돌리가 멋쩍게 둘러댔다.

"봐요, 저기 왔잖아요."

"만나서 정말 반가워요."

키티가 떨리는 목소리로 말했다.

키티는 부정한 여자에 대한 적의와, 그러한 여자를 너그럽게 대해야 한다는 마음 사이에서 갈등하며 몹시 당황스러워했다. 그러나 아름답고 매혹적인 안나의 얼굴을 보는 순간 적의가 일시에 사라졌다.

"나를 피한다고 해도 나는 괜찮아요. 이런 일에 익숙하니까요. 몸이 좀 안 좋다고요? 정말 당신도 많이 변했군요."

안나가 말했다.

키티는 안나가 자기를 적대적으로 바라보고 있음을 느꼈다. 그녀는 그러한 적의를 이전에는 자신을 달래주고 감싸주던 안나가 지금은 자기에게 열등감을 느끼는 처지에 놓여 있기 때문이라 여기고 불쌍하게 생각했다.

그들은 키티의 병과 갓난아이와 스티바 등에 대해 얘기했으나 안나는 그 어느 것에도 흥미가 없었다.

"작별 인사를 하러 왔어요."

안나가 일어서면서 말했다.

"언제 떠나는 거예요?"

돌리의 물음에 안나는 대답하지 않고 키티에게 말했다.

"당신을 만나서 정말 기뻐요. 당신 소식은 여기저기서 많이 들었어요. 당신 남편한테도 들었고요. 우리 집을 방문했는데, 정말 좋아하게 되었어요. 지금은 어디 계세요?"

안나는 악의적으로 말했다.

"시골에 내려갔어요."

키티가 얼굴을 붉히면서 대답했다.

"꼭 안부 전해줘요. 꼭이요."

"네, 꼭이요!"

키티는 동정 어린 표정으로 안나의 눈을 응시하면서 천진난만하게 되풀이했다.

"잘 있어요, 돌리."

안나는 돌리에게 키스하고 키티의 손을 꼭 잡았다 놓더니 황급히 나갔다.

"정말 그대로야. 여전히 아름답고 매혹적이야. 하지만 어딘지 애처로워 보여! 너무 가여워."

언니와 둘만 남게 되자 키티가 말했다.

"아니야, 오늘은 뭔가 달라. 현관까지 바래다주었을 때 금방이라도 울음을 터뜨릴 것 같았어."

돌리가 말했다.

22

안나는 집에서 나올 때보다 기분이 더 안 좋아져서 마차에 올라탔다. 지금까지의 괴로운 심정에 키티를 만나고 나서 모욕적이고 따돌림을 당한 기분까지 더해졌던 것이다.

마차가 집 현관 앞에 멈춰 서자 수위가 마중을 나왔다. 안나는 수위를 보는 순간 편지를 보내고 전보를 친 것을 떠올리고 말했다.

"답신이 왔나?"

"지금 확인해보겠습니다."

수위는 대답하고는 책상 위를 뒤적거리더니 네모난 얇은 봉투를 집어 그녀에게 주었다.

> 10시 전에는 돌아갈 수 없음. 브론스키.

안나는 그것을 읽고 나서 다시 물었다.

"심부름 보낸 사람은 아직 안 온 건가?"

"네, 아직 안 왔습니다."

'그렇다면 이제 내가 어떻게 해야 하는지 알겠어.'

그녀는 복받쳐 오르는 막연한 분노와 복수심에 사로잡혀 2층으로 뛰어 올라갔다.

'내가 그이에게 가보자. 영영 갈라서기 전에 다 말해버릴 거야. 나는 지금까지 단 한 번도 다른 사람을 이렇게 증오해본 적이 없어!'

그녀는 모자걸이에 걸린 그의 모자를 보고서도 혐오감에 치를 떨었다. 자기가 보낸 전보에 대한 회답을 받았을 뿐 그가 아직 편지를 받지 못했다는 생각을 그녀는 미처 하지 못했다. 그녀는 지금 어머니와 소로키나 공작 영애와 여유 있게 얘기를 나누면서 그녀의 고통을 즐기고 있는 그의 모습을 상상했다.

'그래, 한시라도 빨리 가야 해.'

그녀는 어디로 갈지도 모르면서 자신을 몰아세웠다. 그녀는 이 소름 끼치는 집에서 느끼는 감정을 조금이라도 빨리 떨쳐버리고 싶었다. 이 집의 하인, 벽, 모든 물건…… 이 집의 모든 것들이 납덩이처럼 그녀를 짓누르면서 혐오와 증오를 불러일으켰던 것이다.

'그래, 기차역으로 가자. 그가 그곳에 없다면 거기까지 가서 비난을 퍼부어야지.'

그녀는 신문의 기차 시간표를 보았다. 밤 8시 2분 기차가 있었다.

'그래, 이걸 타자.'

그녀는 다른 말을 마차에 매어두라고 이르고 이삼일 동안 꼭 써야 할 물건만 여행 가방에 챙겼다. 그녀는 이제 다시는 이 집으로 돌아오지 않으리라는 것을 알았다. 그녀는 머릿속에 온갖 계획들이 산만하게 떠올랐으나 그중 기차역 아니면 백작 부인의 영지에서 어떻게 한 다음 니즈니노브고로드 선을 타고 종착지까지 가서 내리기로 막연히 결정했다.

그녀는 식사가 차려진 식탁으로 가서 빵과 치즈 냄새를 맡아보았는데 모든 음식 냄새가 역겨웠다. 그녀는 바로 마차를 준비시키고 밖으로 나갔다. 집들이 온 거리에 그림자를 드리우는 시각이었다. 아직은 따뜻하고 날씨가 맑은 저녁이었다. 짐을 들고 내려온 안누시카나 마차에 짐을 싣는 표트르나 불만스러운 표정을 짓고 있는 마부까지, 그녀는 모든 사람들이 역겨웠고, 그들의 말과 행동 하나하나가 몸서리났다.

"그냥 있어, 표트르."

"기차표는 어떻게 하시려고요?"

"그럼 좋을 대로 해. 나는 상관없으니까."

그녀는 못마땅한 듯 말했다.

표트르는 마부석에 오르더니, 양손으로 허리를 짚고 마부에게 기차역으로 가라고 했다.

23

'또 마차를 탔네! 이제 나는 모든 것을 알게 되었어!'

안나는 마차가 움직이면서 포장도로의 자갈 위를 수레바퀴가 굴러가는 소리가 나고, 또다시 바깥 풍경들이 빠르게 연이어 스쳐 지나가자 속으로 중얼거렸다.

'참, 마지막으로 무슨 생각을 그렇게 골똘히 했더라?'

그녀는 기억해내려고 애썼다.

'티우티킨 이발관? 아냐, 그래, 야시빈의 말이었지. 삶의 투쟁과 증오, 그래, 그것만이 인간을 결합하는 유일한 것이라고 했어. 당신들은 어디를 가든 텄어.'

그녀는 교외로 놀러 나가는 사두마차 속 일행을 보고 속으로 말했다.

'당신들이 데려가는 개도 아무 소용 없어. 왜냐하면 자신으로부터 벗어날 수 없거든.'

그녀는 문득 표트르가 돌아본 쪽으로 고개를 돌려 만취해서 죽은 듯 머리를 흔들거리는 공장 노동자를 경찰관이 어디론가 끌고 가는 광경을 내다보았다.

'그래, 저게 훨씬 빠른 길이지. 나도 그렇고 브론스키도 많은 것을 기대했지만 둘 다 저만큼도 만족하지 못했어.'

그때 그녀는 비로소 지금까지 애써 생각하지 않으려 했던 그와의 관계에, 모든 것이 또렷하게 드러나는 환한 빛을 비추어보았다.

'그이는 나에게 무엇을 바랐던 것일까? 사랑보다는 허영심을 충족하는 것이었어.'

그녀는 두 사람이 밀회를 나누던 때 그가 했던 말과 온순한 사냥

개 같은 표정을 떠올렸다. 그러한 것들이 모두 그녀의 이런 추측을 뒷받침해주었다.

'그래, 그이는 허영심을 충족하고 의기양양했던 거야. 물론 사랑도 있었겠지만 허영심을 충족한 것에 대한 승리감이 더 컸어. 그이는 나를 차지하고 무척 자랑스러워했지. 하지만 그것도 다 지난 일이고 지금은 내세울 게 없어. 자랑은커녕 수치스러워하지. 그이는 내게서 얻을 건 다 얻었기 때문에 더 이상 내가 필요 없는 거야. 그이는 나를 짐스러워하면서도 파렴치한 인간이 되려고 하지는 않아. 어제는 더 이상 물러서지 않을 각오로 이혼하고 정식 결혼을 원한다고 했지. 그이는 나를 사랑해. 하지만 어떤 사랑이지? 열정이 사라진 거야. 저 남자는 모든 사람이 깜짝 놀라기를 바라고, 스스로에게 매우 만족하고 있네.'

그녀는 승마장의 말을 타고 달리는 혈색 좋은 직원을 보면서 생각했다.

'그래, 그이는 나에게 아무 열정도 못 느끼는 거야. 내가 떠나면 그이는 속으로 매우 기뻐할 거야.'

그것은 가정이 아니었다. 그녀는 인생의 의미와 인간관계를 명확하게 비춰준 밝은 빛 속에서 그 사실을 분명히 보았다.

'내 사랑은 더욱 정열적이고 이기적으로 깊어가는데 그이의 사랑은 점점 식어가고 있다. 그래서 우리는 점점 멀어지는 거야. 이제는 어찌할 도리가 없어. 그이는 나의 모든 것이고, 나는 그가 좀더 많은 것을 나에게 쏟아주기를 바라. 그런데 그이는 나한테서 점점 더 멀어지려고 해. 우리는 관계를 맺을 때는 서로 다가갔지만, 그다음부터는 통제할 수 없을 정도로 각각 다른 방향으로 멀어져 가버렸어. 이제는 바꿀 수도 없어. 그이는 내가 다짜고짜 질투부터 한다고 말하지. 하지만 그렇지 않아. 나는 질투심이 강한 게 아니야. 단지 불만을 말한 거야. 그렇지만…….'

그녀는 갑자기 떠오른 어떤 생각에 흥분한 나머지 마차 안에서 자리를 옮겼다.

'내가 그이의 애무만을 갈망하는 단순한 애인으로 만족한다면 좋겠지만, 나는 그런 여자가 될 수 없고 또 그러고 싶지도 않아. 그렇기 때문에 그이를 혐오하고, 그이도 나를 미워하는 거야. 하지만 이것도 어쩔 수 없어. 나도 그이가 나를 속이지는 않는다는 것, 그 소로키나 공작 영애에게 관심이 없다는 것, 키티를 사랑하지 않는다는 것, 나를 배반하지 않으리라는 것도 잘 알아. 그런데도 내 마음이 편하지 않아. 그이가 나를 사랑해서가 아니라 단지 의무감으로 부드럽고 다정하게 대한다면, 내가 원하는 감정이 아니라면, 그것은 증오보다 천배나 더 나빠! 그건 지옥이야! 하지만 그게 사실이야. 그이의 사랑은 이미 오래전에 식었어. 더구나 사랑이 식은 자리에 증오가 자리 잡는 법……. 이건 처음 보는 거리인데. 언덕 같은데 사방으로 집밖에 안 보이네. 게다가 집 안에는 사람, 사람이 있네. 어딜 가도 사람, 사람들뿐이야. 그리고 모두가 서로를 증오해.

내가 어떻게 해야 행복해질 수 있는지 생각해보자. 이혼을 하고, 세료자를 키우고, 브론스키와 결혼하는 것.'

카레닌을 생각하자 그의 모습이 그녀의 눈앞에 생생하게 떠올랐다. 흐릿하고 생기 없는 눈, 힘줄이 불거진 하얀 손, 특유의 목소리 억양과 손마디 꺾는 소리까지. 그리고 그와 사랑이라는 감정을 나눴다는 생각에 이르자 그녀는 혐오감으로 몸서리를 쳤다.

'이혼하고 브론스키의 아내가 된다고 하자. 그렇게 되면 키티도 오늘과 같은 시선으로 나를 바라보지 않을까? 알 수 없지. 세료자가 두 남편에 대해 묻거나 생각하지 않을까? 브론스키와 나 사이에 새로운 감정이 생길까? 행복하지는 않더라도 고통스럽지는 않게 살아갈 수 있을까? 안 돼, 역시 안 돼!'

그녀는 전혀 망설이지 않고 자신의 물음에 대답했다.

'불가능해! 우리는 각자의 삶에 억눌려 살아가게 되어 있는 거야. 그래서 나는 그를 불행하게 만들고 그는 나를 불행하게 만드는 거야. 그이나 나나 다른 사람이 될 수는 없어. 이미 해볼 건 다 해봤고, 나사는 죄어질 대로 죄어졌어. 어머, 여자 거지가 갓난아이를 안고 있네. 저 여자는 자기가 불쌍해 보일 거라고 생각하겠지만, 우리 모두는 서로를 증오하고 다른 사람을 괴롭히기 위해 이 세상에 던져진 것이 아닐까? 중학생들이네. 웃고 있어. 세료자는?'

그녀는 계속 생각했다.

'나도 그래. 나는 그 아이를 사랑한다고 여기고 내 사랑에 스스로 감동했어. 하지만 그 애에 대한 사랑을 다른 사랑으로 옮기고 '그 사랑'에 만족하면서 그 애 없이도 잘 지내지 않았는가?'

그녀는 '그 사랑'이라는 것을 떠올리자 혐오감이 솟구쳤다. 그때 그녀는 비로소 자신의 삶뿐 아니라 다른 사람들의 삶까지 통찰할 수 있게 되어 기뻤다.

'나나, 표트르나, 마부 표도르나, 저 상인이나, 저 광고로 구경을 가라고 소리치는 볼가 강가에 사는 사람들이나 모두 다 같아. 어디를 가나, 어느 세상에나.'

그런 생각을 하고 있을 때 마차는 이미 니즈니노브고로드 선 기차역 나지막한 역사로 다가가고 있었다. 짐꾼들이 그녀가 탄 마차로 우르르 몰려왔다.

"오비랄로프카까지 가는 표를 끊으면 되지요?"

표트르가 물었다.

그녀는 자기가 어디로, 무엇 때문에 가는지 잊고 있었다. 그래서 생각해본 끝에 겨우 대답했다.

"그래."

그녀는 지갑을 건네면서 대답하고, 빨간색 작은 손가방을 들고 마차에서 내렸다.

군중을 헤치고 일등 대합실 쪽으로 가면서 그녀는 자기의 상황을 하나하나 되짚어보고, 결단을 내리지 못한 채 머뭇거리고 있는 온갖 계획들을 생각해보았다. 그러자 또다시 희망과 절망이 뒤섞이면서 지친 그녀의 마음속 상처를 쿡쿡 찌르는 것이었다. 그녀는 별 모양 벤치에 앉아 기차를 기다리면서 혐오스러운 시선으로 오가는 사람들을(그들 모두 역겨웠다) 바라보았다. 그리고 자기가 목적지 역에 도착해 그에게 편지를 쓸 일과 편지 내용, 지금쯤 자기 상황을(자기의 괴로움은 전혀 모른 채) 어머니에게 호소하는 그의 모습과 자기가 그의 방에 들어가 그에게 하려고 마음먹었던 말들을 생각해보았다. 그러고는 더 행복하게 살 수도 있다는 것, 자기가 얼마나 괴로워하며 그를 사랑하고 또 증오하고 있는지, 심장이 얼마나 무섭게 고동치고 있는지를 생각했다.

24

벨이 울렸고, 추잡하고 뻔뻔한 젊은이들 한 무리가 사람들이 자기들을 보고 느낄 인상에 신경을 쓰며 지나갔다. 제복과 각반 차림의 표트르도 안나를 기차까지 배웅하려고 둔하고 동물 같은 표정으로 대합실을 지나 그녀에게 다가왔다. 왁자지껄하던 무리들은 그녀가 플랫폼을 따라 그들 앞을 지나갈 때 갑자기 조용해졌다. 무리 중 한 사내가 다른 일행에게 그녀에 대해 뭐라고 쑥덕거렸다. 물론 더러운 말이었다. 그녀는 높은 발판을 밟고 올라가 혼자 텅 빈 찻간으로 들어가 전에는 깨끗했지만 지금은 지저분한 좌석에 앉았다. 좌석 용수철 때문에 그녀의 손가방이 흔들거리다 멈췄다. 표트르는 바보 같은 미소를 지으며 금몰 장식 모자를 창가로 치켜들고 작별을 표했다. 거만해 보이는 승무원이 문을 쾅 닫고 걸쇠를 걸었다. 커다란 투르뉘르(뒤쪽을 부풀리기 위해 치마 밑에 대는 허리받이—옮긴이)를 착용한 못생긴 귀부인(안나는 머릿속으로 이 부인의 벌거벗은 모습을 상상해보고는 추한 모습에 몸을 움츠렸다)과 여자아이가 어색하게 웃으며 아래쪽으로 달려갔다.

"카테리나 안드레예브나에게 있어요. 그녀가 다 갖고 있어요, 이모!"

여자아이가 소리쳤다.

'어머, 저렇게 못생긴 것이 아양을 떠네.'

안나는 생각했다. 그녀는 아무도 보고 싶지 않아 재빨리 텅 빈 찻간의 반대쪽 창가에 앉았다. 챙 없는 모자 밑으로 더부룩한 머리털이 삐져나오고 지저분한 옷차림에 추하게 생긴 농부가 기차 바퀴 쪽으로 몸을 숙이며 창 밑을 지나갔다.

'추하게 생긴 저 농부, 어디서 본 것 같은데.'

그녀는 문득 꿈이 떠올라 두려움에 떨면서 반대편 출입문 쪽으로 몸을 숙였다. 승무원이 출입문을 열고 부부 승객을 들여보냈다.

"나가실 겁니까?"

승무원이 안나에게 물었으나 그녀는 대답하지 않았다. 승무원과 부부 승객은 베일 속에서 공포에 떨고 있는 그녀의 낯빛을 보지 못했다. 그녀는 구석의 자기 좌석으로 돌아가 앉았다. 부부는 슬며시 그녀의 옷차림을 훔쳐보면서 반대쪽에 자리를 잡았다. 그녀는 앞에 앉은 남편이나 아내 모두 불쾌했다. 남편이 안나에게 담배를 피워도 되냐고 물었다. 담배를 피우고 싶은 것이 아니라 안나에게 말을 걸려고 그런 것이었다. 안나가 허락하자 두 사람은 안나가 들으라는 듯 프랑스어로 시답잖은 얘기를 지껄이기 시작했다.

두 번째 벨이 울리자 짐 나르는 소리, 떠들썩한 소리, 외치는 소리, 웃음소리가 들려왔다. 안나는 누구도 즐거울 리 없다는 것이 명확했으므로 그 웃음소리를 듣고 있기가 고통스러웠다. 그녀는 귀를 막고 싶은 심정이었다. 마침내 세 번째 벨이 울리자 호루라기 소리와 함께 기적 소리가 울리더니 증기를 내뿜는 소리에 이어 차량 연결부의 쇠사슬이 팽팽하게 당겨졌다.

안나는 부인 옆 차창 너머로 플랫폼에 서서 배웅하는 사람들이 마치 뒤로 가고 있는 것처럼 움직이는 것을 물끄러미 쳐다보았다. 그녀가 탄 기차는 선로 이음 자리마다 규칙적으로 덜컥거리며 플랫폼을 지나고 돌담과 신호소를 지나고 다른 차량 옆을 지나쳤다. 기차는 점점 경쾌한 소리를 내며 부드럽게 레일 위를 달렸다. 차창 밖으로 석양이 눈부시게 비치고, 산들바람에 커튼이 펄럭거렸다. 안나는 객차 안에 다른 사람들이 있다는 것도 잊은 채 기차의 경쾌한 움직임에 몸을 맡기고 신선한 공기를 깊이 들이마시며 또다시 생각에 잠겼다.

'그런데 내가 무슨 생각을 하고 있었지? 아, 그래, 인생에서 고통스럽지 않은 순간은 없고, 우리 모두는 고통스럽게 살려고 태어났으며, 누구나 그것을 알면서도 어떻게든 자신을 속일 궁리를 한다는, 그런 거였어. 하지만 진실을 보았을 때는 어떻게 해야 한단 말인가?'

"인간은 이성이 있기 때문에 불안에서 벗어날 수 있는 거야."

앞에 앉은 부인이 자기 말에 만족스러운 투로 뽐내며 프랑스어로 말했다.

마치 안나의 생각에 대답하는 것 같았다.

'불안에서 벗어난다?'

그녀는 속으로 되풀이했다.

'그래, 나는 온통 불안감에 사로잡혀 있고, 이성이 있기에 불안감에서 벗어날 수 있다면 어떻게 해서든 불안감에서 헤어나야 한다. 이제 아무것도 보고 싶지 않고, 어떤 것을 봐도 소름이 끼친다면 촛불을 꺼도 되지 않을까? 그런데 어떻게 끄지?'

역에 도착했을 때 안나는 마치 나병 환자를 피하듯 다른 승객들과 멀찍이 떨어져 플랫폼에 멈춰 서서 자신이 무엇 때문에 이곳에 왔고, 무엇을 하려고 했는지 생각해내려고 했다. 며칠 전만 해도 할 수 있다고 여겼던 모든 계획들이 지금은 도저히 할 수 없을 것 같았다. 특히 잠시도 마음을 가라앉힐 수 없는 이 추잡스럽고 시끄러운 사람들 속에서는 더더욱 할 수 없을 것 같았다.

그녀는 그의 회답이 없으면 더 멀리 가기로 마음먹었던 것을 떠올리고, 짐꾼을 불러 브론스키 백작에게 편지를 가지고 갔던 마부를 보지 못했는지 물었다.

"브론스키 백작님요? 방금 그 댁 심부름꾼이 여기 있었는데요. 소로키나 공작 부인과 따님을 마중 나왔습니다. 어떻게 생긴 마부인가요?"

그녀가 짐꾼과 얘기하고 있는데 붉은 얼굴에 쾌활한 표정의 마부 미하일이 소매 없는 푸른색 외투 위로 시곗줄을 흔들면서 그녀에게 다가왔다. 그는 임무를 완수하고 의기양양하게 편지를 건넸다. 그녀는 편지를 뜯기도 전에 심장이 죄어들었다.

여기 오기 전에 당신 편지를 받지 못해 유감이오. 10시에 돌아가겠소.

대충 쓴 브론스키의 회답이었다.

'내 생각대로야!'

그녀는 조소를 띠며 속으로 중얼거렸다.

"이제 됐으니 자네는 집으로 돌아가."

그녀는 미하일을 돌아보며 나직하게 말했다. 심장이 심하게 고동쳐 숨을 쉬기조차 힘들었던 그녀는 나지막이 말할 수밖에 없었다.

'아니, 나는 더 이상 괴로워하지 않아.'

그녀는 브론스키도 자신도 아닌, 자기를 괴롭히는 누군가를 위협하듯 중얼거렸다. 그녀는 역사를 지나 플랫폼을 따라 걸어갔다.

플랫폼을 걸어가던 두 하녀가 안나를 돌아보며 그녀의 옷에 대해 큰 소리로 말했다.

"저건 진짜야."

그녀 옷의 레이스 장식을 두고 하는 말이었다. 젊은 남자들은 가만히 지나가지 않았다. 그들은 또다시 그녀의 얼굴을 뚫어져라 쳐다보고 부자연스럽게 웃고 소리치면서 옆을 지나갔다. 역장은 그녀에게 기차를 탈 건지 물어보았다. 크바스를 파는 소년도 그녀에게서 눈을 떼지 못했다.

'아, 나는 어디로 가야 하나?'

그녀는 플랫폼을 따라가면서 생각했다. 플랫폼 끝에서 그녀는 걸음을 멈췄다. 안경 쓴 신사를 마중 나와 웃고 떠들던 부인 몇 명과 아이들이 그녀가 지나가자 갑자기 입을 다물고 돌아보았다. 그녀는 종종걸음으로 그들과 떨어져 플랫폼 가장자리 쪽으로 갔다. 화물 기차가 들어오자 플랫폼이 흔들렸다. 그녀는 또다시 기차에 올라탄 기분이었다.

그러자 문득 브론스키를 처음 만난 날 기차에 치여 죽은 사람이 떠오르더니, 자기가 무엇을 해야 할지 깨달았다. 그녀는 급수탑에서 선로 쪽으로 나 있는 층계를 종종걸음으로 내려갔다. 그러고는 지나가는 기차에 바짝 다가섰다. 그녀는 기차 밑을 보았다. 나사와 쇠사슬이 천천히 움직이는 첫 번째 차량의 높은 쇠바퀴를 바라보고는 눈짐작으로 앞바퀴와 뒷바퀴 중간 부분이 자기 앞으로 다가오는 순간을 가늠해보았다.

'저기다!'

안나는 탄가루 섞인 모래가 뒤덮인 침목 위로 드리운 기차의 그림자를 보면서 중얼거렸다.

'저기, 저 한가운데로 뛰어드는 거야. 그러면 그이를 벌하고, 모든 사람과 나 자신에게서 벗어나는 거야.'

그녀는 첫 번째 차량 중앙부가 자기 바로 앞으로 왔을 때 몸을 던지려고 했다. 그러나 놓으려고 했던 빨간 손가방이 그녀를 붙잡는 바람에 기회를 놓쳤다. 중앙부는 이미 지나가 버렸다. 이제 다음 차량을 기다려야 했다. 그녀는 수영을 하려고 물에 뛰어들 때와 같은 기분에 휩싸였다. 그녀는 성호를 그었다. 이 익숙한 몸짓을 하는 순간 그녀는 처녀 시절과 어릴 적 추억들이 고스란히 떠올랐다. 그러자 갑자기 그녀를 뒤덮고 있던 어둠이 걷히면서 지금까지 살아온 삶의 모든 기쁨이 그녀 앞에 환하게 비쳤다. 그러나 그녀는 다가오는 두 번째 차량의 바퀴에서 눈을 떼지 않았다. 그리고 바퀴와 바퀴 중간이 드디어 눈앞에 다가왔을 때 그녀는 빨간 손가방을 내던지고 두 어깨 사이로 머리를 움츠리고 두 손을 짚으며 기차 밑으로 떨어졌다. 그리고 금방 일어나려는 듯 가볍게 움직여 무릎을 꿇었다. 그 순간 그녀는 자신이 한 행동에 소름이 끼쳤다.

'내가 지금 어디에 있는 거지? 무슨 짓을 한 거지? 무엇 때문에?'

그녀는 일어나 뛰쳐나오려고 했다. 그러나 뭔가 거대한 것이 무자비하게 그녀의 머리를 쾅 들이받고 등을 쓸면서 질질 끌고 갔다.

'하느님, 저의 모든 것을 용서해주시옵소서!'

그녀는 저항해봐야 이미 소용없다는 것을 느끼고 중얼거렸다. 몸집이 작은 농부가 쇳덩이 위로 몸을 숙이고 무슨 말인가를 중얼거리며 일하고 있었다. 그러자 그녀가 불안과 기만과 슬픔과 사악함으로 가득한 책을 읽을 때 불을 밝혀준 촛불이 어느 때보다 더욱더 밝게 타오르며 지금까지 어둠에 가려 있던 모든 것을 그녀 앞에 비춰주고 나서 바지직거리며 희미해지더니 영원히 꺼지고 말았다.

제8부

1

두 달 가까이 시간이 흘렀다. 무더운 한여름에 접어들자 세르게이 이바노비치는 그제야 모스크바를 떠날 준비를 했다.

그동안 세르게이에게는 여러 가지 일이 있었다. 6년간 노력한 결정체인 《유럽 및 러시아 국가체제의 원리와 형태에 대한 개요》라는 제목의 책이 1년 전에 완성되었다. 이 책의 몇몇 장과 서론은 여러 정기간행물에 게재된 적이 있고, 다른 부분도 세르게이가 모임에서 읽어주었기 때문에 사람들에게 이 책의 사상이 전혀 새로운 것은 아니었다. 하지만 세르게이는 책이 출판되면 큰 반향을 불러일으킬 것이고, 학계의 일대 혁명까지는 아니라도 강한 인상을 심어줄 거라고 기대했다.

이 책은 꼼꼼한 교정 끝에 작년에 출판되어 여러 서점에 배포되었다.

세르게이는 이 책에 대해 아무에게도 물어보지 않았고, 책이 잘 팔리느냐고 친구들이 물어봐도 일부러 관심 없는 척하며 서점에도 얼마나 판매됐는지 알아보지 않았다. 그러나 사회나 학계에서 자기 책을 어떻게 받아들이는지 관심을 기울였다.

하지만 일주일이 지나고 3주일이 지나도 아무 반응이 없었다. 그 쪽 분야 전문가나 학자인 친구들만 예의상 책 이야기를 할 뿐이었다. 학문적인 책에 관심 없는 친지들은 전혀 거론하지도, 그에게 묻지도 않았다. 게다가 전반적으로 다른 문제에 쏠려 있을 때여서 한 달 동안 신문이나 잡지에서도 이 책에 대해 한 마디도 언급하지 않았다.

세르게이 이바노비치는 서평을 쓰기까지의 시간을 계산하며 내심 기다렸다. 그러나 한 달이 지나고 두 달이 지나도 여전히 아무 언급이 없었다.

다만 《세베르니 쥐크》('북방의 딱정벌레'라는 뜻—옮긴이) 유머란에 코즈니셰프의 책이 이미 오래전 사람들의 비평 속에서 웃음거리로 전락했다는 모욕적인 기사가 실렸을 뿐이었다.

세르게이는 6년간 애정을 쏟으며 심혈을 기울인 역작이 흔적도 없이 사라지는 것을 지켜보았다. 그는 무엇보다 지금까지 이 책을 완성하기 위해 대부분의 시간을 서재에서 보냈는데, 이 일이 끝나자 더욱 지루했다.

명석하고 교양이 있으며 건강하고 활동적인 세르게이는 왕성한 힘을 어디에 쏟아야 할지 몰랐다. 응접실이나 집회, 위원회 등 어디든 찾아가 이야기를 나누었지만 이것도 시간의 일부분을 쓰는 것에 지나지 않았다. 더구나 예전부터 도시인으로 살아온 그는 세상 물정에 어두운 동생이 모스크바에 머물 때 그랬던 것처럼 모든 시간을 대화하는 데 쏟아부을 수는 없었다. 그래서 그에게는 아직 시간과 지력이 남아돌았다.

다행히 출판한 책이 실패하면서 괴롭던 시기에 사회의 한쪽 그늘에 묻혀 있던 슬라브 민족의 해방 문제가 갑자기 고개를 들었다. 예전부터 이 문제를 제기해왔던 세르게이도 여기에 자신의 모든 힘을 쏟아부었다.

그 무렵 세르게이가 속한 모임에서는 슬라브 문제와 세르비아 전쟁 이야기만 했고, 그에 관한 글만 쓰고 있었다. 평소 여유 있는 사람들이 슬라브인의 이익을 위해 모든 시간을 쓰기 시작한 것이었다. 무도회, 음악회, 만찬, 연설, 귀부인의 의상, 맥주, 요릿집 등 모든 것이 슬라브인에 대한 동정을 표하고 있었다.

이 문제에 대해 이야기하고 쓴 사람들의 견해는 세르게이의 견해와 미묘한 차이를 보였다. 그는 슬라브 문제가 늘 꼬리에 꼬리를 물고 이어지며 사람들에게 할 일을 제공하는 일종의 유행이 되었음을 파악했다. 또한 개인의 욕심이나 허영심을 충족하기 위해 이 문제와 관련을 맺고 있는 사람들이 많다는 것도 알았다. 한 신문이 사회적 관심을 모으고 다른 신문들보다 앞서 나가기 위해 쓸데없고 과장된 기사를 대거 싣고 있다는 것도 알았다. 그리고 이런 사회 전반적인 분위기에 편승해 누구보다 먼저 나서서 소리치는 것은 딱

한 처지에 놓여 실의에 빠진 사람들, 군대가 없는 총사령관, 내각에서 의석을 차지하지 못한 장관, 기고할 매체가 없는 신문기자, 당원 없는 정당 당수 같은 사람들뿐이라는 것도 알았다. 그리고 그중에는 경박스럽고 가소로운 자들도 많았다. 그러나 점점 더 확대되고 고조되어 가는 열정이 사회 각층을 하나로 결집한다는 것도 인정했다. 같은 정교도를 가진 슬라브인 동포의 학살은 희생자에 대한 동정과 박해자에 대한 분노를 불러일으켰다. 그리고 고귀한 대의를 위해 싸우는 세르비아인이나 몬테네그로인의 영웅주의는 이제 말에 그치지 않고 국민들 가슴속에 동포를 구해야 한다는 열망을 심어주었다.

그 밖에 세르게이 이바노비치가 기뻐했던 또 하나의 현상은 여론의 출현이었다. 사람들은 자신들의 열망을 확고하게 표출했다. 그의 말처럼 민중 정신의 표현인 것이었다. 그리고 이 일에 관여할수록 이것이 점점 더 규모가 커지면서 시대의 한 획을 그을 만한 사건이 되리라는 확신이 더욱 강해졌다.

그는 이 대사건에 온 힘을 기울이며 바쁘게 활동하느라 어느새 자기 책은 잊고 있었다. 그리고 대부분의 시간을 여기에 쏟아붓느라 편지나 청원에 답장할 겨를도 없었다.

봄 한철과 초여름은 일을 하느라 보내고 그는 7월이 되어서야 시골에 있는 동생을 방문할 준비를 했다.

그는 2주일 정도 휴식을 취하면서 궁벽한 시골의 성스러운 민중들 속에서 자신을 비롯해 수도와 모든 도시민 대부분이 믿고 있는, 고양된 민중의 정신을 직접 보고 즐기기로 했다. 이전부터 레빈을 방문하겠다는 약속을 지키고 싶어 했던 카타바소프도 그와 함께 출발했다.

2

세르게이와 카타바소프는 그날따라 특히 사람들이 붐비는 쿠르스크 선 기차역에 도착했다. 마차에서 내려 짐을 들고 뒤따라오는 하인을 돌아보는데, 마침 의용군이 탄 삯마차 네 대가 도착했다. 그들은 꽃다발을 든 귀부인들의 환영을 받고, 한꺼번에 들어오는 군중에 떠밀리며 역 안으로 들어갔다.

의용군을 환영하러 나온 귀부인 하나가 대합실에서 나오면서 세르게이에게 프랑스어로 말을 걸었다.

"당신도 배웅하러 나오셨나요?"

"아닙니다. 내가 여행을 떠나는 겁니다, 공작 부인. 동생 집에서 휴가를 보내려고요. 그런데 부인께서는 늘 이렇게 배웅 나오십니까?"

세르게이가 희미하게 미소 지으며 말했다.

"네, 그렇게 해야죠. 여기서 벌써 8백 명이나 파견되었다는 말이 사실이겠죠? 말빈스키는 그렇게 말해도 믿지를 않더군요."

공작 부인이 말했다.

"8백 명이 넘습니다. 모스크바에서 바로 출정하지 않은 사람까지 합하면 1천 명이 넘을 겁니다."

세르게이가 말했다.

"그래요, 나도 그렇게 말했죠. 그리고 기부금이 백만 루블 정도 모였다는 것도 사실이지요?"

귀부인은 기쁜 듯이 그의 말에 장단을 맞췄다.

"아닙니다, 공작 부인. 더 많습니다."

"오늘 전보는 어떤 내용이던가요? 터키 군을 또 격파했다던데."

"네, 맞습니다. 나도 읽었습니다."

세르게이가 대답했다. 그리고 터키 군이 3일 동안 각지에서 연이어 격파되고 후퇴했다는 소식과 내일도 굉장한 결전이 예상된다는 이야기를 해주었다.

"아 참, 훌륭한 청년이 지원했는데, 무슨 일인지 승낙이 안 떨어졌다더군요. 그래서 당신께 부탁하고 싶은 게 있답니다. 나도 잘 아는 청년인데 그 사람을 위해 몇 자 써주시면 안 될까요? 그분은 리디야 이바노브나 백작 부인이 소개한 분이랍니다."

그는 공작 부인에게 지원한 청년에 대해 세세하게 물어보고 나서 일등 대합실로 들어가 그쪽 일을 관할하는 실권자 앞으로 편지를 한 통 써서 공작 부인에게 건넸다.

"아시죠? 브론스키 백작 말이에요. 그 유명한……. 그분도 이 기차로 떠난답니다."

공작 부인은 우쭐한 듯 의미심장한 미소를 지으며 말했다.

"그가 출정한다는 말은 들었습니다만, 언제인지는 몰랐습니다. 그럼 이 기차를 타고 떠난다는 겁니까?"

"그분을 봤어요. 지금 여기 와 있어요. 어머니 혼자 배웅하러 나왔더군요. 어쨌든 그분으로서는 이렇게 하는 게 가장 나은 선택이죠."

"물론입니다. 그래요."

그들이 대화를 나누고 있을 때 한 무리의 군중이 식당 쪽으로 몰려가면서 그들도 함께 갔다. 그때 한 신사가 잔을 들고 의용군들에게 연설을 하면서 점점 목소리를 높여 "신앙을 위하여, 인류를 위하여, 우리 동포를 위하여!"라고 외쳤다.

"아! 공작 부인 어떻습니까?"

사람들 무리에서 갑자기 오블론스키가 나타나 환하게 웃으며 말했다.

"정말 멋있고 따스한 연설이었지요? 안 그렇습니까? 브라보! 여! 세르게이 이바노비치 아닙니까! 당신도 한마디 하실 만할 텐데요. 격려의 말 같은 거요. 그쪽으로 아주 능통하시지 않습니까."

그가 존경 어린 부드러운 미소로 세르게이의 손을 잡으며 말했다.

"아닙니다. 나는 바로 떠나야 합니다."

"어디로요?"

"시골 동생 집으로 갑니다."

"그럼, 내 집사람도 만나겠군요. 집사람한테 편지를 보내기는 했는데 당신이 먼저 보겠군요. 나를 만났다고 전해주십시오. 그리고 다 잘됐다고 전해주세요. 그러면 알 겁니다. 그리고 내가 합동위원회 위원에 임명되었다는 말도 전해주십시오. 그렇게만 말하면 다 알아들을 겁니다. 아, 이건 '인생에서 사소하고도 끔찍한 사건'이라고 할 수 있죠."

그는 마치 변명하듯 공작 부인을 돌아보고는 계속 말했다.

"아, 먀흐카야 말이에요, 리자가 아니라 비비시, 그녀가 소총 천 자루와 간호사 12명을 보내줬어요. 말씀드렸던가요?"

"네, 들었습니다."

세르게이가 힘없이 대답했다.

"어쨌든 당신이 떠난다니 섭섭하군요. 사실 내일 떠날 친구 둘을 위해 송별회를 열 예정입니다. 페테르부르크에서 온 디메르 바르트냔스키와 베셀로프스키 말이에요. 두 젊은이가 다 출정합니다. 베셀로프스키는 얼마 전에 결혼했습니다. 정말 훌륭한 젊은이예요! 그렇지 않습니까, 공작 부인?"

오블론스키가 말했다.

공작 부인은 대꾸하지 않고 세르게이를 돌아보았다. 세르게이와 공작 부인은 대놓고 그에게서 벗어나고 싶은 기색을 보여도 오블론스키는 전혀 굴하지 않았다.

공작 부인이 브론스키가 오늘 이 기차로 출정한다고 말하자 오블론스키는 자신도 모르게 "아니, 정말입니까?"라고 외쳤다. 그 순간 그의 얼굴에 슬픈 빛이 어렸다.

그러나 잠시 후 경쾌한 걸음으로 구레나룻을 쓰다듬으면서 브론스키가 있는 방으로 들어갔을 때 오블론스키는 여동생의 시신을 붙들고 울부짖으며 절망적인 눈물을 쏟던 일은 완전히 잊고, 영웅이자 옛 친구로서 브론스키를 바라보았다.

"단점도 많은 사람이지만 선한 인품은 인정하지 않을 수 없군요. 그것이야말로 진정한 러시아인, 슬라브 기질이지요. 나는 브론스키 백작이 저 사람을 만나는 것을 거북해하지 않을까 걱정이네요. 뭐라고 해도 그분의 운명에 깊이 감동했거든요. 가면서 그분과 이야기를 나눠보세요."

공작 부인은 오블론스키가 가고 나서 세르게이에게 말했다.

"네, 기회가 되면 그러겠습니다."

"나는 지금까지 그분을 썩 좋아하지 않았어요. 하지만 이번 일로 속죄가 많이 될 겁니다. 그분은 직접 출정하기도 하거니와 자비로 기병중대를 편성했다더군요."

"네, 나도 들었습니다."

벨이 울리자 모두 개찰구로 몰려갔다.

"저기요, 그분이에요!"

공작 부인은 긴 외투에 챙 넓은 검은 모자를 쓰고 어머니와 팔짱을 낀 채 걸어가는 브론스키를 가리키면서 말했다. 오블론스키가 그와 나란히 붙어 서서 열심히 뭔가 얘기하며 걸어갔다.

브론스키는 오블론스키의 말을 전혀 듣지 않는 듯 인상을 쓴 채 앞만 응시하고 있었다. 그러고는 오블론스키가 일러주었는지 공작 부인과 세르게이 쪽을 돌아보고 말없이 모자를 살짝 들어 올렸다. 급격히 늙고 고뇌에 찬 얼굴은 마치 화석처럼 굳어 있었다.

플랫폼으로 나가자 브론스키는 말없이 어머니를 먼저 찻간으로 들여보내고 자기도 들어갔다. 플랫폼에서는 '하느님, 차르(제정 러시아 때 황제를 지칭하던 말—옮긴이)를 지켜주소서'(제정 러시아의 국가—옮긴이)라는 노래가 울려 퍼졌고, 뒤이어 "만세(우라)!" "만세(쥐비오)!"라고 함성을 질러댔다. 의용군 중에 키가 크고 가슴이 딱 벌어진 어려 보이는 청년이 펠트 모자와 꽃다발을 머리 위로 흔들면서 눈에 띄게 인사를 했다.

3

세르게이는 공작 부인과 헤어지고 나서 마침 다가온 카타바소프와 함께 사람들로 꽉 들어찬 찻간으로 들어갔다. 그러자마자 기차가 출발했다.

기차가 현청 소재지에 정거하자 세르게이는 식당으로 가지 않고 플랫폼으로 나가 이리저리 서성거렸다.

처음에 브론스키의 찻간 앞을 지나갈 때는 차창에 커튼이 쳐져 있었으나 두 번째 지나갈 때는 노백작 부인의 모습이 보였다. 부인은 세르게이를 부르더니 말했다.

“보다시피 나는 쿠르스크까지 아들을 바래다주러 갑니다.”

“네, 알고 있습니다. 아드님이 훌륭한 결정을 하셨더군요.”

세르게이는 창가 앞에 서서 안을 들여다보았으나 브론스키는 거기에 없었다.

“그래요, 그런 불행을 당하고 그 애도 달리 어쩌겠어요.”

“정말 끔찍한 일이었습니다.”

세르게이가 말했다.

“내가 얼마나 고통스러웠겠어요! 안으로 좀 들어오세요……. 정말 얼마나 가슴이 아팠는지 몰라요!”

세르게이가 들어가 옆에 앉자 부인이 되풀이했다.

“정말 상상도 못 할 거예요! 6주 동안 그 애는 아무하고도 얘기하지 않고, 내가 사정하지 않으면 먹지도 않았어요. 잠시도 혼자 놔둘 수 없었죠. 그 애가 자살이라도 할까 봐 그럴 만한 물건은 모두 치워버렸죠. 우리가 아래층에 있기는 했지만 앞으로 무슨 일이 벌어질지 알 수 없는 상황이었어요. 당신도 알다시피 그 애는 그 여자 때문에 권총 자살을 시도한 적이 있잖아요.”

노부인은 그때 일이 떠오른 듯 미간을 찌푸렸다.

“그래요, 그 여자는 그 여자다운 방법으로 죽었어요. 그렇게 비굴하고 천한 방법으로.”

“하지만 누구에게도 남을 비판할 자격은 없어요. 물론 부인께서 얼마나 고통스러웠을지 충분히 압니다."

세르게이가 한숨을 내쉬며 말했다.

"아, 더 말씀하지 마세요! 나는 그때 시골 영지에 머물고 있었어요. 그때 마침 그 애도 와 있었고요. 그런데 심부름꾼이 그녀의 편지를 가지고 왔어요. 그 애는 곧바로 답장을 써서 심부름꾼에게 들려 보냈어요. 우리는 그 여자가 그 역에 왔으리라고는 생각지도 못했어요. 그런데 그날 밤 거실로 들어가니 하녀 메리가 역에서 어느 부인이 기차에 뛰어들어 죽었다는 거예요. 나는 왠지 가슴이 철렁 내려앉았어요! 그 여자라는 직감이 든 거죠. 그래서 맨 먼저 이 얘기를 그 애한테 절대 하지 말라고 단단히 일렀어요. 그런데 그 애는 벌써 여기저기서 들어 알고 있었죠. 그 애의 마부가 현장에 있다가 다 목격했던 거예요. 내가 아들 방으로 들어갔을 때 그 애는 이미 제정신이 아니었어요. 보고 있기가 무서울 정도였죠. 그 애는 한 마디도 안 하더니 말을 타고 역으로 달려갔어요. 거기서 무슨 일이 있었는지는 모르지만 조금 있다가 그 애는 죽은 사람처럼 실려 왔어요. 나조차 그 애라고는 생각되지 않을 정도였지요. 의사는 '완전히 탈진 상태'라고 말했어요. 그 뒤부터 반미치광이처럼 살았어요. 아, 이제 와서 얘기해 뭐하겠어요."

백작 부인은 한 손을 내저으며 말했다.

"무서운 세상이에요. 어쨌든 당신은 뭐라고 하실지 모르지만 나쁜 여자예요. 아니, 어쩜 그리도 무모한 정열이 다 있을까요. 그런 건 특별하다는 것을 증명해 보이려는 것뿐이잖아요. 결국 보여주었고요. 자신뿐만 아니라 훌륭한 남자 둘을 파멸시켰으니까요. 자기 남편과 사랑하는 내 아들을."

"그런데 그녀의 남편은 어떻습니까?"

세르게이가 물었다.

"그 여자의 딸을 데려갔어요. 처음에 알료샤는 하자는 대로 뭐든 다 동의했는데, 지금은 자기 딸을 남에게 줘버린 걸 몹시 괴로워하고 있어요. 하지만 이미 그러겠다고 한 걸 어떻게 번복하겠어요. 장례식에 카레닌 씨가 왔더군요. 하지만 우리는 그분이 알료샤와 만나지 못하도록 조치를 취했어요. 그분이나 그 애나 그러는 게 나을 테니까요. 이러저러해도 그 남편은 오히려 홀가분해졌을 거예요. 결국 그 여자가 그분을 풀어준 셈이에요. 내 아들만 가엾게 되었죠. 그 애는 그 여자를 위해 모든 것을 버렸어요. 출세도 그렇고 어머니인 나까지도. 그런데도 그 여자는 아들을 가엾게 여기기는커녕 다시 일어날 수도 없게 급소를 찌른 거예요. 아니, 당신이 무슨 말을 하든 그건 신앙심이 전혀 없는 추악한 죽음이에요. 이런 말을 하면 하느님께 벌 받을지 모르지만 파멸해가는 아들을 보고 있으려니 그 생각만으로도 그 여자를 증오하지 않을 수 없네요."

"아드님은 지금 어떤가요?"

"하느님이 도와주시는 것 같아요. 세르비아 전쟁 말이에요. 나는 늙어서 이런 일은 잘 모르지만 이건 하느님께서 아들한테 내려주신

은혜라고 생각해요. 물론 어미로서 두렵고 걱정됩니다. 더구나 이 일 때문에 페테르부르크에서 아들을 좋게 보지 않는다더군요. 하지만 어쩌겠어요! 이것만이 그 애를 다시 살릴 수 있는 유일한 길인걸요. 그 애 친구 야시빈이 노름에 빠져 재산을 탕진하고 세르비아로 떠날 결심을 하고 있던 터에 그 애를 찾아와 같이 가자고 얘기한 거예요. 부탁이니, 그 애하고 얘기를 좀 나눠주세요. 조금이라도 그 애 마음이 풀렸으면 해서요. 그 애는 몹시 우울한 상태예요. 더구나 치통까지 앓고 있어요. 하지만 당신을 만나면 무척 기뻐할 겁니다. 부디 그 애와 얘기를 나눠주세요. 그 애는 저쪽을 걷고 있을 거예요."

세르게이는 자기도 그러면 기쁘겠다고 하면서 기차 반대쪽으로 내려갔다.

4

플랫폼에 높이 쌓아둔 자루 더미가 석양에 비스듬히 드리운 그림자 속에서 긴 외투를 걸치고 눈을 가릴 정도로 모자를 깊이 눌러쓴 브론스키가 두 손을 호주머니에 찔러 넣은 채 우리에 갇힌 사자처럼 스무 걸음쯤 걸어갔다가 다시 돌아오기를 반복하고 있었다. 세르게이는 브론스키에게 다가갔다.

브론스키는 걸음을 멈추고 자세히 살펴보고 나서야 세르게이를 알아보고 빠른 걸음으로 다가가 그의 손을 꽉 잡고 흔들었다.

"당신은 나를 만나고 싶어 하지 않을지 모르겠지만 내가 조금이나마 도움이 되지 않을까 해서요."

세르게이가 말했다.

"지금은 누구를 만나든 거북하지만 당신은 조금 나은 편입니다. 이렇게 말하는 걸 용서하세요. 나쁜 뜻으로 그러는 건 아니니까요. 내 인생에서 즐거운 일이라고는 없어서요."

브론스키가 말했다.

"그 심정 충분히 압니다. 다만 내가 뭔가 도움이 될 일이 있을까 해서요. 리스티치나 밀란(세르비아의 왕—옮긴이)에게 보여줄 소개장이 필요하지 않습니까?"

세르게이는 고뇌에 찬 브론스키의 얼굴을 바라보았다.

"아닙니다!"

브론스키는 겨우 그 말을 이해한 듯 대답했다.

"함께 걸으시겠어요? 찻간은 너무 답답해서요. 소개장이라고요? 말씀은 고맙습니다만, 필요 없습니다. 죽으러 가는 사람한테 소개장이 무슨 필요 있겠습니까. 뭐, 터키 군에 들고 갈 소개장이라면……."

브론스키는 입가에 미소를 띠고 말했다. 그러나 눈동자에는 여전히 분노와 고뇌의 빛이 역력했다.

"그래요, 하지만 어차피 사람들과 부딪힐 수밖에 없을 테니 단단히 각오를 다진 사람을 만나는 것이 지내기 더 편할 텐데요. 하지만 좋으실 대로 하십시오. 어쨌든 나는 당신의 결심을 듣고 매우 기뻤습니다. 의용군을 비난하는 소리가 높아서 당신 같은 분이 참전하면 그들에 대한 평가도 높아질 겁니다."

"나라는 인간에게 가치가 있다면, 나에게는 생명이라는 것이 아무 의미가 없다는 것입니다. 적진으로 들어가 적을 쳐부수든지 내가 쓰러지든지 간에 싸울 힘은 충분히 있으니까요. 나에게는 아무 의미도 없고 역겹기까지 한 생명을 바칠 곳이 있다는 것이 무척 기쁩니다. 그저 누군가에게 도움이 되는 것으로 족합니다."

브론스키는 끊이지 않는 치통으로 광대뼈를 실룩거렸다. 그래서 그는 자기가 원하는 표정조차 지을 수 없었다.

"단언하건대 당신은 새사람이 될 겁니다. 억압된 동포를 구하는 것은 생명을 걸 만큼 가치 있는 훌륭한 일이니까요. 하느님께서 외적으로는 성공을, 내적으로는 평안을 주시기를 기원합니다."

세르게이는 스스로 감격해서 말하고는 브론스키에게 한 손을 내밀었다.

브론스키는 세르게이의 손을 굳게 잡고 세차게 흔들었다.

"네, 하나의 무기로서는 뭔가 도움이 되겠지요. 그러나 인간으로서는 파멸입니다."

그는 한 마디 한 마디 틈을 두고 말했다. 치통 때문에 입속에 침이 고여 말하기가 힘들었다. 그는 입을 다문 채 선로 위를 천천히 미끄러져 들어오는 탄수차(炭水車) 바퀴를 바라보았다.

그때 갑자기 통증과는 전혀 다른, 내면을 온통 휘감는 고통이 몰려와 한순간 치통을 잊고 말았다. 불행한 사건 이후 한 번도 만나지 않았던 지인과 이야기를 나누고 있었던 데다 탄수차와 선로를 본 순간 갑자기 '그녀'가 떠올랐던 것이다. 그가 미친 듯이 기차역 건물로 뛰어들었을 때 보았던 그녀의 모습이 생생하게 떠올랐다. 부끄러운 줄도 모르고 많은 사람들에게 둘러싸여 탁자 위에 길게 누워 있던, 전혀 상처 입지 않은 채 뒤로 젖혀진 머리와 관자놀이 위로 곱슬머리가 헝클어진 채 무겁게 늘어뜨린 땋은 머리칼, 반쯤 벌어진 붉은 입술과 아름다운 얼굴에 굳어버린 야릇한 표정, 참혹한 불안감이 서린 입가, 말다툼할 때 그녀가 '당신은 언젠가 후회할 거예요.'라고 했던 그 끔찍한 말을 퍼붓고 있는 듯한, 뜬 채로 허공을 바라보는 눈가에 어린 표정까지.

그래서 그는 마지막으로 기억하는 잔혹하고 복수심에 불타는 그녀의 모습이 아니라 처음 기차역에서 만났을 때의 신비롭고 아름다우며 행복과 사랑을 바라고 또 주었던 그녀의 모습을 떠올리려고 안간힘을 썼다. 그녀와 함께했던 행복한 기억도 떠올려보려고 했으나 이제는 그 순간들이 독약에 의해 영원히 죽어버렸다. 떠오르는 것은 아무한테도 필요하지 않고, 영원히 돌이킬 수 없는 회한을 남긴 채 훌륭하게 이행해버린 그녀의 협박뿐이었다. 어느새 그는 치통을 느끼지 않았다. 대신 흐느낌으로 얼굴을 찌푸렸다.

브론스키는 말없이 자루 더미 옆을 두어 번 왔다 갔다 하며 기분을 가라앉히고 나서 세르게이를 돌아보며 차분히 말했다.

"어제부터 새로운 전황 소식이 들어오고 있습니다. 적군은 세 차례나 격파되었으니, 내일은 결전의 날이 될 것입니다."

두 사람은 밀란의 왕위 선언과 그 선언이 초래할 엄청난 효과에 대해 이야기를 나누고 나서 두 번째 벨이 울리자 각자의 찻간으로 들어갔다.

5

세르게이는 언제 모스크바를 떠날지 알 수 없어서 동생에게 마중을 나오라는 전보를 보내지 않았다. 카타바소프와 세르게이가 기차역에서 삯마차를 타고 2시경 까만 먼지를 뒤집어쓰고 포크로프스코예 저택 현관 앞에 도착했다. 레빈은 집에 없었고, 아버지와 언니와 함께 발코니에 앉아 있던 키티가 시아주버니를 알아보고 허겁지겁 뛰어 내려왔다.

"어머, 미리 연락 주시지 그러셨어요. 너무하세요."

키티는 세르게이에게 손을 내밀고 키스를 받으려고 이마를 내밀며 말했다.

"아니, 폐를 끼치지 않고 이렇게 잘 찾아왔으니 잘된 거 아닙니까. 온통 먼지를 뒤집어써서 남의 몸에 닿는 것도 조심스럽네요. 사실 너무 바빠서 언제 떠날지 알 수 없었답니다. 여전하군요. 세상의 물결 밖 조용한 곳에서 조용한 행복에 싸여 있군요. 자, 우리의 친구 카타바소프가 드디어 같이 왔습니다."

세르게이가 웃으며 말했다.

"나는 흑인이 아닙니다. 씻고 나면 사람처럼 보일 겁니다."

카타바소프는 손을 내밀고 검은 얼굴 때문에 유난히 하얗게 빛나는 이를 드러내고 웃으며 농담을 했다.

"코스탸가 굉장히 기뻐할 거예요. 지금 농장에 있는데 돌아올 때가 되었어요."

"항상 농사일로 바쁘군요. 여기는 정말 모래톱이 맞군요. 우리 도시 사람들은 세르비아 전쟁 말고 아무것도 관심이 없는데 말이에요. 그런데 우리 친구는 이걸 어떻게 생각할까요? 틀림없이 일반 사람과는 다른 생각을 가지고 있겠죠."

카타바소프가 말했다.

"아니에요, 그다지 다르지 않아요. 다른 사람들과 똑같아요. 그이를 부르러 사람을 보내야겠어요. 아, 그리고 지금 아버지도 와 계시답니다. 얼마 전에 외국에서 돌아오셨거든요."

키티는 약간 부끄러운 기색으로 세르게이를 돌아보며 말했다.

그녀는 레빈을 부르러 사람을 보내고, 먼지투성이의 손님들이 씻도록 한 사람은 서재로, 또 한 사람은 돌리에게 내준 큰 방으로 안내하라고 일렀다. 그리고 손님들 식사 준비를 시키고, 임신 중일 때와는 달리 가볍고 민첩하게 발코니로 뛰어 올라갔다.

"세르게이 이바노비치와 카타바소프 교수가 오셨어요."

키티가 말했다.

"오, 이 무더위에 힘들겠구나!"

공작이 말했다.

"아니에요, 아주 좋은 분들이에요. 코스탸도 아주 좋아해요."

아버지의 얼굴에서 비웃는 기색을 읽고 키티는 미소 지으며 애원하는 투로 말했다.

"나는 상관없다."

"언니, 부탁인데 저기 가서 함께 얘기 좀 나눠. 저분들이 기차역에서 형부를 봤대. 아주 좋아 보이더래. 나는 미탸한테 잠깐 가보고 올게. 가엾게도 차 마시는 시간부터 젖을 한 번도 안 줬지 뭐야. 아마 잠에서 깨어 울고 있을 거야."

키티는 젖이 단단하게 부푼 것을 느끼며 얼른 아이 방으로 갔다.

아기는 숨이 넘어갈 듯 울다가 젖을 찾아 물고 빨았다. 간혹 아기는 젖을 빨다가 끝이 말려 올라간 긴 속눈썹을 들고 축축이 젖은 까만 눈동자로 엄마를 쳐다보았다. 아가피야는 부채질을 멈추고 졸고 있었다. 2층에서 노공작의 커다란 목소리와 카타바소프의 웃음소리가 들렸다.

'내가 없어도 즐겁게 얘기 나누는구나. 하지만 코스탸가 없어서 좀 그래. 분명 양봉장에 갔을 거야. 종종 거기 가는 게 쓸쓸해 보이기는 하지만, 그래도 그이가 기분 전환을 할 수 있으니 기뻐. 봄에

비하면 꽤 쾌활하고 기분도 좋아졌어.'

키티는 생각했다.

'예전에는 너무 무서울 정도로 우울하고 괴로운 표정을 짓고 있었잖아. 정말 재미있는 사람이야!'

키티는 살짝 웃으며 속으로 중얼거렸다.

키티는 남편이 번민에 싸여 있는 이유를 알고 있었다. 그것은 바로 신앙이 없기 때문이었다. 누군가 그녀에게 당신 남편은 신앙이 없어서 내세에 지옥에 가지 않겠냐고 물으면 그녀는 지옥에 갈 것이라고 말할 수밖에 없을 것이다. 하지만 남편이 신앙이 없다고 해서 그녀가 불행하지 않았다. 뿐만 아니라 키티는 신앙이 없는 자는 구원받을 수도 없다고 생각하면서도 남편의 영혼을 이 세상에서 누구보다 사랑하고, 남편이 신앙이 없는 것을 두고 미소를 지으며 재밌는 사람이라고 속으로 중얼거리는 것이었다.

'그이는 왜 1년 내내 철학책만 읽는 걸까? 책 속에 모든 것이 적혀 있다면 그이는 무엇이든 다 깨우쳤을 거야. 하지만 책 속에 올바르지 못한 것이 씌어 있다면 책을 읽을 필요 있을까? 그이는 스스로 신앙을 가지고 싶다고 말했어. 그런데 왜 쉽게 믿지 못하는 것일까? 분명 지나치게 생각이 많기 때문일 거야. 그리고 고독하기 때문에 그렇게 생각이 많은 거야. 항상 혼자, 정말 외톨이로 있어서 그래. 우리와 모든 이야기를 다 나눌 수 없으니까 그런 거지. 오늘 손님들을 보면 그이도 분명 기뻐할 거야. 특히 카타바소프, 그분과 토

론하는 것을 아주 좋아하니까.'

키티는 생각했다. 그러다 곧 카타바소프를 어디에 재울지, 따로 방을 내줄지 아니면 세르게이와 같은 방을 쓰게 할지 생각했다.

그러고 나서 그녀는 이전의 상념으로 되돌아갔다. 뭔가 중요한 정신적 문제에 대해 생각하다 말았다는 것을 떠올리고는 기억을 더듬었다.

'그래, 코스탸가 신앙이 없다는 것이었지. 그래, 그이는 신앙이 없어! 하지만 적어도 가식적으로 살지는 않아.'

그러자 남편의 선한 성품이 떠올랐다. 2주일 전 돌리에게 오블론스키가 사정하는 편지를 보내왔다. 돌리의 영지를 팔아서 빚을 갚고 자기의 명예를 지켜달라는 것이었다. 완전히 당혹감에 빠진 돌리는 남편을 증오하고 경멸하면서 이혼하는 한이 있더라도 절대 승낙하지 않으려고 했지만, 결국 자기 영지 일부를 팔기로 했다. 그때 남편은 이 문제에 몹시 신경을 쓰면서 몇 번이나 주저하면서도 겸연쩍게 말을 꺼내려고 하다가 돌리의 감정이 상하지 않게 그녀를 도와줄 수 있는 방법으로 키티에게 자신의 영지 일부를 언니에게 주라고 권했다. 키티는 전혀 생각지 못한 일이었다. 나중에 이 일을 생각할 때마다 키티는 감동의 미소를 절로 지었다.

'그이에게 신앙이 없다고 말할 수 있을까! 그이는 따뜻한 마음으로 누구든, 심지어 갓난아이까지 싫어하는 짓은 하지 않는 사람인데! 남을 위해서는 뭐든 하지만, 자기를 위해서는 아무것도 하지 않

아. 세르게이는 자기의 자질구레한 일들을 봐주는 게 코스탸의 의무라고 생각할 정도로 말이야. 그이의 누님도 그렇고. 돌리 언니도 아이들까지 데리고 와서 그이에게 신세 지고 있잖아. 농부들도 자기네들을 위해 애써 주는 것이 그이의 임무라도 되는 듯 매일 그이에게 몰려오잖아.'

"오, 그래, 우리 아기도 꼭 아빠 같은 사람이 되어야 한다. 꼭 그래야 해."

키티는 미탸를 아가피야에게 넘겨주고 뺨에 가볍게 입술을 대면서 말했다.

6

사랑하는 형이 죽어가는 모습을 보면서 레빈은 스무 살에서 서른네 살까지 청년 시절의 신앙을 대신하게 된, 이른바 새로운 신념을 통하여 처음 생사의 문제를 바라보았다. 그때부터 그는 죽음보다 삶을 더 두려워하게 되었다. 생명이 어디에서 무엇 때문에 왔으며, 존재하는 이유와 그것이 무엇인지도 모르고 살아가는 삶이 두려웠다. 유기체와 그 파멸, 물질의 불멸, 에너지 보존의 법칙, 진화 등이 그의 이전 신앙들을 대체한 단어들이었다. 이런 말들과 그에 관한 개념은 지식을 쌓는 데는 꽤 쓸모 있었지만, 삶을 살아가는 데는 아무 도움도 되지 않았다. 그래서 레빈은 자신이 갑자기 털외투를 벗고 모슬린 옷으로 바꿔 입은 것과 같은 처지에 놓여 있음을 깨달았다. 발가벗은 것과 다름없이 고통스럽게 죽을 수밖에 없다는 것을 이론이 아니라 자신의 온몸으로 절감했던 것이다.

그때부터 레빈은 명확하게 의식하지는 못했지만 이전과 같이 살아가면서도 무지에 대한 공포를 느끼지 않은 순간이 없었다.

게다가 자기가 말하는 신념이라는 것도 단순히 무지였을 뿐만 아니라 자신에게 무엇이 필요한지도 인식하지 못하는 사상이었다는 것을 막연하게 느꼈다.

이러한 생각은 레빈이 결혼했을 때 새롭게 느낀 기쁨과 의무 속에 완전히 묻혀 있었다. 그러나 최근 아내가 아기를 낳고 모스크바에서 하릴없이 지내는 동안 꼭 해결해야 할 것 같은 중요한 문제로 더욱 자주 떠오르는 것들이 있었다. 그것은 이런 의문이었다.

'내 삶에 대해 기독교에서 제시하는 답을 인정하지 않는다면 나는 대체 어떠한 답을 할 수 있을까?'

그는 신념의 저장고를 샅샅이 뒤져보았지만 답은커녕 그 비슷한 것조차 찾을 수 없었다. 그는 장난감이나 무기를 파는 가게에서 식품을 사려 드는 사람이나 마찬가지였다.

그래서 그는 이제 무의식중에 다양한 책과 회화, 많은 사람 속에서 이 의문에 대한 입장과 그 답을 찾기 시작했다. 그러면서 그가 놀라고 혼란스러웠던 것은 그와 같은 나이 대, 같은 계급에 있는 사람들 대부분 그와 마찬가지로 이전의 신앙을 새로운 신념으로 바꾸면서도 전혀 불행하지 않고 만족하며 자연스럽게 안주하며 산다는 것이었다. 그래서 레빈은 이 문제 말고 또 다른 문제로 괴로웠다. 저 사람들은 진실한가? 그런 척하는 것이 아닐까? 아니면 자신의 마음을 사로잡는 의문에 대해 과학이 주는 답을 저들은 나와 다른 방법으로 명확하게 이해하고 있는 것일까? 그래서 그는 그들의 의견이나 과학적인 답을 제시하는 책들을 읽었다.

이런 문제에 사로잡히고 나서 그가 발견한 사실 하나는 혈기 왕성하던 대학 시절 모임에서 종교를 두고 시대에 뒤떨어진 것이며 존재할 가치가 없다고 했던 것은 잘못된 생각이었다는 점이다. 그의 주변에서 진실한 삶을 살아가는 사람들 모두 신앙이 있었다. 노공작도 그렇고, 리보프도, 세르게이 형도, 모든 부인들도 신앙이 있었다. 아내 키티는 그가 유년 시절 그랬던 것처럼 신앙심이 깊었고, 삶의 방식에서 그가 가장 존경하는 러시아 농민 1백 명 중 99명이 신앙을 가지고 있었다.

또한 그는 수많은 책을 섭렵하면서 이런 사실도 알게 되었다. 그와 같은 견해를 가진 사람들이 아무런 암시나 설명도 없이 그저 그가 답을 구하지 않고는 도저히 살아갈 수 없다고 생각하는 문제들을 부정하기만 한다는 것이었다. 그러면서 레빈이 전혀 관심 없는 유기체의 진화나 영혼에 대한 유물론적 설명 등에 대한 문제를 해결하는 데만 골몰했다.

그뿐 아니라 아내가 출산의 고통으로 괴로워하고 있을 때 그에게 이상한 일이 일어났다. 신앙이 없던 그가 기도를 하기 시작했고, 더구나 기도하는 동안 하느님을 믿었다는 것이다. 그런데 그 순간이 지나고 나서는 그러한 일도 없었다.

그때는 진리를 알았는데 지금은 혼란에 빠지다니 도저히 이해할 수 없었다. 그 경험에 대해 차분히 다시 생각해보려는데 산산조각이 나 흩어졌던 것이다. 그렇다고 그때가 거짓이라고 할 수도 없었다. 그때의 정신 상태를 고귀하게 느꼈기 때문이다. 그저 나약한 마음 탓이라 치부하면 그 순간을 욕되게 하는 것인 듯했다. 그는 자기 모순에 빠져 괴로웠고, 온 정신을 모아 거기서 벗어나려고 했다.

7

레빈은 읽고 또 생각했다. 하지만 읽고 생각할수록 자신이 찾고자 하는 문제에서 멀어지는 것 같았다.

유물론자들에게서 해답을 찾을 수 없다고 확신한 그는 요즘 모스크바나 시골에서 플라톤, 스피노자, 칸트, 셸링, 헤겔, 쇼펜하우어 등 인생을 유물론적 시각에서 보지 않은 철학자들의 책을 새로 읽거나 다시 읽었다.

한때는 쇼펜하우어를 읽으면서 '의지'라는 단어를 '사랑'으로 바꿔보았다. 그러자 거기에 빠져 있는 동안은 이 새로운 철학에서 위안을 얻었다. 하지만 다시 실생활로 돌아오자 그것 역시 공허하게 무너지며, 따뜻하지 않은 모슬린 옷으로 바뀌어버렸다.

그는 올봄 내내 정신이 나간 것처럼 여러 번 끔찍한 경험을 했다.

'나는 도대체 무엇이며 왜 이 세상에 태어났는지를 모르고 살아갈 수는 없다. 하지만 나는 그것을 알 수 없다. 따라서 살아갈 수 없다.'

그는 스스로 이렇게 말했다.

'무한한 시간 속에서, 무한한 물질 속에서, 무한한 공간 속에서 물거품 같은 하나의 유기체가 창조된다. 그 물거품은 잠시 그대로 있다가 이윽고 사라져버린다. 그 물거품이…… 바로 나다.'

그것은 끔찍한 오류였다. 그러나 그것은 이 방면에서 인간의 사색이 수세기에 걸쳐 고심한 끝에 이른 유일한 최후의 결론이었다.

그것은 인간의 사상이 모든 방면에서 탐구하는 것들이 이 하나로 귀결되는 최후의 신념이자 군림하는 신념이었다. 레빈도 어쨌든 가장 납득할 만한 것이었으므로 부지불식간에 이러한 해석을 자기 것으로 받아들였다.

그러나 그것은 단순히 오류일 뿐 아니라 뭔가 사악한 힘, 아니 사악하고도 꺼림칙한, 절대 굴복해서는 안 되는 힘의 잔인한 비웃음이었다. 어떻게 해서든 이 힘에서 벗어나지 않으면 안 되었다. 더구나 그것은 자신에게 달려 있었다. 사악한 힘의 지배하에서 벗어나야 했다. 그리고 그 방법은 단 하나, 죽음이었다.

이렇게 해서 행복한 가정의 주인이자 건강한 인간 레빈은 스스로 목매달까 봐 끈이란 끈은 모두 숨기고, 스스로에게 방아쇠를 당길까 봐 총을 가지고 다니는 것이 두려울 만큼 몇 번이나 자살 직전까지 갔다.

그러나 레빈은 총이든 목매달든 그 어떤 방법으로도 자살하지 않고 지금까지 살고 있었다.

8

6월 초 시골로 돌아온 그는 본래 자신의 일상으로 돌아갔다. 농사 관리, 농부와 이웃과의 관계, 집안 관리, 그가 처리해야 할 누이와 형의 문제, 아내와 처가 식구들과의 관계, 갓난아이를 위한 배려, 올봄부터 새로 시작해 몰두하고 있는 양봉 등을 하며 대부분의 시간을 보냈다.

그가 이와 같은 일에 마음을 뺏긴 것은 예전에 흔히 그랬던 것처럼 그러한 일들을 어떤 일반적인 견해에 따라 자신을 위한 일이라고 합리화했기 때문이 아니었다. 그와 달리 공공의 이익을 위해 시도했던 것들이 실패하고 나서 환멸을 느꼈고, 또 한편으로는 자기의 사상에 몰입하고 쏟아지는 일에 파묻혀 눈코 뜰 새 없이 지내다 보니 공공의 이익에 대한 생각을 아예 할 수 없었기 때문이다. 그리고 이 일들을 계속해야 했고, 또 그렇게 할 수밖에 없었기 때문이다.

예전에(소년 시절부터 성인이 될 때까지 계속 확대되었다) 그가 모든 사람을 위해, 인류와 러시아, 마을 전체를 위해 뭔가 이익이 되는 일을 하려고 노력할 때는 그런 생각을 하는 것 자체가 즐거웠다. 그러나 행동을 할 때는 늘 부자연스러웠고, 그 일이 꼭 필요한지 확신이 서지도 않았다. 그래서 처음에는 굉장히 중요하게 여겨지던 행동도 차츰 사소하고 쓸데없는 것이 되더니 결국 무의미하게 사라져버렸다. 그러나 결혼하고 나서 자신을 위한 삶으로 좁혀보니 자기 일을 하면서도 기쁨은 없는 대신 꼭 필요한 것임을 확신했고, 이전보다 훨씬 더 잘 진척되고 발전되어 가는 것을 느꼈다.

이제 그는 자신의 의지와 달리 마치 '쟁기'처럼 점점 더 깊이 땅을 파 들어갔으며, 따라서 밭두렁을 허물지 않고서는 빠져나올 수 없었다.

아버지와 할아버지가 살아온 것처럼 가정생활을 한다는 것, 결국 그들과 똑같은 문화에서 생활하고 똑같이 아이들을 교육해야 한다는 것은 의심의 여지가 없었다. 그것은 마치 배가 고플 때 식사하는 것처럼 꼭 필요한 일이었다. 또한 식사를 하려면 준비를 해야 하는 것처럼 포크로프스코예 영지에서 소득을 올려야 했다. 빚을 갚아야 하는 것처럼, 그 옛날 조부가 농사를 지어서 물려준 것에 레빈이 감사했듯이 아들이 유산을 물려받았을 때 자신에게 감사할 수 있도록 조상 대대로 내려온 토지를 훌륭하게 유지하지 않으면 안 되었다. 그러기 위해서는 토지를 남에게 빌려주지 않고 스스로 농사를 짓고 가축을 기르며 밭에 거름을 주고 숲을 가꾸어야 했다.

세르게이 형과 누이의 일이나, 그에게 조언을 구하러 오곤 하는 농부들의 일을 봐주는 것도, 안고 있는 갓난아이를 버릴 수 없는 것처럼 외면할 수 없는 일이었다. 초대를 받아 아이들을 데리고 온 처형과 갓난아이를 안고 있는 아내를 돌봐주는 것도, 하루도 빠짐없이 잠시라도 그들과 함께 시간을 보내야 하는 것도 꼭 필요한 일이었다.

그리하여 이러한 일들은 사냥과 새로 취미를 들인 양봉과 함께 레빈의 생활을 채워나갔다. 그러나 그러한 생활도 돌이켜보면 아무 의미 없는 것이었다.

그러나 레빈은 자기가 '무엇'을 해야 하는지 알고 있을 뿐만 아니라 그것을 '어떻게' 해야 하는지, 어떤 일이 다른 일보다 더 중요한지 또한 분명히 알고 있었다.

그는 노동자를 될 수 있는 한 싸게 고용해야 한다는 것을 알고 있었다. 그러나 선금을 주어 정당한 품삯보다 싼값에 그들을 매어두는 것은 아무리 이득이 있을지언정 해서는 안 되는 일이었다. 사료가 부족할 때 농부들에게 짚을 파는 것은 불쌍한 일이지만 나쁜 일은 아니었다. 그러나 요릿집이나 선술집은 아무리 그곳이 수입이 좋아도 없애야 했다. 삼림을 도벌하는 일은 엄하게 처벌해야 하지만 가축이 밭을 망쳤다고 해서 벌금을 물려서는 안 되었다. 숲지기가 화를 내고 농부들이 그것을 부추긴다 하더라도 자기 밭에 들어온 가축을 돌려주어야 했다.

매달 10퍼센트의 이자를 고리대금업자에게 지불하는 표트르에게 돈을 빌려줄 수는 있지만, 소작료를 내지 않는 농부들에게 그것을 깎아주거나 기한을 연장해줄 수는 없었다. 목초지의 풀을 베지 않아 건초를 못 쓰게 되었을 때는 관리인에게 책임을 물어야 하지만, 묘목을 심은 80데샤티나의 풀을 전부 베라고 할 수는 없었다. 그리고 아버지가 돌아가셨다며 농번기에 집으로 돌아간 농부는 아무리 가엾은 처지라도 그냥 넘어갈 수 없었다. 말하자면 중요한 이석 달을 쉰 만큼 임금을 제해야 하지만 아무 쓸모 없는 늙은 하인에게는 꼬박꼬박 월급을 주어야 했다.

레빈은 또한 집에 돌아가면 맨 먼저 건강이 좋지 않은 아내를 찾아가 달래주어야 하지만, 3시간이나 자기를 기다린 농부들은 좀더 기다리게 해도 상관없다는 것을 알고 있었다. 또한 벌통으로 꿀벌을 모으는 것이 아무리 흡족한 일이라 해도, 농부가 양봉장까지 찾아오면 그 일을 늙은이에게 맡기고 농부와 이야기를 나눠야 한다는 것도 알았다.

그는 자기의 일이 좋은지 나쁜지 알 수 없었다. 그것을 증명하거나 다른 사람과 그에 대해 이야기를 나누거나 굳이 생각해보지도 않았다.

생각을 많이 하면 오히려 의혹이 생겨 해야 할 일과 하지 말아야 할 일을 구분하기 어려웠다. 그러나 아무 생각 없이 생활하면 자신 안에 올바른 재판관이 존재한다는 것을 매순간 느꼈다. 그 재판관은 양립하는 두 가지 행동 중에 어느 것이 옳고 그른지를 명확하게 판단해주었다. 그리고 그가 조금이라도 그릇된 행동을 하면 금세 알아차렸다.

그리하여 레빈은 나는 무엇이며, 무엇 때문에 이 세상을 살아가는지 모른 채, 아니 그것을 알 수 있다는 생각조차 하지 않고, 자살의 두려움이 생길 정도로 그 무지에 고통스러워하면서도, 자기만의 삶의 방식을 고수하며 살아가고 있었다.

9

세르게이가 포크로프스코예 마을에 도착한 날은 레빈에게 가장 괴로운 날이었다.

왜냐하면 농부라면 누구나 어떤 분야에서도 찾아볼 수 없는 자기 희생적인 정신을 노동으로 발휘해야 하는 가장 바쁜 농번기였기 때문이다. 그리고 이러한 긴장감은 그러한 능력을 발휘하는 당사자들이 가치를 느끼기만 하면, 더욱이 그것이 해마다 되풀이되지 않고 단순한 결과를 낳는 것이 아니라면 분명 높이 평가받아야 마땅하다.

호밀과 귀리를 베어 다발로 묶어 나르고 목초지의 풀을 베고 묵힌 땅에 가래질을 하거나 타작을 하고 겨울을 나는 밭에 씨를 뿌리는 등 이 모든 일들은 지극히 단순하고 하찮은 일로 여겨졌다. 그러나 이 모든 일들을 성공적으로 해내려면 마을 사람들 모두 남녀노소 할 것 없이 달려들어 크바스와 양파, 흑빵을 먹으면서 일해야 했다. 밤에도 곡식 다발을 나르거나 타작을 하면서 하루에 두세 시간밖에 눈을 붙이지 못하고 평소보다 3배 이상 일해야 했다. 더구나 이런 일은 해마다 러시아 전역에서 이루어졌다.

지금까지 삶의 대부분을 시골에서 농부들과 함께한 레빈은 농번기가 되면 농부들이 공통적으로 느끼는 흥분을 자기도 느끼는 것 같았다.

아침 일찍 그는 마차를 몰고 호밀의 첫 파종과 귀리 가리를 보러 갔다가 아내와 처형이 일어날 시각에 맞춰 집으로 돌아와 다 같이 커피를 마셨다. 그리고 걸어서 농장으로 나가 낟알을 털기 위해 새로 설치한 탈곡기를 시운전해보기로 했다.

그날 온종일 레빈은 관리인이나 농부들과 얘기하면서도, 집에서 아내나 돌리, 그 아이들이나 장인과 얘기하면서도, 농사 외에 요즘 그의 마음을 사로잡고 있던 한 가지 문제만을 생각했다. '나는 도대체 무엇인가? 나는 어디에 있는가? 무엇 때문에 여기에 있는가?'라는 의문을 온갖 사물과 현상에서 찾고 있었던 것이다.

레빈은 일하는 농부들을 바라보면서 이상야릇한 생각에 빠져 있었다.

'무엇 때문에 이런 일을 하는 것일까? 왜 나는 여기 서서 저 사람들에게 일을 시키고 있는 것일까? 왜 저 사람들은 모두 내 앞에서 열심히 일하는 모습을 보이려고 애쓰는 것일까? 마트료나 할멈마저 왜 저렇게 열심히 움직이는 거지? 그래, 할멈 집에 불이 나 내려

앉은 들보에 다쳤을 때 내가 치료해주었지.'

그는 울퉁불퉁한 창고 바닥을 햇볕에 검게 그을린 맨발로 성큼성큼 걸으며 갈퀴로 곡식을 긁어모으고 있는 깡마른 할멈을 보며 생각했다.

'그때는 할멈도 나았지. 하지만 오늘내일은 아니더라도 앞으로 10년만 지나면 할멈도 흙 속에 파묻혀 흔적도 남지 않겠지. 아니, 저렇게 슬기롭고 온화하게 이삭을 털고 있는 저 붉은 줄무늬 치마를 입은 멋쟁이 아낙도 언젠가는 땅에 묻혀 사라지겠지. 저 얼룩덜룩한 거세마도 머지않아 묻힐 것이다.'

그는 콧구멍을 벌름거리고 배를 불룩거리며 숨을 몰아쉬면서 수레바퀴를 힘들게 끌고 있는 말을 보며 생각했다.

'저 곱슬곱슬한 턱수염에 왕겨를 잔뜩 묻힌 채 찢어진 셔츠 사이로 하얀 어깨를 드러내고 타작을 하는 표도르도 묻힐 것이다. 그런데도 저 녀석은 곡식 다발을 풀고, 뭔가를 지시하며, 여자들을 윽박지르고, 동력기 벨트를 신속하게 고친다. 더구나 중요한 것은 저들뿐 아니라 나 자신도 흙 속에 묻혀 사라진다는 것이다. 왜?'

그는 이러한 생각을 하면서도 한 시간에 탈곡량이 얼마나 되는지 계산하려고 시계를 꺼내 보았다. 하루 작업량을 정하려면 알아두어야 했다.

'한 시간이 다 되어가는데 겨우 세 다발째야.'

레빈은 타작을 하는 일꾼 곁으로 다가가 기계보다 더 큰 소리로 조금 적게 넣으라고 주의를 주었다.

"표도르, 너무 많이 넣고 있잖아! 이것 봐, 여기 가득 쌓여 있네. 그래서 더딘 거야. 구석구석 고르게 넣어!"

땀에 먼지가 잔뜩 묻어 얼굴이 검게 변한 표도르는 뭐라고 큰 소리로 대답했으나 레빈이 시키는 대로 하지 않았다.

레빈은 탈곡기로 다가가더니 표도르를 밀치고 직접 곡식 다발을 넣었다.

그는 얼마 남지 않은 농부들의 점심시간까지 일하고 나서 타작하는 일꾼과 함께 탈곡장을 나왔다. 그리고 종자용으로 타작 마당에 쌓아둔 황색 호밀 더미 옆에 서서 일꾼 표도르와 이런저런 얘기를 나누었다.

표도르는 레빈이 그곳 조합으로 토지를 빌려준 적이 있는 먼 마을 사람이었다. 지금은 그 토지를 여인숙 주인에게 빌려주었다.

레빈은 표도르와 토지 얘기를 하면서 내년에는 그 마을의 부자이자 착한 농부 플라톤이 빌려 쓰지 않을까 하고 물었다.

"비싼 소작료 때문에 플라톤은 빌리지 못할 겁니다, 나리."

표도르는 땀에 젖은 옷에서 귀리 이삭을 털어내며 대답했다.

"키릴로프는 문제없이 하고 있는데?"

"미튜하(그는 여인숙 주인을 경멸조로 이렇게 불렀다)가 못할 것이 있나요. 그자는 어떻게든 쥐어짜서 악착같이 챙기니까요. 그자는 기독교 신자라도 봐주지 않을 겁니다. 하지만 포카니치 아저씨

(플라톤 노인을 이렇게 불렀다)는 남의 살가죽을 벗기는 짓은 하지 않습니다. 빌려주기도 하고 너그럽게 봐주기도 하거든요. 모조리 거둬들이거나 하지는 못하는 겁니다. 같은 사람끼리 말이에요."

"그럼 그 사람은 어떻게 해서 봐주는 거지?"

"별별 사람이 다 있게 마련이죠. 미튜하처럼 자기 배만 채우려고 혈안인 놈도 있고, 포카니치 아저씨처럼 성실한 사람도 있죠. 아저씨는 영혼을 위해 살기 때문에 하느님을 아는 거예요."

"영혼을 위해 살아가는 게 어떤 거지?"

레빈이 소리치듯이 말했다.

"그야 하느님의 가르침에 따라 진실하게 살아가는 것이지요. 정말 별별 사람이 다 있습니다. 주인어른도 남을 괴롭히는 일은 절대 안 하시잖습니까."

"그래, 그렇지. 자, 그럼 잘 가게!"

레빈은 갑자기 흥분해 숨을 몰아쉬며 말하더니, 돌아서서 지팡이를 들고 잰걸음으로 집을 향해 걸어갔다. 포카니치가 영혼을 위해, 하느님의 가르침에 따라 진실하게 살아간다는 농부의 말을 듣는 순간 그는 희미하지만 의미 있는 생각들이 갇혀 있던 곳에서 한꺼번에 쏟아져 나오는 것 같았다. 그리고 그러한 생각들은 빛을 내뿜으며 하나의 목적을 향해 돌진하면서 눈부실 정도로 그를 환하게 비추고 생각이 소용돌이치기 시작했다.

10

레빈은 넓은 길을 성큼성큼 걸으며 자신의 생각보다(그는 아직도 그것을 명확하게 알 수 없었다) 지금까지 전혀 느낀 적이 없는 정신 상태에 주의를 기울였다.

농부가 한 말은 전기 불꽃처럼 그의 마음을 자극해 결코 한시도 떠난 적 없는 단편적이고 무력한 각각의 생각들이 일시에 하나로 결합했다. 이 생각들은 그가 토지 임대에 관한 얘기를 하고 있을 때도 무의식중에 그의 마음에 자리 잡고 있었다.

그는 마음속에 뭔가 새로운 것이 느껴졌으며, 그게 뭔지는 알 수 없었으나 기쁘게 더듬어보았다.

'자기에게 필요한 것이 아니라 하느님을 위해 살아가야 한다니. 도대체 어떤 하느님이지? 그 사내의 말보다 부질없는 말이 있을까? 그 사내는 자기가 필요로 하는 것을 위해 살아서는 안 된다고 했다. 이를테면 우리가 이해하거나 이끌리거나 바라는 것을 위해 살아가는 것이 아니라 어떤 불가해한 것, 어느 누구도 이해할 수도 정의할 수도 없는 하느님을 위해 살아가야 한다고 했다. 그런데 나는 왜 그 무의미한 말을 납득할 수 없는 거지? 아니면 알고 있으면서 옳은 말이라는 것에 의구심을 가진 건가? 어리석고 모호하고 불확실한 말이라고 생각한 걸까?'

'아니야. 나는 그 사내 말을 그가 얘기한 의미대로 완전히 이해했다. 지금까지 살아오면서 내가 이해했던 어떤 것보다 확실하게 이해했다. 지금까지 나는 그것을 의심한 적이 없고, 또 의심할 수도 없었다. 그리고 나만이 아니라 모든 사람, 전 세계인이 이것만을 이해하고 이것 한 가지만은 결코 의심하지 않고, 옳은 것이라 여기고 있다.'

'표도르는 키릴로프가 자신의 배만 채우며 살아간다고 했다. 당연한 것 아닌가. 우리는 모두 이성을 가진 존재로서 자신의 배를 채우지 않고 살 수 있는가. 그런데도 갑자기 표도르는 자기 배만 채우며 사는 것은 옳지 않다, 진리를 위해, 하느님을 위해 살아가야 한다고 했을 때 나는 그 암시만으로도 그것을 이해했다! 나와 수세기 전에 살았던 수백만의 사람들, 현재 살고 있는 모든 사람, 정신적으로 가난한 농부, 이 문제를 생각하고 글로 쓰며 애매한 말로 그 같은 말을 해온 현자 등 우리 모두 왜 사는지, 무엇이 옳은 것인지에 대해서는 같은 생각을 하고 있는 것이다. 나도 다른 모든 사람들처럼 믿음직스럽고 의심의 여지 없는 명확한 지식을 가지고 있다. 하지만 이 지식은 이성으로 설명할 수 없는 것이다. 그것은 이성을 넘어선 것으로 어떠한 원인이나 결과도 있을 수 없기 때문이다.'

'선의 원인이 있다면 그것은 이미 선이 아니다. 선의 결과로 보수를 받는다면 그 또한 선이 아니다. 따라서 선은 인과관계를 벗어난 것이다.'

'나는 그것을 알고 있다. 아니, 우리 모두 그것을 알고 있다. 그러나 지금까지 기적을 기다리며, 납득할 만한 기적을 만나지 못한 것을 안타깝게 생각하고 있었던 것이다. 그런데 늘 존재했으며, 사방에서 나를 에워싸고 있는, 단 하나의 기적을 보지 못했던 것이다.'

'이보다 더 큰 기적이 있을까?'

'과연 나는 모든 것에 대한 해답을 찾아낸 것일까? 내 번뇌는 이제 완전히 끝난 것인가?'

레빈은 오랜 번뇌에서 벗어났다는 기분으로 더위도 피곤함도 잊은 채 먼지투성이 길을 걸으면서 생각했다. 너무 기뻐서 도저히 현실이라고 믿기 어려웠다. 그는 흥분한 나머지 숨이 가쁘고 더 이상 걸을 힘조차 없어서 길을 벗어나 숲 속으로 들어가 사시나무 그늘 아래 무성한 풀 위에 앉았다. 그리고 머리가 땀에 젖어 모자를 벗고 한쪽 팔꿈치를 짚고 물기 많고 잎이 큰 풀을 찾아 드러누웠다.

'그래, 내 마음속에 뚜렷이 새기면서 이해해야 한다.'

그는 아직 밟지 않은 풀을 조용히 바라보았다. 그리고 개밀 줄기를 기어오르다 개쑥갓 잎에 막혀 머뭇거리고 있는 푸른 딱정벌레를 눈으로 좇으며 생각했다.

'모든 것을 처음부터 다시 생각해보자.'

그는 작은 딱정벌레가 길을 갈 수 있도록 개쑥갓 잎과 다른 잎을 젖혀주며 마음속으로 중얼거렸다.

'나를 기쁘게 하는 것이 무엇일까? 내가 찾은 것은 무엇인가?'

'예전에 나는 내 몸과 이 풀이나 딱정벌레의 몸에도(이 녀석은 잎이 싫은지 날개를 펴고 날아갔다), 물리적, 화학적, 생리적 법칙에 따라 변화가 일어난다고 말했다. 우리 인간은 물론 사시나무와 구름, 성운도 진화가 진행되고 있는 것이다. 그렇다면 무엇에서 무엇으로 진화하는 거지? 무한한 진화와 투쟁? 그렇다. 무한한 진화와 투쟁이 있을 수 있다. 그리고 나는 사고력을 쏟아부었지만 아직 인생의 의의나 의욕과 노력의 의의를 깨우치지 못한 것을 이상하게 여겼던 것이다. 하지만 이제 명확하게 떠오른 내적 충동의 의의에 따라 나는 지금까지 살아왔고, 그래서 저 농부가 하느님을 위해, 영혼을 위해 살아야 한다고 했을 때 나는 깜짝 놀라면서도 기뻤던 것이다.'

'나는 어떤 것도 새로 발견하지 않았다. 단지 이미 내가 알고 있는 것을 확실하게 인식했을 뿐이다. 나는 지난 과거뿐 아니라 바로 지금도 나에게 생명을 부여해주는 그 힘을 이해한 것이다. 나는 허위에서 벗어나 진정한 주인을 찾은 것이다.'

그리고 그는 죽어가는 사랑하는 형을 보면서 또렷하게 떠오른 죽음에 대한 상념으로부터 시작된 지난 2년간의 사유의 과정을 되짚어보았다.

그때 그는 비로소 자신을 비롯해 모든 사람들의 앞길에는 고뇌와 죽음과 영원한 망각밖에 없다는 것을 명확하게 깨닫고 이렇게 살아갈 수 없다, 자기 삶이 어떤 악마의 악독한 조소처럼 생각되지 않도록 해답을 찾거나 아니면 권총으로 자살하는 수밖에 없다고 결심했던 것이다.

그러나 그는 어느 것도 하지 않았다. 그리고 여전히 살아가고 생각하고 느끼고 있을 뿐만 아니라 한창 그러는 중에 결혼까지 해서 충만한 기쁨을 느꼈고, 삶의 의의를 생각하지 않을 때에는 행복하기까지 했다.

그렇다면 이것은 도대체 무엇을 의미하는 걸까? 이것은 그가 올바르게 살아왔으나 잘못 생각하고 있었다는 뜻이다.

그는 어머니의 젖과 함께 빨아들인 영적 진리에 따라 살아갔으나(자신은 그것을 인식하지 못했다) 사고할 때는 그러한 진리를 인정하지 않을뿐더러 애써 피했던 것이다.

이제 그는 지금까지 살아올 수 있었던 것은 자신을 키워준 신앙 덕분이라는 것을 분명하게 깨달았다.

'내게 신앙이 없었더라면, 내가 필요로 하는 것이 아니라 하느님을 위해 살아오지 않았다면 나는 도대체 어떤 인간이 되었을까? 어떤 삶을 살았을까? 도둑질과 거짓말, 살인을 저질렀을지도 모른다. 내 삶의 주된 기쁨을 하나도 가지지 못했을 것이다.'

'나는 의문에 대한 해답을 찾기 위해 헤맸다. 그러나 사상은 해답을 주지 않았다. 그것은 의문과 같은 선상에 있는 것이 아니었다. 해답은 삶 자체에, 무엇이 선이고 무엇이 악인지를 분별하는 나의 지식 속에 있었던 것이다. 더욱이 이 지식은 내가 뭔가를 통해 얻은 것이 아니라 다른 모든 사람들과 똑같이 나에게 주어진 것이다. 내

게 '주어졌다는' 것은 곧 어디에서도 손에 넣을 수 없다는 뜻이다.'

'그것을 어디에서 손에 넣는단 말인가? 나는 과연 이웃을 사랑하고 그들을 괴롭히지 말라는 것을 이성적으로 깨달았던가? 어릴 때부터 그런 말을 들으면서 당연하게 받아들이고 믿었던 것이다. 왜냐하면 나의 영혼에 꼭 들어맞았으므로. 그렇다면 무엇이 그것을 일깨웠단 말인가? 이성은 아니다. 이성은 생존 경쟁과 내 욕망의 만족을 방해하는 모든 것을 제압해야 한다는 법칙을 일깨웠을 뿐이다. 이것이 바로 이성의 결론이다. 남을 사랑하라는 법칙을 이성이 일깨울 수 없다. 왜냐하면 그것은 비합리적인 짓이니까.'

'그래, 오만이다.'

그는 배를 깔고 엎드려 꺾이지 않게 조심조심 풀줄기를 묶으며 말했다.

'아니, 지혜의 오만뿐 아니라 지혜의 어리석음이다. 그러나 무엇보다 문제인 것은 기만이다. 다름 아닌 지혜의 기만. 즉 지혜의 속임수.'

그는 몇 번이나 되풀이했다.

11

그때 레빈은 얼마 전 돌리와 그 아이들 사이에서 있었던 일이 생각났다. 아이들은 자기들만 있을 때 촛불로 나무딸기를 굽고 우유를 분수처럼 입속에 쏟아부었다. 어머니는 그 모습을 보고 레빈이 보는 앞에서 설교를 하기 시작했다. 너희가 망가뜨린 물건을 만들기 위해 어른들이 얼마나 고생하는지, 그런 고생도 모두 너희를 위해서라며, 너희가 찻잔을 깨면 앞으로 차를 마실 수 없을 것이고, 또 우유를 흘려서 버리면 먹을 것이 아무것도 없어서 굶어 죽을 것이라고 찬찬히 설명했다.

그때 레빈은 깜짝 놀랐다. 기가 잔뜩 죽어 있는 아이들은 우울한 표정을 지으면서 어머니의 말을 믿지 않는 것 같았기 때문이다. 아이들은 재미있는 놀이를 못하게 되어 슬플 뿐 어머니의 말은 전혀 믿지 않았다. 아이들로서는 믿을 수 없었던 것이다. 왜냐하면 아이들은 자신들이 늘상 사용하는 모든 물건들을 상상할 수 없었고, 자기들이 망가뜨린 물건들이 생활에 꼭 필요한 것이라는 사실도 상상할 수 없었던 것이다.

'그건 다 알고 있어요. 그건 재미도 없고 중요한 것도 아니에요. 그런 것은 늘 있었고 앞으로도 있을 테니까요. 늘 똑같잖아요. 우리는 그런 것을 생각할 필요 없어요. 그런 건 항상 있으니까요. 우리는 새로운 것, 우리만의 것을 생각하고 싶어요. 그래서 나무딸기를 찻잔에 넣어 촛농을 떨어뜨리고 우유를 입에 분수처럼 쏟아부을 생각을 한 거예요. 이게 훨씬 재미있고 신기하며, 찻잔으로 마시는 것보다 나쁠 것도 없다고요.'

아이들은 이렇게 생각할 것이다.

'우리가 자연력의 의의나 인생의 의의를 이성으로 탐구하는 것도, 나 역시 지금까지 그래 왔던 것도 모두 이와 똑같은 것이 아닐까?'

'모든 철학 이론이 인간이 오래전부터 알고 있는 것을, 아니 그것 없이는 살아갈 수 없을 만큼 확실히 알고 있는 것을, 굳이 인간이 꾸며낸 미묘한 사상으로 설명하는 것도 이와 똑같은 것이 아닐까? 어떤 철학자의 이론도 인생의 중요한 의의를 표도르만큼 알거나 혹은 그보다 더 모르면서 애매한 지적 경로를 통해 모두 알고 있는 사실로 둘러 가려는 것에 지나지 않는다는 것이 뚜렷이 드러나지 않는가?'

'예를 들어 아이들이 마음대로 하게 내버려두면 어떨까? 그릇을 만들게 하거나 우유를 짜게 하면 어떨까? 그래도 장난을 칠까? 분명히 굶어 죽을 것이다. 예를 들어 우리에게 유일한 하느님이나 창조주에 대한 이해 없이, 선이란 무엇이라는 관념도 없이, 도덕적인 악에 대한 설명도 없이 정욕이나 사상만 있다면 어떻게 될까?'

'그렇다면 그 같은 관념이 없다고 가정해보자.'

'우리는 파괴만 할 것이다. 왜냐하면 애들처럼 정신적으로 배가 부르기 때문에.'

'나에게 영혼의 안정을 주는, 저 농부와 공유하고 있는 이 기쁜 지식은 어디에서 온 것일까? 어디에서 얻은 것일까?'

'나는 보잘것없는 기독교인으로서 하느님의 가르침 속에서 자라고 기독교가 주는 정신적 은혜로 충만한 삶을 살면서도, 온몸으로 그 은혜를 입었으면서도 어린아이처럼 그것을 깨닫지 못하고 파괴만 하고 있었다. 다시 말해 내가 살아가는 데 필요한 것을 내가 직접 파괴하려 했던 것이다. 그런데 인생에서 중요한 시기에 이르러 추위와 배고픔으로 고통받는 어린아이처럼 나는 갑자기 하느님에게 얼굴을 돌렸다. 그리고 마구 날뛰며 찾아다녔던 지난 행동들이 장난치다가 어머니에게 꾸중을 들은 아이들을 보는 것보다 더 효과 없는 것이었음을 안타까워하고 있는 것이다.'

'그렇다. 내가 알고 있는 것은 이성으로 알게 된 것이 아니라 나에게 계시된 것이다. 나는 이것을 마음으로 알았다. 교회에서 가르치는 중요한 것을 신앙을 통해 알았던 것이다.'

'교회? 그래, 교회!'

레빈은 그렇게 중얼거리더니 돌아누워 한쪽 팔꿈치를 짚고 저 멀리 강가로 내려가는 가축 떼를 바라보았다.

'하지만 내가 교회의 모든 가르침을 믿을 수 있을까?'

그는 자신을 시험하면서 마음의 평정을 깨뜨릴 만한 것들을 모두 떠올려보았다. 그는 늘 괴이하고 혼란스러웠던 교회의 가르침 몇 가지도 생각해보았다.

'창조란? 나는 무엇으로 존재를 설명할 수 있을까? 존재 자체, 아니면 무에서? 그렇다면 악마와 죄란 무엇인가? 나는 악을 뭐라고 설명했을까? 구세주란……?'

'아니, 나는 아무것도, 아무것도 모른다. 그저 모든 사람들과 함께

들은 것 말고는 아무것도 모른다.'

그러나 이제 그는 교회의 교리 중에 가장 중요한 것, 즉 인간의 유일한 사명인 하느님에 대한, 선에 대한 신앙을 파괴하는 것은 하나도 없는 것 같았다.

교회의 교리 아래는 욕망 대신 진리에 봉사한다는 신앙을 놓을 수 있었다. 그리고 모든 교리는 그것을 파괴하지 않았을 뿐만 아니라 오히려 끊임없이 지상에 나타나는 중요한 기적을 완성하는 데 없어서는 안 되는 것이었다. 기적이라는 것은 온갖 부류의 사람들, 즉 현자, 어리석은 자, 어린아이, 노인, 농부, 리보프, 키티, 황제 등 삶을 살아가는 모든 사람들이 똑같이 단 하나를 의심하지 않고 이해하며, 우리가 살아갈 가치를 느끼는 영적 생활을 구축해나가는 것이다.

그는 똑바로 누워 구름 한 점 없는 높고 맑은 하늘을 바라보았다.

'저 하늘이 거대한 둥근 천장이 아니라 무한한 공간이라는 것 정도는 나도 알고 있다. 그러나 아무리 눈을 가늘게 떠도, 아무리 집중하고 보아도 하늘이 둥글지 않다거나 끝이 없다는 것을 확인할 수 없다. 저것이 무한한 공간이라는 지식을 가지고 있으면서도, 지금 내가 하늘색의 둥근 천장으로 보고 있는 것도 틀린 것은 아니다. 아니, 그 너머를 확인하려고 시력을 모으는 것보다 더 올바르지 않은가.'

레빈은 이제 생각을 멈추고 뭔가 기쁜 듯이 열심히 얘기하고 있는 신비스러운 목소리에 귀 기울였다.

'이것이 과연 신앙일까?'

그는 자신의 행복이 좀처럼 믿어지지 않았다.

"아, 하느님, 감사합니다!"

그는 끓어오르는 오열을 억누르고 두 눈에 흘러넘치는 눈물을 닦으며 말했다.

12

레빈은 앞쪽에 있는 가축 떼를 바라보았다. 검은 말이 끌고 가는 자기의 짐마차와 가축 떼 옆에서 목부와 얘기하는 마부의 모습도 보았다. 잠시 후 수레바퀴 소리와 살진 말이 콧김을 내뿜는 소리가 가까이 들려왔다. 그러나 그는 자신의 생각에 골몰해 무슨 일로 마부가 자기에게 오고 있는지는 신경도 쓰지 않았다.

그는 마부가 자기 곁으로 다가와 말을 걸었을 때 비로소 그를 알아봤다.

"마님께서 전하랍니다. 형님과 어떤 나리가 오셨답니다."

레빈은 마차에 올라타고 고삐를 잡았다.

금방 꿈에서 깨어난 것처럼 그는 한동안 정신을 차릴 수 없었다. 그는 넓적다리와 목덜미가 고삐에 닿아 온통 땀투성이인 살진 말을 쳐다보기도 하고, 옆에 앉은 마부 이반을 보기도 했다. 그러다 형이 자기를 기다리고 있고, 너무 오래 집을 비워 아내가 걱정하리라는 것과 형과 함께 온 손님이 누구인지 상상해보았다. 형과 아내, 미지의 손님 모두 이전과 전혀 다른 느낌으로 다가왔다. 이제 모든 사람과의 관계가 완전히 달라진 것 같았다.

'예전에는 형과 늘 서먹서먹했는데 이제 그러지 않을 것이다. 논쟁도 하지 않을 것이다. 키티와도 다투지 않을 것이고, 손님이 누구든 간에 다정하고 친절하게 대할 것이다. 하인들에게도, 예를 들어 이반에게도 완전히 다르게 대할 것이다.'

레빈은 성마르게 콧김을 뿜어대며 자꾸 달리려고 하는 말의 고삐를 단단히 잡아당기며 옆에 앉은 이반을 힐끔힐끔 보았다. 이반은 고삐를 내어주고 뭘 해야 할지 몰라 두 손으로 바람에 부풀어오른 셔츠를 잡아당겼다. 레빈은 이반과 무슨 얘기를 할까 생각하다가 말의 뱃대끈을 너무 높이 죄었다고 말하려다 잔소리 같아 그만두었다. 레빈은 좀더 다정한 말을 하고 싶었다. 하지만 다른 얘깃거리가 생각나지 않았다.

"오른쪽으로 잡으십시오. 그루터기가 있습니다."

마부는 레빈이 잡은 고삐를 고치면서 말했다.

"제발 건드리거나 이래라저래라 하지 말게."

레빈은 마부의 간섭에 발끈해서 대꾸했다. 역시 간섭은 어김없이 그를 화나게 했다. 그는 자신의 정신이 현실에서 곧바로 변화를 일으키리라는 예상이 얼마나 잘못된 것인지 깨닫고 서글펐다.

집에서 4분의 1베르스타 거리에 도착하자 레빈은 맞은편에서 달려오는 그리샤와 타냐를 보았다.

"코스탸 이모부, 엄마랑 할아버지, 세르게이 이바노비치께서 이리로 오고 계세요. 그리고 또 한 분, 누군지 모르는 분도요."

아이들이 마차에 기어오르면서 말했다.

"그래, 누구지?"

"아주 무서운 분이에요! 두 손을 이렇게 하고 계세요."

타냐는 마차 안에서 일어나 카타바소프의 몸짓을 흉내 내면서 말했다.

"그럼, 늙은 분이더냐, 젊은 분이더냐?"

레빈은 타냐의 몸짓을 보고 누구인지 생각해보고는 웃으면서 물었다.

'아, 기분 나쁜 사람만 아니면 좋으련만!'

레빈은 생각했다.

그때 길모퉁이를 돌아 걸어오는 사람들이 보였다. 레빈은 밀짚모자를 쓴 카타바소프를 바로 알아보았다. 그는 타냐가 좀 전에 보여준 것처럼 활개를 휘젓고 있었다.

카타바소프는 철학을 배운 적 없는 자연과학자의 시각에서 철학 이야기를 하는 것을 아주 좋아했다. 그래서 모스크바에서도 레빈과 종종 열띤 논쟁을 벌이곤 했다.

그를 본 순간 레빈은 당시 논쟁을 벌였을 때 카타바소프가 자신이 이겼다고 생각한 듯 우쭐거렸던 일이 떠올랐다.

'아니야, 이젠 무슨 일이 있어도 논쟁을 벌이거나 경솔하게 내 의견을 말하지 않겠다.'

그는 생각했다.

레빈은 마차에서 내려 형과 카타바소프에게 인사하고 아내는 뭘 하는지 물었다.

"키티는 미탸를 데리고 콜로크(집 옆에 있는 숲을 말한다)로 갔어요. 집 안이 너무 더워 거기서 애를 보려는 것 같아요."

돌리가 말했다.

레빈은 항상 갓난아이를 숲으로 데리고 가는 것은 위험하니 가지 말라고 했으므로 그 얘기를 듣고 기분이 상했다.

"그 애는 아기를 안고 여기저기 왔다 갔다 하고 있어. 나는 차라리 아기를 데리고 냉장실에 가보라고 했다니까."

노공작이 미소 지으며 말했다.

"그 애는 당신이 양봉장에 있을 거라고 생각해서 거기로 가려고 했어요. 우리도 지금 거기 가는 길이었지요."

돌리가 말했다.

"요즘 뭘 하며 지내니?"

세르게이는 사람들과 떨어져 동생과 나란히 걸으면서 물었다.

"뭐, 별다른 건 없어요. 여전히 농사짓고 있죠."

레빈이 대답했다.

"형님은 어때요? 이번엔 오래 머물 거죠? 오래전부터 형님을 기다렸어요."

"한 2주일 정도. 모스크바에 일이 많아서 말이야."

이야기를 하다가 돌연 형제의 눈이 마주쳤다. 레빈은 평소에도 그랬지만, 특히 지금 형과 친근하고, 더욱 허물없이 지내고 싶은 마음이 강하게 들었다. 하지만 여전히 어색해서 무슨 말을 해야 할지 몰라 시선을 떨궜다.

레빈은 세르게이가 즐겁게 얘기할 만한 이야기, 또 모스크바의 일이라고 넌지시 말한 세르비아 전쟁이나 슬라브 문제에 관한 이야기를 찾다가 그의 책이 떠올라서 물었다.

"참, 형님의 책에 대한 서평은 어때요?"

세르게이는 이 질문이 어색하다는 것을 느끼고 미소 지었다.

"요즘 누가 그런 것에 신경 쓰겠니. 나부터 잊고 있는데. 오, 다리야 알렉산드로브나, 금방 소나기가 퍼부을 것 같은데요."

그는 사시나무 우듬지 위에 드리운 하얀 비구름을 우산으로 가리키며 말했다.

이리하여 레빈이 피하고 싶었던, 적의까지는 아니지만 일종의 냉랭한 기류가 형제 사이에 생겨났다.

레빈은 카타바소프 옆으로 걸어가 말했다.

"정말 잘 왔네."

"진작에 오고 싶었지. 우리 이번에는 맘껏 얘기하세. 스펜서(영국의 철학자 허버트 스펜서—옮긴이)는 다 읽었나?"

"아니, 아직. 하지만 이제 스펜서도 필요 없게 되었네."

레빈이 대답했다.

"그게 무슨 말인가? 재미있는 말인데. 이유가 뭔가?"

"내 마음을 지배하고 있던 문제에 대한 해답이 스펜서나 그와 비슷한 사람들의 사상에서 발견할 수 없다는 것을 깨달았지. 지금으로서는……."

레빈은 카타바소프의 침착하고 즐거운 표정을 보고 갑자기 입을 다물었다. 그는 이런 대화로 기분을 깨뜨리고 싶지 않아서 조금 전에 했던 자기의 결심을 떠올리고 덧붙였다.

"그 얘기는 나중에 하세. 양봉장은 이쪽, 여기 샛길로 가야 해요."

그가 모두에게 말했다.

레빈은 가능한 빨리 움직이지 않고 조심스럽게, 차츰 수가 늘어나면서 옆을 날아다니는 벌의 날갯소리를 들으며 샛길을 따라 오두막에 도착했다. 입구에서 한 마리의 꿀벌이 그의 턱수염을 비집고 들어와 붕붕 소리를 냈지만 그는 조심스럽게 그것을 떼어냈다. 그는 그늘진 입구로 들어가서 벽의 나무못에 걸린 망을 내려 쓰고 주머니에 두 손을 찌르고 울타리를 친 양봉장으로 들어갔다. 풀을 베어 낸 공터 한복판에 각기 역사를 가진 눈에 익은 벌통들이 일정한 간격으로 나란히 세워져 피나무 속껍질로 말뚝에 묶여 있었다. 울타리 옆에는 금년에 분봉한 새 벌통이 묶여 있었다. 벌통 입구에서 수없이 많은 꿀벌과 수벌들이 어지럽게 같은 곳을 빙빙 맴돌거나 이리저리 날아다녔다. 그중에서 같은 방향으로 먹이를 나르거나 먹이를 찾으러 나가는 일벌이 꽃이 만발한 숲 속의 피나무와 벌통 사이를 부지런히 오가고 있었다.

양쪽 귀에는 온갖 잡다한 소리가 끊임없이 들려왔다. 일에 쫓겨 날쌔게 날아가는 일벌의 날갯소리, 하릴없이 놀면서 나팔이라도 불어대듯 웅성거리는 수벌 소리, 자기 재산을 지키려고 잔뜩 흥분해 적을 쏠 태세를 갖추고 있는 호위벌의 날갯소리. 울타리 반대쪽에는 늙은 노인이 벌통 테를 깎고 있었는데 레빈이 온 것을 눈치채지 못했다. 레빈도 굳이 노인을 부르지 않고, 양봉장 가운데 멈춰 섰다.

그는 잠시나마 혼자 있으면서 자신의 기분을 상스럽게 만든 현실에서 벗어나 자기 자신으로 되돌아갈 수 있어서 기뻤다.

그는 자신이 아주 짧은 시간에 이반에게 화를 냈고, 형에게 차갑게 대했으며, 카타바소프에게 경박하게 말한 것을 떠올리며 생각했다.

'그것들은 모두 순간적인 감정에 지나지 않았던 것일까? 이제 흔적도 없이 사라진 것일까?'

그때 그는 다시 조금 전과 같은 기분으로 돌아와 뭔가 새롭고 귀중한 것이 자신 안에 생겨나는 것을 느끼며 기뻐했다. 현실은 그가 찾은 정신적 평안을 잠시 해쳤을 뿐 그의 마음속에 고스란히 남아 있었다.

그것은 마치 꿀벌과 같았다. 꿀벌은 그의 주위를 날아다니면서 위협하거나 정신을 어지럽혀 그의 육체적 평안을 빼앗기 때문에 그것을 피하려면 몸을 웅크려야만 한다. 마찬가지로 마차를 타는 그 순간부터 현실의 온갖 문제들이 그를 에워싸며 정신적 자유를 빼앗아간 것이다. 그러나 그가 그 속에 싸여 있는 동안 그런 것뿐이었다. 꿀벌의 위협에도 육체의 힘이 온전한 것처럼 새로 인식한 정신의 힘도 그의 안에 온전히 남아 있었다.

13

"아 참, 코스탸, 세르게이 이바노비치가 여기 오면서 누구를 만났는 줄 아세요? 브론스키예요! 그분이 세르비아로 출정하셨대요."

돌리가 아이들에게 오이와 벌꿀을 나눠 주고 말했다.

"그렇다네. 그것도 혼자가 아니라 자비로 일개 중대를 편성해서 데리고 갔다네!"

카타바소프가 말했다.

"그 사람답군. 그건 그렇고 지금도 의용군이 출정하나요?"

레빈은 세르게이를 힐끔 보면서 덧붙였다.

세르게이는 그 말에는 대답하지 않고 흰 꿀이 가득 찬 잔에서 꿀에 빠져 버둥거리는 꿀벌을 무딘 나이프로 조심스럽게 꺼냈다.

"아직 많이 나가고 있지! 어제 기차역 광경을 봤어야 했는데!"

카타바소프가 소리 내어 오이를 베어 먹으면서 말했다.

"그럼 이건 어떻게 봐야 하지? 세르게이 이바노비치, 설명 좀 해주게. 그 의용군들은 어디로 가서 누구와 싸우는 거지?"

노공작이 물었다. 레빈이 없을 때 시작된 얘기를 계속하는 것이 분명했다.

"터키 군이죠."

세르게이는 꿀이 묻어 까맣게 변한 채 다리를 하늘거리는 벌을 나이프로 꺼내서 사시나무의 튼튼한 잎사귀로 옮겨주며 조용히 미소 짓고 말했다.

"그럼 누가 터키인들에게 선전포고를 했지? 라고조프와 리디야 이바노브나 백작 부인이 함께 그러기라도 했나?"

"아닙니다. 누구도 선전포고를 하지 않았습니다. 하지만 모두 동포를 가엾게 여겨 그들을 도와주려고 하는 겁니다."

세르게이가 대답했다.

"공작님은 원조가 아니라 전쟁에 대해 말씀하시는 거예요. 정부의 허가 없이는 개인이 전쟁에 참가할 수 없다는 거죠."

레빈은 장인을 두둔하며 끼어들었다.

"코스탸, 조심해요. 이것 봐요, 꿀벌이 우리를 쏘려고 해요!"

돌리가 벌을 쫓으면서 말했다.

"그건 꿀벌이 아니에요. 장수말벌이에요."

레빈이 말했다.

"자, 자네의 의견을 듣고 싶군. 개인에게는 그럴 권리가 없다면 그 이유가 뭔가?"

카타바소프가 미소를 띠며 논쟁을 부추기듯 물었다.

"내 의견은 이렇지. 전쟁은 한편으로 보면 매우 동물적이고 잔혹하기 때문에 기독교인은 물론 그 어떤 사람도 개인이 개전을 책임질 수 없다는 거야. 그것은 어쩔 수 없이 전쟁을 해야만 했던 정부만이 할 수 있는 일이지. 또 한편으로 모든 국민은 학문적으로나 상식적으로나 국가적인 일, 특히 전쟁에 대해 개인적 의지를 내세울 수 없으니까."

세르게이와 카타바소프는 각자 준비하고 있던 견해를 동시에 말하기 시작했다.

"바로 그 점이 문제지. 정부가 국민의 의지를 실행하지 않을 경우에는 사회가 자신의 의지를 표명해야 해."

카타바소프가 말했다.

그런데 세르게이는 이 견해에 동의하지 않는지 미간을 찌푸리며 다른 견해를 말했다.

"그렇게 문제 제기를 해서는 안 돼. 선전포고 같은 건 문제되지 않아. 그저 인간으로서, 기독교인으로서 감정 표명을 할 뿐이거든. 피와 신앙이 같은 동포가 살육을 당하고 있어. 물론 신앙이 같은 동포가 아니라도 마찬가지야. 어린아이나 부인, 노인들이 살육을 당하고 있다 해도 러시아인은 분노를 느끼고 그 같은 공포를 불식하려고 달려갈 거야. 이렇게 생각해보면 어떨까? 거리를 걷다가 술주정뱅이가 부인이나 어린아이를 때리고 있는 것을 봤다면 너는 술주정뱅이에게 선전포고를 하고 말고 할 것 없이 당장 달려들어 맞고 있는 사람들을 보호하겠지."

"하지만 죽이지는 않을 거예요."

레빈이 말했다.

"아니, 넌 죽일 거야."

"모르겠어요. 그런 걸 보면 나도 본능적인 감정에 따라 행동하겠죠. 하지만 미리 어떻다고 말하지는 못하겠어요. 게다가 슬라브인의 박해에 대해서는 직접적인 감정도 들지 않고 있을 수도 없으니까요."

"물론 너는 그럴지도 모르지. 그러나 다른 사람에게는 있어. 민중의 마음속에는 '이교도의 사라센인(이슬람교도를 말한다.—옮긴이)'의 억압 아래 고통받는 정교도들을 비호하려는 마음이 살아 있어. 민중은 동포의 고통을 전해 듣고 갑자기 들고일어난 거지."

세르게이가 불쾌한 듯 눈살을 찌푸리며 말했다.

"그럴지도 모르죠. 그러나 나는 그렇지 않아요. 나도 민중의 한 사람인데 그런 게 전혀 느껴지지 않거든요."

레빈이 딱 잘라 말했다.

"나도 그러네. 외국에 머물 때 신문을 보긴 했지만 솔직히 불가리아에서 그 끔찍한 사건이 일어나기 전까지는 러시아 전체가 왜 갑자기 슬라브인 동포에게 애정을 느끼는지 이해할 수 없었지. 나는 아무 애정도 느껴지지 않는데 말이야. 내가 비인간적이거나 카를스바트의 광천수에 지나치게 영향을 받아서 그런가 하고 고민이 많았네. 그런데 여기에 오니 마음이 놓이더군. 러시아에만 관심이 있고 슬라브 동포에게는 관심 없는 사람이 나 말고도 또 있었으니 말이야. 바로 레빈이 그렇지."

노공작이 말했다.

"여기에서 개인의 의견은 무의미합니다. 러시아 전체, 모든 국민이 의지를 표명했다면 개인의 의견은 중요하지 않아요."

세르게이가 말했다.

"미안하지만 나는 그렇게 생각되지 않는군. 민중은 아무것도 모르거든."

공작이 말했다.

"그건 아니에요, 아버지. 모를 리가 있겠어요? 지난 일요일 교회에서 못 보셨어요? 그날 모두……."

돌리가 그들의 이야기를 듣고 있다가 말했다.

"일요일에 교회에서 무슨 일 말이냐? 사제에게 낭독하라고 했고, 사제가 낭독했어. 하지만 사람들은 아무것도 이해하지 못하고 여느 설교 때와 다름없이 한숨만 쉬더구나. 그러고 나서 교회에서 영혼 구제 기금을 모은다고 하자 사람들이 1코페이카씩 헌금했지. 하지만 속으로는 영문도 모르고 있었어."

공작이 말했다.

"민중이 모를 리 없습니다. 자신들의 운명을 인식하는 마음은 언제나 내면에 간직하고 있으니까요. 지금 말씀하신 것과 같은 경우에도 분명히 알고 있었습니다."

세르게이는 벌치기하는 노인을 보면서 단호하게 말했다.

희끗희끗한 검은 수염과 덥수룩한 은발의 멋있는 키 큰 노인이 꿀단지를 들고 부드럽고 조용한 눈빛으로 주인을 내려다보고 있었다. 그는 분명 아무것도 모르고 알고 싶지도 않은 듯 말뚝처럼 가만히 있었다.

"그건 그렇습니다."

세르게이의 말을 듣고 있던 노인은 의미심장하게 고개를 끄덕이며 말했다.

"그럼 영감한테 물어보죠. 아무것도 모르고, 아무것도 생각하지 않으니까요."

레빈은 이렇게 말하더니 노인에게 물어보았다.

"미하일리치, 자네도 전쟁 얘기 들었나? 교회에서 들었지? 자네는 어떻게 생각하나? 우리는 기독교인을 위해 나가 싸워야 하나?"

"우리 같은 사람들이 무슨 생각을 하겠습니까? 알렉산드르 니콜라예비치 폐하께서 우리를 다 살피시는데요. 폐하께서는 뭐든 살피고 계십니다. 뭐든 다 잘 아시니까요."

노인이 대답하더니 빵 껍질까지 먹는 그리샤를 가리키며 돌리에게 말했다.

"도련님한테 빵을 더 가져다 드릴까요?"

"물어볼 필요도 없어. 우리는 수백 명의 사람들이 정의로운 일을 위해 모든 일을 중단하고 러시아 전역에서 몰려와 자기의 의견과 목적을 명확하게 표현하는 것을 보았어. 아니, 지금도 보고 있어. 그들은 가진 돈을 전부 기부하거나 직접 전쟁터에 나가고 있어. 그리고 자신들이 왜 그런지 명확하게 밝혔어. 이건 뭘 의미하겠어?"

세르게이가 말했다.

"내 생각에는 8천만 민중 가운데 수백 명에 불과하고, 나머지는 사회적 지위를 잃고 푸가초프(러시아의 농민반란을 주도한 사람—옮긴이) 무리든 히바든 세르비아든 간에 어디든 나가고 싶은 무모한 사람들이 아닌가 하는 거죠."

레빈이 어느새 흥분해서 대답했다.

"단언컨대 그건 수백 명에 불과한 것이 아니라, 무모한 무리도 아닌 바로 민중의 훌륭한 대표자들이야! 그럼 기부금은 다 뭐야? 그것이야말로 모든 민중이 자신의 의지를 표명한 것이지."

세르게이 이바노비치는 마치 마지막 재산을 지키기라도 하듯 조바심을 내며 말했다.

"그 '민중'이라는 게 너무 모호해서 말이에요. 면사무소 서기나 교사, 농민 중 1천 명 정도는 이 문제가 어떤 것인지, 왜 일어났는지 알고 있을지도 모릅니다. 하지만 나머지 8천만 명은 미하일리치처럼 자신의 의지를 표명하지 않을 뿐만 아니라 어디에 자신의 의지를 표명해야 하는지도 모르고 있습니다. 그런데 그것을 민중의 의지라고 말할 수 있을까요?"

레빈이 말했다.

14

변증법에 능숙한 세르게이는 그 말에 반박하지 않고 말머리를 돌렸다.

"그래, 수학적인 방법으로는 민중의 정신을 알기 굉장히 힘들어. 우리나라에는 투표 제도가 없고, 그것을 실행할 수도 없으니까. 더구나 그런 것으로 민중의 의지가 표명되는 것도 아니고. 그것을 알 수 있는 다른 방법이 있지. 바로 사회적 분위기로 느끼는 거야. 민중이라는 바닷속을 흐르는 저류, 아니 편견이 없다면 누구나 명확하게 느낄 수 있는 저류에 대해서는 굳이 얘기하지 않으마. 사회를 좁혀서 한번 봐. 이전에는 그토록 서로 잡아먹지 못해 안달이던 인텔리겐치아(지식층—옮긴이)들, 분열되어 있던 여러 당파들 모두 하나로 합쳐지지 않았니. 의견 차이는 완전히 사라졌고, 모든 공공기관이 똑같은 것을 주장하잖아. 모든 사람들이 자신들을 붙잡고 같은 방향으로 끌고 가는 저항할 수 없는 힘을 느끼고 있어."

"그래, 모든 신문들이 하나같이 똑같은 주장을 쏟아내고 있어. 너무 똑같아서 마치 소나기가 퍼붓기 전의 개구리들 같아. 개굴개굴 하는 소리에 아무것도 들을 수가 없지."

공작이 끼어들었다.

"개구리인지 아닌지…… 내가 신문을 발행하는 것도 아니니 그들을 변호하고 싶지는 않아. 하지만 내가 말하고 싶은 것은 인텔리겐치아 사회에서 의견 일치가 나타나고 있다는 거야."

세르게이가 동생을 돌아보며 말했다.

레빈이 대꾸하려는데 노공작이 끼어들었다.

"하지만 의견 일치라는 것도 전혀 다르게 해석할 수 있네. 내 사위 오블론스키 말이야, 그는 이번에 무슨 합동위원회, 기억이 잘 안 나는데, 뭐 그런 곳의 위원이 되었지. 그런데 거기서는 특별히 할 일이 없어……. 뭐라고? 괜찮아, 돌리. 비밀도 아닌데……. 그런데도 연봉을 8천 루블이 받고 있네. 그에게 한번 물어보라고. 그가 하는 일이 사회적으로 유익한 것인지. 그는 분명 중요하다고 단언할 거야. 그는 아주 정직한 사람이기는 하지만 8천 루블이라는 수익을 무시하지는 못하는 거지."

노공작이 말했다.

"참, 그가 취임했다는 소식을 부인께 전해달라더군요."

세르게이는 공작이 딴소리를 하자 못마땅한 투로 말했다.

"신문들이 모두 똑같은 논조로 일관하는 것도 이와 같은 거네. 나는 남들이 하는 말을 들은 것뿐이지만 아무튼 전쟁이 일어나면 신문사 수입이 하루아침에 2배가 되는 모양이더군. 그러니까 신문사 입장에서는 국민과 슬라브인의 운명이든 뭐든 그것을 계산하지 않을 수 없지."

"나도 신문을 좋아하지는 않지만 공평한 견해는 아닌 것 같군요."

세르게이가 말했다.

"나는 한 가지 조건을 붙이고 싶을 뿐이네. 알퐁스 카(프랑스 저널리스트이자 작가—옮긴이)가 프로이센과의 전쟁이 일어나기 전 이런 유명한 글을 쓴 적이 있지. '당신들은 전쟁을 반드시 해야 한다고 생각합니까? 좋습니다. 그렇다면 주전론자들은 특별 부대에 편입해 습격이나 돌격 때 모든 군대의 선두에 세웁시다.'"

공작이 말했다.

"기자들은 아마 번듯하게 잘 해낼 겁니다!"

카타바소프는 잘 아는 기자들이 선발대에 편입되는 상상을 하고는 크게 웃으면서 말했다.

"어머, 그럴 리가요. 아마 잘 도망치겠죠. 걸리적거릴 뿐이에요."

돌리가 말했다.

"도망치면 뒤에서 유탄을 쏘거나 카자크 군에게 채찍을 주어 감시하면 돼."

공작이 말했다.

"농담이시죠? 죄송하지만 썩 유쾌한 농담이 아니군요."

세르게이가 말했다.

"나는 농담이라고 생각지 않아요. 왜냐하면……."

레빈이 말을 꺼내려는데 세르게이가 가로챘다.

"사회 구성원들은 각기 자기의 역할을 해야 할 의무가 있습니다. 따라서 사상가는 여론을 표명할 의무를 다하고 있는 겁니다. 통합된 여론을 있는 그대로 표현하는 것은 신문 잡지의 업적이자 기뻐할 현상입니다. 20년 전이었다면 우리도 침묵했을지 모릅니다. 하지만 지금은 박해받는 동포를 위해 들고일어나 기꺼이 자신을 희생하려는 러시아 민중의 목소리가 명확하게 들립니다. 이것은 엄청난 진보이자 힘의 증명이기도 합니다."

"그러나 자기희생이기도 하면서 터키인들을 죽이는 거잖아요. 민중은 자기의 영혼을 구원하기 위해 희생하거나 희생을 각오하지 살인을 위해 희생하지 않아요."

레빈은 자기도 모르게 마음속 상념과 사람들의 얘기를 결부해 조심스럽게 말했다.

"영혼? 자연과학자로서는 정말 이해하기 힘든 표현이군. 도대체 그 영혼이란 게 무엇인가?"

카타바소프가 웃으며 말했다.

"아니, 자네도 잘 알지 않나!"

"아니, 나는 전혀 모르네."

카타바소프가 크게 웃으며 대답했다.

"'나는 화평이 아니요 검을 주러 왔노라.'(〈마태복음〉 10장 34절—옮긴이)

라고 그리스도는 말했지."

세르게이는 뻔히 다 아는 것 아니냐는 투로 복음서 중 늘 레빈을 혼란스럽게 만드는 이 한 구절로 간단히 반박했다.

"그건 맞습니다."

옆에 서 있던 노인이 갑자기 무심코 자기를 바라본 시선에 대답했다.

"어때, 진 거 아닌가? 확실히 졌어!"

카타바소프가 유쾌한 듯 소리쳤다.

레빈은 얼굴이 벌게질 정도로 화가 났다. 그러나 그것은 논쟁에서 져서가 아니라 참지 못하고 논쟁을 벌였기 때문이었다.

'나는 이들과 논쟁해서는 안 돼. 이들은 칼날조차 들어가지 않는 갑옷을 입고 있지만 나는 알몸이니까.'

그가 생각했다.

레빈은 형과 카타바소프를 설득할 수도 없었지만 그렇다고 그들 의견에는 더더욱 동의할 수 없었다. 그들이 설파하는 것은 자칫 그를 파멸로 이끌 뻔했던 지식의 교만, 바로 그것이었다. 그는 형을 포함하여 수십 명의 사람들이, 수도에 들이닥친 수백 명의 달변가 의용군들이 한 말을 가지고 자신들이야말로 신문과 더불어 민중의 의지와 사상, 그것도 복수와 살인으로 표명되는 사상을 표현할 권리가 있다는 것에 도저히 동의할 수 없었다. 그가 동의할 수 없는 이유는 자기도 민중의 한 사람으로서 그와 같은 사상이 표현된 것을 보지 못했고, 자기도 그런 사상을 가지고 있지 않기 때문이었다(그는 자신을 러시아 민중의 한 사람으로 생각할 수밖에 없었다). 그러나 무엇보다 중요한 이유는 그도 다른 민중들처럼 모든 민중의 행복을 위한 것이 어떤 것인지 알지도, 알 수도 없었기 때문이다. 그러나 모든 민중의 행복을 위해서는 각자에게 주어진 선의 율법을 엄격하게 따르는 것 외에 다른 방법이 없다는 것을 확신했다. 따라서 어떠한 공동의 목적이라도 전쟁을 원하거나 그것을 선전할 수 없다. 그는 '바랴그인(8~9세기경 러시아 북서부로 진출한 노르만인으로 슬라브족을 정복하고 러시아 국가의 기원이 되는 키예프대공국을 세웠다고 전해진다.—옮긴이)의 초대'에 관한 전설로 자기의 사상을 표명하는 미하일리치와 러시아 민중과 함께 이렇게 말하는 것이다. "제왕이 되어 우리를 지배하라. 우리는 기꺼이 절대 복종을 맹세하리. 모든 노동과 굴욕, 희생을 짊어지리라. 하지만 심판하고 결정하는 것은 우리가 아니다." 그러나 세르게이의 말에 따르면 이 민중은 그토록 값비싼 대가를 치르고 얻은 권리를 포기했다는 것이다.

그는 또 여론이 올바른 심판자라면 왜 혁명이나 민중 봉기가 슬라브 민족을 구하기 위한 운동과 마찬가지로 합법적이지 않은 건지 묻고 싶었다. 그러나 이 모든 사상은 아무것도 해결할 수 없다. 분명한 한 가지는 다만 이 토론이 세르게이를 당황하게 만들고 있으므로 더 이상 하지 않는 것이 좋다는 것뿐이었다. 레빈은 더 이상 대꾸하지 않고 비구름이 몰려오니 얼른 돌아가는 것이 좋겠다고 손님들에게 주의를 주었다.

15

노공작과 세르게이는 짐마차를 타고 돌아갔고, 나머지는 집을 향해 종종걸음을 쳤다.

비구름은 하얬다 검었다 하더니 순식간에 몰려와 머리 위를 덮쳤다. 비가 쏟아지기 전에 집에 도착하려면 더 빨리 걸어야 했다. 검은 연기 같은 낮게 드리운 앞쪽 구름이 매우 빠른 속력으로 하늘을 달리고 있었다. 집까지 가려면 아직 2백 보쯤 남았을 때 벌써 바람이 불더니 금방이라도 소나기가 퍼부을 기세였다.

어린아이들은 무섭기도 하고 재미있기도 한지 비명을 질러대며 맨 앞에서 달려갔다. 돌리는 자꾸 발에 감기는 치맛자락과 씨름하면서 아이들한테 한시도 눈을 떼지 않고 거의 달음질을 치다시피 했다. 남자들은 모자를 잡고 성큼성큼 걸어갔다. 모두 입구 층계에 이르자마자 굵은 빗방울이 물받이 모서리에 떨어져 물이 튀었다. 아이들과, 뒤따라온 어른들까지 왁자지껄 떠들어대며 차양 밑으로 뛰어들었다.

"키티는?"

현관방으로 들어간 레빈이 머릿수건과 무릎 덮개를 몇 개 들고 나온 아가피야에게 물었다.

"함께 오신 거 아니었어요?"

그녀가 되물었다.

"그럼 미탸는?"

"유모하고 같이 콜로크에 계실 거예요."

레빈은 무릎 덮개를 쥐고 콜로크로 달려갔다.

비구름이 순식간에 태양을 완전히 가려 사방이 마치 일식 때처럼 어두컴컴했다. 바람은 자신의 존재를 내세우려는 듯 모질게 레빈을 붙들었고, 피나무 잎과 꽃을 뜯어놓고, 자작나무 흰 가지를 보기 흉하게 베어냈으며 아카시아며 화초, 우엉, 잡초, 나무들의 우듬지 등 모든 것을 한쪽으로 쓰러뜨렸다. 마당에서 일하던 하녀들은 비명을 내지르며 하인방 처마 밑으로 피신했다. 퍼붓는 하얀 장막이 숲과 밭의 절반을 뒤덮더니 이내 엄청난 속도로 콜로크를 향해 달려갔다. 잘게 부서져 흩어진 빗방울의 습기가 땅에서 올라왔다.

레빈은 머리를 앞으로 숙이고 머릿수건을 날려버리려고 하는 바람에 맞서 콜로크 근처에 이르렀다. 큰 떡갈나무 뒤에 뭔가 허연 것이 보였다. 그 순간 갑자기 번쩍하면서 주위가 환해지더니 마치 땅이 타오르고 높은 하늘이 찢어지는 것 같았다. 레빈은 잠시 감았던 눈을 뜨는 순간 얼음물을 뒤집어쓴 듯 소름이 끼쳤다. 자신과 콜로크 사이를 가로막았던 장대비 장막 너머로 숲 한가운데 늘 보이던 떡갈나무 꼭대기 푸른 줄기의 위치가 이상하게 바뀌어 있었던 것이다.

'벼락을 맞은 건 아니겠지?'

레빈이 이런 생각을 하는 순간 떡갈나무 꼭대기가 점점 빠른 속도로 내려앉더니 다른 나무들 사이로 모습을 감춰버렸다. 이어서 나무들 위로 거목이 쓰러지는 굉음이 들렸다.

번개와 천둥, 찬물을 한꺼번에 뒤집어쓴 듯한 기분은 곧 레빈의 마음속에 공포심이라는 하나의 느낌으로 녹아들었다.

"아, 하느님! 제발 저들을 덮치지 않도록 해주소서."

그가 소리쳤다.

떡갈나무는 이미 쓰러졌는데 그 밑에 깔리지 않게 해달라는 기도는 아무 의미 없다는 것을 알면서도 그는 달리 할 수 있는 것이 없어서 계속 그 말만 되풀이했다.

그는 아내와 아들이 평소 잘 가는 곳으로 달려갔으나 보이지 않았다.

그들은 숲 반대편 끝의 오래된 피나무 밑에서 그를 부르고 있었다. 거무스름한 옷(방금 전까지만 해도 옅은 색이었다)을 입은 그림자 2개가 무언가 위로 웅크리고 서 있었다. 키티와 유모였다. 레빈이 그들에게 달려갔을 때는 비가 그치고 하늘이 개기 시작했다. 유모는 옷자락만 젖었으나 키티는 완전히 젖어 옷이 몸에 찰싹 달라붙어 있었다. 비가 그쳤는데도 둘은 여전히 벼락이 떨어졌을 때 그 자세로 녹색 차양이 달린 유모차 위로 허리를 굽히고 서 있었다.

"살았구나! 무사해! 아아, 감사합니다!"

레빈은 물이 흠뻑 들어가 걷기 힘든 구두로 물웅덩이를 철벅거리며 두 사람에게 달려갔다.

키티가 모양이 일그러진 모자 아래로 비에 젖어 발그레한 얼굴에 슬며시 미소 지으며 그를 쳐다보았다.

"아니, 당신은 부끄럽지도 않소. 이런 무분별한 짓을 하다니 정말 이해할 수 없군."

그가 아내에게 화를 냈다.

"하지만 내 잘못이 아니에요. 막 돌아가려는데 아이가 울지 뭐예요. 그래서 기저귀를 갈아주느라 그랬어요. 우리가 겨우……."

키티가 변명을 늘어놓았다.

미탸는 다행히 비를 맞지도 않고 색색거리며 잠들어 있었다.

"아무튼 다행이야! 나도 내가 지금 무슨 말을 하고 있는지도 모르겠소."

유모는 젖은 기저귀를 대충 그러모으고 유모차에서 아기를 들어 올려 품에 안고 걸어갔다. 레빈은 화낸 것이 미안한 듯 유모를 힐금거리며 살며시 아내의 손을 쥐고 나란히 걸어갔다.

16

그날 온종일 레빈은 잡다한 이야기를 주고받는 자리에서 건성으로 한마디씩 거들며 자기 마음속에 변화가 일어나기를 바라던 기대가 깨졌음을 느끼면서도 마음이 충만해지는 것을 끊임없이 느끼며 기뻐했다.

비 온 뒤라 길이 질척해 산책을 나갈 수도 없었다. 게다가 소나기 구름이 지평선을 넘어가지 않고 우렛소리를 내며 시커멓게 하늘을 이리저리 떠돌고 있었다. 그날 남은 시간을 모두 집에서 보냈다.

더 이상 토론은 벌어지지 않았다. 그뿐 아니라 만찬을 들고 나서 모두 기분이 좋았다.

카타바소프는 처음 만난 사람들을 재미있게 해주는 그만의 독특한 유머로 부인들에게 웃음을 주었다. 그러다 급기야 세르게이에게 이끌려 집파리의 암컷과 수컷의 성질뿐만 아니라 겉모습과 생태의 차이에 이르기까지 아주 흥미 있는 관찰을 이야기했다. 세르게이도 기분이 좋은지 차를 마시는 시간에는 동생을 끌어들여 동방 문제의 향후 전망에 대해 이야기했는데, 아주 간단명료하고 재미있어서 모두 경청했다.

하지만 키티는 그 얘기를 끝까지 들을 수 없었다. 하녀가 와서 미탸를 목욕시킬 시간이라고 했던 것이다.

키티가 나가고 몇 분 뒤 레빈도 아이 방으로 불려갔다.

레빈은 마시던 차를 내려놓고 흥미 있는 얘기를 들을 수 없게 되어 아쉬워하면서도 아주 중요한 일이 아니면 이런 적이 없었으므로 무슨 일인가 걱정하며 아이 방으로 갔다.

해방된 4백 만 슬라브 민족의 세계는 러시아와 함께 역사상 새로운 기원을 이룩할 것이 분명하다는 세르게이의 견해가 아주 새롭고 흥미로웠고, 자기를 왜 불렀을까 하는 불안감과 호기심에 가슴이 쿵쾅거렸지만, 그는 응접실을 나와 혼자가 되자 오늘 아침에 생각했던 것들을 떠올렸다. 그러자 자신의 마음속에서 일어난 것에 비하면 세계 역사에서 슬라브적 요소의 의의 등에 관한 이야기들이 지극히 하잘것없게 여겨져 그는 한순간 그런 것들을 모두 잊고 오늘 아침과 똑같은 기분에 젖어들었다.

지금 그는 이전처럼 사유의 모든 과정을 되짚어보거나 하지 않았다(이제는 그럴 필요가 없었다). 그는 단숨에 이러한 사유와 결합된 감정 속으로 이끌려 들어갔다. 그리고 그 감정이 자기 안에서 더욱 강하고 뚜렷해졌음을 깨달았다. 지금 그에게는 어줍잖은 평온, 그 감정을 찾으려고 사유의 모든 과정을 더듬어야 했을 때 뒤따르던 어줍잖은 평온은 없었다. 그와 반대로 환희와 평안이 이전보다 활기차서 사유가 감정을 따라잡을 수 없었다.

그는 테라스를 걸어가다가 어둑해지는 하늘에 뜬 별 2개를 보고 문득 생각했다.

'그래. 나는 하늘을 보면서 그것을 둥근 궁륭으로 느낀 것은 잘못이 아니라고 생각했어. 그때 나는 끝까지 생각해보지 않고 나 자신에게 뭔가를 숨겼어. 하지만 그것이 무엇이든 간에 반박하지는 못해. 좀더 생각해보면 더욱 명확해질 거야.'

그는 아이 방으로 들어서는 순간 스스로에게 숨긴 것이 무엇인지 생각해냈다. 바로 이런 것이었다. 하느님이 존재한다는 첫 번째 증거가 선에 대한 계시라면 왜 이 계시가 기독교 교회에만 국한되는가? 똑같이 선을 설파하는 불교나 이슬람교도는 이 계시와 어떤 관계가 있는가?

그는 이 의문에 대한 해답이 자기 안에 있는 것 같았다. 그러나 그는 그것을 확인할 겨를도 없이 아이 방으로 들어갔다.

키티는 양쪽 소매를 걷어올리고 목욕통 속에 들어가 있는 아기 위로 허리를 구부리고 있다가 남편이 들어오는 소리를 듣고 돌아보더니 웃으며 가까이 오라고 손짓했다. 키티는 따스한 목욕물 속에 반듯이 누워 두 다리를 벌리고 있는 통통한 아기의 머리를 한 손으로 받치고 다른 손으로는 골고루 힘을 주면서 해면으로 아기의 몸을 문질렀다.

"이것 좀 보세요! 아가피야 말이 맞아요. 똑똑히 알아봐요."

남편이 곁으로 오자 그녀가 말했다.

그녀는 미탸가 오늘부터 집안사람들의 얼굴을 정확하게 알아보기 시작했다는 것을 알려주려고 그를 부른 것이었다.

레빈이 목욕통 앞으로 오자 바로 실험을 했고, 실험은 성공적이었다. 이것 때문에 일부러 불려온 식모가 아기 위로 몸을 숙이자 아기는 얼굴을 찌푸리며 도리질을 했다. 그러나 키티가 몸을 숙이자 아기는 활짝 웃더니 고사리손으로 해면을 잡고 흡족한 듯 이상한 소리를 내며 입술을 오물거리는 것이었다. 그것을 보고 키티와 유모뿐 아니라 레빈조차 부지불식간에 탄성을 질렀다.

유모는 아기를 한 손으로 들어 올려 더운물로 몸을 헹구고 수건에 감싸 물기를 닦아주었다. 아기는 한동안 찢어질 듯한 소리로 울어대더니 엄마 품에 안겼다.

“너무 기뻐요. 당신이 점점 아기를 귀여워하게 되어서요. 정말 기뻐요. 사실 당신이 이 애를 보고 아무 감정도 생기지 않는다고 해서 몹시 괴롭고 슬펐거든요.”

키티는 아기를 품에 안고 늘 앉는 자리에 앉더니 남편에게 말했다.

“아니, 아무 감정이 생기지 않는다는 게 아니오. 나는 그저 실망했다고 했을 뿐이오.”

“세상에, 아기한테 실망했다는 말을 하다니요?”

“아니, 아기에게 그렇다는 게 아니라 내 감정에 대해 그렇다는 거요. 더 큰 기대를 했으니까. 지금까지 한 번도 느껴보지 못했던 새롭고 경이롭고 환희에 넘치는 감정이 솟아날 거라고 기대했는데, 묘한 혐오감과 가여운 감정만…….”

키티는 미탸를 씻기려고 빼놓은 반지를 손가락에 끼면서 아기 너머에서 남편이 하는 말에 귀 기울였다.

“어쨌든 기쁜 감정보다 두렵고 불쌍한 감정이 더 컸소. 하지만 오늘 천둥 번개가 쳤을 때 공포심을 느끼고는 내가 얼마나 이 아이를 사랑하는지 깨닫게 된 거요.”

키티가 환한 미소를 지었다.

"그렇게 많이 놀랐어요? 나도 그랬어요. 하지만 지금 생각해보니 더 무서워요. 나중에 그 떡갈나무를 보러 가야겠어요. 그건 그렇고 카타바소프는 정말 재미있는 분이에요. 그리고 오늘 하루 정말 즐거웠어요. 당신도 마음만 먹으면 형님하고 그렇게 사이좋게 지낼 수 있어요……. 자, 이제 손님들한테 가보세요. 이 방은 목욕 후라 너무 덥고 습기가 차서……."

키티가 말했다.

17

아이 방에서 나온 레빈은 다시 혼자가 되자 곧바로 아까 했던, 뭔가 뚜렷하지 않았던 생각을 다시 떠올렸다.

그는 이야깃소리가 들리는 응접실로 가지 않고 테라스에 서서 팔꿈치로 난간을 짚고 하늘을 바라보았다.

사방에 어둠이 깔렸다. 그가 바라보는 남쪽 하늘에는 비구름이 사라지고 없었다. 비구름은 반대쪽 하늘에서 떠돌고 있었다. 그곳에서는 간간이 번개가 치고 천둥소리가 희미하게 들렸다. 레빈은 정원 피나무에서 똑똑 떨어지는 물방울 소리를 들으며 늘 보던 삼각형 별자리와 그 가운데를 지나가는 은하수와 그 지류들을 바라보았다. 번갯불이 번쩍일 때마다 은하수와 반짝이는 별들도 한순간 사라졌다, 번개가 그치면 마치 손으로 능숙하게 다시 던져놓은 듯

제자리에 나타났다.

'아, 무엇이 이리도 내 마음을 혼란스럽게 하는 걸까?'

레빈은 아직 찾지 못했지만 그 답이 자기의 마음속에 이미 마련되어 있음을 느끼며 속으로 중얼거렸다.

'그래, 하느님의 존재를 명백하고 한 점 의혹도 없이 드러내는 유일한 것은 이 세상에 계시된 선의 율법이다. 그 율법을 나는 느끼고 있다. 그럼으로써 나는 다른 사람들과 함께 교회라는 신앙인들 집단에 좋든 싫든 근원적으로 결합되어 있는 것이다. 그렇다면 유대교나 이슬람교, 유교, 불교는 도대체 뭐라고 설명해야 하는가?'

마침내 그는 위험한 것으로 여겼던 이 의문을 제기했다.

'과연 몇억 명이나 되는 사람들이 그것 없이는 삶의 의의를 찾을 수 없는 최고의 행복을 모르고 살아가는 것일까?'

그는 이런 의문을 제기하다가 생각을 정리했다.

'그런데 대체 나는 무엇을 묻고 있는 거지?'

그는 스스로에게 물었다.

'나는 모든 인류의 모든 종교가 하느님과 어떤 관계를 맺고 있는지 묻는 것이다. 이 모호함으로 점철된 세계에 하느님이 어떻게 존재를 드러내는지 묻고 있는 거야. 도대체 나는 무엇을 하고 있는 것일까? 내 마음에는 이성으로는 이해하기 힘든 지식이 자리 잡고 있는데, 나는 아직도 이 지식을 이성이나 언어로 표현하려고 한다.'

'과연 나는 별들이 움직이지 않는다는 것을 모르는 걸까?'

그는 어느새 자작나무 꼭대기의 가지 위로 자리를 옮긴 밝은 항성을 보며 스스로에게 물었다.

'그러나 별의 운행을 보고 있으면 지구의 자전은 상상할 수 없어. 별이 움직이는 게 맞다는 느낌이 드니까.'

'천문학자들이 지구의 복잡다단한 움직임을 모두 계산에 넣는다면 과연 무엇을 이해하고 산정할 수 있을까? 천체의 거리와 무게, 운행이나 섭동(攝動) 등에 관한 그들의 놀라운 결론은 모두 고정된 지구 주위에 흩어져 있는 발광체의 가시적인 운동에 기초한 것일 뿐이다. 지금 내가 보고 있고, 지난 몇 세기에 걸쳐 수백만 명이 같은 것을 보았고, 과거에도 미래에도 늘 같은 것을 볼 것이고, 또 그렇게 믿고 있는 운동. 따라서 눈으로 볼 수 있는 하늘을 관찰해보지 않고 단순히 한 줄의 자오선과 지평선의 관계만으로 내린 천문학자의 결론이 공허하고 불안정한 것처럼, 모든 사람에게 언제나 같고 미래에도 같을 선의 해석, 기독교를 통해 나에게 계시되고, 영원히 내 마음속 신념이 될 선의 해석에 기초하지 않는 나의 결론 역시 공허하고 불안정할 수밖에 없다. 나는 다른 종교나 그 종교와 하느님의 관계에 대한 의문을 해결할 권리도 없지만, 그럴 수도 없다.'

"어머, 아직도 거기 있어요?"

키티의 목소리가 들렸다. 그녀도 응접실로 가려고 했던 것이다.

"무슨 일이에요? 기분 나쁜 일이라도 있었어요?"

그녀는 별빛에 비친 남편의 얼굴을 가만히 들여다보며 물었다.

그때 번개가 번쩍이며 별빛이 사라지고 남편의 얼굴을 비추는 순간 키티는 그의 얼굴을 뚜렷이 보았다. 평온하고 기쁨으로 가득한 그의 얼굴을 보고 그녀는 활짝 미소 지었다.

'그녀는 알고 있어. 내가 무슨 생각을 하고 있는지. 그녀에게 얘기할까? 하지 말까? 그래, 얘기하자.'

그가 이런 생각을 하고 막 얘기를 꺼내려는데 그녀가 먼저 말했다.

"코스탸, 미안하지만 당신한테 일 좀 시켜야겠어요. 구석방에 가서 형님의 잠자리가 마련되어 있는지 보고 오세요. 나는 좀 어색해서요. 새 세면대를 갖다 놓았는지도 좀 보고요."

"그래, 내가 가보지."

그는 그녀에게 키스하고 말했다. 그러고는 그녀가 앞서서 방으로 들어가자 이렇게 생각했다.

'아냐, 얘기하지 말자. 이것은 나에게만 필요하고 나에게만 중대한, 말로 표현할 수 없는 비밀이다. 이 새로운 감정은 내가 기대했던 만큼 나를 일변시키지도, 행복하게 해주지도, 그렇다고 밝은 성격으로 만들어주지도 않아. 미탸에 대한 내 감정처럼 경이로움은 없어. 이것이 신앙인지 아닌지는 모르겠지만, 이 감정은 내가 괴로움에 싸여 있는 동안 어느새 영혼으로 들어와 깊이 뿌리내리고 있었어.'

'나는 앞으로도 여전히 마부 이반에게 화낼 것이고, 여전히 논쟁을 벌이다가 적절하지 않은 순간에 내 사상을 표출할 것이다. 여전히 내 영혼의 성스러운 지점과 타인의 영혼, 비록 아내의 영혼일지라도 그 사이에 분명 벽이 존재할 것이다. 그리고 나는 여전히 격정과 불안으로 아내를 질책하고, 또 그것을 뉘우칠 것이다. 나는 왜 기도하는지도 모른 채 계속 기도할 것이다. 그러나 이제부터 내 삶은, 내 모든 삶은 무슨 일이 있어도 결코 지난날처럼 무의미하지 않을 것이며, 내 삶에 의심 없이 부여된 선의 의의를 지니게 되리라.'

〈끝〉

레프 톨스토이

Lev Nikolaevich Tolstoi, 1828. 8. 28~1910. 11. 7

러시아의 야스나야 폴랴나에서 니콜라이 톨스토이 백작의 넷째 아들로 태어났다. 어머니 마리야는 러시아 명문가 볼콘스키 공작 집안의 외동딸이었다. 1830년(2세) 어머니가 여동생을 낳다가 산욕열로 죽고, 1837년(9세) 아버지가 뇌일혈로 갑자기 세상을 떠난 뒤로 톨스토이를 포함한 다섯 남매는 친척집에서 자라게 되었다.

1844년(16세) 두 형들이 다니는 카잔대학교에 입학해 법학을 공부했으나 대학 교육에 실망을 느끼고 1847년(19세) 대학을 중퇴한 뒤 자신이 상속받은 고향 야스나야 폴랴나로 돌아왔다. 고향에서 농장을 관리하며 농민들의 생활을 개선해보려고 했으나 자신의 이상주의가 마음먹은 대로 실현되지 않자 포기하고 몇 년간 모스크바와 페테르부르크를 다니며 귀족사회 젊은이들과 어울려 도박을 일삼는 등 방탕한 생활을 했다. 이상주의자이자 쾌락주의자로 성욕과 도박의 유혹을 떨치지 못하면서도 정신적으로는 그러한 생활에 끊임없이 환멸을 느끼던 톨스토이는 1851년(23세) 모든 방탕한 생활을 청산하고 큰형 니콜라이가 있는 캅카스의 군대에 들어갔다.

캅카스의 아름다운 자연 속에서 마음의 안정을 되찾은 톨스토이는 문학에 눈을 뜨고 소설을 쓰기 시작했다. 1852년(24세) 문예지에 발표한 자전소설 《유년 시절》이 호평을 받으면서 신인 작가로 명성을 얻었다. 1853년 러시아와 터키 사이에 크림전쟁이 발발했고, 1854년(26세) 톨스토이는 장교로서 세바스토폴 방어전에 참전해 공을 세우고 훈장을 받기도 했다. 그해 3월 《소년 시절》을 발표했다.

1856년(28세) 전쟁이 끝나자 군대를 제대한 톨스토이는 야스나야 폴랴나로 돌아와 글을 쓰면서 적극적으로 농사를 관리하기도 했다. 모스크바와 페테르부르크에서 문인들과 교류를 하기도 했는데, 서구 사상과 문화를 맹목적으로 지향하는 데다 위선적이고 우월의식이 강한 문인들을 별로 좋아하지는 않았다. 1856년부터 1861년 사이에 파리, 제네바 등 유럽 여러 나라를 여행했는데, 그곳에서 직접 경험한 유럽 부르주아들의 이기주의와 물질주의에 염증을 느끼기도 했다. 1857년(29세) 《청년 시절》을 발표했고, 1858년(30세) 〈세 죽음〉을 탈고했다.

1859년(31세)에는 자신의 영지에서 농민 자녀들을 위한 학교를 설립했고, 1861년(33세) 《야스나야 폴랴나》라는 교육 잡지를 발행하기도 했다. 이 잡지에서 지식인이 농민들을 가르치는 것이 아니라 오히려 농민들에게 배워야 한다고 주장해 파란을 일으키기도 했다.

1860년 큰형 니콜라이가 결핵으로 사망했는데, 젊은 시절 혈육의 죽음을 경험함으로써 삶의 의미와 죽음에 대한 끊임없는 의문이 그의 인생관을 지배하게 되었다.

1862년(34세) 오랜 지인인 궁정 의사 베르스의 둘째 딸인 열여덟 살의 소피야 안드레예브나와 결혼했고, 다음 해에 첫아이 세르게이가 태어났다. 톨스토이 부부는 9남 4녀로 모두 13명의 자식을 낳았는데 그중 5명이 어릴 때 세상을 떠났다.

톨스토이는 평생 어떻게 하면 도덕적이고 안정된 삶을 누릴 수 있는가에 집착했는데, 그런 그에게 결혼이야말로 평온하고 행복한 삶의 시작이었다. 결혼 후 15년 동안 톨스토이는 야스나야 폴랴나에서 평온한 삶을 즐기며 창작에 매진했다. 그렇게 해서 탄생한 것이 유럽 근대문학 최고의 걸작으로 꼽히는《전쟁과 평화》(최초의 제목이 '1805')이다. 1865년(37세) 1부 발표를 시작으로 1869년(41세) 완결된《전쟁과 평화》는 나폴레옹의 모스크바 침공을 중심으로 한 러시아 사회를 그린 소설로, 전쟁의 공포와 문명의 부조리를 폭로하는 중에도 전체적으로 아름다운 세상과 낙천적인 삶에 대한 메시지를 담고 있는데, 이는 곧 톨스토이의 삶의 철학이기도 했다. 그러나 톨스토이는 러시아 귀족계급으로서 행복하고 부유한 삶에 만족하면서도 늘 도덕적인 삶에 대한 충동을 완전히 잠재울 수 없었는데, 이러한 정신적 불균형 속에서 구상한 것이 바로 또 하나의 대작《안나 카레니나》이다.

《안나 카레니나》는 1873년(45세)에 집필을 시작해 잡지 연재를 거쳐 1878년(50세) 출판되었다. 《안나 카레니나》는 사랑, 결혼, 가족, 예술, 종교, 죽음 등 보편적인 삶의 모든 주제를 담아낸 작품으로 톨스토이 문학세계의 집대성이라고 할 수 있는 작품이다. 그러나 이 작품을 집필할 무렵부터 톨스토이의 낙관적인 인생관이 서서히 비관주의로 옮겨갔다.

1880년(52세) 죽음에 대한 공포와 삶의 무상함 등으로 정신적 위기를 맞으면서 종교로 귀의하게 되는데 이때를 톨스토이 사상의 전환기라고 할 수 있다. 1882년(54세)《참회록》을 발표하면서 문학 활동에서 종교적 활동으로 삶의 방향이 바뀌게 되었다. 그는 신학적인 기독교 교의를 배제하고 그리스도의 도덕적 가르침을 추구함으로써 교회의 권위를 비판했고, 폭력적이고 억압적인 지배구조, 즉 러시아의 사회체제를 부정했다. 이러한 정신적 변화로 인해 톨스토이는 예술을 거부하고 문학 활동을 중단했으며 초기 자신의 작품이 비도덕적이라며 말살하려고까지 했다. 톨스토이의 변화된 심리는 《참회록》 외에도《나의 신앙은 무엇인가》(1884년),《우리는 무엇을 해야 하는가》(1885년), 《인생론》(1887년), 《예술이란 무엇인가》(1897년) 등에 잘 나타나 있다.

톨스토이는 이상주의자였던 데 반해 현실주의자였던 그의 아내는 남편의 사상과 작품을 처음부터 이해하지 못했다. 더구나 종교에 심취하고 개인 생활이 변화하면서 그런 아내와 소원해지기 시작했고, 1884년(56세)에는 아내와의 불화로 가출을 시도하기도 했다. 그는 아내의 반대에도 개의치 않고, 사유제를 악의 근원이라 비판하며 돈과 토지, 저작권 등을 포기하고 농민들과 가까이 지내면서 마음의 위안을 얻었다.

1885년(57세) 제자 블라디미르 체르트코프와 함께 '포스레드니크'('중개인'이라는 뜻) 출판사를 설립해 대중들이 교훈을 얻을 수 있고 복음서의 진리를 쉽게 이해할 수 있는 단편들을 출간했다. 러시아 민화를 각색한 이 단편들은 삶의 기회를 박탈당하고 소외된 민중을 위한 작품으로 러시아 민중문학의 태동이라고 할 수 있다. 대표적인 민화 단편으로 〈사람은 무엇으로 사는가〉, 〈바보 이반〉, 〈사랑이 있는 곳에 신도 있다〉 등이 있다.

1885년 〈홀스토메르〉를 발표했고, 1886년(58세) 〈이반 일리치의 죽음〉, 1887년(59세) 〈사람에게는 얼마만큼의 땅이 필요한가〉 등을 집필했으며, 1889년(61세) 〈크로이체르 소나타〉를 탈고했다. 〈크로이체르 소나타〉는 〈이반 일리치의 죽음〉과 더불어 수작으로 꼽히는 작품이다.

톨스토이는 노년의 대부분을 야스나야 폴랴나에서 보냈다. 충실한 제자 체르트코프, 《대톨스토이전》(1908년 간행)을 집필한 전기작가 비류코프 등 그를 따르는 무리들이 야스나야 폴랴나에 모여들었고, 마치 선지자나 예언자를 추종하듯 모든 계층 사람들이 그를 성자처럼 우러러보았다. 무신론자였던 막심 고리키는 그를 만나고 나서

"이 사람은 그야말로 신과 같다."고 자신의 책에서 고백했다.

그러나 톨스토이의 가족은 막내딸 알렉산드라를 제외하고 모두 다 그의 사상과 삶의 방식을 못마땅하게 여겼다. 특히 아내 소피야의 반발이 심해 부부간의 갈등이 점점 커졌다. 1891년(63세) 톨스토이는 청빈과 금욕을 예찬하며 재산과 저작권을 포기하기로 결심했으나 가족의 반대에 부딪혔다. 결국 톨스토이는 새로운 작품의 판권은 포기했지만 토지와 1881년 이전 작품의 판권은 아내에게 넘겨줄 수밖에 없었다.

톨스토이는 말년에도 여전히 필력을 과시하며 1897년(69세)에 《예술이란 무엇인가》, 1899년(71세)에 《부활》을 발표했다. 잡지에 연재하기도 한 《부활》은 문학적 완성도는 다른 작품에 미치지 못하나 대중적으로 큰 인기를 모았다.

1901년(73세) 그리스도와 교회를 비판했다는 이유로 러시아정교로부터 파문당했고, 사회 비판으로 러시아 정부와 갈등을 빚기도 했다. 톨스토이는 나이에 비해 꽤 건강한 편이었으나 1901년 티푸스와 폐렴 등으로 한동안 크림에서 요양 생활을 했다. 1906년(78세) 늦은 나이에 《인생독본》을 간행하기도 했다.

톨스토이는 물질적인 부를 경멸하고 사유재산 포기와 금욕적인 생활을 설파하면서도 아내가 살림을 맡고 있던 가정에서는 안락하고 호화로운 생활을 했다. 이런 모순된 자신의 태도에 심적 부담과 자괴감을 느낀 그는 자주 가출의 충동을 느꼈다.

말년에 톨스토이는 도덕적이고 영적인 지도자로서 전 세계적인 명성을 얻었지만 개인 생활, 특히 아내와의 불화로 괴로워했다. 1909년(81세)에는 제자 체르트코프와 아내 소피야 사이의 반목이 극에 달해 아내가 자살하겠다고 위협하기도 했다. 1910년(82세) 톨스토이는 체르트코프의 조언으로 자신의 모든 저작권을 막내딸 알렉산드라에게 상속한다는 유언장을 작성했다. 이 일로 아내는 격분했고 남편을 일일이 감시하기 시작했다. 결국 아내에 대한 증오심을 견딜 수 없었던 톨스토이는 '고독과 정신적 평온함 속에서 남은 생을 살기 위해' 10월 28일 막내딸 알렉산드라와 주치의만 데리고 몰래 야스나야 폴랴나를 떠났다. 그의 가출은 전 세계가 깜짝 놀란 사건이었다. 정처 없이 떠돌던 톨스토이는 감기로 인한 폐렴을 앓는 상태에서 아스타포보 역(지금의 톨스토이 역)에 이르렀고, 역장의 관사에서 11월 7일(구력) 새벽 생을 마쳤다. 그의 유해는 이틀 후 야스나야 폴랴나의 숲에 묻혔다. 그가 태어나고 묻힌 야스나야 폴랴나는 현재 톨스토이 박물관으로 보존되어 있다.

톨스토이의 위대함은 인간에 대한 사랑과 믿음을 자신의 문학 작품 속에서 구현한 것뿐 아니라 인생 전반에 걸쳐 실천했다는 데 있다. 더불어 그는 인생의 의미에 대해 끊임없이 고민하고 자신의 도덕적 사상을 실천하고자 애쓴 인물이었다. 그렇기 때문에 문학 활동에만 머무르지 않고, 모순된 종교와 부조리한 사회에 대해 비판을 서슴지 않았고, 농민 교육, 난민구제 등에도 힘썼다. 인도의 마하

트마 간디는 톨스토이와 서신을 주고받으면서 그의 비폭력 사상에 영감을 얻어 자신의 나라에서 비폭력 투쟁을 전개하기도 했다. 이러한 점에서 톨스토이는 위대한 예술가인 동시에 위대한 스승이기도 하다.

《안나 카레니나》는 톨스토이가 《전쟁과 평화》를 완성하고 나서 4년이 지난 1873년(45세)부터 1877년(49세)까지 5년에 걸쳐 집필한 작품이다. 40대 중후반의 나이로 가장 원숙한 시기에 쓰여진 《안나 카레니나》는 《전쟁과 평화》, 《부활》과 더불어 톨스토이 3대 걸작 중 하나다.

이 소설을 집필하던 때 톨스토이는 어린 세 자녀를 연이어 잃은 데다 종교 및 철학적인 문제로 인해 정신적으로 불안하던 시기였다. 긍정적이고 생기 넘치는 《전쟁과 평화》와는 대조적으로 《안나 카레니나》에서는 삶에 대해 어둡고 비관적인 태도로 일관한 것은 그와 같은 개인적인 슬픔을 겪었기 때문이라고 할 수 있다. 작품 후반부에 레빈의 정신적 위기를 그리고 있는데 이것은 바로 톨스토이 자신의 정신적 위기가 투영된 것이다. 레빈은 사랑하는 친형이 젊은 나이에 죽은 이후로 삶의 유한함과 덧없음에 괴로워하고 '왜 사는가'라는 의문을 품는다. 그리고 이 의문에 대한 답을 찾기 전에는 의미 있는 삶 또한 찾을 수 없다는 것을 깨닫고 종종 자살의 유혹에 사로잡힐 만큼 정신적 갈등을 겪는다. 삶에 대한 극단적인 절망에서 레빈은 조금씩 신앙으로 마음을 기울이게 되는데, 이것은 이 작품을 집필할 당시 톨스토이의 심정이 반영된 것이라고 할 수 있다.

이 소설의 큰 주제는 아름답고 매력적인 유부녀 안나의 부정한 사랑을 중심으로 1870년대 러시아 귀족사회의 갖가지 양상을 보여주는 것이다.

1870년대 러시아는 농노제 폐지 이후 낙후된 농업경제에 의존하던 귀족계급의 급속한 몰락과 함께 러시아 자본주의가 급속도로 발전한 시기였다. 봉건적인 농노제도에서 자본주의 체제로 이행하는 과정에서 나타나는 여러 가지 문제로 인해 지배층과 민중의 갈등이 극에 달했고, 국민의 대다수를 차지하고 있던 농민들은 가난에 시달리고 있었다. 이러한 시대적 배경 속에서 문학인들 사이에서는 사회 변혁과 구세계의 붕괴가 머지않았다는 믿음이 팽배했다.

이러한 사회문제에 대한 비판과 아울러 결혼, 가족, 귀족계급의 도덕과 몰락, 형식주의가 만연한 교회와 종교, 세르비아 전쟁 등을 두루 다룸으로써 《안나 카레니나》는 사회소설의 성격을 띠게 되었다.

톨스토이는 집필을 시작한 지 1년 만인 1874년 봄에 《안나 카레니나》 첫 부분을 사전에 게재하기로 약속한 〈러시아 통보〉(모스크바의 보수적인 정치평론가 미하일 카트코프가 발행했고, 《전쟁과 평화》도 이 잡지에 발표되었다)에 보냈다. 그러나 1875년 1월에야 게재하기 시작했고, 그해 4월까지 일부가 발표되었으며, 나머지는 1876년 1월에서 4월까지 게재되었다. 그리고 마지막 제8부는 1877년 4월에 단독으로 출판되었다. 퇴고와 개작을 되풀이하는 톨스토이의 글쓰기 습관으로 인해 소설의 서두는 열일곱 번이나 수정되었고, 전체적으로 열두 번이나 개작한 끝에 5년에 걸쳐 걸작이 완성되었다.

톨스토이가 안나 카레니나의 모델로 삼은 인물은 푸시킨의 맏딸 마리야 알렉산드로브나 가르퉁 부인이라고 한다. 당시 페테르부르크 사교계 최고의 미녀였던 어머니의 미모를 물려받은 마리야를 보는 순간 톨스토이는 그녀의 아름다움에 감동받았다. 그러나 마리야는 안나의 외모에 있어서 모델이 되었을 뿐이고 소설의 모티프가 된 실제 사건이 있었다. 1872년 1월 야스나야 폴랴나 근처 야센키 역에서 안나 스테파노브나 피로고바야라는 여인이 자신의 정부인 비비코프가 아들의 가정교사에게 청혼하자 질투심에 못 이겨 달리는 화물열차에 뛰어들어 자살했다. 이 사건은 오블론스키와 가정교사의 불륜과 안나라는 주인공 이름, 기차에 뛰어들어 자살하는 점 등 소설의 핵심적인 소재를 제공했다.

톨스토이는 책 첫머리에 '복수는 나의 것, 내가 갚으리!'라는 제사(題詞)를 내걸었는데, 이것은 신의 이름을 빌려 톨스토이 자신이 안나의 부정한 사랑에 제재를 가한 것이라 할 수 있다. 프랑스 작가 알렉상드르 뒤마가 '남편을 배반한 여자를 죽여야 하는가, 아니면 용서해야 하는가'라는 주제로 논문을 발표하고, 희곡 〈클로드 부인〉에서 배신한 아내를 죽이는 남편을 그렸다. 이 논문에 관심이 많았던 톨스토이는 이 문제에 대한 논쟁을 소설에 넣는 대신, 타락한 여자를 벌하는 것은 인간이 아니라 신이라는 견해를 표방하고자 그러한 제사를 넣은 것이다.

도덕을 배반한 사람을 심판할 수 있는 것은 오직 신뿐이며 사람은 사람에게 자비를 베풀 뿐이라는 사상은 이 작품 전체에 깔린 근본적인 사상이다.

톨스토이의 사상으로 보면 순수한 기독교 교의에 따르지 않은 사람들은 당연히 십자가를 져야 했다. 그런 입장에서 안나뿐 아니라 아내의 불륜으로 고통에 사로잡힌 카레닌, 사랑하는 안나를 영원히 잃고 비극적인 상황에 빠진 브론스키에게도 십자가를 지우고 있다. 톨스토이의 이상에 비춰보면 세속적인 목적으로 결합된 안나와 카레닌의 결혼도 그릇된 것이기 때문이다.

《안나 카레니나》에서 순수하고 진실한 레빈과 키티 두 사람의 사랑과 결혼을 안나와 브론스키의 사랑과 대조적으로 그림으로써 신앙에 따른 삶의 참된 행복과 그렇지 않은 삶의 불행을 보여주고 있다.

젊고 아름답고 매력적인 안나는 어린 나이에 스무 살이나 많은 장래가 촉망되는 관리 카레닌과 결혼해 어린 아들을 키우고 남편을 존경하며 안정된 가정을 꾸리는 한편, 생기 넘치고 낙천적인 성격으로 페테르부르크 사교계에서 즐거운 나날을 보낸다.

그러다 모스크바 여행에서 우연히 만난 브론스키와 사랑에 빠지면서 안나의 인생이 송두리째 바뀐다. 이제까지 존경해오던 남편이 안나의 눈에는 어느새 세속적인 명예만을 좇는 위선적인 인간으로 비치면서 그를 혐오하게 된 것이다. 그녀에게 남편은 더 이상 아무 의미가 없고, 단지 생활에 필요한 물건이나 마찬가지였다.

안나는 남자답고 잘생긴 브론스키에 대한 사랑에 사로잡힌 자신을 억누르지 못한다. 급기야 솔직하고 정열적인 안나는 그와의 사랑을 숨기거나 비밀에 부치지 못하고 아들과 가정을 포기하기에 이른다.

그러나 불륜으로 안나가 사교계로부터 냉대와 모욕을 받는 데 반해, 브론스키는 사회활동을 지속하면서 안나는 점점 외로운 생활을 하며 질투에 사로잡힌다. 브론스키는 자기를 곁에 붙들어 두려는 안나의 이기심과 집착에 부담을 느끼기 시작하고, 그로 인해 두 사람은 잦은 말다툼을 한다. 자신의 모든 것을 바쳐 얻은 사랑이 점점 식어가는 것을 느낀 안나는 나날이 신경쇠약과 정신불안에 시달린다. 급기야 브론스키가 더 이상 자신을 사랑하지 않는다고 단정한 안나는 모든 것을 끝내고 그에게 복수하고자 달리는 열차에 뛰어들어 자살한다. 사랑하는 여인을 잃은 브론스키는 더 이상 살아갈 희망이 없음을 느끼고 때마침 발발한 세르비아 전쟁에 의용군 부대를 이끌고 참전한다.

안나와 브론스키의 삶과 대비되는 것이 레빈의 삶이다. 레빈은 대학을 졸업한 뒤 조상 대대로 내려온 시골 영지에서 농사를 지으며, 순수하고 신앙심이 깊은 키티를 아내로 맞아 가정을 이루고, 평온하고 진실한 삶을 살아간다.

톨스토이는 안나의 이기적이고 육체적인 사랑과, 신앙에 따른 자기희생적인 레빈의 삶을 대비함으로써 인간의 참된 삶이 무엇인지를 보여주려고 했다. 브론스키와 안나의 육체적 사랑이 늘 불행과 다툼을 불러일으키는 반면, 레빈과 키티의 기독교적 사랑은 즐겁고 축복된 삶을 가져다주는 것으로 그리고 있다.

《안나 카레니나》는 톨스토이의 소설 가운데 예술적 완성도가 가장 뛰어난 작품이다. 인물과 장면 묘사, 사건 배치 등이 탁월한 이 작품에 대해 토마스 만은 "전체 구성부터 세부적인 마무리까지 어디에서도 결점을 찾아볼 수 없는 훌륭한 작품이다."라고 평했다. 이 작품이 출판되자마자 예술성을 인정한 도스토옙스키는 "예술적으로 가장 완벽하고, 현대 유럽 문학 중 그 무엇과도 비견할 수 없는 작품이다."라고 격찬했다. 그 외에도 이 소설을 즐겨 읽었던 블라디미르 레닌은 "톨스토이는《안나 카레니나》에서 레빈을 통해 이 반세기에 있어 러시아사의 전환점을 명확하게 밝히고 있다."고 하며 '러시아 혁명의 거울'로 높이 평가했다.《안나 카레니나》는 당시에도 인정받은 근대소설의 전형으로 세계문학에 지대한 영향을 끼친 작품이다.

안나 카레니나 2

초판 1쇄 인쇄 2014년 10월 25일
초판 1쇄 발행 2014년 10월 30일

지은이 레프 톨스토이 | **옮긴이** 북트랜스 | **펴낸이** 신경렬 | **펴낸곳** (주)더난콘텐츠그룹

상무 강용구 | **기획편집부** 차재호 · 남은영 · 허승 · 성효영 · 이서하 | **디자인** 서은영 · 박현정
마케팅 견진수 · 김대두 · 서영호 | **교육기획** 양인종 · 지승희 · 이소정 · 구본중
디지털콘텐츠 민기범 · 홍영기 · 최정원 | **관리** 김태희 · 김이슬 | **제작** 유수경 | **물류** 김양천 · 박진철
기획 추지영

출판등록 2011년 6월 2일 제25100-2011-158호 | **주소** 121-840 서울특별시 마포구 양화로 12길 16
전화 (02)325-2525 | **팩스** (02)325-9007
이메일 book@ibookroad.com | **홈페이지** http://www.ibookroad.com
ISBN 979-11-85051-74-1 04800
979-11-85051-72-7 (세트)